Frida
Jacobsen

# Sommer-
himmel *über*
*dem*
Möwenhof

atb aufbau taschenbuch

Frida Jacobsen, geboren 1975, liebt den Wind und das Meer, deswegen zieht es sie auch mehrmals im Jahr an die Nordsee. Sie lebt als freie Autorin in Bamberg und hat bereits mehrere erfolgreiche Romane veröffentlicht.

»Sommerhimmel über dem Möwenhof« ist ihr erster Roman im Aufbau Taschenbuch.

Friede, Freude, Friesentorte? Ganz so einfach, wie Maren sich ihren Neuanfang in St. Peter-Ording vorgestellt hat, ist er dann doch nicht. Ihre Kinder leben sich schnell in ihrem neuen Zuhause auf dem Möwenhof ein, aber Marens neuer Job stellt sich als Reinfall heraus. Kurzerhand beschließt sie, ihre Mutter und ihre Tante bei der Führung des Bed & Breakfast zu unterstützen. Voller Elan bringt sie ihre Ideen ein und kann die beiden sogar zu einer Renovierung überreden. Die Vorbereitungen für das Eröffnungsfest laufen auf Hochtouren, als unerwartet ihr Onkel auftaucht und verkündet, das Familienerbe verkaufen zu wollen. Die Frauen vom Möwenhof setzen alles daran, damit diese Feier nicht die letzte sein wird. Besonders Maren wünscht sich nichts sehnlicher, als bleiben zu können. Denn da ist der Bootsbauer Henning, der ihre Gefühle ordentlich durcheinanderwirbelt. Hat sie mit ihm ein neues Zuhause für ihr Herz gefunden?

Frida
Jacobsen

# Sommer-
# himmel *über*
# *dem*
# Möwenhof

Roman

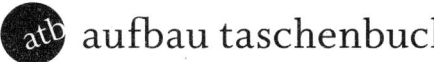 aufbau taschenbuch

**MIX**
Papier | Fördert
gute Waldnutzung
**FSC® C083411**

ISBN 978-3-7466-4168-3

Aufbau Taschenbuch ist eine Marke
der Aufbau Verlage GmbH & Co. KG

1. Auflage 2025
© Aufbau Verlage GmbH & Co. KG, Berlin 2025
www.aufbau-verlage.de
10969 Berlin, Prinzenstraße 85
Der Verlag behält sich das Text- und Data-Mining
nach § 44b UrhG vor, was hiermit Dritten
ohne Zustimmung des Verlages untersagt ist.
Bei Fragen zur Sicherheit unserer Produkte wenden Sie sich
bitte an produktsicherheit@aufbau-verlage.de.
Umschlaggestaltung und Motiv www.buerosued.de, München
Satz Greiner & Reichel, Köln
Druck und Binden CPI books GmbH, Leck, Germany

Printed in Germany

# 1

## Maren

»Du bist ein Sonnenkind«, hat meine Mutter immer gesagt. Und das stimmt. Seit ich denken kann, ist die Sonne meine Verbündete gewesen. Deshalb frage ich mich, warum sie mich gerade heute im Stich lässt, am ersten Tag unseres neuen Lebens.

Serien präsentieren einen Neustart immer hoffnungsvoll. Die Heldin sitzt am Steuer ihres alten Kombis und fährt auf einer Landstraße durch einen herbstlichen Wald. Auf der Rückbank und im Kofferraum stapeln sich Umzugskisten. Die Kamera schwenkt über ein Meer aus Gelb, Rot und Orange, und zu einem Taylor-Swift-Song erreicht sie ein Rocky-Mountains-Nest. Die Bewohner begegnen der Fremden erst mit Argwohn. Doch dann entbindet sie eine Schwangere in einer abgelegenen Hütte oder rettet Zuchtpferde aus einem brennenden Stall und gewinnt so die Anerkennung des gesamten Ortes und das Herz des einsamen, ein Holzfällerhemd tragenden Ex-Arztes, der nun eine Autowerkstatt betreibt. Vorher gibt es unzählige Verwicklungen: Sie trauen sich nicht, über ihre Gefühle zu sprechen, Ex-Partner und Noch-Verlobte tauchen auf, und die Heldin hilft vielen liebenswert-verschrobenen Menschen, bevor sie ihr eigenes Glück findet.

Ich liebe solche Serien, bei denen ich abends auf dem Sofa einschlafe oder die ich auf dem Tablet laufen lasse, während ich körbeweise Wäsche zusammenlege. Doch mein Neuanfang sieht anders aus. Bis jetzt schickt mir der Himmel nur graue Wolkenberge ,und Nieselregen. Das Wetter passt zu meinem letzten Tag. Meinem grauenvollen letzten Tag, sollte ich wohl sagen.

*München, 12 Stunden vorher*

»Nico-Hase, ich weiß nicht, wo dein T-Shirt ist.«

Mein Vierjähriger antwortet nicht, sondern weint noch herzzerreißender. Sein Gesicht ist rot, heiß und verquollen.

Ich wühle in der Reisetasche und hoffe, das blaue T-Shirt mit dem grinsenden Bagger zu finden.

»Oh schau, dein Feuerwehr-Shirt!«, rufe ich aus, als hätte ich einen Schatz entdeckt. »Das ist das beste Reise-Shirt der Welt. Und der Feuerwehrmann sorgt dafür, dass wir besonders sicher nach Sankt Peter-Ording kommen.«

Mein Sohn vermittelt mir durch lautes Brüllen, dass Oberteile mit Rettungsfahrzeugen keinen adäquaten Ersatz darstellen. Als ich ihn auf meinen Schoß nehmen will, windet er sich aus meinen Armen und presst seinen Hasen an sich.

Ich habe bereits vermutet, dass dieser Vorschlag keine Zustimmung findet. Aber die Hoffnung hält bekanntlich am längsten durch. Wie lange sie dies angesichts des Heulkonzerts tut, vermag ich nicht zu sagen. In einer Dreiviertelstunde kommt der Vermieter, um die Wohnung abzunehmen. In spätestens einer Stunde will ich auf der Autobahn sein. Nicos Wutanfall stresst mich, und gleichzeitig zerreißt er mir das Herz.

»Ich will aber den Bagger. Ich brauche den Bagger!«

»Der Bagger fährt schon auf der Autobahn. Morgen kannst du ihn haben«, erkläre ich und versuche ruhig zu klingen. Als ich die Klamotten der Kinder in die Umzugskisten gepackt habe, habe ich versucht vorherzusagen, welche Kleidungsstücke mein Kleinster in den kommenden Tagen braucht. Dass das nur teilweise klappt, hätte ich ahnen können. Ich stopfe all die Hosen, Kapuzenpullis und T-Shirts, die jetzt besser im Umzugslaster aufgehoben wären, zurück in die Reisetasche und zerre am Reißverschluss. Mein Handy vibriert. Ich schiele auf die Nummer im Display und gehe nicht ran.

»Ich brauche ... den ... Bagger«, wimmert Nico.

»Schatz, ich verstehe, dass du enttäuscht bist, aber du wirst warten müssen.« Ich lege alle Sanftheit, die ich noch aufbringen kann, in meine Stimme. Womöglich hätte ich sie besser in meine Hand legen sollen, denn mit einem Ruck bekomme ich zwar die Reisetasche zu, aber halte auch den Schieber in der Hand. »Na toll!« Das Handy beginnt wieder zu surren, aber ich schenke ihm keine Beachtung.

»Mama, hast du meine Kopfhörer gesehen?«, ruft Nele aus dem Flur.

»Lagen die nicht auf deinem Rucksack?«, antworte ich und hole Nico auf meinen Schoß. Ein Häuflein trostschokoladenverschmiertes Elend im fahrtungeeigneten Igel-T-Shirt. Schluchzer schütteln seinen Oberkörper. Endlich lässt er es zu, dass ich meine Arme um ihn schlinge. Es werden noch ein paar Jahre vergehen, bis er nur Smartphone, Kopfhörer und funktionierendes WLAN benötigt, um zufrieden zu sein. Gefühlt ist es noch gar nicht lange her, dass ich Nele so auf dem Schoß hatte. Jetzt ist sie dreizehn, und Noah acht. Manchmal hasse ich es, wie schnell die Kinder groß werden, auch wenn das bedeutet, dass die T-Shirt-Katastrophen weniger werden. »Nachher machen wir bei McDonald's Station, und du kriegst ein Happy Meal«, flüstere ich und drücke ihn an mich. *Erziehen Sie Ihr Kind ohne Belohnungen oder Bestrafungen*, hat uns die Superpädagogin im Onlineseminar eingetrichtert. Das habe ich belegt, nachdem ich »Liebevoll durch den Trennungsprozess« eigentlich ganz gut fand. Beim Belohnungsseminar konnte ich nur die ersten zwei Kursstunden mitmachen, weil Elternabend, Überstunden, Neles Schulkonzert und Noahs »Tag der kleinen Wissenschaftler« eine Teilnahme an den anderen Sitzungen verhindert haben. Vielleicht schaffe ich es, mir irgendwann die Aufzeichnungen anzusehen.

Nico lässt seinen Kopf gegen meine Brust fallen. Ob meine unpädagogische Happy-Meal-Bestechung verfangen hat, kann ich nicht sagen, denn eine Antwort habe ich nicht erhalten. Zumindest hat er sich beruhigt. Mein Brustkorb fühlt sich eng an. Ich atme aus, hake im Kopf ab, was ich bereits erledigt habe, und gehe durch, woran ich noch denken muss.

»Da sind sie nicht!« Nele stapft durch den Flur.

»Schau doch mal im Auto! Vielleicht hast du sie schon reingelegt.« Ich denke nach, ob im Kellerabteil noch etwas steht und ob ich die Kissen der Kinder schon hinuntergetragen habe. »Kannst du bitte die Mülltüte mitnehmen? Hängt an der Badezimmertür.«

»Jahaaa!«, antwortet meine Tochter und seufzt.

Ich versuche Nico zu überreden, mit seinem Bruder noch ein wenig im Hof zu schaukeln, damit ich in Ruhe durch die Zimmer gehen kann. Aber er hat keine Lust und möchte lieber bei mir bleiben. Also trage ich meinen Vierjährigen auf meiner Hüfte herum, während ich die Schränke der Einbauküche öffne und schließe.

Die Küche bleibt in der Wohnung zurück. Das Sofa, den Wohnzimmerschrank, den Esstisch und die Stühle habe ich verkauft. Das Doppelbett ist bereits letztes Jahr rausgeflogen.

Vor dem Fenster hebt und senkt der Wind die Äste der Kastanie. Seit die Miniermotte dort eingezogen ist, sehen die Blätter aus, als würden sie rosten. Es scheint, dass in und um dieses Haus gerade alles kaputtgeht.

Bei unserer ersten Besichtigung hat mich das dichte Grün vor dem Küchenfenster fasziniert. Deswegen habe ich mich auch sofort in diese Wohnung verliebt. Hier haben Tom und ich auf Klappstühlen Wein getrunken, als wir diesen Altbautraum bezogen haben. Der Mediziner und die Junior Art-Direktorin. Hier haben wir mit Freunden gegessen und gefeiert. Auf der Kücheninsel ist Nele wahrscheinlich gezeugt worden. Nach ihrer Geburt lagen bald Babyklamotten, Spucktücher und Spielzeug überall auf den cremeweißen Möbeln. Auf dem Eichenparkett ist Noah mit dem Schiebeauto herumgedüst, bis sich unser Vermieter Herr Leitmoser, der eine Etage unter uns wohnt, über die Rollgeräusche beschwert hat und wir herausgefunden haben, dass es Flüsterräder gibt. Im Schlafzimmer haben wir Nico nächtelang herumgetragen, wenn er mal wieder Bauchschmerzen hatte. Und am Esstisch, der inzwischen bei seinem neuen Besitzer in Haidhausen steht, saß ich, als ich vom Ende meiner Ehe erfuhr. Hier hat mir Tom erklärt, dass er sich auf dem Medizinerkongress an der Algarve unsterblich verliebt hat und ausziehen will. Einfach so. Nach fünfzehn Jahren. Er habe seinen Menschen gefunden, hat er mir ganz leise mitgeteilt, als würde es dann weniger wehtun. Aber es hat wehgetan. Als hätte er mein Innerstes herausgerissen und eine klaffende Wunde zurückgelassen. Tom war mein

Mensch. Und ich dachte, ich sei seiner. Seit sieben Monaten lebt er mit *seinem* wirklichen Menschen in Leipzig, und in dieser Zeit habe ich mich damit abgefunden, dass meine Zeit mit meinem Menschen hinter mir liegt. Alle Beziehungen, die vielleicht noch kommen, werden weniger gut sein. Aber inzwischen habe ich das akzeptiert. Ich habe mich arrangiert.

Etwa um die gleiche Zeit hat damals eine ehemalige Kollegin die Agenturleitung übernommen und mir mehrfach und überaus deutlich gezeigt, dass ich nicht *ihr* Mitarbeitermensch bin. Meine Entwürfe fand sie entweder zu wenig oder zu viel, zu kreativ, zu zurückhaltend, zu nichtssagend, dann wieder zu grell, zu plakativ oder zu ungestüm. Überhaupt war »zu« das Wort in meinem Leben. Nico holte ich zu spät vom Kindergarten, und ich gab ihm zu viel Ungesundes zum Essen mit (als ob fünf Gummibärchen Adipositas auslösen). Nele empfand mich als zu streng (ihr gegenüber) oder zu nachsichtig (wenn es um ihre Brüder ging). Nur Noah hat alles klaglos mitgemacht. Was mich befürchten lässt, dass ich mich zu wenig um ihn kümmere, weil er zu geringe Ansprüche stellt. Und zu guter Letzt meldete Herr Leitmoser Eigenbedarf an, weil wir zu lange und für zu wenig Geld in der Wohnung wohnen. München hat mir auf mehr als eine Art klargemacht, dass meine Zeit hier abgelaufen ist.

»Mami, kann ich dann extra Pommes haben?« Nico putzt seine Nase an meiner Schulter ab.

»Ich denke, das lässt sich einrichten«, sage ich und küsse ihn auf die Schläfe.

Aus dem Kinderzimmer ertönt Geschrei.

»Das sind meine!«, schimpft Nele. »Ich suche sie schon die ganze Zeit!«

»Lass das!«, schreit Noah. »Gib her. Ich muss das zu Ende machen!«

Ich will Nico absetzen, aber er klammert sich mit seinen Beinen an mir fest. Also eile ich mit ihm durch das leere Wohnzimmer und den kahlen Flur ins Kinderzimmer, das sich die Jungs bisher geteilt haben. Noah sitzt auf dem nackten Boden. Die Kopfhörer liegen um seinen Hals, und auf dem Tablet vor ihm ist das Videobearbeitungstool geöffnet.

Nele hat ihre Hände in die Hüften gestützt und steht wie ein Racheengel über ihrem achtjährigen Bruder.

»Er hat meine Kopfhörer einfach genommen. Ohne zu fragen! Er hat genau gehört, dass ich sie suche, da hätte er ja mal was sagen können!«

»Das sind Schallschutzkopfhörer«, erwidert Noah ruhig. »Da darf ich dich nicht hören! Wenn ich dich hören könnte, müssten wir sie sowieso zurückgeben, weil sie nicht funktionieren.« Er dreht sich zu mir. »Mama, ich muss das Video noch an Tobi schicken. Dann kann er es fertig machen. Morgen um zwölf muss es hochgeladen sein.«

»Wie viel Uhr ist es?«

Nele hält mir ihr Handydisplay hin. Noch zwanzig Minuten bis zur Übergabe. Eigentlich wollte ich längst alles im Auto haben. »Wie lange brauchst du denn noch?«, ich schaue mich um, ob noch etwas herumliegt.

»Nur noch ganz kurz. Das Ende muss ich noch schneiden!«

Zusammen mit seinem Kumpel Tobi nimmt Noah an der Science Challenge der Erfinderkids teil. Sie haben ein Video über ihr Experiment gedreht. Mithilfe von Regenwurmkolonien planen sie das Essensrecycling für Hotels und Gaststätten zu vereinfachen. Dass er seinen Wissenschaftsclub verlassen muss, fällt ihm schwer.

»Kannst du ihm bitte die Kopfhörer lassen, bis er sein Video fertig hat?« Ich sehe meine Tochter flehend an.

»Sina hat mir gerade eine Abschiedsnachricht geschickt, und die muss ich anhören.«

»Geht das nicht ohne Kopfhörer?«

»Das ist privat!« Anscheinend habe ich Undenkbares von meiner Tochter verlangt. »Kann er nicht seine nehmen?«

»Die sind schon im Auto, und da ist das linke Ohrteil kaputt!«, wirft Noah ein.

Nele verdreht die Augen.

»Dann geh doch bitte in dein Zimmer und mach die Tür hinter dir zu«, versuche ich zu vermitteln.

Meine Tochter schnauft genervt und schließt die Tür etwas lauter als nötig. Innerlich zähle ich bis zehn. Irgendwo in der Wohnung vibriert mein Handy. Ich gehe dem Geräusch nach und finde es auf dem Fensterbrett im Wohnzimmer. Es ist Mama, die wissen will, ob wir schon losgefahren sind. Ich verneine das, verspreche, Bescheid zu geben, sobald wir die erste Rast machen.

»Ich hätte kommen können«, sagt sie. »Dann hätte ich dich beim Fahren ablösen können, wenn du die Kinder schon unbedingt nachts quer durch Deutschland karren musst.«

»Dann hätten sich die Motten zu dritt auf die Rückbank quetschen müssen.«

»Dass ich mit ihnen den Zug nehme, wolltest du ja auch nicht.« Sie klingt vorwurfsvoll.

Ich weiß, dass sie es nur gut meint, trotzdem habe ich jetzt keinen Nerv für diese Diskussion. »Das hatten wir doch alles schon, Mama. Ich will einfach nicht, dass sie alleine sind, wenn sie München verlassen.«

»Das sind sie auch nicht«, sagt sie. »Ich bin schließlich ihre Oma. Und ich vermag sie sehr wohl zu trösten, sollten sie den Abschied schwernehmen.«

»Mama, du weißt doch, dass ich das nicht so gemeint habe.«

»Du bist nicht die Einzige, die sich um deine Kinder kümmern kann. Wie soll das denn werden, wenn du hier bist? Da kannst du auch nicht jeden Moment aus Friedrichstadt herkommen, wenn sie sich einen Nagel eingerissen haben. Du musst lernen, sie loszulassen.«

»Mama, bitte nicht jetzt«, sage ich und versuche, nicht ganz so sauer zu klingen. »Lass mich die Wohnung übergeben und fahren, und dann sehen wir weiter.«

»Ich meine ja bloß, wenn du nicht mal Levke und mir vertraust . . .«

»Das tue ich doch! Wir kriegen das schon hin, wenn ich erstmal bei euch bin.« Ich atme laut aus. »Gleich kommt Leitmoser, ich muss weitermachen. Bis morgen, Mama. Mach dir keine Gedanken.«

Wir beenden das Gespräch, und ich vermag nicht zu sagen, welches Gefühl in mir überwiegt. Bin ich wütend, weil sie sich ihre Vorwürfe nicht sparen konnte, oder plagt mich das schlechte Gewissen, weil ich zu schroff reagiert habe?

Mama und Tante Levke haben keine Sekunde gezögert, als ich gefragt habe, ob ich mit meinen Motten zu ihnen ziehen kann. Und dafür bin ich ihnen so dankbar. Allein hier hätte ich das nicht mehr geschafft. Trotzdem ärgert es mich, dass sie meine Entscheidung, die Nacht durchzufahren, nicht akzeptieren kann. Wenn sie wüsste, wie viele Auseinandersetzungen ich hier in den letzten Tagen bestreiten musste, würde sie das auch nicht anders handhaben.

Je nach Tageszeit und Laune haben mich die Kinder mit Fragen gemartert, warum wir nicht doch hierbleiben können oder warum wir nicht in die Nähe von Papi ziehen können. Als ob ich Lust darauf hätte, meinen Ex-Ehemann und seine große Liebe noch öfter dabei zu beobachten, wie sie perfekt harmonieren. Natürlich sage ich das nicht so. Stattdessen erkläre ich ihnen, dass Oma und Tante Levke immer für sie da sind, wenn ich in der neuen Agentur bin. Ich muss mich nicht mehr zerreißen, um Nico vom Kindergarten abzuholen, Nele zum Klavierunterricht zu bringen und Noah am Deutschen Museum rauszulassen, damit er einen Dinosaurier vermessen kann. Und ich kann mich endlich mal wieder in meine Projekte reinknien und in ihnen aufgehen.

»Mama!« Nele steht neben mir und rudert aufgeregt mit den Armen.

Ich stelle mich auf die nächste Ich-will-nicht-weg-Katastrophe ein.

»Sina und ihre Eltern fliegen in den Sommerferien in einen Club nach Griechenland, und sie würden mich mitnehmen. Wir müssten auch nur den Flug und das Hotel zahlen. Der Rest ist all inclusive. Darf ich mit?«

Seit Tagen glucken Nele und ihre beste Freundin zusammen, als würden wir eine Zeitreise in die Fünfziger antreten und fernab jeder Technologie ein kommunikationsarmes Dasein fristen. Doch so-sehr ich ihren Wunsch verstehen kann, habe ich gerade andere Probleme. Außerdem muss ich meiner Tochter beizeiten erklären, was all inclusive bedeutet.

»Können wir bitte morgen darüber reden? Ich muss mir das erst einmal in Ruhe anschauen.«

»Och Mama, bitte. Sie müssten es bald wissen, dann können sie mich noch hinzubuchen.« Nele sieht mich mit großen Augen an.

»Nele. Bitte. Morgen.«

»Aber Sina hat gesagt, in den nächsten achtundvierzig Stunden gibt es dieses Spezialangebot für Stammgäste.«

»Wir müssen das mit Papa absprechen, und außerdem müssen wir schauen, ob du dann auch Ferien hast. Schleswig-Holstein hat ganz andere Ferienzeiten als Bayern.«

»Papa hat schon Ja gesagt«, sagt Nele so nebenbei, während sie in ihr Handy tippt.

»Ach ja?« Das sieht Tom gar nicht ähnlich. »Was kostet das Ganze denn?«

Nele nennt mir den Flugpreis, der eigentlich okay klingt, und dann den Preis für die Unterkunft. Dieser lässt mich nach Luft schnappen. Das »Geht's dir noch gut« kann ich gerade eben zurückhalten. Ich habe ihr versprochen, dass sie ihre Freundin regelmäßig sehen darf, aber habe eher im Sinn gehabt, dass Sina in den Ferien zu uns kommt oder Nele zu ihr nach München fährt. Es freut mich ja, wenn die Schnellmeyers ihre dreizehnjährige Tochter first class durch die Weltgeschichte schippern, aber ich bin gerade dabei, unsere neue Zukunft zu finanzieren. Auf Unterhalt von Tom habe ich verzichtet. Für die Kinder zahlt er natürlich. Den Rest will ich alleine schaffen, auch wenn es manchmal wehtut. Der Auspuff und die Bremsbeläge, die ich erneuern musste, haben meinem Kontostand nicht gutgetan, und mit dem Umzug ächzt meine Bankkarte bei jedem Einkauf. Das Fitnessabo habe ich kurz nach der Trennung gekündigt, und zum ersten Mal in meinem Leben stopfe ich Socken, anstatt sie im Müll zu entsorgen. Allerdings stört es mich gar nicht so sehr, dass ich mich einschränken muss. Dass ich alles alleine schaffen muss, laugt mich aus. Ich kann mich nicht daran erinnern, wie es sich anfühlt, nicht müde zu sein.

»Ich rede mit Papa«, sage ich. Unter anderem darüber, dass er sich an unsere Abmachungen halten soll. »Und dann entscheiden wir.«

»Na toll! Erst zwingst du mich wegzuziehen, und dann darf ich nicht mal mit meiner Freundin in Urlaub fahren.« Sie dreht sich um und verlässt das Zimmer.

Bisher hat sie alle anstehenden Veränderungen so unpubertär vernünftig aufgenommen, dass ich mir Gedanken gemacht und ihr als Dankeschön sogar die Hörbuchgesamtedition ihrer Lieblingsromanreihe gekauft habe. Soll ich mich jetzt freuen, dass mit meinem Kind alles in Ordnung ist und sie nicht alles in sich reinfrisst? Oder soll ich mich ärgern, weil mir meine Tochter unverschämt begegnet ist? Die Pädagogiktante würde sagen, ich sei selbst schuld, weil ich mit einer Belohnung gearbeitet habe.

Ein wenig schadenfroh bin ich allerdings, dass Tom sich einen Absprachelapsus erlaubt hat. Seit der Trennung verhält er sich auf nervige Weise korrekt. Sein schlechtes Gewissen bringt ihn dazu, alles doppelt und dreifach abzuklären. Früher ist er oft heimgekommen und hat mich vor vollendete Tatsachen gestellt. »Hey, Maren, ich habe Noah und Nele zu einem Kletterkurs angemeldet. Freitag geht's los.« Solche Alleingänge haben mich genervt. Vor allem sein

Unverständnis, wenn ich nicht vor Jubel an die Decke gesprungen bin, wenn ich mit meinem Baby auf einer Hütte sitze, während Tom mit den Großen Felswände hochgekraxelt ist. Familienzeit am Wochenende hat in erster Linie ihm Spaß gemacht und den Kindern. Ich habe mitgemacht, um nicht als Spielverderberin dazustehen.

Meine Arme werden schwer, weil mein Jüngster noch immer an meiner Schulter hängt. Ich blicke zur Seite und stelle fest, dass er tatsächlich eingeschlafen ist. Vielleicht schaffe ich es, ihn in seinen Sitz zu stecken, ohne dass er aufwacht. Das wäre ein Fest!

Noah kommt rein, und ich bedeute ihm, still zu sein.

Er nickt und hält mir die Kopfhörer hin.

»Gib sie deiner Schwester«, flüstere ich. »Alles fertig und bei Tobi?«

Er reckt den Daumen nach oben. »Meinst du, es gibt in Sankt Peter-Ording auch Erfinderkids?«

»Wir werden sehen, und falls es noch keine gibt, erfinden wir sie einfach.«

»Ach, Mama, du und deine Witze.«

Heute scheint nicht mein Tag zu sein. Den Preis als coolste Mama kann ich abschreiben, die beste Einpackerin geht heute ebenfalls an jemand anders, und auch eine Stand-up-Comedy-Karriere sollte ich nicht in Betracht ziehen. Gleich kommt der Vermieter zur Abnahme der Wohnung. Höchste Zeit, noch einmal alle Zimmer zu überprüfen. Noahs und meine Schritte hallen in den leeren Räumen. Wir haben unser Hab und Gut in Kisten gepackt und gen Norden geschickt. Die guten Erinnerungen bewahre ich in meinem Herzen auf, und die schlechten werden sich irgendwann verlieren.

»Wollen wir unserer Wohnung Tschüs sagen?« Ich frage das leise, als befänden wir uns auf einer Beerdigung, und ein wenig fühlt es sich auch so an. Wir verabschieden uns von unserem bisherigen Leben. Meinen Schmerz über das Ende meiner Ehe habe ich begraben können. Mit der Wohnung lasse ich das letzte Überbleibsel aus dieser Zeit hinter mir und kann dieses Kapitel nun endgültig abschließen.

»Nele, kommst du?« Obwohl ich nicht damit gerechnet habe, trottet meine Tochter herein. Sie umarmt mich und Nico von der einen Seite, von der anderen umklammert mich Noah mit seinen Armen.

»Mach's gut, Wohnung.« Neles Stimme klingt belegt.

»Servus, du altes Haus.« Noah tut so, als würde er der Türklinke ein High Five geben.

Dann verfrachte ich Nico ins Auto, sage Noah und Nele, dass sie sich dort für die lange Fahrt einrichten sollen und gehe noch hoch in den zweiten Stock. Seufzend lasse ich mich auf die Toilette fallen und schließe für einen Moment die Augen.

Auf meinem Handy sind Nachrichten und Anrufe eingegangen. Meine Schwester Merle wünscht mir eine sichere Fahrt und schickt dicke Herzen. »Ich freue mich so auf euch«, schreibt sie. Meine Tante Levke rät mir, Pausen einzulegen und zur Not in einem Hotel unterzukommen. »Ich zahl dir das«, versichert sie, und ich weiß, dass ich das Angebot nicht annehmen werde.

Sieben Anrufe, unzählige Nachrichten und drei Sprachmitteilungen hat meine ehemalige Chefin hinterlassen. Sie schreibt, dass ihr Unterlagen für einen Kunden fehlen. Eigentlich will ich nicht antworten, aber dann siegt mein Anstand, und ich schreibe ihr, dass alles in einem Ordner auf dem Firmenserver abgelegt ist. Hätte sie mich nach fünfzehn Jahren in der Firma mit einem Anstandsstrauß verabschiedet, hätte ich die Kalkulation gesucht. Jetzt muss sie das selbst tun.

Ich klingele bei meinem Vermieter, und wir bringen die Übergabe kurz und beanstandungslos hinter uns. Und dann laufe ich ein letztes Mal durch das Treppenhaus, das nach altem Holz und Linoleum riecht. Das war's, denke ich. Allerdings lassen mir die Gedanken an die lange Fahrt kaum Zeit, das Gefühl auszukosten.

Im Auto überzeuge ich mich, dass die Jungs fest angeschnallt sind, und starte den Wagen. Von meinen Freundinnen habe ich mich bereits in den letzten Tagen verabschiedet. Ich hasse Abschiede und könnte Umarmungen und Hinterherwinken jetzt nicht ertragen. Deswegen bin ich froh, dass keiner winkt und niemand ein Tränchen verdrückt.

Gerade will ich aus der Parkbucht ausscheren, da läuft Herr Leitmoser aus dem Haus. Er schwenkt einen weißen Umschlag, und ich lasse die Scheibe herunter.

»Ich hab grad noch mal die Briefkästen kontrolliert, und da war noch dieses Schreiben für Sie.« Er reicht mir den Brief herein und sieht mich auffordernd an. Der Absender zeigt die Adresse der Firma, bei der ich übernächste Woche meine neue Stelle als Art-Direktorin antreten werde. Wahrscheinlich irgendein Willkommensschreiben, das in der Mittelkonsole warten kann, bis wir die erste Rast machen.

Leider fahren wir später los als geplant und stehen im Feierabendstau am Mittleren Ring. Nele schnieft und wischt sich dauernd über die Augen. Noah laufen die Tränen runter, und Nico schluchzt, er wolle hier nicht weg.

Am liebsten würde ich mitheulen. Gegen die Enge in meinem Hals versichere ich ihnen, dass ich sie verstehe und dass auch ich traurig bin, und versuche zu beherzigen, was ich von der Superpäda-gogin gelernt habe: Alle Gefühle haben ihre Berechtigung. Halten Sie Tränen, Wut und Trauer aus. Das kriege ich halbwegs hin. Aber trotzdem scheitern deren Ratschläge an der Realität, denn sie emp-fiehlt weiterhin, diesen Emotionen mit Nähe zu begegnen. Gerne würde ich meine Jungs in den Arm nehmen, aber ich habe keine Chance, den Wagen am Rand zu parken. Zähflüssigen Münchner Verkehr – inzwischen im Tunnel – hat die Expertin bei ihrer Emp-fehlung nicht berücksichtigt. Und die Ordnungshüter hätten sicher wenig Verständnis, wenn ich ihnen erklären würde, ich hätte einen weiteren Stau verursacht, weil ich den Ratschlägen aus meinem On-linekurs gefolgt bin und meine Kinder dabei unterstützt habe, ihre Gefühle zuzulassen. Außerdem scheinen sie zumindest damit keine Probleme zu haben. Also versuche ich vom Fahrersitz aus zu trösten, irgendwie ihren Schmerz aufzufangen und dem Auto vor mir nicht an die Stoßstange zu fahren. Tränen stehen in meinen Augen, und ich muss mich echt zusammenreißen. Meine Stimme zittert.

Nico trommelt mit seinen Füßen gegen Neles Beifahrersitz. Sie fährt ihn an. Als er nicht aufhört, dreht sie sich um und haut ihm mit der Hand auf die Beine.

»Himmel! Nele! Wir schlagen hier nicht!«, schreie ich. Das hätte ich mir sparen können, denn Nele hat ihren Brüdern eigent-lich noch nie eine verpasst, und Nicos Wutanfall, der jetzt folgt, hat die Ermahnung auch nicht verhindern können.

»Nico, hör jetzt sofort auf«, fahre ich ihn an, und bedenke meine Tochter mit einem gefauchten »Musste das jetzt sein?«

»Lass du dir doch mal in den Rücken treten!« Demonstrativ setzt sie die Kopfhörer auf.

»Jetzt ist hier Ruhe!« Meine Fingernägel krallen sich ins Lenkrad. So eine Fahrt wünsche ich niemandem. Nicht mal meiner ehemaligen Chefin. Vielleicht hätte ich Mama doch bitten sollen, nach München zu kommen und mit den Kindern den Zug zu nehmen. Aber ich wollte meine drei Motten nicht allein lassen. Das habe ich nun davon.

Irgendwann verstummt das Weinen, und die Schluchzer verebben. Im Spiegel sehe ich, wie Nico die Augen zufallen. Noah ist ebenfalls kurz davor, einzuschlafen. Als sich der Stau auflöst, trete ich aufs Gas und versuche, so viele Kilometer wie möglich zu schaffen, bevor sie wieder aufwachen.

Der Himmel hat sich in abendliches Blau mit Wolkentupfen gehüllt, als wolle er sich zum Abschied noch einmal von seiner besten Seite zeigen. Am Kindinger Berg präsentiert er sogar ein rosafarbenes Band am Horizont. Mein Norden kann das auch. Allerdings ohne Bergkulisse – auf die werden wir verzichten müssen. Langsam fange ich an, mich auf zu Hause zu freuen.

Nach drei Stunden Autobahn brauche ich eine Pause. Die Jungs sind aufgewacht und verlangen nach dem Happy Meal mit extra Pommes, das ich ihnen versprochen habe. Während die Kinder Chicken Nuggets verschlingen und die Spielzeuge aus den Plastikfolien befreien, komme ich endlich dazu, den Umschlag zu öffnen.

Meine Adresse scheint in den Kundenverteiler meines zukünftigen Arbeitgebers gerutscht zu sein.

Ein Infobrief informiert darüber, dass die Agentur Jäger und Mors nach dem Ausscheiden von Sebastian Mors nur noch als Jäger-Kreativagentur firmiert. Es folgen Versicherungen, dass sie ihren Kunden weiterhin mit ihrem Know-how zur Seite stehen: maßgeschneiderte Projektlösungen, Brandingstrategien, individuelle Markenidentität, blablabla. Mein Einstellungsgespräch habe ich mit dem scheidenden Partner geführt. Dass mich ein Infobrief über seinen Fortgang informiert, lässt meinen Bauch grummeln.

»Mama, können wir noch ein Eis?«, fragt Noah.

»Aber klar, mein Schatz!« Ich ziehe einen Schein aus meinem Geldbeutel und drücke ihn Nele in die Hand. »Geht vor und sucht euch was aus.«

Verwunderung liegt in den Augen meiner Tochter. Hat sie etwas bemerkt? Sie steht auf und nimmt Nico an der Hand. Noah läuft neben ihnen her. Hoffentlich dauert das ein bisschen. Mir ist übel. Kommt das vom Stress, oder hat der Brief dieses Unwohlsein ausgelöst? Noch einmal lese ich die Zeilen und frage mich, ob diese Veränderung meinen Neustart untergraben könnte, bevor er begonnen hat. Vielleicht übertreibe ich auch. Mein Vertrag ist unterzeichnet. Er läuft auf die Firma, nicht auf Sebastian Mors. Wahrscheinlich mache ich mir unnötig Sorgen.

Die Kinder kommen zurück und überreichen mir ein Eis mit bunten Streuseln. »Damit du wieder fröhlich bist«, sagt Nico, und ich muss die drei kurz an mich drücken.

Während die Jungs jede Schokolinse einzeln aus dem Becher löffeln, sieht mich Nele forschend an.

»Alles okay, Mum?«

Ich nicke und versuche zu lächeln. »Ich habe mich nur gewundert, weil es Veränderungen in meiner neuen Firma gibt. Aber nichts Wildes. Alles ist gut.«

Mein Bauch warnt mich, dass es das nicht ist. Aber ich werde dafür sorgen, dass es so wird. In meinem neuen Leben habe ich einen Job, in dem ich mich wieder wohlfühlen werde, meine Mutter und meine Tante, die sich um meine Kinder kümmern, wenn ich nicht da bin, und viel mehr Zeit für die Motten, wenn ich aus der Agentur nach Hause komme. Das ist der Plan, und den ziehe ich durch. Vielleicht ist noch nicht alles gut, aber es wird gut werden. Für mich und meine Kinder. Das verspreche ich mir hier und jetzt.

# 2

## Maren

Um kurz nach sechs Uhr morgens überquere ich bei Tönning die Eider. Im Mittelalter markierte der Fluss die Grenze zwischen Dänemark und Sachsen, später die zwischen Schleswig und Holstein. Heute lasse ich hier mein altes Leben hinter mir. Gemessen am blau-weiß-pinken Abschiedsprogramm in Bayern ist die Himmelschoreographie in meiner Heimat noch ausbaufähig. Nicht, dass ich einen dramatischen Sonnenaufgang erwartet hätte, aber auf ein nordisches Silbergrau hatte ich mich schon eingestellt.

Mein Magen kribbelt vor diesem ersten Date mit unserem Neuanfang. Ich biege auf die Landstraße ein, die zu meinem Heimatort führt. Links und rechts erstrecken sich Wiesen, auf denen Schafe als weiße Punkte erscheinen. Endlich habe ich mein plattes Land wieder!

»Willkommen daheim«, sage ich leise.

Erst jetzt merke ich, wie sehr mir das alles gefehlt hat. Ich öffne das Fenster und lasse meine verzagten Gedanken hinauswehen. Zumindest einen Teil davon. Auf der Rückbank öffnet Nico die Augen, blinzelt und schläft wieder ein. Neben mir döst Nele, den Kopf gegen die Fensterscheibe gelehnt. Noah schnarcht leise. Schade, dass die Kinder die Tiere nicht sehen können, ebenso wenig die Haubarghöfe, die wie Inseln aus den Wiesen ragen, und die Ortschaften, in denen sich die Häuser mit den Klinkerfassaden eng aneinanderschmiegen: der Bäcker, die Kunsthandwerker, der Dorfkrug.

Wir lassen Katharinenheerd und Garding hinter uns. Am Horizont stehen Bäume Spalier. Ihre Äste und Zweige strecken sich landeinwärts, als wollten sie uns begrüßen. Nirgendwo sonst formt der Wind solche Kunstwerke wie hier. Kurz vor Tating biege ich links in einen schmalen Weg ein. Dort vorne liegt er, der Möwenhof.

Linden und Kiefern umgeben das Reetdachhaus, den Stall und die Scheune, als wollten sie diese beschützen. Ich lasse den Wagen auf dem Kopfsteinpflaster ausrollen und stelle den Motor ab. Mein Kopf sinkt gegen die Lehne, und ich atme laut aus. Geschafft! Über den Baumkronen wird der Himmel langsam blau. Die Blätter rauschen sanft. Auf der Wiese neben dem Haupthaus picken die Hühner nach Würmern. Aus der Ferne schlagen die Glocken der Ordinger Kirche siebenmal. Die Laterne über der Stalltür flackert träge, doch die Nebengebäude, in denen früher Kühe und Schafe lebten, scheinen noch zu schlafen – genau wie meine Motten.

Wir werden erwartet: Die dunkelgrüne Tür steht einen Spalt offen, und die Buchstaben der Herzlich-Willkommen-Girlande tanzen im Wind. Durch das Küchenfenster scheint warmes Licht.

Im nächsten Moment fliegt die Tür auf, und Tante Levke kommt, so schnell es ihre Clogs zulassen, die Stufen heruntergerannt.

»Kinners«, ruft sie und umarmt mich. Als sie mich fest an sich drückt, kann ich endlich loslassen. Ich schlucke den Kloß hinunter, der mir plötzlich in der Kehle sitzt.

»Gott sei Dank seid ihr sicher angekommen«, sagte Levke in die Umarmung hinein. »Die ganze Nacht durchfahren und das auch noch alleine. Was hab ich mir Sorgen gemacht!«

»Ist ja alles gut gegangen.« Jetzt kann ich meine Tränen kaum mehr zurückhalten, trotzdem versuche ich sie wegzuwinkern.

Levke sieht ins Auto, und ihr Blick ruht liebevoll auf meinen Jungs in ihren Kindersitzen. »Die werden wir schon zu richtigen Möwenhöflern machen. So schnell können die gar nicht kieken.«

Ihr Plan klingt wie ein Versprechen, und ich spüre, wie ihre Worte die Anspannung aus meinem Kopf und meiner Brust rieseln lassen.

»Denn ma rin in die gode Stuv«, sagt sie. »Wollen wir sie auf das Sofa in der Küche legen?«

Als ich nicke, löst sie Nicos Gurt und hebt ihn aus dem Sitz. Seine Lider flattern kurz, und ich bleibe neben meiner Tante stehen, um ihn zu übernehmen, falls er weint. Doch er lässt seinen Kopf auf Levkes Schulter sinken und sich von ihr ins Haus tragen. Wahrscheinlich merkt er nicht einmal, dass er soeben in sein neues Zuhause gebracht wird.

Ich lege meiner Großen die Hand auf den Oberarm.

Nele blinzelt und schlägt die Augen auf. In einer Geschwindigkeit, die ich ihr zu dieser Tageszeit nicht zugetraut hätte, klettert sie aus dem Auto. Sie begutachtet den Stall, die Scheune und das Wohnhaus, als wäre sie zum ersten Mal hier, und ich versuche ihren Gesichtsausdruck zu lesen.

»Wann können wir an den Strand, Mama?« Sie stellt sich auf die Zehenspitzen und schaut zwischen den Gebäuden hindurch und über die Weide hinweg in Richtung Horizont.

»Später, wenn deine Brüder wach sind.« Ich lächle, weil zumindest eines meiner Kinder meine Friesen-Gene geerbt hat. Auch ich kann es kaum erwarten, ans Meer zu kommen und mit meinen Füßen im weichen Sand zu versinken und die Nordsee an meinen Zehen zu spüren.

»Meinst du, wir können schwimmen gehen?«, fragt sie.

»Na klar. Es ist Juni!« Vermutlich steckt ihr Vater hinter dem Mythos von der kalten See, in der man nicht mal baden kann. Wieso habe ich ihn eigentlich mit den Kindern so oft in die Berge fahren lassen? Damit er sie mit seiner Wander- und Kletterfreude infiziert? Es ist an der Zeit, dass ich ihnen die Liebe für mein Element, das Meer, näherbringe.

Ich beuge mich zu Noah hinunter. Irre ich mich, oder sind seine Lider immer noch gerötet? Ich hoffe so sehr, dass er nicht sofort wieder zu weinen anfängt, wenn ich ihn wecke.

Sanft streichle ich über seine Wange. »Noah-Schätzchen, wir sind angekommen.«

Er dreht den Kopf weg, und mich beschleicht die Vermutung, dass er schon eine Weile nicht mehr schläft, sondern nur nicht aussteigen möchte.

»Darf ich die streicheln, Mami?« Nele zeigt auf die Katze, die sich auf der Bank vor der Scheune niedergelassen hat.

»Sicher, wenn sie dich lässt«, sage ich und beobachte, wie meine Tochter auf die Bank zugeht und sich vor dem grau getigerten Tier hinkniet. Ob es zu uns oder zu den Nachbarn gehört, weiß ich nicht.

Leise spricht Nele mit der Katze und streicht ihr mit der Hand über den Rücken.

»Oh, McGonagall, da wirst du aber verwöhnt«, höre ich eine klare Stimme hinter mir.

Meine Tochter reißt die Augen auf, weil die Katze wie ihre Lieblingslehrerin aus Harry Potter heißt, und liebkost sie hingebungs-voll.

Ich drehe mich um und sehe meine Mutter vom Fahrrad steigen. Sie ist immer auf zwei Rädern unterwegs, egal, wie stark der Wind weht. Das ist schon immer so gewesen, nur dass sie sich inzwischen ein wenig unterstützen lässt, wie sie es ausdrückt, seit sie sich ein E-Bike angeschafft hat.

»Jetzt wart ihr doch schneller als ich«, ruft sie und holt eine Lei-nentasche aus dem Fahrradkorb. »Die Kinder sollen schließlich un-sere gute Mettwurst bei ihrem ersten Frühstück haben.«

Sie umarmt mich zur Begrüßung. Dass sie und Tante Levke Schwestern sind, sieht man auf den ersten Blick. Nur dass Levkes blonde Haare immer ordentlich anliegen – ganz anders als die mei-ner Mutter. Da sie sich selbst keine Ruhe gönnt, hat auch ihre Frisur keine Gelegenheit zu sitzen.

Groß sind wir drei Petersen-Frauen nicht, wir erreichen knapp die eins siebzig. Nur meine Schwester Merle überragt uns um eine Kopflänge. Dass Tante Levke wunderbar backt und für ihre Koch-künste gerühmt wird, sieht man ihr und Mama an. Sie haben gemüt-liche Figuren. Das ändert aber nichts daran, dass sie bei den Küs-tenwanderungen noch munter durchs Watt stapfen, wenn sich die Touristen schon längst danach sehnen, im Strandkorb die Füße hochzulegen.

»Du wirst müde sein.« Sie mustert mich.

»Geht schon«, sage ich ausweichend, weil ich befürchte, dass sie mir vor Augen führt, was uns alles hätte passieren können. Doch das tut sie nicht.

Ihre Frage nach der Fahrt beantworte ich flüsternd. »Am Anfang hat sie sich sehr tränenreich gestaltet. Den Rest erzähle ich dir später.«.

»Sieht doch ganz gut aus«, meint sie und weist mit dem Kopf in Richtung Scheune, wo sich Noah inzwischen zu seiner Schwester und der Katze gesellt hat. Offenbar hat er meine Abgelenktheit genutzt, um aus dem Auto zu klettern. Nun krault er McGonagalls Bauch, und die scheint das zu genießen, denn sie hat sich auf den Rücken gelegt und räkelt sich.

»Gibt es hier Enkelkinder, die gerne frühstücken wollen?« Meine Mutter stemmt die Hände in die Hüften und schaut meine Kinder an.

Erst da scheinen die beiden richtig zu realisieren, dass es Mama ist, die bei mir steht.

Nele kommt als Erste angerannt und begrüßt ihre Oma. Sie legt ihren Arm um deren Taille und scheint sie gar nicht mehr loslassen zu wollen.

»Kommst du auch?« Mama winkt mit ihrem freien Arm in Noahs Richtung.

Der überlegt kurz, läuft dann ebenfalls zu seiner Oma und kuschelt sich an ihre andere Seite.

Einen Augenblick bleibe ich stehen und sehe den dreien zu, wie sie Arm in Arm ins Haus gehen. Die erste Hürde ist genommen. In meinen schlimmsten Fantasien saßen die Jungs im Auto und weigerten sich stundenlang, auch nur auszusteigen.

Erleichtert schließe ich die Augen, lege den Kopf in den Nacken, sauge die frische Nordseeluft ein und genieße das Gefühl, wie sie in meine Lunge strömt. Dann schlage ich die letzte Autotür zu und gehe ins Haus.

Bestimmt haben die Menschen, denen das Wort Gemütlichkeit eingefallen ist, in einer Küche gesessen, die aussah wie die des Möwenhofs. Zwischen den Fenstern steht immer noch der Apothekerschrank, in dessen Schubladen Mandeln, Rosinen und Zimt darauf warten, von Levke verbacken zu werden. Im Vitrinenaufsatz erstrahlen die guten Teller, die mit ihrem hübschen Blumendekor natürlich nur zu Festtagen auf den Tisch kommen.

Tante Levke holt Kakaopulver aus einem der weißen Oberschränke und stellt es zu den Marmeladen, dem Honig, dem Deichkäse und der Mettwurst auf den Tisch. Den Brötchenkorb, der mit einer weißen Spitzenserviette ausgelegt ist, platziert sie in der Mitte. Die Brötchen hat sie heute Morgen selbst gebacken. Weiß Gott, wann sie aufgestanden ist! Wahrscheinlich konnte sie aus Sorge um uns nicht schlafen.

Auf dem alten Küchensofa liegt Nico unter einer Häkeldecke und schläft.

»So sieht er uns gleich und kriegt keinen Schreck, wenn er aufwacht«, sagt Tante Levke und legt ihren Arm um mich. »Wir belegen die Lütten so mit Beschlag, dass sie gar nicht zum Nachdenken kommen. Lass uns nur machen.« Sie drückt mich kurz. »Die werden bald richtige Nordlichter sein, so schnell kannst du gar nicht gucken.«

So etwas Ähnliches hat sie vorhin schon gesagt, aber ich kann das heute gar nicht oft genug hören, weil ich mir so sehr wünsche, dass sie recht hat!

»Schreib mal Walnüsse auf die Einkaufsliste«, sagt Levke. Ich ziehe die Krimskramsschublade heraus und schnappe mir einen Kugelschreiber. Seit ich denken kann, sammelt sich dort alles, was

Mama und Levke dringend brauchen und wofür sie nicht ins Bad, in die Speisekammer oder ins Wohnzimmer pilgern wollen: Pflaster, Haushaltsgummis und selbstverständlich Skatkarten – das Lieblingsspiel meiner Familie. Bestimmt werden meine Kinder in dieser Woche ihre erste Unterweisung erhalten.

Als Mama mit Nele und Noah vom Händewaschen zurückkommt, lege ich einen Finger auf die Lippen und nicke mit dem Kopf in Nicos Richtung.

Noah schielt zu seinem Bruder. Dabei sieht er aus, als bereue er es, aus dem Auto gestiegen zu sein. Wahrscheinlich möchte er lieber ebenso auf dem kuschligen Sofa liegen.

»Sobald wir fertig sind, müssen wir unbedingt die Ziegen und die Hühner füttern«, verkündet Tante Levke und sieht Mama bedeutsam an.

»Vadder Hinrich ist heute auf einer Taufe in Husum«, sagt Mama. »Deshalb muss ich nachher mal rüber und die Tiere versorgen. Letzte Woche sind zwei Kälbchen geboren worden. Und nach den Schafen muss ich auch sehen. Vielleicht will Nico ja mit, wenn er aufwacht.« Meine Mutter schaut Noah an. »Möchtest du mir auch zur Hand gehen?«

»Kann schon sein«, erwidert er zaghaft.

Unser Nachbar, Vadder Hinrich, ist eine Seele von Mensch, doch sein brummiges Gesicht und seine Einsilbigkeit können im ersten Moment abschreckend wirken. Deswegen bin ich ganz froh, dass meine Kinder erst einmal nur seine Tiere kennenlernen.

»Irgendjemand muss mir aber auch in der Küche helfen«, beschwert sich Levke. »Lisbeth hat mich gefragt, ob ich ihr ein paar Brote für ihr Scheunenfest mitbacke.«

»Gibt's hier keinen Bäcker?« Nele sieht mich fragend an. Hast du uns etwa in ein Nest gebracht, wo es keine Geschäfte gibt, scheint ihr Blick zu sagen, und ich bereue es einmal mehr, meine Kinder nicht öfter ins Auto gepackt und hierhergekarrt zu haben. Stattdessen ist Mama immer in den Zug gestiegen und zu uns nach München gekommen. Bei unserem letzten Besuch hier war Noah drei und Nico noch ein Baby. Auch Nele kann sich anscheinend an nichts mehr erinnern.

»Natürlich gibt es hier Bäcker«, versichere ich. »Aber es ist doch viel spannender, sein eigenes Brot zu backen.«

Wieso antworte ich so behutsam? Normalerweise hätte ich gesagt: »Keinen Bäcker, keinen Schlachter, kein Klamottengeschäft«, und wahrscheinlich noch ein »Entweder man macht seine Sachen hier selbst, oder man verzichtet darauf« hinterhergeschoben. Aber ich habe Angst, dass Witze heute bei meinen Kindern nicht funktionieren. Und dabei bin ich so stolz darauf, dass sie bereits einen Sinn für Ironie entwickelt haben. Sogar die Kleinen.

»Beim Abendessen machen wir den Test«, sagt Levke. »Brot vom Bäcker und mein eigenes Brot – dann kannst du selbst entscheiden.«

Ich höre heraus, dass ihre Bäckerinnenehre verletzt ist. Wahrscheinlich wird sie neben ihrem Hausbrot auch Walnuss- und Rosmarinbrot backen. Und wer weiß, welche Sorten sie noch aus ihrem Ofen zaubert, damit meine einfältigen Großstadtgören den Unterschied zwischen Handwerk und Backshop kennenlernen.

Dabei hat Nele mit ihrer Freundin Sina selbst einmal einen Nachmittag im Deutschen Museum mit Brotbacken verbracht. Aber auch das sage ich lieber nicht laut, denn sonst erinnere ich Noah daran, dass er dort Ende des Monats die Wissenschaftswoche mit den Erfinderkids verpasst.

Ich seufze unhörbar und wünsche mir vom Universum oder jedem, der dafür zuständig sein könnte, dass sich meine Kinder bald einleben und dieser Eiertanz in meinem Kopf aufhören kann.

Bevor ich mich noch weiter bemitleide, geht die Tür auf, und meine Schwester stürmt herein. Die dunklen Locken hat sie von Papa, und auch dass sie einen Kopf größer ist als wir anderen, kommt von der väterlichen Seite. Von dieser habe ich die kleinere Nase geerbt. Merle allerdings teilt sich die prominente Petersen-Nase mit Levke und Mama.

Unser Vater lebt seit der Trennung von Mama in den Niederlanden und meldet sich hin und wieder mit einer nichtssagenden Nachricht per Messenger. In unserem Leben spielt er seit zweieinhalb Jahrzehnten keine große Rolle. Die Familientradition, dass jede Generation ihren eigenen Anfangsbuchstaben nach dem Alphabet bekommt, hat er mitgemacht, genau wie Tom. Sollten meine Kinder mal Kinder haben – falls sie das wollen – bin ich gespannt, ob sie sich für Olga, Olivia und Ole entscheiden oder ihren eigenen Weg gehen.

»Da seid ihr ja!« Merle rutscht neben Nele auf die Küchenbank. »Was hab ich mich auf euch gefreut!«

»Hi, Merle«, sagt Nele und strahlt.

»Na, was geht, Großer?« Meine Schwester wendet sich Noah zu und hebt die Hand zum High five.

Noahs Augen funkeln. Offenbar findet er es cool, der Große zu sein. Lässig bewegt er sich auf Merle zu, klatscht ihre Hand ab und lässt sich neben sie auf eines der geblümten Kissen plumpsen.

»Von neun bis eins habe ich morgen Termine«, verkündet meine Schwester. »Aber wenn dann alle Welt schön und gepflegt ins Wochenende gegangen ist, können wir zu John und die Boards abholen. Ich habe Mini Malibus reserviert. Die sind gut für den Anfang, aber ich bin mir sicher, bald können wir auf richtige Boards umsteigen. Ihr habt doch Lust, oder?«

Merle und ihre Ideen. Sie liebt es, zu planen und zu organisieren, und ich warte auf den Tag, an dem sie versehentlich zwei Aktivitäten zur selben Zeit ansetzt oder es versäumt, die Beteiligten von deren Teilnahme in Kenntnis zu setzen. Bei meinen Kindern hat sie mit ihrer Überraschung ins Schwarze getroffen.

Nele kommt aus dem Strahlen nicht mehr heraus. Wahrscheinlich schickt sie in Gedanken bereits Fotos an ihre Freundinnen: am Strand, im Neoprenanzug, mit Surfboard. Auch Noah schiebt die Lippen nach vorn und nickt.

»Anzüge habe ich euch schon besorgt. Das ist mein Begrüßungsgeschenk. John hat mir eine Auswahl mitgegeben. Was nicht passt, geben wir ihm heute Nachmittag zurück.« Dann wendet sie sich grinsend an mich: »Für dich hab ich auch einen.«

Ich habe seit vielen Jahren nicht mehr auf einem Surfbrett gestanden, aber im Moment bin ich zu allem bereit, was meinen Kindern über die ersten Tage hinweghilft.

Meine Schwester surft, als stamme sie von Neptun persönlich ab. Wenn es die Termine in ihrem Kosmetikstudio erlauben, springt sie schon morgens früh in die Wellen. Sie bestellt ihre Kundinnen meist so, dass sie vorher einen Abstecher zum Strand machen kann.

»Jetzt lasst uns aber mal mit dem Frühstück anfangen«, sagt Mama und reicht den Korb mit den Brötchen herum.

»Kann ich eine Breze haben?«, fragt Nele.

»Dat hem wer hier nicht, aber ein Kastanienbrötchen kannst du haben«, sagt Levke und hält ihr den Korb hin.

Meine Tochter zögert.

»Das ist eine ganz normale Laugensemmel«, beruhige ich sie.

»Wenn deine Mudder das sagt, dann scheint das wohl so was zu sein«, sagt Levke lachend, und Nele greift endlich zu.

»Das ist die Halligmettwurst, die ist mild, und das ist die Theodor Storm, die hat ein bisschen mehr Wumms, wie unser Schlachter sagt. Die kommt aus dem Rauch«, erklärt meine Mutter. »Teewurst haben wir auch. Und Leberwurst. Der Deichkäse ist sogar prämiert, den macht unser Nachbar.«

»Und der ist sehr heiß«, ergänzt meine Schwester augenzwinkernd. »Datet immer mal wieder, die Richtige war aber noch nicht dabei ...«

Nele wirft mir einen Blick zu. Ich erkenne Verwunderung darin, aber auch noch etwas anderes. Einen stillen Vorwurf?

»Dann wünsche ich ihm viel Glück«, sage ich schnell und bedeute meiner Schwester mit einem Kopfschütteln, dass sie solche Bemerkungen bitte unterlassen soll. Ich will die Kinder nicht noch mehr verunsichern. Davon abgesehen, steht mir der Kopf gerade ohnehin nicht nach einer Beziehung oder auch nur einem Date.

»Die Marmeladen haben Levke und Oma alle selbst gekocht«, wechsle ich das Thema. »Die müsst ihr probieren.«

»Die Hagebutte ist uns am besten gelungen«, fügt Mama stolz hinzu.

Mein Sohn blickt alarmiert. Hagebutten kennt er bloß aus dem Kinderlied und als Zutat für Juckpulver. Im Supermarkt habe ich immer nur Erdbeere oder Himbeere eingepackt. Warum, weiß ich nicht.

»Es gibt auch andere Sorten.« Ich deute auf das Glas mit der Kirschmarmelade.

»Die sind aber nicht so lecker.« Merle hält ihm ihre Brötchen-hälfte hin.

Noah schüttelt den Kopf und macht keine Anstalten, eine neue Marmeladensorte zu probieren.

»Ist das Salami?«, fragt er und zeigt auf die Mettwurst.

»Ja, die heißt hier nur anders«, erwidere ich. »Die schmeckt dir bestimmt.«

Mama und Levke wechseln einen Blick. Bestimmt finden sie, dass ich den Kindern zu wenig »Norden« vorgelebt habe. Und wahrscheinlich haben sie sich soeben darauf verständigt, dieses De-fizit in den kommenden Wochen auszugleichen.

Nachdem meine Kinder festgestellt haben, dass die Sachen auf dem Frühstückstisch nicht nur essbar sind, sondern richtig gut schmecken, tauen sie ein wenig auf. Sie löchern Merle, bis sie alles über die Boards und den geplanten Nachmittag am Meer erfahren haben.

Mama und Levke zählen immer mehr Tiere auf, die auf dem Nachbarhof darauf warten, versorgt werden, und ihnen fallen tau-send Sachen ein, die auf dem Möwenhof erledigt werden müssen und wobei sie dringend Hilfe brauchen.

Noahs Blick wandert von Levke zu meiner Mutter und von mir zu Merle und wieder zurück.

»Was geht dir denn gerade durch den Kopf?«, will meine Tante wissen.

Mein Sohn schluckt den Brötchenbissen hinunter und lässt uns dann an seiner Beobachtung teilhaben. »Wir sind die Ersten, die zu dritt sind, also Nele und Nico und ich. Ihr seid sonst alle zwei. Also haben wir sozusagen gewonnen!«

Meine Mutter schüttelt den Kopf. »Nein, es herrscht Gleichstand. Wir sind nämlich auch zu dritt. Unser Bruder heißt Ludger, aber der wohnt weit weg.«

Levke deutet auf ein Foto an der Wand. Es zeigt meinen Onkel bei seinem letzten Besuch, und die Tatsache, dass man diese Erinnerung nicht auf dem Smartphone hat, veranschaulicht, wie lange Ludger keinen Fuß mehr auf den Möwenhof gesetzt hat.

Neugierig beäugen meine Kinder das Bild. »Du hast ihn sogar einmal getroffen, aber da warst du noch ein Baby«, sagt meine Mutter zu Nele.

»Wo wohnt er denn?«, will Nele wissen.

»In Kenia, denke ich. Dort bietet er Jeeptouren an«, antwortet Mama.

»Schon lange nich' mehr!« Levke schüttelt heftig den Kopf. »Dort hat er sich doch mit dem Hotelbesitzer überworfen. Hat er nicht eine Strandbar in der Nähe von Kapstadt?«

»Die ist doch pleitegegangen«, gibt Mama zu bedenken.

»Ja, aber er will es noch einmal probieren. Dachte ich«, wirft Levke ein.

»Wie oft ist er denn schon umgezogen?«, fragt Noah.

»Sehr oft«, sagt Mama. »In Ghana hat er mal länger gewohnt. Da dachte ich fast, er wird sesshaft. Aber es war dann wohl doch nichts.«

Mein Onkel scheint sich nicht nur, was seinen Wohnsitz anbelangt, schwer festlegen zu können. Auch die Frauen, mit denen er zusammen ist, wechselt er oft. Dass er für seine Verhältnisse relativ lange in Ghana war, weiß sogar ich noch. Ich kann mich an ein Foto mit einer bildschönen Frau erinnern, das er uns mal geschickt hat. Wahrscheinlich hat sie ihn zum Teufel gejagt, als sie gemerkt hat, dass sie sich mit einem Filou eingelassen hat.

»Wir sollten ihm jedenfalls mal wieder schreiben«, sagt Mama. »Von selbst rührt er sich selten.«

»Wenn du willst, dass er sich meldet, musst du nur mal die Pacht nich' pünktlich überweisen«, murmelt Levke vor sich hin.

Meine Kinder scheinen das nicht mitbekommen zu haben, sonst würden sie sicher nachfragen. Ich muss zugeben, dass es sogar mir entfallen war, dass der Möwenhof eigentlich Ludger gehört und Mama und Levke für die Nutzung zahlen müssen. Für mich war es immer unser Hof, weil sich mein Onkel nie etwas aus dem Anwesen gemacht hat. Ich kaue auf meinem Marmeladenbrötchen herum und merke, wie die Müdigkeit das Kommando übernimmt.

»Wo wohnen wir jetzt eigentlich?«, fragt Nele in meine Gedanken hinein.

»Drüben in der Gesindestuv«, antwortet Levke. »Wollen wir uns die mal ansehen, wenn ihr fertig seid?«, schlägt sie vor.

Offenbar hat sie nicht bedacht, dass meine Kinder mit dieser Ankündigung umgehend die Nahrungsaufnahme beenden werden. Beide sehen mich flehend an. Nur Nico schläft immer noch tief und fest, deshalb entschließe ich mich, in der Küche zu bleiben.

»Jetzt geh mal mit deinen Kindern«, meint Mama. »Ich krieg das schon hin, wenn er aufwacht.«

Ich zögere, aber Noah nimmt meine Hand und zieht mich hinter sich her, und so folgen wir Levke, die uns aus der Haustür hinaus und zu einer dunkelgrünen Holztür an der Seite des Hauses führt.

»Was heißt Gesindestuv?«, will Noah wissen, und ich erkläre ihm, dass man die Bediensteten, also Mägde und Knechte, früher als Gesinde bezeichnet hat.

Er nickt, und ich sehe, wie Nele die Augen verdreht. Sie hat Sankt Peter-Ording gegoogelt und Strandkorbbilder, Kitesurfer und Strandausritte gesehen. Mit der Überdosis Landleben hat sie nicht gerechnet, und die Gesindestuv scheint ihr den Rest zu geben. Wahrscheinlich hat sie Michel aus Lönneberga-Bilder vor Augen, mit der Magd Lina, die auf der Küchenbank schläft, und Alfred, der in einer winzigen Hütte haust.

»Früher hat hier ein Verwalter gewohnt, und eine Zeit lang war das eine Ferienwohnung«, erklärt Levke und lässt die Kinder eintreten.

Der winzige Flur führt gleich in den Wohnbereich, einen großen Raum mit Holzdielen und vier Rundbogenfenstern zur Hofseite hin. Und endlich ist sie da! Die Morgensonne schickt ihre Strahlen durch die Fensterscheiben, als wolle sie auch einen Blick in unsere neue Bleibe werfen. Hat sich ja ganz schön Zeit gelassen, die feine Dame!

Wie es Nele und Noah wohl gefällt? Ich selbst bin hingerissen von der Heimeligkeit, die der niedrige Raum auch ohne Möbel ausstrahlt, aber ich warte auf den Protest. Angespannt beobachte ich meine Kinder. Sicher werden sie sich darüber beschweren, dass die Wohnung viel kleiner ist als die in München. Noch sehen sie sich nur um. Noahs Hand liegt in der seiner Schwester – eine Geste, die ich seit Jahren nicht gesehen habe.

Ich trete hinter sie und berühre sie sanft an den Schultern. »Das ist unser Wohnzimmer, und essen werden wir hier auch. Habt ihr den Ofen gesehen? Den heizt man mit Holz. Stellt euch mal vor, wie gemütlich das wird, wenn wir ein Feuer anmachen und auf der Couch kuscheln. Perfekt für einen Familienfilmabend.«

Dass hier auch eine Küchenzeile eingebaut wird, verschweige ich sicherheitshalber. Wenn es nach Levke und Mama geht, werden wir sowieso die meiste Zeit bei ihnen in der Küche essen, demnach brauchen wir gar keine große Küche.

Die Kinder schauen sich um. Noah nickt, von Nele kommt ein Okay.

Ich gebe nicht auf. »Habt ihr schon die tolle Decke gesehen?«, frage ich. Sie legen den Kopf in den Nacken und betrachten die weiß getünchten Backsteine, die der Maurer in einem wiederkehrenden Muster arrangiert hat. Stein schmiegt sich an Stein. Seit mehr als dreihundert Jahren halten sich die Ziegel gegenseitig über diesem Raum. Ich erzähle es meinen Kindern, und sie nehmen es auf oder hin. Je nachdem.

»Wollen wir uns die Zimmer ansehen?«, schlage ich vor, als keine Reaktion kommt. An das Wohnzimmer schließen sich ein größerer und zwei kleinere Räume an. »Ihr dürft euch aussuchen, welches ihr wollt.«

Es ist mir egal, in welchem ich mein Schlafzimmer einrichte, Hauptsache, die Motten leben sich ein.

Immer noch schweigend, laufen sie durch die Räume, sehen nach draußen auf die Wiesen, Felder und Fleetgräben.

»Eins für die Jungs, eins für mich?«, fragt Nele, und ich nicke. »Willst du mit Nico das große haben? Dann nehme ich das daneben«, schlägt sie ihrem Bruder vor, und Noah stimmt zu. »Mama, möchtest du das hier haben? Da wachsen Rosen vor dem Fenster, und die magst du doch so gerne.«

Levke, die sich im Hintergrund gehalten hat, zwinkert mir zu. Eigentlich sollte ich mich freuen, dass meine Kinder sich so friedlich einigen, aber irgendwie bereitet mir diese Harmonie auch Sorgen.

Es klopft an der Tür, und bevor jemand antworten kann, steht unsere Nachbarin Lisbeth im Raum. »Wie schön, dass ihr da seid.« Sie strahlt.

Nele und Noah staunen, als hinter der grauhaarigen Frau mit den neonfarbenen Turnschuhen und dem Häkelcape ein Gänserich hereinwatschelt.

»Hat Käpt'n Claasen seine Magenverstimmung überstanden?« Levke sieht das Federvieh besorgt an.

»Alles wieder im Lot. Dein Kamillensud hat Wunder gewirkt. Heute Morgen klang er wieder ganz fidel.«

Nele schluckt und zwinkert.

»Käpt'n Claasen ist der Name der Gans«, erläutere ich.

»Das haben wir uns erschließen können«, sagt Nele. Wahrscheinlich ruft sie gleich Tom an und bittet ihn, sie abzuholen.

»Ich habe etwas für euch«, verkündet Lisbeth und überreicht mir ein Körbchen, in dem ein schwarzer und ein rosafarbener Stein liegen. »Der Turmalin wehrt negative Energien ab, und der Rosenquarz ersetzt negative Emotionen durch positive.«

Noah beißt sich auf die Lippen und wirft mir einen Blick zu. Ich habe meine Kinder weitgehend aberglaubenfrei erzogen. Auf Lisbeth hätte ich sie vorbereiten sollen.

»Die Steine habe ich nur dabei, weil sie so schön sind«, sagt

Lisbeth. »Eigentlich braucht ihr sie gar nicht mehr. Ich habe gestern schon eure Räume mit Salbei ausgeräuchert. Negative Energien dürften keine mehr vorhanden sein.«

»Die Ägypter haben den Tierkreiszeichen Edelsteine zugeordnet«, sagt Noah. »Auch die Griechen und Römer haben an die heilende Wirkung geglaubt. Man geht aber eher von einem Placebo-Effekt aus.«

»Da siehst du!« Lisbeth nickt. »Sie haben eine Wirkung.«

Ich lege Noah die Hand auf die Schulter.

Levke amüsiert sich über die Reaktion meiner Kinder. »Falls du einen Tee willst, Lina ist in der Küche.«

»Nein, nein«, sagt Lisbeth. »Gleich beginnt mein Töpferkurs. Ich wollte nur vorher meine Geschenke vorbeibringen.«

Sie drückt Nele ein Auraspray in die Hand. »Zitrus begleitet den Neuanfang«, sagt sie und verabschiedet sich.

»Das glaubt mir kein Mensch«, murmelt Nele, lässt die kleine Flasche aber in ihrer Tasche verschwinden.

Ich werfe einen Blick ins Bad. Rosafarbene Fliesen, etliche davon mit Blümchenmuster, schauen mich an. Waschbecken, Toilette und Wanne haben die gleiche Farbe.

Nele schiebt ihren Kopf zwischen mich und die Tür. »Wow«, sagt sie. »Dürfen wir das noch benutzen, oder brauchen wir eine Genehmigung vom Denkmalschutz?«

Auch wenn ich mir gerade viel schönrede, so schlimm sieht es nicht aus. Zwar ist es winzig, aber es gibt eine Wanne, sodass die Kinder nicht auf ihr abendliches Baderitual verzichten müssen. »Eigentlich wirkt es doch ganz süß«, sage ich und ernte ein »Na ja« von meiner Tochter.

Wenn es im Job erst mal anläuft, können wir über eine Renovierung nachdenken. Mir fällt der seltsame Brief von gestern wieder ein. Mein Start in der Agentur ist auf Montag nächster Woche angesetzt, damit wir uns hier halbwegs einrichten können und ich viel Zeit für die Kinder habe. Trotzdem werde ich unruhig, wenn ich daran denke, dass die Firma umstrukturiert wird. Ich hoffe, sie kürzen meine Stelle nicht etwa weg. Bei diesem Gedanken wird mir übel. Ich muss mich dort in jedem Fall am Montag sehen lassen. Bisher lief alles über Videocalls. Höchste Zeit, dass ich mich persönlich vorstelle. Bestimmt mache ich mir unnötig Sorgen. Anspannung und Müdigkeit verhindern, dass ich realistisch denke. »Ist es okay, wenn ich wieder rübergehe?«, frage ich. »Ich will da sein, wenn Nico aufwacht.«

Statt mir zu antworten, trotten die Kinder neben mir her. Ich lege meine Arme um sie und hoffe, dass sich alles fügen wird.

»Wo sind eigentlich unsere Möbel?«, will Noah wissen.

»Die haben die Umzugsleute in die Scheune gestellt«, Levke schließt zu uns auf. »Da stehen sie schön trocken, und heute Nachmittag oder morgen können wir mit dem Einräumen beginnen.«

Auf dem Treppengeländer vor dem Haus sitzt ein Vogel mit rotem Kopf und zwitschert vor sich hin.

»Mama, was ist das für einer?« Noah bleibt ruhig stehen und reckt den Hals.

O weh. Im Vogelbestimmen war ich immer schlecht. »Ein Rotkehlchen vielleicht, aber dafür müsste das Rot an der Brust sein, oder? Am besten du fragst Oma oder Levke.«

Als McGonagall näher kommt, fliegt der Vogel weg. Sie streckt sich auf der Treppe, aus und Noah setzt sich auf die Stufe, um sie zu kraulen. »Darf ich hier draußen bleiben?«

»Na klar«, antworte ich. »Du weißt ja, wo wir sind.«

Im Flur des Hauses legt Nele mir einen Arm um die Taille. »Wir kriegen das schon hin«, sagt sie zuversichtlich. »Und du hast recht, so schlimm sieht es nicht aus.«

Ich kann nicht verhindern, dass mir Tränen der Rührung in die Augen steigen. Schnell drücke ich mich an sie.

»Ach, Mama«, sagt sie. Dann löst sie sich aus meiner Umarmung und verschwindet aus der Haustür. Wahrscheinlich um Noah beim Katzestreicheln Gesellschaft zu leisten.

Zurück in der Küche, stelle ich die Teller zusammen und lege das Besteck zuoberst. Beim Transfer zur Spülmaschine entgleitet mir ein Messer und fällt klirrend auf den Steinboden. Nico zuckt nicht einmal.

»Nix passiert«, flüstere ich und stelle den Stapel auf die Arbeitsfläche. Ich hebe das Messer auf und will gerade die Tassen einsammeln, als Levke den Kopf zur Tür hereinsteckt.

Sie fragt mich, was ich da mache, und nimmt mir das Geschirr aus der Hand. »Husch, husch, ins Bett mit dir«, sagt sie. »Du weißt ja, wo du hinmusst.«

Natürlich bin ich hundemüde, gleichzeitig widerstrebt es mir, die Kinder allein zu lassen. »Aber«, versuche ich eine Erwiderung.

Levke lässt mich nicht zu Wort kommen. »Deine Lütten sind bei deiner Mutter und mir gut aufgehoben.« Sie schiebt mich mit sanftem Druck in Richtung Tür. »Du hast deine Kinder hierhergeschippert, weil du dir Unterstützung wünschst. Dann musst du die Unterstützung aber auch mal zulassen.«

»Aber Nico«, sage ich und schaue zu meinem Sohn, der immer noch auf dem Küchensofa schläft. Langsam vermute ich, er ist während der Fahrt aufgewacht und hat bis kurz vor dem Ziel kein Auge zugemacht. »Dein Nico freut sich, wenn er seine Oma und mich endlich wiedersieht. Und im Notfall bist du ja nur eine Treppe entfernt.«

Ich gebe mich geschlagen. Aus dem Wohnzimmer höre ich Noah lachen. Es wird schon nichts sein, beruhige ich mich. Tief in mir drinnen sagt mir eine Stimme, dass Levke recht hat und dass ich lernen muss loszulassen. Aber ich weiß nicht, ob ich das kann. Die Entscheidung hierherzuziehen war richtig. Endlich kämpfe ich mich nicht mehr alleine durch den Alltag.

Die Stufen knarzen, als ich in den ersten Stock hochsteige. Es klingt beinahe, als wollten sie mich willkommen heißen. Im privaten Gästezimmer von Levke und Mama strahlt mir das frisch bezogene Bett entgegen. Blumen schmücken den Nachttisch. Die ausgezogene Couch beschert uns zwei weitere Schlafplätze, aber dadurch ist das Zimmer so eng, dass ich mich zum Fenster durchquetschen muss. Ich reiße es weit auf. Die Luft draußen ist kühl und frisch. Fast habe ich vergessen, dass sie so gut riechen kann. Über die Scheune hinweg schaue ich in Richtung Ording. Dort hinten wartet der Strand mit den Kitesurfern, dem Wind, dem weichen Sand, dem Geruch nach Algen, den frechen Möwen, die Kekse und Brot aus deinem offenen Rucksack klauen, wenn du nicht aufpasst. Ich kann es kaum erwarten, die Kinder dort hinzubringen. Aber erst muss ich mich ausruhen. Ich streife die Schuhe ab, ziehe die Jeans aus, lasse mich ins Bett fallen und schlafe ein, bevor ich den Wecker auf meinem Handy stellen kann.

Später schrecke ich hoch und schaue panisch auf die Uhr meines Handys. Fünf Uhr Nachmittag! Ich habe den ganzen Tag verschlafen. Um Himmels willen! Die Kinder! Ich springe aus dem Bett, ziehe mich an und laufe barfuß die Treppen hinunter.

Im Erdgeschoss ist es verdächtig still. In der Küche finde ich Levke und meinen jüngsten Sohn, der mich anstrahlt und sich gleich wieder seiner Großtante zuwendet. Irgendjemand hat ihm ein frisches T-Shirt und eine andere Hose angezogen. Darüber trägt er eine hochgekrempelte Schürze. Mehl und Teig kleben an seinen Armen und Händen.

»Wir backen Brot, Mami«, erklärt er stolz. »Das Bauernbrot haben wir schon fertig. Und jetzt kommt das Walnussbrot. Ich bin ein Backgehilfe.«

Levke lächelt kurz. »Alles im Griff«, sagt sie und überreicht Nico eine Schale mit Walnusskernen, die er mit einem Kindermesser konzentriert zerkleinert.

»Mama«, sagt er, ohne von seiner Tätigkeit aufzusehen. »Ich hab unsere neue Wohnung gesehen und unser Bad.«

Nico hört auf zu schneiden, und ich wappne mich für eine Beschwerde. »Wir haben ein rosa Bad.«

»Magst du rosa nicht?«, will Levke wissen.

»Rosa ist meine Lieblingsfarbe«, erklärt er. »Manche Jungs sagen, das ist eine Mädchenfarbe, aber Nele sagt, so etwas wie Jungen- und Mädchenfarben gibt es nicht. Aber im Kindergarten haben sie mir nicht geglaubt. Ich finde es aber besser, weil man dann mehr Auswahl hat.«

»Dat is richtig«, befindet Levke. »Dann ist es ja das perfekte Bad für dich.«

Nico lacht sie an und widmet sich wieder dem Teig.

Nebenan schaut Mama eine Tiersendung, und Nele starrt auf ihr Handydisplay. So weit, so normal.

Ich schnappe mir eine Tasse Tee, gieße etwas frische Zitrone aus dem Blumenkännchen hinein und setze mich auf die Bank neben der Haustür. Über und neben mir quellen Begonien und Geranien aus den Töpfen und Kästen. Die Blätter der Linden rauschen sacht. Aus dem Küchenfenster duftet es nach Brot, und ich genieße die Ruhe. Ich habe tatsächlich nichts zu tun.

Meine Kinder sind versorgt, niemand schreit, weil er Hunger oder Durst hat, weil ihm der andere etwas weggenommen hat oder weil irgendetwas unauffindbar verschwunden ist. Ich verpasse keine Nachricht aus der Kindergarten- oder Grundschulgruppe. Mich erreicht keine panische Mail meiner ehemaligen Chefin. Es ist himmlisch.

Der Vogel von vorhin sitzt wieder auf dem Geländer. Er zwitschert vor sich hin, und aus den Bäumen schallt eine vielfache Antwort.

Nach einer Weile kommt Noah mit einer Handvoll Haferflocken aus dem Haus. Die streut er auf der Treppe aus, setzt sich in einigem Abstand hin und wartet. Flüsternd teilt er mir mit, dass niemand weiß, um welche Vogelart es sich handeln könnte. Aber das ist ja auch nicht wichtig. Eine Weile beobachtet der unbekannte Vogel die Köstlichkeit. Und da sich unsere Katze nicht zeigt und das schlaue Tier wohl erkennt, dass mein Sohn zu hundert Prozent vertrauenswürdig ist, lässt er sich bald nieder und pickt in den Flocken herum.

Noah beobachtet ihn eingehend, und ich kann gar nicht sagen, ob er ein neues Projekt im Sinn hat oder ob er einfach glücklich ist.

# 3

## Maren

Über den langen Holzsteg radeln wir auf den Ordinger Strand. Der Wind fegt durch die Gräser auf den Dünen. Ein Paar pilgert fast ehrfürchtig an den Sandhügeln vorbei und macht ein Foto nach dem anderen. Ich kann sie verstehen. Auch ich kann mich an dem Champagnergelb und dem Grün nicht sattsehen.

Richtung Hundestrand haben die Drachenfans ihre Zelte aufgeschlagen. An langen Leinen schweben Pinguine, Bienen, Hunde und Comicfiguren über dem Strand. Hoffentlich haben sie auch wieder die Marienkäfer dabei, die luftgefüllt über den Sand hüpfen. Nicos Begeisterung gestern kannte keine Grenzen.

Gerade sitzt er hinter mir im Fahrradanhänger und feuert mich an, ich solle schneller fahren. Das Rattern der Räder über den Holzbohlen bringt ihn zum Lachen. Dabei hält er seinen Teddy hoch, damit dieser ebenfalls die Drachenfiguren und das Meer sehen kann.

Schon heute Morgen habe ich online zwei Strandkörbe reserviert, weil mir die Kinder vorgeschwärmt haben, wie wunderbar man sich hineinkuscheln kann. Auch wenn Levke und Mama es unter ihrer Einheimischenwürde finden, sich in diese Touristendinger zu setzen. Da müssen sie durch.

Wir schließen die Räder an den Holzständern neben dem Pfahlbau mit dem Eiswagen und den Toiletten an und schleppen Sandspielzeug und Badesachen durch den weichen Sand.

»Da sind aber viele Nackte«, kommentiert Noah, als er die textilfreie Zone ein paar Meter entfernt entdeckt.

»Haben die ihre Sachen vergessen?«, will er wissen.

»Nö, die mögen das so«, sagt Mama.

»Hier gibt es für alle Leute einen Bereich, in dem sie sich wohlfühlen«, sagt Merle.

Sie zeigt auf die Strandkorbbereiche. »Schau mal, mit Hund, ohne Hund.«

»Ohne Badehose«, sagt Nico mit Blick auf den FKK-Bereich.

»Stimmt. Bei uns kann jeder so sein, wie es ihm gefällt«, fügt Levke hinzu.

Sie trägt einen knallroten Badeanzug, und Nele staunt nicht schlecht, als sie auf dem Rücken ihrer Großtante einen riesigen Drachen entdeckt.

»Zu dem gibt es eine spannende Geschichte«, erklärt Merle und setzt eine geheimnisvolle Miene auf.

Nele springt sofort darauf an. »Können wir die hören?«

Ich lache. »Jetzt ma Butter bei die Fische, Tante Levke.«

»Aber die gemäßigte Butter«, mahnt Mama.

»Ich habe früher für Bands und Künstler gekocht und bei einem Festival in England habe ich mir als Erinnerung diesen Drachen stechen lassen«, erzählt Levke, als habe sie den normalsten Job der Welt absolviert.

»Bei welchem Festival?«, will Nele wissen.

»Glastonbury.« Meine Tante scheint gedanklich in ihre ereignisreiche Vergangenheit zu reisen.

»Können wir da auch mal hin?«, will Nico wissen.

»Nach Glastonbury ... sicher«, sage ich. »Was das Festival angeht, warten wir, bis ihr ein wenig älter seid.«

»Levke hatte einen Foodtruck, als es so etwas noch gar nicht gab«, ergänzt Merle und grinst. »Und sie hat mit ...«

»Das reicht fürs Erste an Information«, fällt ihr Mama ins Wort.

Merle schüttelt den Kopf. »Ich wollte doch nur aufzählen, für wen sie alles gekocht hat.«

»Das machen wir beizeiten«, sagt Mama. »Außerdem kennen die Kinder die Leute gar nicht mehr.«

»Oh, Madness kennen sie durchaus«, werfe ich ein. »Tante Levke hat für die Band gekocht, die ›Our House‹ singt.«

»Echt jetzt?« Nele kriegt den Mund nicht mehr zu, und auch Noah macht große Augen.

Das Lied befindet sich auf unserer Mitsingplaylist und gehört zu unserem Pflichtprogramm, wenn wir länger im Auto fahren.

»Hau raus in de middle of a piep«, fängt Nico in seinem Fantasie-Englisch an.

»Und für wen hast du noch gekocht?«, fragt Nele.

»Ich kann dir heute Abend ein paar Fotos zeigen«, verspricht Levke.

»Au ja«, erwidert meine Tochter mit glänzenden Augen.

Mama schüttelt den Kopf. Sie hat eine Touristikausbildung in Hannover gemacht und schließlich hier in der Zentrale gearbeitet. Levke hat an Filmsets und bei Festivals gecatert und ab und zu in Hotels angeheuert. Mattes, mein Cousin, ist mit ihr herumgereist und erst zu seiner Einschulung nach Sankt Peter gekommen. Er lebt jetzt in Schottland, der Liebe wegen.

Levke ist geblieben. Zunächst hat sie noch in einem Hotel in Bad gekocht, irgendwann hat sie sich dann ausschließlich den Ferienwohnungen im Möwenhof gewidmet.

Während ich mit Nico Muscheln und Krebsscheren aus dem Priel fische, lassen sich Noah und Nele von meiner Schwester zeigen, wie man sich, auf dem Board liegend, in die Brandung tragen lässt.

Mein Jüngster begegnet dem Meer noch mit Misstrauen. Zwar will er seinen Geschwistern dabei zusehen, wie sie in den Wellen toben, bei Niedrigwasser zur Sandbank zu laufen behagt ihm nicht. Selbst als Mama vorausgeht und ihm zeigt, dass ihr das Wasser an der tiefsten Stelle nur knapp über das Knie reicht, klammert er sich mit den Beinen an meinen Hüften fest und will getragen werden.

»Wir belegen in der Dünentherme einen Schwimmkurs. Dann traust du dich bald auch«, versuche ich ihm Mut zuzusprechen.

Später gehen wir in die Silbermöwe. Wir sitzen in der Sonne auf der Terrasse, schauen am Horizont den Fischkuttern zu und bestellen Apfelkuchen, Pommes und Halligbrot.

Die Kinder werden bald unruhig, und Mama, die schon längst ihren Kuchen gegessen hat, läuft mit ihnen hinunter zum Wasser.

»Heute Abend musst du mal die Füße deiner Lütten kontrollieren«, sagt Levke. »Ich bin mir sicher, dass sich da langsam zarte Schwimmhäute bilden.«

»Nico hat die Gäste vorhin auf dem Hof mit ›Moin‹ begrüßt«, sage ich lachend. »Ich glaube, die Aktion ›Waterkant‹ läuft erfolgversprechend an.«

Merle stützt ihren Kopf auf die Hände und sieht mich versonnen an. »Dann müssen wir nur noch die Integrationsmaßnahme ›Frieslandrückkehrerin‹ starten.«

»Muss ich einen Wiedereinbürgerungstest machen?«, frage ich.

»Nennen Sie fünf Gräser, die der Dünenbefestigung dienen. Wie verhalten Sie sich, wenn Sie einen Heuler finden? Zählen Sie die Namen der Pfahlbau-Restaurants auf.«

»Ein Sprachkurs wäre wohl nötiger«, wirft Levke ein. »So oft, wie du Semmeln und Servus sagst, meint man, du kommst tatsächlich aus dem Süden.«

»Bei den Lokalen hat sich nicht viel geändert«, sagt Merle. »Nur das in Böhl heißt jetzt Strandkrabbe, und der Betreiber zählt bei meinen Kundinnen zu den Sehenswürdigkeiten vor Ort.«

»Das freut mich für deine Kundinnen«, entgegne ich.

»Ach, Kind, du brauchst doch auch mal n büschen was fürs Herz«, sagt Levke und legt den Arm um mich.

»Mein Herz ist voller Liebe für meine Kinder, und für alles andere habe ich gerade weder Platz noch Zeit noch Muße.« Ich weiß, dass sie es gut meinen, aber um mich auf einen Mann einzulassen, benötige ich einen klaren Kopf, und momentan habe ich wirklich genug zu bedenken.

»Du sollst ihn ja nicht gleich heiraten«, meint Levke. »Etwas Gutes für die Seele oder den Körper kannst du dir ja auch so tun.«

»Ich werde bei Merle demnächst mal eine Gesichtsbehandlung und eine Körperpackung buchen. Wenn sie mir dann noch Entspannungsmusik anschaltet, jubilieren sowohl meine Seele als auch mein Körper.«

»Dass ihr jungen Leute so kompliziert sein müsst«, seufzt Levke. »Ich habe da früher nicht so lange gezögert. Wenn mir jemand gefallen hat, dann habe ich auch mit ihm geschlafen, wenn ich das wollte.«

»Du hattest auch die Auswahl aus etablierten Rockgrößen und aufstrebenden Jungstars«, sage ich. »Da kann ich das nachvollziehen.«

»So ein Tüddelkram«, sagt Levke. »Die Gitarristen oder Drummer oder Bassisten waren oft viel interessanter als die großen Stars.« Sie trinkt einen Schluck Tee. »Und auch besser im Bett.«

Ich pruste los, und auch Merle lacht laut. Die Leute am Nebentisch drehen sich fragend um. Eine Frau mit grauen Haaren, die unserem Gespräch offenbar gelauscht hat, hebt den Daumen, ihre Freundin prostet uns zu. Ein Glück, dass Mama das nicht mitbekommen hat.

Die ersten Tage der Eingewöhnungswoche, die ich meinen Kindern gönne, damit sie den Verlust der Pfingstferien verschmerzen, vergehen wie im Flug. Bisher haben uns Mama, Levke und Merle kaum Zeit zum Verschnaufen gelassen. Strandausflüge, Lagerfeuer, Stockbrote, Tiere versorgen – die Motten fallen abends erledigt ins Bett. Noch wohnen wir im Gästezimmer, aber gestern war ich mit den Kindern im Möbelhaus, und wir haben uns eine Küchenzeile für die Wohnung ausgesucht. Wir haben uns für eine Miniausgabe der Küche im großen Haus entschieden – und die Kinder haben die gelbe Plastiktasche mit Kerzen, Teelichtern und Dekokram vollgestopft. Es soll richtig gemütlich werden, haben sie erklärt, und ich lasse sie gewähren, weil ich dankbar bin, dass sie ihr neues Zuhause so friedlich akzeptieren.

Heute Morgen habe ich mit Mama die Betten in zwei Ferienzimmern bezogen, geputzt, gelüftet, frische Blumen hingestellt – und dabei ausgiebig geschnackt. In der Hauptsaison werden wir das in allen sieben Zimmern machen, und zwischen Abfahrt der alten und Ankunft der neuen Gäste wird wenig Zeit für ein gemütliches Gespräch bleiben. Wenn ich in der Agentur arbeite, werde ich versuchen, ihr weiterhin zu helfen. Das müsste funktionieren, weil die neuen Gäste meist am Samstag kommen. Mein neuer Arbeitgeber verursacht mir nach wie vor Magengrummeln. Am Montag wollte ich vorbeischauen und mich vorstellen. Doch wegen einer Teamfortbildung ist dort heute und auch morgen niemand erreichbar. Als neues Teammitglied hätten sie mich eigentlich dazu einladen können. Aber ich versuche, dies nicht überzubewerten. Auf meine Mail, in der ich meine Stippvisite ankündige, habe ich bisher keine Antwort bekommen. Kommenden Mittwoch schaue ich einfach vorbei. Es wird schon alles gut sein.

Eigentlich wollte ich mit den Kindern heute in den Ort gehen und ihnen die Ortsteile Bad und Dorf zeigen, doch sie haben mit Merle gemalt und gebastelt. Noahs neuer Freund, der rote Vogel, hat sich in gebührendem Abstand auf einem Fensterbrett niedergelassen. Ob er auf eine Fütterung gewartet hat, weiß ich nicht. Jedenfalls hat Noah bald für Haferflockennachschub gesorgt. Nico hat daraufhin drei Bilder mit dem roten Vogel gemalt und verkündet, dass der jetzt sein neues Haustier ist. Nele hat ihm versucht zu erklären, dass sich McGonagall dafür eher eignen würde, aber das wollte er nicht einsehen. Um herauszufinden, um welche Vogelart es sich handelt, hat sich Merle eine App auf ihr Handy geladen, doch sie kommt nie nahe genug an Roti heran, sodass auch dieser Bestimmungsversuch fehlschlägt. Im Grunde ist es auch nebensächlich, welcher Art Roti angehört, solange die Kinder an ihm Freude haben.

Am Nachmittag haben meine drei Motten begonnen, mit Mamas und Levkes Hilfe ihre Zimmer zu streichen, und wünschen sich Stockbrot zum Abendessen. Ich bin sozusagen überflüssig – ein Zustand, an den ich mich erst gewöhnen muss.

Noch überlege ich, ob diese Entwicklung sich natürlich ergeben hat oder Teil eines ausgeklügelten Plans ist. Bisher nahm ich an, das Eingewöhnungsprogramm richtet sich an meine Kinder. Doch da mich meine Schwester heute Abend zu einem Krimidinner bei Freunden mitnehmen will, vermute ich, dass sie sich auch für mich ein Integrationskonzept überlegt hat. Also füge ich mich und hoffe, dass auf dem Möwenhof ohne mich alles gut gehen wird.

Merles beste Freundin Grit betreibt mit ihrem Mann ein Hotel auf Pellworm und hat eine Theatergruppe engagiert, die uns zwischen den Gängen eines lecker klingenden Menüs mit einem Kriminalfall unterhalten wird. Die Leute, die sonst noch mitgehen, kenne ich zum Teil von früher. Das kann ein lustiger Abend werden – vorausgesetzt, es gelingt mir, nicht ständig an meine Kinder zu denken.

Vom Möwenhof zur Landstraße, wo Merle mich nach der Arbeit aufgabeln will, sind es etwa zwei Kilometer. Während ich durch die Allee schlendere, freue ich mich über die Schafe, die rechts und links von mir auf den Weiden stehen oder liegen. Der Wind zerzaust meine Haare und zerrt an meiner Jacke. Nicht einmal die Wolkenbänder können das Strahlen der Sonne verdecken. Offenbar spürt Mama meine Bedenken, denn sie schickt Fotos von den Malerfortschritten: Noah mit Pinsel vor einer noch weißen Wand. Nico, wie er gelbe Punkte auf den inzwischen dunkelblauen Untergrund malt, Nele mit einem Zeitungspapierhut und Farbklecksen auf der Nase.

Kaum habe ich mein Handy in die Handtasche gesteckt, vibriert es schon wieder. Sprachnachricht von Merle.

»Hi, meine Liebe, mein letzter Termin dauert länger. Eine Stammkundin, aber leider immer zu spät. Wir treffen uns bei Nils und fahren gemeinsam weiter. Bolle sammelt dich ein, dann musst du nicht mit dem Bus fahren. Ich hab ihm gesagt, dass er dich bei der Haltestelle findet. Und keine Angst, er ist vergeben – nicht dass du mir unterstellst, ich will dich verkuppeln. Wir sehen uns. Ich drück dich.«

Die Nachricht überrascht mich kein bisschen. Merle wird häufig von ihren Kundinnen aufgehalten, und da sie alleine arbeitet, hat sie auch niemanden, an den sie solche Termine abtreten kann. Über den Zusatz, dass es sich nicht um eine Verkupplungsaktion handelt, bin ich dankbar. Kommt Zeit, kommt eventuell auch Mann, aber im Moment konzentriere ich mich erst mal darauf, mir mit den Kindern ein neues Nest zu bauen. Unser kleines Möwennest.

Gestern am Strand hat mich Merle gefragt, ob ich mir wieder eine Beziehung vorstellen könnte und ich habe Nein geantwortet. Es hat sich gut angefühlt, dieses Nein, weil es tief aus meinem Inneren kam. Unser altes Nest in München hat uns nicht mehr gepasst. Fast bin ich dem Vermieter dankbar, dass er Eigenbedarf angemeldet hat. So habe ich diese Idee, die mir immer wieder im Kopf herumschwirrte, eingefangen und umgesetzt. Das Schöne ist, dass wir uns kein neues Zuhause bauen müssen. Wir können in ein fast fertiges einziehen und uns darauf verlegen, es uns dort gemütlich zu machen. Ich werde arbeiten können und mir keine Gedanken um die

Kinder machen, weil zu Hause immer jemand auf sie wartet. Und ich werde Zeit mit ihnen verbringen können. Viel mehr Zeit. Ein Mann passt eigentlich gar nicht rein. In München waren Hektik und Stress meine ständigen Begleiter, und ohne sie kann es nur gut werden. Und irgendwann, wenn die Kinder größer sind, wenn sie sich eingelebt haben, wenn sie anfangen ihre eigenen Wege zu gehen, kann ich mich umsehen, ob es jemanden gibt, mit dem ich Zeit verbringen möchte und der im Idealfall das auch mit mir will.

Ja, es ist alles gut, so wie es ist.

Ich erreiche die Bushaltestelle und warte. Auf wen noch mal? Bolle? Ich muss Merle schreiben. Sie soll mir zumindest sagen, auf welches Auto ich achten soll und wie der Mann aussieht, der mich abholen wird. Und wenn ich es recht bedenke, würde ich auch gerne seinen richtigen Namen wissen. Kaum habe ich angefangen zu tippen, schickt Nele mir Fotos.

Schau mal, steht unter dem ersten, das eine hellgrüne Wand zeigt, die oben mit einer Kante in zartem Rosa abgesetzt ist.

Sieht wunderschön aus, schreibe ich zurück und betrachte die nächsten Bilder, die das Jungenzimmer zeigen. Das Piratenthema hat sich anscheinend erledigt. Vielmehr scheinen sie sich nun für »Vorhölle« oder zumindest »finstere Nacht« entschieden zu haben, denn die Decke und mindestens eine Wand sind in einem so dunklen Blau gestrichen, dass sie fast schwarz wirken. Ich verbiete meinen Fingern »Ist das nicht zu düster?« zu tippen und bin froh, dass ich ihnen zumindest weiße Möbel ausgesucht habe.

Wow!, schreibe ich.

Da kommen noch Sterne und Planeten drauf, wenn es trocken ist, erklärt Nele.

Aha. Nico und Noah wollen also in einem Weltraumzimmer spielen und schlafen. Das heißt, dass Noah so lange auf seinen Bruder eingeredet hat, bis der davon überzeugt war, dass er im All leben will.

Nun, mir soll es recht sein. Und neu streichen können wir den Raum jederzeit – auch wenn es mehrerer Farbschichten bedürfen wird, um diese Dunkelheit zu vertreiben.

Der Bus hält, und ein älterer Mann steigt aus. Die Fahrerin schaut mich an, und ich schüttele den Kopf, worauf sie die Türen schließt und abfährt.

Ich will gerade an meine Schwester schreiben, da verlangsamt ein schwarzer Jeep seine Fahrt und setzt den Blinker.

## 4
### Henning

»Ich muss sehen, ob die Schäden über oder unter Wasser sind«, erkläre ich der Kundin, die von einem Fuß auf den anderen tritt. Sie trägt enge weiße Jeans, die – ebenso wie ihre Schuhe, Handtasche und der Pullover, den sie um die Schultern geschlungen hat – von einem Luxuslabel stammen. »Wenn es sich nur um einen oberflächlichen Schaden handelt, mache ich eine Notreparatur und verhindere, dass Wasser eindringt und Folgeschäden entstehen.« Ihr Partner, der den Kragen seines rosafarbenen Poloshirts hochgestellt trägt, verdreht die Augen.

»Können Sie das gleich machen?«, erkundigt sie sich.

Ich nehme mein Tablet zur Hand und gehe die Termine durch, obwohl ich genau weiß, dass ich jetzt keine Zeit habe. Mein Nachbar repariert sein Boot, und ich habe ihm versprochen, mir das Ganze anzuschauen. Dass ich diesen Möchtegern-Seglern einen Zehnjährigen vorziehe, dessen Opa mich mit Fisch aus seinem nächsten Fang entlohnen wird, werden die beiden ohnehin nicht verstehen, und es geht sie auch nichts an.

»Morgen Vormittag könnte ich Sie einschieben«, verkünde ich.

Sie mustert mich, als sei ich der Lehrjunge, und sieht sich nach einem weiteren Mitarbeiter um, den sie beauftragen könnte. Da gibt es niemanden, aber ich lasse ihr Zeit, das selbst herauszufinden.

»Wenn es früher nicht geht«, sagt sie schließlich, und ich schüttele noch einmal den Kopf.

Ihr Partner macht eine unwirsche Bewegung. Sein Ärger über den Unfall scheint groß zu sein. Er nennt mir Liegeplatz und Bootsnamen und verabschiedet sich.

Sie geht, ohne sich noch einmal umzudrehen.

Sollte mich diese Woche noch ein einziger Proseccosegler aufsuchen, sperre ich zu. Ich kann Menschen nicht leiden, die bloß aufs Meer fahren, weil man das eben so macht. Sie haben keinen Sinn für die Elemente und wissen den Salzgeruch genauso wenig zu schätzen wie den Wind. Das Schlimme ist, dass sie keine Ahnung haben, was sie verpassen.

Ich liebe es, wenn mir der Fahrtwind über das Gesicht streicht oder wenn mir eine kräftige Böe die Tränen in die Augen treibt. Vor allem aber habe ich Respekt vor stürmischen Wetterlagen, bei denen ich um mein Segel ringen muss. Diese Schönwettersegler hingegen verabscheuen jede stärkere Brise, weil sie Angst haben, dass ihr Proseccoglas umfallen könnte.

Kälbchen, der die ganze Zeit auf seiner Decke in meinem Büro gedöst hat, trottet zu mir und reibt seine Schnauze an meinem Knie. Er hat ein Gespür für Idioten und kommt immer erst, wenn sie die Werft verlassen haben. Vorhin haben wir unsere Runde am Strand gedreht, und er hat mit seiner Freundin Lisa, einer Golden-Retriever-Hündin, die ihm aufs Haar gleicht, in den Wellen getollt. Danach kann ich meistens in Ruhe arbeiten, denn Kälbchen ist platt.

Ich sehe auf mein Handy. Caroline hat sich immer noch nicht gemeldet. In Vancouver ist es gerade mal acht Uhr morgens. Ich muss mich gedulden.

Anderthalb Stunden später habe ich auch die Jolle meiner Nachbarn inspiziert. Das Boot ist zwar sehr in Mitleidenschaft gezogen, das Holz unter dem Anstrich jedoch erstaunlich gut erhalten. Es wird viel Arbeit werden, aber der Junge und sein Opa brennen darauf, endlich loslegen zu können. Ich versichere ihnen, dass sie sich jederzeit Werkzeug bei mir leihen können, und springe in meinen Wagen.

Normalerweise würde ich jetzt zur Strandkrabbe fahren und dort mit Ole ein Bier trinken. Das Pfahlrestaurant am Böhler Strand hat heute Ruhetag, aber das gilt nur für Gäste von außerhalb. Es gibt zwei Menschen, die dort immer bedient werden, einer ist Vadder Hinrich, der nie viele Worte macht und am Tresen schon seinen Tee getrunken hat, als das Lokal noch Petras Standcafé hieß und Toast Hawaii auf jeder Speisekarte stand, der andere bin ich.

Kochen ist Oles Berufung und die Strandkrabbe sein Traum. Allein mit den Frauen hat es bisher nicht so geklappt und dieser Umstand bringt mich heute um mein Bier und zu einem Sondereinsatz, denn mein bester Freund hat ein Date und benötigt einen Chauffeur. Die Frau der Stunde ist wohl heute erst an der Küste angekommen und muss nun irgendwie zur Strandkrabbe gebracht werden. Jedenfalls wirbelt mein Kumpel zwischen Töpfen und Backofen hin und her und versucht, ein Menü zu zaubern, mit dem er seine Auserwählte beeindrucken kann. In den letzten Wochen hat er viele erste Kaffees und auch einige Dinner-Dates absolviert, aber selbst gekocht hat er für keine der Frauen. Irgendetwas scheint sie also zu haben, was ihn dazu bringt, alle Register zu ziehen.

Von Ole weiß ich bisher, dass sie ihm Paroli bieten kann und wie häufig sie die Haarfarbe wechselt. Ausgewaschenes Pink, Meerjungfrauengrün und Koboldblau hat sie ihm bereits präsentiert, und ich bin gespannt, mit welcher Tönung sie ihn heute überrascht.

Leider ist ihm irgendeine Soße misslungen, und er hat länger gebraucht, sodass ich nun die Auserwählte abholen soll, damit er noch unter die Dusche springen kann.

Für Ole tue ich das gerne. Überhaupt gibt es wenig, was ich nicht für ihn tun würde, und das beruht auf Gegenseitigkeit. Ole ist ein Ausnahmekumpel. Für ihn würde ich die Frau auch aus Hamburg holen. Blöd, dass ich ihren Namen vergessen habe. Bei dem Frauenaufkommen in den letzten Wochen fällt es mir allerdings schwer, den Überblick zu behalten.

Und so kommt es, dass ich kurz darauf die 202 entlanggondele und die Frau suche, die zwischen Medehop und Osterende auf ihre Mitfahrgelegenheit wartet. Hinter Garding verlangsame ich mein Tempo. Die Freundin betreibt wohl eine Ferienwohnung, also achte ich auf die Schilder, die auf Ferienlodges, Deichkaten und Friesenhöfe verweisen, und hoffe, dass der Paradiesvogel sich dort irgendwo postiert hat.

Und tatsächlich, an der Haltestelle steht sie! Als ich den Blinker setze und langsamer werde, sieht sie auf, lächelt und geht ein paar Schritte in meine Richtung. Ihre Experimentierfreude, was Haarfarben angeht, scheint abzuebben, momentan trägt sie Blond.

Ich halte und lasse die Seitenscheibe herunter.

»Madame, Ihr Chauffeur!«, sage ich scherzhaft.

Sie öffnet die Tür und ist im Begriff, sich zu setzen, als ihre Handtasche den Inhalt in den Fußraum und in den Rinnstein speit.

»Na toll!« Mit einem tiefen Seufzer steigt sie wieder aus, um die Sachen einzusammeln, die neben dem Auto liegen.

»Alles klar?«, frage ich.

Sie nickt und lässt sich auf den Beifahrersitz fallen.

Kälbchen lugt zwischen den Stäben seines Hundegitters hervor und hechelt stinkigen Hundeatem in den Innenraum. Kein guter Start für ein Date, aber vielleicht freut sich sie dann umso mehr auf Ole.

Sie dreht sich um. »Ja, hallo, wer bist du denn?«, fragt sie.

Ich stelle ihr Kälbchen vor, und sie streckt ihre Hand aus und streichelt ihm über die Schnauze.

Wow, riecht sie gut! Ein Hauch von Parfüm und etwas anderem. Ihr eigener Duft? Was denke ich denn da? Sie ist Oles Date. Da ist es völlig egal, wonach sie duftet.

Kälbchen wedelt und schiebt seinen Kopf vor, um noch ein paar Krauleinheiten abzubekommen.

»Ich bin übrigens Henning«, ergänze ich.

»Maren«, erwidert sie. »Vielen Dank, dass Sie mich mitnehmen«, sagt sie und setzt sich wieder gerade hin. »Aber so oft, wie Merle etwas dazwischenkommt . . .«

»Kein Problem«, versichere ich. Merle scheint wohl die Freundin zu sein.

Im Autodisplay leuchtet Jettes Name neben einem grünen Hörersymbol auf. Ich lehne das Gespräch ab.

»Sie können gerne rangehen«, sagt meine Beifahrerin. Aber das will ich nicht. Jette lebt in Hamburg das Leben, das ich hinter mir gelassen habe. Sie hat eine Wohnung mit Elbblick, kann diesen jedoch kaum genießen, weil sie die meiste Zeit im Geschäft oder auf Reisen verbringt. Ihre Gewürzkollektionen verkauft sie inzwischen in halb Europa, und in dieser Leidenschaft geht sie auf. Gelegentlich treffen wir uns, gehen Essen und ins Bett. Danach herrscht wieder für einige Zeit Funkstille. Das Arrangement passt für uns beide. Ich vermute, dass sie für kommende Woche ein paar Tage im Spa-Hotel gebucht hat und ihren Besuch ankündigen will. Mir soll es recht sein.

Maren hat den Inhalt ihrer Handtasche auf ihrem Schoß arrangiert. Täschchen reiht sich an Täschchen. Sie scheint organisierter zu sein, als ich vermutet habe.

»Ich bin schon gespannt auf heute Abend«, sagt sie.

»Da sind Sie nicht die Einzige«, entgegne ich augenzwinkernd und finde es im nächsten Moment seltsam, dass wir uns Siezen.

»Sie können gerne Du sagen«, schlägt sie vor, als hätte sie meine Gedanken erraten. »Ich nehme an, dass wir uns demnächst öfter über den Weg laufen.«

»Gerne.« Ich nicke. Maren hat etwas Frisches an sich. Ihre Augen leuchten, und ihr Lachen wirkt so offen und lebenslustig.

»Bist du heute Abend auch dabei?«

»Nein«, antworte ich erstaunt.

Was genau hat Ole ihr erzählt? Weiß sie nicht, dass sie ein Date in seinem Lokal erwartet, nur sie beide? »Ich bin anderweitig verplant«, schiebe ich vorsichtshalber hinterher.

»Ehrlich gesagt freue ich mich am meisten auf das Essen, aber der Rest wird bestimmt auch nett. Zuerst habe ich mich ein wenig überrumpelt gefühlt, als meine Schwester das vorgeschlagen hat, aber sie kann sehr überzeugend sein.«

»Okay«, sage ich. Die letzten Frauen hat Ole auf irgendwelchen Online-Dating-Portalen im Internet gefunden, doch bei ihr scheint es sich um eine persönliche Vermittlung zu handeln. Komisch, das hat er gar nicht erwähnt.

Sie fängt an, ihre Sachen in die Tasche zu räumen.

»Ein Glück, dass die nicht dreckig geworden sind«, sagt sie und packt die Reißverschlusstäschchen weg. »Meine Tochter hat sie mir zum Geburtstag genäht, und sie passt auf wie ein Schießhund, dass ich sie auch benutze.«

Sie nimmt ihr Handy raus und wirft einen Blick auf das Display.

Dass sie Kinder hat, wundert mich und erklärt die Vermittlung durch die Schwester. Oles bisherige Suche hat sich eher auf Frauen ohne Anhang konzentriert. Diese Maren muss jemand Besonderes für ihn sein. Allerdings bezweifle ich, dass dies auf Gegenseitigkeit beruht, denn ihre Bemerkung, dass sie sich vor allem auf das Essen freut, fand ich reichlich seltsam. Ich halte ihr zugute, dass sie nervös ist.

Kurz darauf erreichen wir den Strandübergang. Das Wärterhäuschen döst verlassen in der Abendsonne, denn die Mitarbeiter, die tagsüber die Kurkarten der Gäste kontrollieren, haben längst Feierabend. Die Sonne verabschiedet sich, indem sie den Himmel in ein sattes Orange taucht. Wenn ich Maren schnell zum Restaurant bringe, kann Ole mit ihr noch einen Aperitif auf der Terrasse trinken und das Meer bewundern, also düse ich über den Strandparkplatz und parke direkt vor dem Pfahlbau.

Die Verwunderung, die meiner Beifahrerin ins Gesicht geschrieben steht, seit wir über den Deich gefahren sind, bricht sich jetzt Bahn.

»Ich wusste gar nicht, dass wir uns hier treffen. Es klang so, als wären wir ...«, murmelt sie vor sich hin und sagt dann laut: »Na ja, egal.«

»Die Strandkrabbe ist Oles Wohnzimmer«, erkläre ich.

Mich beschleicht das Gefühl, dass dieses Date dabei ist, auf grandiose Weise zu scheitern. Armer Ole! Er kocht seit Stunden das Menü seines Lebens, und diese Frau hat keine Ahnung, wie sehr er sich für sie ins Zeug legt.

Vielleicht kriegen sie ja noch die Kurve, sagt eine optimistische Stimme in meinem Kopf.

Da Maren unschlüssig auf dem Steg herumsteht und von Ole nichts zu sehen ist, beschließe ich, sie ins Lokal zu begleiten.

»Hier entlang«, sage ich, und sie steigt vor mir die Holzstufen zur Terrasse der Strandkrabbe hinauf. Auf halber Treppe bleibt sie stehen und atmet tief ein. Für einen Moment schließt sie die Augen, und ich weiß, wie sich das anfühlt, weil ich es genauso mache, wenn mich der Tag angestrengt hat und ich zur Ruhe kommen will. Wenn Nordsee und Küstenwind um die Wette rauschen und die Abend-sonne ins Gesicht scheint, fällt alles von einem ab. Sie öffnet die Au-gen wieder und betrachtet die Spaziergänger, die barfuß durch das Wasser waten, den Hund, der darauf wartet, dass sein Herrchen end-lich den Ball wirft, und den Kutter, der am Horizont auftaucht. Kurz zieht sie ihr Handy aus der Tasche, schaut auf das Display und lässt es zurückgleiten.

»Ich habe das so vermisst«, sagt sie und lächelt mich an, weil ich neben ihr stehe und auch auf dieses Strandidyll blicke, bei dem man sich einfach wohlfühlen muss. Als sie mich ansieht, schlägt mein Herz schneller, und mein Bauch zieht sich kurz zusammen. Ich kann so gut nachvollziehen, warum Ole seit Stunden in der Küche schuf-tet. Für diese Frau würde ich das auch tun. Einen Moment lang hoffe ich, dass es heute nichts wird mit diesem Date, dass sie sich nicht verstehen und dass Ole bald mit der nächsten Kandidatin ausgeht.

Aber ich verbiete mir weiterzudenken. Von der Frau des Kumpels lässt man die Finger.

»Na dann«, sagt sie und erklimmt die restlichen Stufen, bis sie die Terrasse erreicht. Eigentlich hatte ich erwartet, dass dort ein Windlicht brennt und eine Decke auf der Bank liegt. Vorn neben den Scheiben, die die Gäste vor dem Wind und Kuchen und Suppen vor einer Sandgarnitur schützen sollen, wäre das ideal gewesen. Vielleicht sollte ich schnell hineingehen und fragen, ob ich noch etwas helfen soll. Maren sieht sich bereits fragend um. Bevor ich ankündigen kann, dass ich mal sehen will, wo er bleibt, tritt Ole aus der Tür.

»Hallo!« Seine Stimme klingt höher als sonst und seine Augen strahlen. Noch im Gehen wischt er seine Hände an seiner Jeans ab. So nervös habe ich meinen Kumpel selten gesehen. Sein Blick fällt auf Maren, und als sie sich umdreht, erstarrt sein Gesicht.

»Hi«, sagt sie fröhlich.

Eine Böe weht ein Seegrastöpfchen vom Tisch.

Maren dreht sich um und bückt sich, um es aufzuheben.

Suchend sieht sich Ole auf der Terrasse um, fixiert mich und dreht seine Hände nach oben.

Irgendetwas scheint nicht zu stimmen. Maren deponiert das Töpfchen bei den anderen Dekosachen in der Kiste neben der Eingangstür. Dabei wendet sie uns den Rücken zu.

Ole schüttelt den Kopf und formuliert lautlose Worte mit seinen Lippen.

Ich zucke mit den Schultern.

Er zischt irgendetwas, was ich nicht verstehe, aber er kann es nicht wiederholen, weil sich nun Maren wieder zu uns gesellt.

»Ist sonst noch niemand hier?«, fragt sie. »Ich kann mal bei

Merle fragen, warum sie sich verspäten.« Offenbar geht sie immer noch davon aus, dass sie zu einem Treffen mit mehreren Leuten geladen ist.

»Wir haben heute geschlossen«, stellt Ole fest.

»Das dachte ich mir schon«, erwidert sie freundlich. »Sonst könnten Sie uns ja kaum zum Krimidinner begleiten.«

Wieso behandelt sie ihn wie einen entfernten Bekannten? Wieso siezt sie ihn? Welches Krimidinner?

»Wer ist das?«, wendet sich Ole an mich.

»Oh, Entschuldigung. Ich dachte, Merle hat mich angekündigt.« Maren macht einen Schritt auf ihn zu und streckt die Hand aus. »Ich bin Maren. Merles Schwester. Wir sind erst vor ein paar Tagen wieder hierhergezogen, und Merle meinte, ich müsse euch unbedingt gleich kennenlernen.«

Während ich mich noch frage, ob mir diese Merle etwas sagen sollte, hat mein Herz begriffen, was mein Verstand jetzt erst nachvollzieht: Maren ist nicht Oles Date.

Ole schüttelt ihre Hand. »Irgendetwas ist hier schiefgelaufen.«

»Das denke ich mir langsam auch«, erwidert sie. »Ich bin davon ausgegangen, dass wir uns gleich in Nordstrand treffen. Aber dann dachte ich, wir holen vielleicht noch jemanden ab.«

Ole wird mit einem Mal panisch. »Klärst du das bitte?«, wendet er sich an mich. »Ich muss sehen, dass ich Paula erreiche.« Er läuft zurück ins Lokal, nimmt sein Handy vom Tresen und wischt über das Display.

Mein Bedauern über die Verwechslung hält sich in Grenzen. »Mir scheint da ein Fehler unterlaufen zu sein. Eigentlich bin ich als Chauffeur von Oles Date engagiert worden.«

»Das habe ich mir schon gedacht!«, sagt sie. »Am besten, wir fahren schnell zurück und holen die Dame ab. Ich kann bezeugen, dass es sich um eine Verwechslung gehandelt hat.« Dabei wirkt sie so betroffen, als trage sie die Schuld an dem Durcheinander.

Ich mag sie, ich mag es, wie sie mitfühlt, und am allermeisten gefällt mir, wie sie »wir« gesagt hat. Wir sollen zurückfahren, wir sollen das Ganze klären.

»Musst du nicht zu deinem Dinner?« Die Höflichkeit gebietet es, ihr diese Frage zu stellen, und ich hoffe unrealistischerweise, dass sie dies verneint. Bevor sie antworten kann, vibriert ihr Handy. Sie entschuldigt sich und nimmt den Anruf an.

»Ja, tut mir leid. Irgendwie gab es eine Verwechslung. Ich bin hier am Pfahlrestaurant in Böhl. – Erklär ich dir später. – Nein, fahrt nur, ich krieg das schon irgendwie hin. – Ja, ich beeile mich. Alles gut.« Sie beendet das Telefonat und steckt ihr Handy wieder ein. »Das war meine Schwester. Die wundert sich, wo ich bleibe.« Sie holt tief Luft. »Würdest du mich zurückbringen, damit ich noch irgendwie zu meiner Fähre komme?« Bevor ich antworten kann, sagt sie: »Ich kann mir auch ein Taxi rufen!«

Das soll sie auf keinen Fall! »Ich fahre dich natürlich!«

Im Gastraum nimmt sich Ole gerade seine Autoschlüssel vom Tresen und zieht sich im Vorbeigehen die Jacke an. Paula befinde sich bei ihrer Freundin und er wolle sie selbst abholen, ruft er. Dann eilt er die Holzstufen hinunter und startet seinen Pickup-Truck mit dem Strandkrabben-Logo.

»Damit können wir unsere Date-Rettungsaktion wohl abblasen«, sagt sie.

»Aber deinen Abend müssen wir noch retten. Wo soll ich dich

hinbringen?« Am liebsten würde ich sie zum Essen einladen, aber da sie Pläne hat, muss ich die verbleibende Zeit so gestalten, dass sie mich auf jeden Fall wiedersehen will.

»Kannst du mich nach Hause fahren? Dann springe ich in mein Auto und hoffe, dass mir das Navi eine schnelle Route nach Nordstrand verrät.«

Sie hat »nach Hause« gesagt, jubele ich innerlich.

»Wenn ich dich direkt nach Nordstrand bringe, schließlich sparst du dir so den Umweg über Tating und erreichst vielleicht noch rechtzeitig dein Boot. Wohin musst du eigentlich?«

»Pellworm«, antwortet sie. »Der Hotelbesitzer und Krimidinnerausrichter kommt aus der Reederfamilie. Sein Bruder macht eine Extratour, um Leute vom Festland zum Hotel und wieder zurückzubringen.«

»Wann fährt die denn ab?«

»In 55 Minuten.« Sie legt die Stirn in Falten. »Schaffen wir das?«

»Das wird sportlich, aber wir probieren es einfach.« Ich versuche zuversichtlich zu wirken.

»Dann mal los.« Sie lacht ein absolut unwiderstehliches Lachen.

O Gott. Ich bin aufgeregt wie ein Teenager vor dem ersten Date. Sie fasziniert mich. Ich will, dass sie mich überwältigend findet, und ich frage mich, wie das gehen soll, wenn ich sie in einem Affenzahn über die Halbinsel kutschiere. Am Ende wird ihr schlecht, und sie verpasst ihr Boot. Stop! Positiv denken! Wenn sie nicht rechtzeitig kommt, lade ich sie zum Essen ein. Egal wie, dieser Abend wird gut werden!

5

Maren

Obwohl die Zeit knapp ist, gehe ich in der Strandkrabbe noch einmal zur Toilette. Der Sand knirscht unter meinen Schuhen auf den Holzdielen, und ein Gefühl von Heimat durchströmt mich. Du kannst kehren, saugen und wischen, deine Taschen ausschütteln und die Schuhe draußen ausziehen – der Sand bleibt.

Dieser Ole hat bei der Renovierung auf modernes Design geachtet: ein flaches, eckiges Waschbecken, schlichte Armaturen, Apothekerflaschen mit Seife und Handcreme. Bambusstäbchen in den Flaschen verbreiten Orangen-Eukalyptus-Duft. Dieses Bad würde die Zustimmung meiner Tochter finden, dessen bin ich mir sicher. Nachdem ich mir die Hände gewaschen habe, pudere ich meine Nase und ziehe den Lippenstift nach. Ich grinse mein Spiegelbild an, als ich mir einen Spritzer Parfum in die Haare gebe.

Im Lokal ist ein Tisch für zwei gedeckt. Graue Kerzen, lilafarbene Tulpen in einer schmalen Vase und Stoffservietten warten auf die Frau, die Ole nun doch selbst zu diesem Dinner kutschiert.

Da bin ich in eine verrückte Geschichte geraten. Ins falsche Auto einzusteigen ist schon eine Leistung, aber dann noch als falsche Frau zu einem Date gebracht zu werden, macht mir so schnell keine nach. Wie Ole mich angesehen hat! Und seine Panik, als er versuchte, seinem Freund mitzuteilen, dass ich nicht die Auserwählte bin. In Sachen diskrete Kommunikation haben beide Nachholbedarf.

Als ich auf die Terrasse trete, lächelt Henning, und ich erwidere es zurückhaltend. Von dem Durcheinander in meinem Bauch soll er nichts mitkriegen. Wie eine Popcornmaschine, die immer wieder Maiskornwolken in den Glaskasten spuckt, ploppt dort die Freude darüber auf, dass wir noch eine Fahrt zusammen erleben.

»Wollen wir?«, fragt er und schließt die Restauranttür ab.

Ich nicke und gehe vor ihm die Holztreppe hinunter. Für ein paar Schritte erlaube ich meinem Gesicht zu strahlen, dann rufe ich meine Muskeln zur Ordnung und versuche, normal freudig auszusehen. Ich fühle mich wie mit fünfzehn, als hätte ich vorgegeben, mit meinen Freundinnen DVDs ansehen zu wollen, um mich in Wirklichkeit mit dem besten Jungen aus dem Handballteam zu treffen. Meinen Kindern sage ich immer, sie sollen nie mit Fremden mitgehen. Und was tue ich? Ich steige zum zweiten Mal bei einem völlig unbekannten Menschen ins Auto. Soll ich mir doch ein Taxi rufen?

Nein, sagt mein Bauchgefühl und schickt eine weitere Ladung Gefühlspopcorn. Mein Chauffeur scheint verlässlich und gleichermaßen arglos. Er hat eine wildfremde Frau in sein Auto gelassen, und schließlich könnte ich ja eine Autodiebin sein.

Die Lichter seines Jeeps blinken kurz auf, als er die Türen entsperrt.

»Dann wollen wir mal«, sagt er, und nimmt auf dem Fahrersitz Platz. Sein Gesicht strahlt, sein Mund, seine Nase, die er leicht kräuselt, sogar die Linien um seine Augen. Sein Haar ist von grauen Strähnen durchzogen, ebenso wie sein Bart, den er kurz trägt und der sein Gesicht umrahmt.

»Schauen wir mal, ob wir es schaffen«, sage ich und frage mich gleich, ob die Antwort doof gewirkt hat. Warum mache ich mir solche Gedanken? Er ist ein netter Mensch, den ich wahrscheinlich nicht wiedersehen werde. Nein, in München wäre das unter Umständen so gewesen. In Sankt Peter werde ich ihm über den Weg laufen, weil man das hier ständig tut. Und es wäre mir recht, wenn diese Begegnungen nicht von unangenehmen Erinnerungen begleitet werden.

Er startet den Wagen. »Ich gebe mein Bestes«, sagt er.

»Von nichts anderem bin ich ausgegangen«, sage ich, und er fährt los.

Seine Stimme klingt angenehm tief. Dass er nicht von hier ist, glaube ich auch herauszuhören.

»Ich sage jetzt schon einmal danke für den Transfer, falls ich nachher auf die Fähre sprinten muss.« Dabei sehe ich ihm kurz in die Augen und gleich wieder weg, weil ich Angst habe, dass sich das Kribbeln, das ich verspüre, in meiner Gesichtsfarbe zeigt.

Henning rollt über den Strand, überholt eine Familie mit Kindern und Hund und fährt langsam über den anschließenden Parkplatz. Erst auf der geteerten Straße zwischen den Dünen beschleunigt er. »Vorhin sagtest du, du willst von zu Hause losfahren. Bist du hier richtig zu Hause, oder meintest du deine Ferienwohnung?«

»Seit ein paar Tagen bin ich hier wieder richtig zu Hause. Oder ich fange zumindest damit an, mich hier wieder einzurichten. Ich habe fast fünfzehn Jahre in München gewohnt. Wie lange bist du schon hier?«

»Seit fast fünf Jahren. Ich bin hergekommen, um mein Boot herzurichten. Da wollte ich für mich sein und einfach drauflossegeln:

die Atlantikküste hinunter, durchs Mittelmeer und wohin es mich eben zieht. Mit dem alten Boot meines Großvaters.« Er hält inne. »Warum grinst du so?«

»Das tue ich gar nicht. Ich bin nur gespannt, wie die Geschichte weitergeht.« Das entspricht nicht ganz der Wahrheit, aber die behalte ich für mich.

»So siehst du nicht aus.« Henning schmunzelt.

Also gut, soll er es doch erfahren. »Ich habe mich nur gefragt, ob du der langsamste Schiffsreparateur der Welt bist oder ob du mir eine spannende Geschichte auftischst.«

»Lass dich überraschen.« Er zwinkert.

Der Wagen biegt auf die Straße ein.

»Ich habe eine kleine Werft gesucht, wo ich werkeln kann, aber Hilfe bekomme, wenn ich nicht weiterkomme. Und Björn Frieling hat mich dann unter seine Fittiche genommen.«

Björn ist ein Urgestein und mit Mama und Levke in diversen Vereinen. Und das ist also der Mann, der nun die Werft übernommen hat.

»Monatelang habe ich geschuftet, geschraubt, lackiert. Zwischendurch habe ich immer wieder Björn geholfen und viel über sein Handwerk gelernt. Dann kam der Schlaganfall, und er war von einem Tag auf den anderen weg.«

Daran erinnere ich mich. Mama hat mir davon erzählt. Sie hat seine Frau damals ins Krankenhaus gefahren.

»Und das Einzige, was ihn umtrieb, waren die Aufträge, die er noch nicht erledigt hatte.« Hennings Stimme zittert leicht. Sie scheinen sich in der gemeinsamen Zeit gut verstanden zu haben.

»Jedenfalls habe ich ihm versprochen, mich darum zu kümmern. Und habe ein Boot nach dem anderen instand gesetzt. Wenn ich ihn besuchte, erzählte ich ihm von den Fortschritten. Die Pfleger und Schwestern meinten, ich sei ihre Geheimmedizin. Nach meinen Reparaturberichten ging es ihm immer besser.«

Henning fährt etwas schneller als erlaubt. Er setzt den Blinker und überholt den Lastwagen vor uns. Wegen der Motten bin ich als Beifahrerin immer etwas ängstlich. Aber das Manöver war in Ordnung. Die Straße verläuft gerade, und man kann weit sehen. Ob er sonst auch so fährt? Oder reißt er sich nur zusammen, weil er mich heute kutschiert? Egal, ich setze »umsichtiger Fahrer« auf meine Positivliste und bin überrascht, dass diese existiert.

Henning hat meinen Blick wohl registriert. »Fahre ich dir zu rasant?«, erkundigt er sich.

»Eigentlich nicht, aber seit ich die Kinder habe, denke ich immer für vier.« Soll ich ihm sagen, dass ich mich bei ihm erstaunlich sicher fühle, da ich mich sonst immer am Türgriff festklammere? Lieber nicht. »Wie geht es weiter?«, frage ich stattdessen.

»Von seinem Schlaganfall hat sich Björn erholt. Trotzdem war klar, dass er seine Werft nicht weiterführen kann. Er gab mir Zeit, mein Boot fertigzustellen, und dann wollte er schließen. Ich hatte Angst, dass es ihm das Herz brechen würde, wenn sein Lebenswerk plötzlich verschwindet. Und irgendwie dachte ich auch, dass mir meine Atlantikfahrt nicht wegläuft. Also habe ich die Werft von ihm gepachtet. Ab und zu hole ich ihn zu Hause ab, um ihm zu zeigen, was ich mache. Irgendwann kann ich immer noch um die halbe Welt schippern.«

»Es ist schon merkwürdig, was einem das Leben manchmal vorgibt«, sage ich. »Was hast du denn vorher gemacht?«

»Das kann ich dir nur verraten, wenn du mir versprichst, Still-schweigen zu bewahren.«

Ich frage mich, ob er einen Scherz macht. »Warst du beim Ge-heimdienst? Oder hast du Banken überfallen?«

»Das nicht. Aber ich habe das Recht so ausgelegt, dass es mei-nen Mandanten nützte. Und die haben sich teilweise Verwerfliche-res zuschulden kommen lassen, als maskiert in ein Geldinstitut zu rennen und die Kasse zu plündern. Insofern unterscheide ich mich nicht viel von der von dir angesprochenen Berufsgruppe.«

»Mein Job ist es, verzichtbare Produkte so zu präsentieren, dass die Menschen denken, ohne sie nicht Leben zu können. Es sitzen also zwei Betrüger im Auto, wenn du so willst.«

»Wir zwei Schwerkriminellen«, sagt er und grinst. Er schweigt eine Weile. Was auch immer ihm durch den Kopf geht, er scheint es mir nicht erzählen zu wollen. Und ich verspüre den Wunsch, irgendwann zu erleben, dass er diese Gedanken mit mir teilen will.

Diese Jette ruft wieder an, und erneut drückt er sie weg. Ich frage mich, wer sie ist. Von einer Mitarbeiterin hat er nichts gesagt. Viel-leicht handelt es sich um seine Schwester oder Tante, oder er gehört zu den Leuten, die ihre Eltern mit Vornamen ansprechen. Einen Ring trägt er nicht. Ein Teil von mir hofft, dass Jette nicht seine Freundin ist. Was denke ich denn da?

»Ich hoffe, dass der Umzug hierher die richtige Entscheidung gewesen ist«, sage ich. »Was Entscheidungen anging, lag ich in letz-ter Zeit gerne daneben.«

»Nachdem du dich heute für das falsche Auto entschieden hast, bezweifle ich das.«

Ich mag diese Frotzeleien. »Das zählt nicht! Ich bin nur eingestiegen, weil du gehalten hast. Insofern war das keine Entscheidung,
sondern eine Konsequenz.«

»Das kränkt mich jetzt«, sagt er mit gespieltem Bedauern.

»Damit musst du leider leben. Aber wie soll ich denn die Phase
der richtigen Entscheidungen einleiten, wenn ich mir am ersten Tag
diesen Lapsus erlaube? Deswegen wäre es schön, wenn du diesen
auf deine Kappe nimmst und ich ›unbeirrt‹ meinen Weg gehe.«
Was war das denn? Er muss mich für völlig bescheuert halten.

Er nickt bedächtig. »Wenn das so ist, hast du sogar gezögert, als
du einsteigen wolltest, und ich habe dich nahezu genötigt.«

»Übertreiben müssen wir nicht« erwidere ich. »Aber ich erkenne an, dass der Fehler bei dir liegt.«

»Und welche Entscheidungen waren so falsch, dass es dich wieder in die Heimat verschlagen hat?«

»Die Partnerwahl oder meine Erwartungen an diese Partnerschaft oder mein Job oder die Vorstellung, ich könne es mit drei
Kindern ohne Unterstützung schaffen.« O weh, das klingt, als wäre
ich die absolute Versagerin. Egal, jetzt habe ich schon angefangen zu
erzählen, also kann ich ihm den Rest auch noch auftischen. »Mein
Ex-Mann hat immer gesagt, er wolle ankommen. Ich dachte, ich sei
diejenige, die ihm nach Katja, Louis, Severin und Maria eine Heimat
bietet. Fünfzehn Jahre lang sah es auch so aus. Doch dann kam Kai,
und nun scheint es, dass er bei ihm angekommen ist und ich nur eine
Zwischenstation war.« Ich halte inne. »Kai ist perfekt. Wenn ich diesen Medizinerkongress an der Algarve besucht hätte, hätte ich mich
wahrscheinlich auch in ihn verliebt.«

Er schmunzelt. »Ich nehme an, du magst deinen Job. Also

scheint es doch eine gute Entscheidung gewesen zu sein, dass du nicht Medizin studiert hast.«

»Stimmt eigentlich. Ich hätte mit meinen Patienten zu viel gelitten. Deswegen habe ich mich auf Texte und Produkte spezialisiert. Denen tut nichts weh. Übermorgen schaue ich übrigens zum ersten Mal bei der kleinen Firma in Friedrichstadt vorbei, die hoffentlich bald unsere Spaghetti, Zahnspangen und Playmobilpiraten finanziert.« Ich warte auf das Sorgengrummeln, aber heute bleibt es aus.

»Ich drücke dir die Daumen«, sagt Henning. »Weder dein Ex-Mann noch Kai haben sich also auf Kieferorthopädie spezialisiert. Sonst könntest du die Spangen von deiner Liste streichen!«

»Nein, es hat sich Internist zum Internisten gefunden«, sage ich.

»Und da haben wir schon Kais erstes Manko gefunden. Er hat sich für das falsche Fachgebiet entschieden. So perfekt, wie du sagst, ist er also gar nicht.«

»Das stimmt allerdings.« Warum spreche ich die ganze Zeit von meinem Ex-Mann und seinem neuen Partner? Ich sollte damit aufhören. Gerne würde ich Henning nach dieser Jette fragen, aber das verkneife ich mir.

»Kennst du Ole schon lange?«, erkundige ich mich stattdessen.

Henning erzählt, dass sie seit dem Studium befreundet sind. Zusammen haben sie sich durch die ersten Jura-Semester gequält. In den Semesterferien hat Ole dann jeden Abend in der Kneipe gejobbt, in der er sonst nur donnerstags und freitags ausgeschenkt hat. Irgendwann hat ihm der Geschäftsführer immer mehr Aufgaben übertragen, bis Ole das Ding alleine geschmissen und schließlich übernommen hat. Henning hat fertig studiert, das Referendariat gemacht. Ole ist der Bruder, den er gerne gehabt hätte.

Am Display seines Wagens wird der Eingang einer Nachricht angezeigt. Caroline. Seine Hand zuckt kurz, als er den Namen liest, aber er legt sie zurück ans Lenkrad. Kommt es mir nur so vor, oder umklammert er es ziemlich fest?

Wer ist denn Caroline nun wieder? Ist Henning das, was meine Münchner Freundinnen als einen Hallodri bezeichnen? Hat er mehrere Frauen am Start?

Das Display leuchtet wieder auf. Offenbar hat ihm Caroline einiges mitzuteilen.

»Willst du kurz anhalten?«, frage ich und nehme mein Handy heraus, aber er schüttelt den Kopf.

»Das hat Zeit«, sagt er, und ich verspüre eine gewisse Genugtuung.

Zu Hause scheint die Gestaltung des Weltraumzimmers abgeschlossen zu sein. Mama schickt mir ein Bild von meinen stolzen Söhnen vor ihrer persönlichen Weltraumwand. Mit den Planeten und Sternen darauf sieht es wirklich schön aus und gar nicht mehr nach Vorhölle.

In ihrem Zimmer hat Nele Himbeerrosa zwischen zwei Abklebestreifen aufgetragen. Ich schreibe, dass ich es toll finde, und schicke Küsse und Herzen und tanzende Zebras.

»Meine Kinder streichen gerade ihre Zimmer. Unterstützt durch Oma und Tante«, erkläre ich. Ich halte Henning das Display hin und zeige ihm die Weltallwand.

»Toll«, lobt er. »Meine Eltern hätten mir das nie erlaubt. Du scheinst eine coole Mutter zu sein.«

»Das hoffe ich zumindest«, antworte ich. »Den Umzug fanden meine Jungs ziemlich uncool. Meine Schwester arbeitet gerade hart daran, dass sie die Küste bald besser finden als ihr altes Zuhause. Und ich hoffe, dass ihr Vater beim nächsten Leipzig-Aufenthalt nicht daran arbeitet, dass sie wieder in die Stadt wollen.«

»Wie heißen denn deine Kinder?«, fragt er.

Ich nenne ihm die Namen meiner drei Motten und erkläre unsere Familientradition mit den gleichen Initialen.

Henning ist der erste Mensch, der das nicht sonderbar oder belustigend findet. »Bei uns heißen die Jungen alle Carl und die Mädchen alle Anna, und dann kommt der Rest«, erklärt er. »Wenn wir es genau nehmen, dann fährst du gerade mit Carl Johannes Friedrich Henning Jansen.« Er zählt seine diversen Namen auf wie ein Schuldirektor bei der Verleihung der Abiturzeugnisse.

»Wenn man sein Kind so nennt, ist ausgeschlossen, dass es eine Kneipe aufmacht«, sage ich. »Da passt Jura schon besser. Bist du in die Familienkanzlei eingestiegen?«

»Die Jansens waren und sind Kaufleute, und mein großer Bruder führt das Geschäft. Wir Nachgeborenen dürfen uns ausleben.«

»Das hast du ja toll hingekriegt. Sex, Drugs und Jura.«

»Oh, ich habe durchaus in einer Band gespielt«, wirft er ein.

»Das Jugendorchester der Stadt Hamburg ist keine Band«, ziehe ich ihn auf.

»Hast du mich gegoogelt?«

»Stimmt das etwa?«

Er grinst, weil ich ihm auf den Leim gegangen bin. »Wir hießen Harry und die Flitzpiepen und haben alles gecovert, von Oasis bis Nirwana.«

Ich stelle mir vor, wie Henning seine Gitarre auf der Bühne zertrümmert oder Kurt-Cobain-like ins Mikro schreit. Oder saß er vielleicht doch hinter dem Schlagzeug?

»Bass?«, frage ich.

»E-Gitarre«, sagt er. »Unsere Abiturfeier und das Schanzenfest sind in die Geschichte eingegangen.«

»War keiner dort, der euch sehen wollte?«

Ein Lächeln schimmert in seinem Blick. »Nein, beide Feiern sind von der Polizei beendet worden. Unseren Abschiedsgig haben wir auf dem Dach des Hamburger Brauhauses gespielt. Unangemeldet.«

»Weil das Brauhaus der Mutter des Schlagzeugers gehört.«

»Fast. Der Großmutter.«

»Du solltest deine Memoiren schreiben. Die großen Verlagshäuser werden sich darum reißen. »Shout it from the rooftop. Mein Leben am Limit.« Ich weiß auch nicht, was mich reitet. Aber irgendwie bietet er mir eine Vorlage nach der anderen. »Ich reiße mich jetzt zusammen. Nicht, dass du mich noch am Straßenrand aussetzt.«

»Dazu bedarf es mehr als eines kreativen Buchtitels. Aber die Idee mit den Memoiren klingt gut. Meine Schwester arbeitet in einem Verlagshaus. Der muss ich das vorschlagen.«

»Jette oder Caroline?«, rutscht es mir heraus.

»Weder noch. Anna Maria und noch ein paar Namen.«

Es ist seltsam. Gestern habe ich mir noch eingeredet, dass ich alleine bleiben möchte, und nun forsche ich ungeschickt nach, wer die Frauen sind, die den Mann neben mir im Auto kontaktieren. Was ist mit meinen Vorsätzen, es langsam angehen zu lassen, passiert? Gar nichts, rede ich mir ein. Ich versuche lediglich, pünktlich zu meinem

Krimidinner zu kommen. Dass es Spaß macht, sich mit Henning Wortduelle zu liefern, ist ja wohl völlig in Ordnung.

»Brütest du gerade über einer neuen Unverschämtheit, die du mir gleich um die Ohren hauen willst?« Henning lächelt versonnen, als könne er nicht darauf warten, eine solche zu parieren.

»Eigentlich habe ich gerade darüber nachgedacht, wie schön ich diese Fahrt finde«, antworte ich.

»Mir geht es genauso«, sagt er.

Ich lächle vor mich hin und hoffe, dass er mir nicht ansieht, dass seine Worte ein wohliges Kribbeln über meinen ganzen Körper schicken.

# 6
## Henning

Als das Ortsschild von Nordstrand vor uns auftaucht, wünsche ich mir, es wäre noch ein paar hundert Kilometer entfernt. Das letzte Mal, dass ich mich mit einer Frau so gut unterhalten habe, ist lange her. Ich mag Marens Humor und dass sie mich nicht so ernst nimmt. Auch sie selbst erscheint mir erstaunlich uneitel: Wie unbefangen sie mir vom Scheitern ihrer Ehe erzählt hat, vom Unwillen ihrer Söhne hierherzuziehen und von ihrer Angst, sich hier nicht einleben zu können. Sie wird das gut machen. Irgendwie weiß ich das. Der Petersen-Clan scheint mir etwas Besonderes zu sein, und ich würde Levke und Lina und wie sie alle heißen nur zu gerne kennenlernen. Wenn Maren von ihnen spricht, dann tut sie das mit einer Herzlichkeit, die ich so noch nicht erlebt habe. Meine eigene Familie ist in erster Linie steif. Sie sind nicht unrecht, die Jansens. Aber unglaublich förmlich. Außerdem treibt sie ständig die Angst um, man könne jemanden zu sehr verhätscheln und dadurch in die Lebensuntüchtigkeit stürzen. Meine Eltern sind immer davon ausgegangen, dass Kinder, die im Wohlstand aufwachsen, nicht verwöhnt werden dürfen, weil die Umstände, die sie umgeben, schon so günstig ausfallen.

In der knappen Stunde, die wir hier im Auto sitzen, hat Maren mehr Herzchen an ihre Kinder verschickt, als meine Mutter mir in meinem ganzen Leben zugedacht hat. Niemals würde ihr Hamburger Wohltäterinnenfinger auf ein Emoji tippen. Dabei hatte ich nie das Gefühl, dass wir nicht geliebt wurden. Unsere Eltern haben uns nur in einer liebevollen Korrektheit erzogen, die mit ziemlich viel Distanz daherkam. Geschadet hat es mir nicht. Uns allen nicht. Aber ich hätte mir ein wenig mehr Herzemojis – oder das damalige Pendant – in meiner Kindheit gewünscht. Momentan schreibt Maren allerdings nicht an ihre Kinder, sondern tauscht hektische Nachrichten mit ihrer Schwester aus, deren Inhalt sie mir stets mitteilt.

Vorhin gab es ein angespanntes Telefonat, in dem ihr Merle kundgetan hat, dass sie dem Bootsmann noch fünf Minuten aus dem Kreuz leiern konnte. Er scheint sie bei allem Verständnis darauf hingewiesen zu haben, dass sie nicht die einzige Passagierin ist und dass auf Pellworm eine Schauspieltruppe und eine Küchenmannschaft auf die Ankunft der Gäste vom Festland warten und er nicht wegen ihrer Schwester den ganzen Zeitplan über den Haufen werfen könne.

»Fliegen können wir nicht«, hat Maren gesagt, und ihre Anspannung war deutlich zu hören. Jetzt sitzt sie mit starrem Blick neben mir und hält ihr Handy fest umklammert.

»Mist, Mist, Mist«, flucht sie leise und schiebt »Du kannst nichts dafür« hinterher.

»Es ist nicht mehr weit!« Leider verfängt mein Beruhigungsversuch nicht.

Sie nickt und hat die Lippen fest aufeinandergepresst. Ihr Handy vibriert, und sie flucht, als sie die Nachricht liest. »Sie haben abgelegt«, sagt sie und beginnt zu tippen. Dabei atmet sie laut aus. »Verdammte Sandschaufel! Das darf nicht wahr sein!«

Der Fährhafen kommt in Sicht, und ich lasse den Wagen vor einer Schranke ausrollen.

Die »MS Meerjungfrau« reckt uns ihr Heck hin und tuckert auf Pellworm zu.

»Das war jetzt aber wirklich verdammt knapp«, sage ich.

Maren starrt dem Fährschiff nach, als würde sie am liebsten die nächste Laterne ausreißen, Anlauf nehmen und sich stabhochspringend auf das Deck der Fähre katapultieren.

Sie schüttelt den Kopf. »Das schaffe auch nur ich! Überpünktlich loszugehen, um dann das Schiff doch zu verpassen!«

Ich stehe in der offenen Tür meines Autos und würde sie am liebsten in den Arm nehmen und ihr einen Kuss auf ihre Haare drücken. Wie ihre Haare wohl riechen? So wunderbar wie der zarte Duft, der regelmäßig herübergeweht kam, wenn sie sich bewegt hat. Ein wenig wundere ich mich, wo dieser Impuls herkommt.

Maren sieht mich an und schafft es tatsächlich, zu lächeln. »Vielen Dank, dass du es auf dich genommen hast, mich hierherzubringen.«

»Es war wirklich eine harte Prüfung, die mir auferlegt wurde!« Am liebsten würde ich noch einmal sagen, dass ich die Fahrt schön fand, aber ich ziehe es vor, meine innere Zuneigung durch äußere Coolness auszugleichen.

Sie seufzt. »Wenn das in drei Monaten passiert wäre, hätte ich jetzt mit den Schultern gezuckt, meiner Schwester eine Nachricht geschrieben und dich auf ein Bier oder eine Portion Fish and Chips eingeladen. Falls es hier so etwas gibt.«

Sie sieht sich suchend um, und ich bedaure, dass der Kalender nicht Anfang September zeigt und ich dieses spontane Abendessen nicht erleben darf. »Warum gehen wir nicht trotzdem essen?«

»Ich wäre heute keine gute Gesellschaft«, sagt sie.

»Find ich nicht«, entgegne ich etwas.

In ihren blaugrünen Augen blitzt etwas auf, und ich frage mich, ob das ein Funkeln war oder ob ich es nur sehen wollte.

»Das Krimidinner war ausgebucht, und Merle hat ihrem Kumpel ewig in den Ohren gelegen, dass ich auch noch kommen darf. Meinetwegen brauchten sie ein zusätzliches Auto, um hierherzukommen. Was im Endeffekt ja doch nicht nötig gewesen wäre.« Sie verzieht den Mund zu einer Grimasse. »Meine Schwester hat sich zwei Beine ausgerissen, damit ich hier schnellstmöglich Anschluss finde, und jetzt verpasse ich die Fähre.«

»Sie wird es verstehen«, sage ich.

»Aber ich wollte nicht, dass sie das alles umsonst macht.«

Maren wirkt so niedergeschlagen, dass ich erneut den Impuls unterdrücken muss, sie in den Arm zu nehmen.

»Immerhin haben wir uns kennengelernt«, gebe ich zu bedenken.

»Das stimmt allerdings«, sagt sie, und nun bin ich mir sicher, dass ihre Augen aufleuchten.

Wind kommt auf, zerzaust Marens Haare und trägt ihren Duft nach Zitrone und Meer zu mir herüber. Wenn ich mein Boot hierhätte, würde ich sie einpacken und nach Pellworm segeln, damit sie ihr Dinner erleben kann und sich der Groll ihrer Schwester verflüchtigt oder bestenfalls in Bewunderung wandelt. Weit mehr als eine schwesterliche Aussöhnung reizt mich aber, noch ein wenig Zeit mit

Maren verbringen zu können. Ich blicke zum Fährterminal und zu den Booten, die dort vertäut sind, und eine Idee ploppt auf.

»Wollen wir zurückfahren?« Maren seufzt und lässt die Schultern hängen. Dabei fixiert sie die Fähre, als wolle sie sich mit der Kraft ihrer Gedanken dorthin beamen.

»Warte kurz! Ich … ich kann nichts versprechen, aber … gib mir eine Minute!«, sage ich und spurte über den Weg beim Anleger auf ein kleines Häuschen zu. Wenn ich Glück habe, führt die Mannschaft der DLRG Nordstrand heute keine Nachtübung durch, und Knut hat noch nicht Feierabend gemacht.

Wenige Minuten später kehre ich zu meinem Auto zurück. Ich fühle mich wie eine Mischung aus allen Marvel-Helden. Maren macht zwar nicht den Eindruck, dass sie gerettet werden muss. Aber in jedem Leben gibt es »damsel in distress«-Momente, und ich liebe es, dass ich es bin, der als Retter in der Not fungiert und ihr aus der Misere hilft.

Maren sitzt auf der Mauer am Wasser und tippt eine Nachricht in ihr Handy.

»Behold, young mistress, for I am here to come to your rescue.« Auf Deutsch hätte es noch dämlicher geklungen, beruhige ich mich.

Sie schielt nach oben. »Bieten die im Schuppen dort drüben Verwandlungen an, und du hast dich für das Paket *Knight in shining armour* entschieden?«

»So in etwa«, sage ich und bin froh, dass sie den Scherz nicht dämlich fand.

»Vor zwanzig Jahren habe ich auf so einen gewartet. Heute würde mir ein Ritt nach Hause genügen.«

Wie meint sie das? Hat sie gemerkt, dass ich sie gut finde, und hat sie mir soeben eine Abfuhr verpasst? Oder sorgt ihre Stimmung dafür, dass der Scherz missglückt?

»Ich denke, dass du heute durchaus einer Rettung durch einen Ritter bedarfst, auch wenn du auf das Pferd verzichten musst«, sage ich und versuche zuversichtlich zu klingen.

Wie auf Kommando biegt ein Motorboot in die Hafeneinfahrt ein. DLRG steht in gelben Lettern auf dem roten Lack.

»Ich höre, hier gibt es einen Notfall.« Knut hält unter uns an.

Ungläubig starrt Maren erst das Boot und dann mich an.

»Zufällig muss mein Kumpel eine Wartungsfahrt machen, und noch zufälliger führt diese heute nach Pellworm«, sage ich.

Maren zwinkert. »Ist das dein Ernst?«

»Es ist sozusagen meine Pflicht, dafür zu sorgen, dass alle Rettungsboote dieses ehrenwerten Vereins auch einwandfrei funktionieren, wenn sie gebraucht werden. Wollen wir?«

Sie nimmt ihre Tasche und strahlt. »Das vergesse ich dir nicht.«

Einen Moment lang sieht es so aus, als wolle sie mich umarmen, und mein Körper spannt sich vor Erwartung an. Dann aber hält sie inne und drückt meinen Arm. Sie klettert die Leiter am Kai hinunter auf das Boot, und ich folge ihr. Noch immer spüre ich die Wärme ihrer Hand auf meinem Arm.

»Ich bin Maren.« Sie reicht Knut die Hand.

Er stellt sich ebenfalls vor. »Da hast du aber Glück, dass du dir Henning als Fahrer ausgesucht hast. Für den würde ich auch nach Grönland tuckern.«

Knut zeigt auf die Schwimmwesten, und während wir sie anlegen, startet er und fährt aus dem Hafen.

Möwen umkreisen das Boot, als wir die Kaimauer passieren und aufs offene Meer hinausfahren. Sie beschweren sich lauthals, als sie merken, dass kein Fisch für sie abfällt.

Maren stellt sich an die Bordwand und schaut in Richtung Horizont. Sie hält ihr Gesicht in den Seewind und lässt ihn die letzte Anspannung forttragen. Ich stelle mich neben sie, und mein Herz schlägt ein wenig schneller. Nun hat mir der pünktlichkeitsbesessene Kapitän der MS Meerjungfrau eine Rundfahrt mit der bezauberndsten Frau von Sankt Peter-Ording beschert. Ich wundere mich selbst über diese Zuschreibung, die meine Gedanken für Maren finden, aber sie stimmt. Sie ist der faszinierendste Mensch, dem ich seit Langem begegnet bin, weil sie so echt ist. Alles an ihr ist authentisch. Die Sorge um ihre Kinder, der Ärger über die verpasste Fähre, sogar dass sie Ole und meine nicht sehr geschickte stumme Konversation mitgekriegt hat, konnte ich ihr sofort ansehen.

Die Sonne malt gelbe Streifen auf das graublaue Meer, und der Bootsmotor surrt melodisch.

»Was hast du Knut denn gegeben, dass er diese Sonderfahrt macht?«

Ich zucke mit den Schultern. »Wir helfen uns hier einfach.«

Sie nickt, als müsse ich ihr das als Wieder-Einheimischer nicht erklären.

»Vielleicht hilft es auch, dass meine Werftöffnungszeiten eher ein Richtwert, aber kein Gesetz sind.« Außerdem habe ich ihm Halligbrote und Currywurst satt bei seinem nächsten Besuch bei Ole zugesagt, aber das muss sie ja nicht wissen.

»Woher kennt ihr euch?«, fragt Maren.

Knut dreht sich um und zieht eine Grimasse. »Soll ich oder willst du?«

»Knuts Bruder und ich hatten des Öfteren geschäftlich zu tun.« Ich ziehe es vor, vage zu bleiben. »Auf unterschiedlichen Seiten.«

»Das hat er jetzt aber schön gesagt, der Herr Anwalt«, sagt Knut und lacht. »Mein Bruder hat versucht, Hennings Projekte zu verhindern.«

»Ach ja?« Maren grinst mich an. »Und hat er es geschafft?«

Ich wiege den Kopf hin und her. »Ein paarmal.«

»Es steht drei zu zwei für meinen Bruder.« Knut wickelt ein Brötchen aus und beißt herzhaft hinein. »Auch eins?«, fragt er und deutet auf die Tasche neben ihm, aus der weitere Butterbrotpapierpäckchen herauslugen.

Maren lehnt dankend ab, und auch ich möchte keines. Ich kann jetzt nichts essen. Der Himmel oder das Schicksal oder wer auch immer hat mir diese wunderbare Frau ins Auto gesetzt, und ich will keine Minute mit Essen verschwenden.

»Erzähl mir von dir«, sagen wir gleichzeitig und lachen.

»Du zuerst«, kommt dann wie aus einem Mund, und sie schüttelt den Kopf.

»Von mir weißt du schon fast alles. Jetzt bin ich gespannt auf dich, deine Familie, Freunde, Verflossene und so weiter.« Sie befeuchtet ihre Lippen, und ich muss mich zwingen, nicht auf ihren wunderschönen Mund zu starren. Wie es sich wohl anfühlt, sie zu küssen? Jetzt schmecken ihre Lippen sicher ein wenig nach Salz. Weich sind sie bestimmt.

»Bin ich dir zu nahegetreten? Möchtest du nicht darüber reden?« Eine besorgte Falte bildet sich auf ihrer Stirn.

»Nein, überhaupt nicht«, sage ich. Schließlich hat ihre Frage nach meiner Verflossenen mich zu Träumereien beflügelt. Wenn sie so etwas wissen möchte, hegt sie intensives Interesse.

Ich erzähle ihr von meiner Arbeit, meiner Werft und lasse einfließen, dass ich alleine in einer Dachgeschosswohnung im Ortsteil Dorf lebe, und erfahre, dass sie sich mit ihren Kindern die Ferienwohnung auf dem Möwenhof gemütlich einrichtet. Für mein Angebot, ihr mit meinen handwerklichen Fähigkeiten zur Verfügung zu stehen, bedankt sie sich, und in meinem Kopf tun sich tausend Möglichkeiten auf, wie sich unser nächstes Treffen gestalten könnte. Im Zeitraffer sehe ich Bilder, in denen ich Betten, Kommoden und Schränke montiere, Lampen anschließe und Duschvorhänge befestige. Am Ende liege ich wild knutschend mit Maren auf dem Fußboden und schiebe meine Hände unter ihr T-Shirt. Ich muss mich wirklich zusammennehmen.

Als ich ihr von meinem Bruder, dem Arbeits- und Karrieretier erzähle, fröstelt sie, was die angemessene Reaktion auf die Art und Weise ist, wie Carl Wilhelm sein Leben an seine Firma verschwendet und wahrscheinlich einen Herzanfall erleidet, bevor er die Freiheiten genießen kann, die er sich mit seinem Vermögen gönnen könnte.

»Ich habe meine Jacke in deinem Auto liegen lassen«, sagt sie. In ihrem Longsleeve und der dünnen Strickjacke muss ihr furchtbar kalt sein. Ihre Lippen haben sich blau verfärbt.

Ich frage, ob ich ihr meinen Wollpullover geben soll, und obwohl sie höflich ablehnt, ziehe ich ihn mir kurzerhand über den Kopf. Während mein Gesicht vom Stoff verborgen ist, lasse ich kurz den Gedanken zu, wie ich ihre Lippen warm küsse. Dann reiche ihr den Pullover. Sie schlüpft hinein, und auch wenn es verrückt ist, beneide ich gerade dieses leblose Kleidungsstück, weil es sich an Maren schmiegen darf.

»Noch zwanzig Minuten!« Knut grinst und wendet sich wieder nach vorn.

»Dann schaffe ich es tatsächlich noch rechtzeitig«, sagt Maren. »Merle wird Augen machen.«

Sie stellt sich an die Reling, so nahe, dass ihr Arm fast zufällig an meinem lehnt. Das Boot ist klein und bietet nicht viel Platz, wenn man zu zweit nebeneinanderstehen will. Deswegen weiche ich auch nicht aus, sondern bleibe stehen und genieße die sanfte Berührung unserer Arme.

Zu schnell erreichen wir Pellworm. Die Passagiere der MS Meerprinzessin befinden sich wahrscheinlich schon auf dem Weg zur Veranstaltung. Maren schaut auf ihr Handy.

»Das Hotel ist gleich am Hafen. Das Dinner beginnt erst in zehn Minuten, ich habe tatsächlich nur den Aperitif verpasst.«

Knut legt an, und Maren bedankt sich. »Wenn wir ein Hoffest machen, stelle ich eine große Spendendose für die DLRG auf«, sagt sie. »Und falls Sie mal Besuch bekommen, übernachtet der gratis bei uns auf dem Möwenhof.«

Knut lacht. »Ich werde dran denken, wenn mein Onkel das nächste Mal hierherkommt.«

»Wir werden ihm die Marmelade geben, die sonst nur die Familie bekommt«, versichert sie.

Ich klettere auf den Kai und reiche ihr die Hand, damit auch sie heraufkommen kann.

»Danke, danke, danke und nochmals danke«, sagt Maren. »Das Übernachtungsangebot gilt natürlich auch für deine Gäste.«

Ich nicke und bedanke mich. Eigentlich habe ich erwartet, dass sie gleich losrennt. aber sie bleibt stehen und schaut mich mit ihren wunderschönen blaugrünen Augen an. In meinem Magen kribbelt es.

»Willst du mitkommen?«, fragt sie. »Auf der MS Meerjungfrau kriegen wir dich sicher wieder mit ans Festland.«

Wie gerne würde ich zusagen. Alles in mir brüllt danach, mit ihr zu gehen. »Ich denke, deiner Schwester ist es lieber, wenn der Rest des Abends so verläuft, wie sie es geplant hat.«

Ein Schatten huscht über Marens Gesicht. Vielleicht habe ich mir das aber auch nur eingebildet. »Falls es gut ist, können wir uns den nächsten Fall ansehen«, sage ich, damit sie meine Absage nicht als Desinteresse interpretiert.

»Oder wir fragen Ole, ob er das Krimivergnügen in der Strandkrabbe abhält.«.

»Klingt gut.« Wiedersehen muss ich sie allerdings vorher. Ich kann keinesfalls warten, bis Ole diese Krimitruppe engagiert hat. »Melde dich, falls du meiner Einzugshelferdienste bedarfst.«

Nur ungern schicke ich sie los, aber wenn sie jetzt nicht geht, komme ich mit und sorge womöglich für neuen Groll zwischen den Schwestern.

Was nun passiert, überwältigt mich. Sie umarmt mich und haucht einen Kuss auf meine Wange.

»Ciao«, sagt sie und rennt los.

Meine Wange prickelt. Ich schaue ihr nach, wie sie in Richtung Nationalparkhaus läuft. Das Hotel Störtebeker liegt gleich dahinter. Dann klettere ich zurück aufs Boot.

»Du hast viel gut bei mir«, sage ich zu Knut.

»Eine Wartung zum Freundschaftspreis könnten unsere Boote schon vertragen.« Er grinst breit. »Das ist ja eine tolle Frau, der wir da aus der Klemme geholfen haben.«

»Das kannst du laut sagen.«

»Wie gut, dass ihr euch bald wiederseht!«, sagt er.

»Wie kommst du darauf?«

»Na, sie trägt immer noch deinen Pulli.« Knut reicht mir einen Troyer. »Vorhin wollte ich ihn dir nicht geben, damit du weiter den Supermann spielen kannst.«

»Was du immer denkst«, sage ich und bin froh, dass ich den Pullover über meine kalten Arme streifen kann.

»Mich hat's ganz schön erwischt«, sage ich mehr zu mir und stecke meine Hände in die Hosentaschen.

»Sie aber auch«, murmelt Knut und startet den Motor.

## 7

## Maren

Der Marktplatz von Friedrichstadt schmückt sich mit Blumen-ampeln. Möwen sitzen auf Dächern und Mauern oder lassen sich auf der Wasseroberfläche der Gracht treiben. Komisch, seit sich Roti, wie meine Kinder den Vogel wenig einfallsreich genannt haben, re-gelmäßig zu unserer Familie gesellt, suche ich immer nach rot gefie-derten Artgenossen. Bisher vergebens.

Die Fassaden der schmalen Häuser leuchten in Gelb, Orange und Rosé. Unter großen Sonnenschirmen genießen die Leute ihren Fischeintopf oder ihre Currywurst. Inmitten dieser Postkartenidylle sitze ich auf einem Poller, warte auf meine Schwester, die jeden Mitt-wochvormittag die Gäste in einem Friedrichstadter Hotel verschö-nert, und möchte am liebsten ins Wasser kotzen.

Das habe ich nun von meiner grandiosen Idee, nach Hause zu ziehen, damit alles besser wird. Nichts ist besser. Noah hat mich heute Morgen gefragt, wann wir wieder nach München zurückfah-ren. Nico wollte wissen, ob wir nicht auch zu Papa nach Leipzig zie-hen können, und Nele hat geschwiegen. Ihre Augen sahen verheult aus, und als ich gefragt habe, ob ich ihr helfen kann, hat sie nur un-wirsch den Kopf geschüttelt und weiter auf ihren Teller gestarrt.

Nach unserer Morgenidylle habe ich mich bei meiner neuen Agentur in Friedrichstadt vorgestellt. Im Vergleich zu dieser Erfahrung kam mein Frühstück mit den unglücklichen Kindern einem Fest gleich. Der verbleibende Chef, ein Mittvierziger mit Designerbrille, der sein Zuwenig an Haaren mit einem Zuviel an Bart ausgleicht, wusste gar nicht, dass mich sein Ex-Kompagnon eingestellt hatte. Nach dem Ausscheiden seines Geschäftspartners könne man ohnehin keine neuen Mitarbeiter einstellen. Meine Vereinbarung mit Sebastian Mors sei nichtig. Und selbst wenn sie es nicht wäre, würde er sein Sonderkündigungsrecht nutzen.

Ich muss mit Mama reden. Gestern habe ich noch großspurig abgelehnt, erst einmal mietfrei zu wohnen. Vielleicht muss ich dieses Angebot doch annehmen. Der Umzug hat das Plus meines Girokontos aufgefressen, und mein Erspartes habe ich in die Küche gesteckt. Bis Tom den Unterhalt überweist, vergehen noch zehn Tage.

Wahrscheinlich muss ich bald in die Strandkrabbe spülen gehen, damit ich meinen Kindern etwas zu essen kaufen kann. Bei dem Gedanken muss ich fast lächeln. Nicht, dass ich vorhätte, mich tatsächlich in der Gastronomie zu beweisen. Aber in Oles Lokal zu arbeiten würde bedeuten, dass ich Henning öfter über den Weg laufe.

»Na, Frau Art-Direktorin, haben sie dir schon den größten Schreibtisch freigeräumt und dich mit dem besten Kunden vernetzt?« Merle steht plötzlich hinter mir und hält mir ein Eis hin. Sie hat Himbeer – meine Lieblingssorte – gewählt. »Da! Mit schönen Grüßen von Maike. Ihr Hotel braucht neue Gästemappen. Sie möchte so schicke Onlinedinger, und da habe ich ihr von dir erzählt.«

»Das werden dann wohl Steffi oder Yvonne oder Yildiz oder Björn machen. Das sind meine Eher-doch-nicht-Kollegen.«

»Wie bitte?«

Ich nehme meiner entgeisterten Schwester das Eis aus der Hand und erzähle ihr von meinem Auftritt in der Agentur, in der mich niemand erwartet hat, von den seltsamen Blicken der Mitarbeitenden und dem unangenehmen Gespräch mit dem Chef.

»Wieso fühlst du dich schlecht, wenn sie weder vernünftig kommunizieren noch ihr Business ordentlich auseinanderdividieren können?«, will meine Schwester wissen.

Ich zucke mit den Schultern. Merle hat recht, und es ist wieder typisch, dass ich mir alle Schuhe anziehe, die man mir hinstellt.

»Und jetzt? Verklagst du sie?«, fragt Merle.

»Ich weiß es nicht. Ich sollte meine Energie lieber nutzen, um eine andere Stelle zu finden.«

Merle setzt sich auf den Poller neben mich und starrt auf das Kopfsteinpflaster. »Dann war das eben nicht deine Agentur. Die richtige wird kommen. Was ist mit den anderen Firmen, die du damals angeschrieben hast?«

»Die in Sankt Peter-Ording hat gerade jemanden eingestellt«, erkläre ich ihr. »Und wenn ich nach Husum pendele, brauche ich jeden Tag anderthalb Stunden nur für die Fahrt, und dann habe ich den gleichen Stress wie in München. Natürlich habe ich Levke und Mama für die Kinder. Da wäre das einfacher. Aber in der Hauptsaison hängen die auch ganz schön drin. Vor allem jetzt, da Jolanda schwanger ist und bald in Mutterschutz geht.«

Merle tut das mit einer Handbewegung ab. »Bis dahin findet sich schon jemand. Lass uns jetzt erst einmal über deine Zukunft reden. Wie sehr hängt dein Herz an deinem Job? Ich meine, an der Werbeagentur?«

»Es geht weniger um mein Herz als um meinen Geldbeutel.«

»Du hast in München nicht heimlich eine Ausbildung zur Yogalehrerin gemacht? Dann könnte ich dich gleich an das Hotel ›Sanfte Brise‹ vermitteln. Die suchen nämlich dringend. Vor allem könnten wir dann das Schwesternentspannungspaket anbieten. Yoga mit dir, Verschönerung mit mir.«

Ich muss tatsächlich lachen. »Webseite, Werbung und Flyer von mir und dann die Generalüberholung durch dich würde mir eher liegen.«

»Ich bezweifle, dass dieses Paket nachgefragt wird«, sagt Merle gespielt zerknirscht. »Komm, wir gehen etwas essen. Mit Nudeln im Bauch denkt es sich am besten nach.«

Sie führt mich in ein italienisches Lokal in einer Seitengasse und bestellt Penne mit Ragu und Tagliatelle Napoli. »Hier gibt es die beste Pasta im Norden«, erklärt meine Schwester.

Spätestens als ein Gemälde aus frischen Nudeln, Tomaten, Kräutern und Oliven vor mir steht, weiß ich, dass sie nicht übertrieben hat. Meine Nudeln sind wie eine kulinarische Umarmung und schmecken so gut, dass der grausige Agenturbesuch zu einer unangenehmen Erinnerung verblasst.

Merle versucht, mich abzulenken. Sie erzählt von der Fortbildung, die sie neulich absolviert hat, und von den Aktivitäten, die sie mit meinen Kindern geplant hat. Und ich liefere ihr endlich die Einzelheiten von meiner Bootsfahrt mit Henning. Am Samstag fanden wir während des Dinners keine Zeit und auf der Heimfahrt keine Ruhe, um uns darüber auszutauschen.

»Da lade ich dich ein, damit du möglichst schnell Anschluss und vielleicht sogar einen guten Mann findest, und du gabelst schon vorher den gut aussehenden Single auf der Straße auf.« Merle legt ihr Besteck beiseite und lehnt sich zurück. »Willst du ihn wieder-sehen?«

»Eigentlich wollte ich mich voll und ganz auf die Kinder kon-zentrieren«, sage ich. »Und jetzt auch noch darauf, einen Job zu finden.«

»Das machst du doch sowieso. Außerdem hast du auch dein Leben in München die ganze Zeit nur nach den Lütten ausgerich-tet. Und auch auf die Gefahr hin, dass ich klinge wie diese Liebes-filme, die sich Levke sonntags immer reinzieht: Du musst auch mal an dich denken. Hörst du?« Ihre Augen verengen sich, als wolle sie mich hypnotisieren und dieses neue Mantra in meinem Kopf ver-ankern. »Also noch mal: Möchtest du ihn wiedersehen?«

»Ja, irgendwie schon.« Es gelingt mir nicht, meine Mimik un-ter Kontrolle zu halten. Sobald ich an ein Wiedersehen mit Henning denke, verzieht sich mein Mund zu einem breiten Grinsen.

Merle strahlt mich an. »O mein Gott, dich hat's total erwischt. Dann wäre die Mission vom Samstag ja übererfüllt. Dass du den Ausflug benutzt, um gleich den Prinz Hilfsbereit von Selbstlos auf-zugabeln, hat ja niemand geahnt.«

»Hoffentlich hält er, was er am ersten Abend versprochen hat.«

»O, welche Vereinbarungen sind denn so geheim, dass du mich noch nicht informiert hast?« Merle klingt, als habe ich ihr Pikantes vorbehalten.

Ich erzähle ihr von den ominösen Anrufen und Nachrichten von Caroline und Jette, die beide definitiv nicht seine Schwestern sind.

Merle findet das nicht weiter besorgniserregend. »Überleg mal. Er opfert seinen Abend, um dich quer über die Halbinsel zu fahren. Und er überredet seinen Kumpel, sein Wassertaxi zu aktivieren, und er leiht dir seinen Pullover. Ich bitte dich. Selbst wenn diese Frauen bis dahin eine Rolle gespielt haben, jetzt tun sie das nicht mehr.«

Die Erinnerung an den Pullover, der so gut nach Henning und Eau de Toilette roch, bringt wieder das Strahlen hervor.

»Den musst du unbedingt zurückbringen und dich dann gleich mit ihm verabreden. Hast du ihm schon geschrieben?« Merle reckt ihren Kopf und schielt in Richtung meines Handys.

»Dazu müsste ich seine Nummer haben.«

»Ach Süße, wie konnte das passieren?«

Ich zucke mit den Schultern. »Dafür blieb keine Zeit.«

»Dann fährst du eben bei seiner Werft vorbei. Und eins, zwei, drei seid ihr verabredet.«

Ich seufze. So einfach, wie Merle sich das vorstellt, geht das nicht. »Ich bin so gar nicht mehr drin, was Daten angeht.«

Merle tut meine Bedenken mit einer Handbewegung ab. »Mach dich nicht verrückt! Schließlich hattet ihr bereits ein wunderbares erstes Treffen!« Sie winkt dem Kellner. »Du gehst mit ihm was essen oder was trinken, und dann unterhaltet ihr euch so, wie ihr das auch im Auto und auf dem Boot getan habt. Wieso soll das denn plötzlich nicht klappen? Entspann dich!«

Merle bestellt eine Portion Tiramisu mit zwei Gabeln, einen Espresso für sich und einen Cappuccino für mich und holt ihr Tablet aus der Tasche.

»So, und jetzt schauen wir, welche Agenturen dich verdient haben.« Sie fängt an zu googeln. »Die wissen noch gar nicht, dass meine brillante Schwester in Zukunft ihre Einnahmen in die Höhe schnellen lässt. Und das sollen sie schnellstmöglich erfahren.«

Ich nicke. Nachdem Jäger und Mors unmittelbar Interesse bekundet hatten und nach unserem Videotelefonat bereits alles klar schien, hatte ich mich natürlich nirgendwo sonst beworben.

»Okay, bei der Agentur in Sankt Peter-Ording gibst du in jedem Fall eine Initiativbewerbung ab«, beschließt meine Schwester etwas, was mir kurz durch den Kopf gegangen ist, was ich mir aber noch zweitausendmal überlegt hätte.

Während wir unsere Nachspeise löffeln, sitzen wir über der Kartenapp, geben nacheinander die Daten der infrage kommenden Agenturen ein und überprüfen, welche sich in erreichbarer Distanz befindet. »Bei dem Fachkräftemangel müssen die dir doch den roten Teppich ausrollen und dich mit Blaskapelle und Kinderchor empfangen«, befindet meine Schwester in ihrem unverbesserlichen Optimismus.

»Haben bisher alle gemacht – bis auf die heute.« Ich weiß nicht, ob es an der Mascarpone-Kaffee-Biscuit-Creme liegt, die ich in meinem Mund zergehen lasse. Oder an der Pasta, die laut Karte immer noch die Mamma in der Küche zubereitet. Oder daran, dass Merle mich kaum, dass sie mich aufgefangen hat, in Richtung Zukunft schubst. Der Schock des Vormittags verfliegt langsam. Ich werde doch kein Arbeitslosengeld beantragen müssen, und vor den Klassenfahrten der Kinder muss ich keine Betteltelefonate bei Tom machen, damit er die Kosten übernimmt.

Merle zahlt die Rechnung und hakt sich bei mir unter, als wir zum Auto gehen. Auf der Heimfahrt dreht sie ABBA auf, und als wir in die Landstraße einbiegen, bin ich zuversichtlich, dass sich alles fügen wird.

Der Möwenhof liegt friedlich in der Nachmittagssonne. Die Blätter der Linden rauschen, und McGonagall döst in der Hofmitte und macht keine Anstalten, ihren Platz zu räumen. Auf der kleinen Tafel neben dem Eingang steht mit Kreide »Kommen gleich wieder«. Seltsam. Eigentlich erwarten wir für heute Nachmittag neue Gäste. An solchen Tagen verlassen Levke und Mama nie gleichzeitig das Haus. Ein warmherziges Willkommen sorgt für glückliche Gäste und ein herzliches Aufwiedersehen für einen vollen Buchungskalender. Nach dieser Devise führen sie den Möwenhof, solange ich denken kann. Kaum habe ich die Haustüre aufgeschlossen und mich versichert, dass niemand zu Hause ist, rollt der erste Wagen in den Hof. Ein Ehepaar mit Funktionsjacken im Partnerlook entsteigt einem SUV. Während der Ehemann überprüft, dass die E-Bikes die Fahrt unbeschadet überstanden haben, blickt sich die Frau mit der Föhnfrisur und den Barfußschuhen um.

Merle und ich haben die Szene aus dem Küchenfenster beobachtet. Wir verständigen uns mit einem Blick. Ich übernehme die Begrüßung, meine Schwester brüht einen Tee auf und arrangiert Levkes Kekse auf einem Blümchenteller. Ich führe die Neuankömmlinge in ihr Zimmer, zeige ihnen die Gästemappe, in der Mama Karten der Umgebung, den Veranstaltungskalender und Gästekarten ausgelegt hat. Zuletzt geben ich ihnen das WLAN-Passwort und lade sie zum Tee auf der Bank im Hof ein. Bevor ich gehe, sehe ich mich um und überprüfe, ob alles an seinem Platz steht: Obstkorb, Mineralwasser, Handtücher – alles da. Es riecht frisch gelüftet, die Betten mit ihren glatten Bezügen laden dazu ein, nach der langen Anreise ein Nickerchen zu halten. Laut Kennzeichen und Dialekt stammen die Schellenbergers aus Baden-Württemberg, und wenn ich knapp 500 Kilometer durch Deutschland gefahren wäre, würde ich sofort auf das Bett sinken.

»Es isch gonz reizend bei Ihne«, versichert mir Frau Schellenberger. Ich denke über ihre Worte nach, als ich die Treppe hinuntertrabe und zu meiner Schwester in die Küche gehe.

»Alles in Ordnung da oben?«, fragt Merle, als sie mein Gesicht sieht.

»Ja und nein«, sage ich und setze mich.

»Den Tee können übrigens wir trinken. Frau Schellenbergers Mann darf am Nachmittag nur ohne Teein trinken, und den hat sie in der Thermoskanne dabei.«

»Na dann.« Meine Schwester erhebt sich, um den Tee ohne Wumms – wie Levke sagen würde – auf die Einkaufsliste zu schreiben. »War's das? Oder haben sie noch weitere Sonderwünsche?«

»Nein, sie sind zufrieden.« Ich beiße von einem Keks ab. »Findest du nicht, dass unsere Ferienzimmer mal wieder eine Generalüberholung brauchen? Ich meine, sie sind sauber und gemütlich, aber irgendwie wirken sie ein bisschen altbacken.«

»Das ist mir auch schon aufgefallen.« Merle gießt Tee in zwei Becher und reicht mir einen. »Vor allem verglichen mit diesen durchgestylten Wohnungen, die sie im Ort vermieten.«

Ich nicke. Auf den Fotos in den Fenstern der großen Agenturen und in den Schaukästen sieht man cremefarbene Sessel, Designlampen und Boxspringbetten mit Überwürfen. Dagegen wirkt unser Bed and Breakfast recht hausbacken. »Meinst du, Levke und Mama sind offen für ein Haus-Makeover?«, frage ich.

»Ich weiß es nicht.« Merle runzelt die Stirn. »Nele hat geschrieben. Check mal dein Handy.«

Alarmiert greife ich nach meinem Mobiltelefon. Dort sind etliche Mitteilungen meiner Tochter eingegangen, aber alle erst in den letzten zehn Minuten.

»Wo bist du?« – »Ist dein Termin schon vorbei?« – »Wie ist es gelaufen?« – »Mama??? Schreib bitte gleich, wenn du daheim bist.«

Die seltsame Art, in der Nele ihre Nachrichten verfasst, alarmiert mich sofort. Mein Gehirn schaltet in den Katastrophenmodus und liefert mir Noah mit gebrochenem Bein, Nico mit Gehirnerschütterung, Noah angefahren, Nico, bewusstlos aus der Nordsee gefischt. Diese Bilder flirren im Sekundentakt vorbei.

»Bin daheim. Was ist los?«, schreibe ich.

»Erst meldet ihr euch gar nicht, und dann schreibt ihr gleichzeitig«, mault meine Tochter im Messenger.

»WAS IST PASSIERT?«, schreibe ich noch einmal. Ihre pampige Antwort beruhigt mich irgendwie. Zumindest scheint keiner ihrer Brüder auf der Intensivstation zu liegen.

»Wir waren im Krankenhaus. Levke und Oma haben mir verboten, dir zu schreiben. Du sollst dich nicht aufregen.«

»Weißt du, was los ist?«, fragt Merle, die offenbar von meiner Tochter nachrangig mit Antworten versorgt wird.

»Sie waren im Krankenhaus«, murmele ich, während ich »Was darfst du nicht sagen?« tippe.

»Jetzt kannst du es gleich selbst sehen«, schreibt Nele.

Merle ist mittlerweile aufgestanden und starrt ebenfalls auf mein Display. Durch das Küchenfenster sehen wir den grauen Peugeot von Levke in den Hof fahren und stürzen nach draußen.

Nele steigt aus. Sie scheint unversehrt zu sein. Auch meine Jungs sehen munter aus, als sie von der Rückbank klettern.

Merle und ich stürzen nach draußen.

»Seid ihr okay? Geht's euch gut? Alles noch dran?«, frage ich und drücke nacheinander meine Kinder an mich.

»Mama! Lass das«, stöhnt Nico und windet sich aus meiner Umklammerung.

Noah hingegen schmiegt sich an mich und murmelt etwas gegen meine Brust, das wie »Ich habe die Röntgenbilder gesehen« klingt. Während ich noch überlege, was er stattdessen gesagt haben könnte, hebt er den Kopf.

»Das Klinikum in Heide hat ein ganz neues Gerät. Das war so cool. Den Bruch sieht man ganz klar. Glatt durch«, erklärt er stolz.

In dem Moment wird mir klar, dass Mama sich nicht im Auto befindet.

»Oma ist mit uns Inlineskates gefahren. Sie hat sich deine Skates ausgeliehen«, erklärt Nele.

»Am Anfang war sie noch wacklig, aber dann hat sie schnell gelernt!«, pflichtet Nico bei. »Sie fährt fast so gut wie du.«

»Vor dreißig Jahren haben ihr ihre Knochen so einen Blödsinn aber auch eher verziehen«, grummelt Levke. »Ich habe ihr gleich gesagt, dass das ein Tüddelkram ist, aber ihr kennt ja eure Mutter.«

»Und jetzt haben sie sie dabehalten?«, fragt Merle, die ziemlich blass geworden ist.

»Der Blutdruck war ziemlich hoch, und sie wollen sichergehen, dass sie keine Gehirnerschütterung hat.« Levke streichelt Merle über den Arm. »Morgen haben wir sie wieder, unsere Kati Witt ohne Eis. Ich geh mal ein paar Sachen zusammenpacken. Kann eine von euch ins Krankenhaus fahren?«

Meine Schwester bringt eine Grundausstattung zu Mama. Nach einem Videotelefonat, bei dem ich mich versichere, dass auch wirklich alles in Ordnung ist, packe ich die Kinder ein, und wir radeln an den Ordinger Strand. Am Saum des Wassers laufen wir, bis wir die Strandkörbe nicht mehr erkennen können, Nicos kleiner Eimer voller Muscheln ist und ich mir sicher bin, dass meine drei das Krankenhausabenteuer gut verdaut haben. Wahrscheinlich bin ich es, die den Spaziergang am meisten braucht. Was für ein saublöder Tag!

Nele fragt mich nach der Agentur, und ich erkläre ihr das Chaos dort und dass sie mich nicht mehr auf dem Schirm hatten.

Sie sagt erst einmal nichts, und ich versuche ihr Grübeln zu unterbrechen, indem ich ihr erkläre, dass Art-Direktorinnen gesucht werden und ich sicher irgendwo unterkommen werde.

»Müssen wir zu Papa?«, fragt sie. »Wenn du kein Geld verdienst?«

Ihre Frage lässt meinen Hals eng werden. Ich spüre die Tränen aufsteigen. »Nein«, sage ich. »Hier muss niemand irgendwohin. Es sei denn, du möchtest das gerne.«

Ich lege den Arm um sie. »Möchtest du denn bei Papa und Kai wohnen?«

»Nein«, sagt sie, und ich versuche nicht zu zeigen, dass die Vehemenz, mit der sie das ablehnt, mir guttut. »Dort ist es schon schön. Aber dann sind wir nicht bei dir!«

»Papa meinte, es gäbe in Leipzig tolle Schulen und viele Angebote, so ähnlich wie die Erfinderkids. Solltet ihr das wollen, würden wir eine Lösung finden.«

Nele schüttelt den Kopf. »Das gefällt den Jungs vielleicht mal zwei oder drei Tage, und dann wollen sie aber wieder zu dir. Und mir reicht es, wenn ich in den Ferien dort bin.«

Wir bleiben stehen und schauen Noah und Nico zu, wie sie eine Boje aus dem flachen Wasser zerren, bis die Kette, an der sie befestigt ist, schnurgerade am Strand liegt. Noah holt mit seiner Gießkanne Wasser, und Nico beginnt die Algen von »Boja«, wie er sie getauft hat, zu schrubben.

»Meinst du, Papa ist einsam ohne uns?«, fragt Nele.

Vor ein paar Wochen hätte ich mich jetzt noch durch einen Dschungel an bissigen Bemerkungen kämpfen müssen, bis ich zu einer Antwort vorgestoßen wäre, die meine Tochter nicht in einen Zwiespalt stürzt. Nun schiebe ich nur ein paar Gedanken beiseite und gebe ihr eine ehrliche Antwort. »Papa vermisst euch auf jeden Fall. Aber er hat Kai, und deswegen fühlt er sich bestimmt nicht einsam oder so.«

»Hat es dir sehr wehgetan, als Papa gegangen ist?«, will Nele wissen.

»Schon ziemlich«, gebe ich zu. »Wir hatten eine gute Zeit zusammen. Aber manchmal merkt ein Partner eben, dass für ihn etwas anderes richtiger ist und er sich verändern muss. Veränderung geht meist auch mit ein wenig Schmerz einher. Für Papa ist es nicht einfach, dass er euch jetzt seltener sieht. Schließlich hat er euch sehr lieb und vermisst euch schrecklich. Deswegen freut er sich besonders auf übernächstes Wochenende. Und auf die nächsten Ferien.«

»Was soll ich Papa sagen, falls er fragt, ob wir zu ihm ziehen wollen?«, fragt Nele.

»Sag ihm die Wahrheit. Dass du es hier schön findest und

dass du dich auf ihn freust, wann immer du ihn siehst und ihn vermisst.«

»Ich kann ihm sagen, dass wir mit Oma und Levke und Merle viel mehr Leute haben, die auf uns aufpassen, wenn du mal nicht da bist.« Nele atmet durch und scheint kurz zu überlegen. »Ja, so könnte das gehen.« Sie hakt sich bei mir unter.

Bei unserem nächsten Telefonat werde ich Tom bitten, meine Kinder nicht mit Leipzig-Werbeveranstaltungen zu ködern. Schließlich war es ausgemacht, dass sie bei mir bleiben. Dass wir auch vereinbart haben, dieses Arrangement anzupassen, wenn die Kinder es wünschen oder brauchen, muss er erst einmal hintanstellen.

Wir laufen zurück zu den Strandkörben, und während Nico und Noah beginnen, ein Loch auszuheben, und Nele Musik hört, hole ich Pommes von der Bude, die vor der Silbermöwe steht. Trotz des katastrophal verlaufenen Tages muss ich schmunzeln, als ich an den vergangenen Samstag denke und die Verwechslung, die ein paar Strandabschnitte weiter südlich passiert ist. Bestimmt hat Ole in Böhl alle Hände voll zu tun, um all die Krabbenbrote, Fischsuppen und die Salate unter die Touristen zu bringen. Ich frage mich, ob Henning am Tresen sitzt oder vielleicht sogar an der Theke aushilft. Einen Moment lang bin ich versucht, die Kinder einzupacken und einen Snack auf der Terrasse der Strandkrabbe zu verzehren. Allerdings hatten wir für einen Tag schon genug Aufregung, und ich will Henning das nächste Mal aufgeräumt und entspannt gegenübertreten. Damit du dein Passt-er-oder-passt-er-nicht-Programm im Hinterkopf abspielen kannst?, fragt eine süffisante Stimme in meinem Kopf. Vielleicht, denke ich, als ich an der Reihe bin und meine Bestellung aufgebe.

Später, als die Kinder im Bett sind, gehe ich zu Levke in die Küche. Merle hat sich gemeldet, mit Mama sei alles so weit in Ordnung. Wenn ihre Werte gut sind, können wir sie morgen nach Hause holen.

Die Lampe im Fenster und die neben der Eckbank tauchen die Küche in ein warmes Licht. Meine Tante sitzt bei einem Teller mit Wurstbroten und einem Tee am Tisch und liest die Zeitung.

»Bin heute noch gar nicht dazu gekommen«, sagt sie mit Blick auf die Lokalmeldungen. »Willst du auch ne Tasse?«

Ich nicke und hole mir einen Becher aus dem Schrank. »Jetzt erzähl mir mal, was das heute für ein Kuddelmuddel war. Merle hat mir schon die Kurzfassung gegeben, aber ich würd's gern genauer hören.«

Levke etwas zu erzählen, was schiefgelaufen ist, ist Balsam für die Seele. Sie hört so gut zu und schimpft so herzhaft über die chaotische Führung in dem Büro, dass ich mich bestätigt und wertgeschätzt fühle.

»In so einem schlecht geführten Laden wärst du eh nicht glücklich geworden«, stellt sie fest. »Für die bist du viel zu schade. Du brauchst eine Agentur, die schätzt, was sie an dir hat.«

»Aber erst in sechs Wochen«, sage ich. »Bis dahin bewerbe ich mich bei dir als Stubenmädchen, Frühstücksköchin, Serviererin, Tourenorganisatorin, Gäste-Entertainerin, Rezeptionistin und was auch immer du noch benötigst.«

Levke zieht die Stirn in Falten. »Meinst du nicht, du solltest dich lieber als Werbegedönsfrau bewerben?«

»Das eine steht dem anderen ja nicht im Weg«, erkläre ich. »Und momentan werde ich hier gebraucht, und wenn Mama wieder fit ist, kann ich meine Kräfte in fremden Dienst stellen. Bis dahin setze ich sie am besten hier ein.«

Skepsis und Erleichterung scheinen hinter Levkes Stirn einen Kampf auszufechten.

»Du brauchst jemanden, der dir hier hilft, gerade jetzt, wo die Hauptsaison losgeht. Für die Kinder ist es auch nicht verkehrt, wenn ich verfügbar bin, wenn sie bald in der Schule und im Kindergarten starten und ehrlich gesagt würde es mir sogar Spaß machen.«

Die Erleichterung siegt bei meiner Tante. »Du erhältst aber einen Lohn, damit deine Lütten nicht nackig in die Schule gehen müssen, weil du hier ausgebeutet wirst.«

Ich versichere ihr, dass es noch lange nicht so weit ist und sie ja auch einen Vater haben, der finanziell gut dasteht, trotzdem bin ich erleichtert über ihren Vorschlag.

Levke steht auf und holt den Selbstgebrannten von Vadder Hinrich aus der Anrichte. »Auf so etwas muss man anstoßen«, verkündet sie und gießt zwei Gläser ein.

»Auf den Möwenhof und seine Frauen«, sage ich, und wir stoßen an.

Levke wiederholt meinen Trinkspruch und schaut auf das gerahmte Foto, das sie, Mama und Onkel Ludger zeigt. Der einzige Mann hat ja auch nicht viel dazu beigetragen, dass das hier was wird, scheint sie zu denken.

Die Tür geht auf, und Merle schaut herein. »Ich musste noch mal herradeln. Ich hab nämlich eine geniale Idee«, verkündet sie. »Und ihr scheint bereits in der richtigen Stimmung zu sein«, meint sie mit Blick auf die Gläser.

»Holdi mol een Glas un lot uns een beten drinken. Dann erzählst du uns deine und wir dir unsere geniale Idee«, sagt Levke.

Merle tut wie geheißen und setzt sich. »Ich habe überlegt, was wir hier machen, bis Mama wieder fit ist. Kurz und gut: Was hältst du davon, wenn du hier mit Levke den Laden schmeißt?«

»Darüber haben wir auch gerade nachgedacht.« Levke grinst und hebt ihr Glas »Op de Fruenslüt vom Möwenhoff!«

# 8

## Henning

Gleich morgen früh muss ich nach Kiel, um ein Ersatzteil zu holen, denke ich, während ich das Boot der Diedrichs betrachte. Am Samstag schließt mein Lieferant gegen Mittag, und anders kann ich den Schaden nicht reparieren.

Ich schalte die Espressomaschine ein und überlege, ob ich auf dem Weg noch ein paar Dinge besorgen soll, die ich nicht einfach bestellen kann. Während das Mahlwerk anspringt und der Espresso in die Tasse läuft, lehne ich mich an die Arbeitsplatte in meinem Büro, das auch als Küche und Sozialraum dient. Letzteres ist mangels weiterer Mitarbeiter eher überflüssig. Ich suche Carolines Nummer und tippe eine Nachricht. Dann überlege ich es mir anders und rufe an.

Sie meldet sich nach dreimal Läuten. »Henning. Ich muss gleich in mein Meeting. Was gibt's?«

»Ich wollte nur wissen, ob du schon etwas für mich hast?«

Sie seufzt. »Nein, ich habe dir doch gesagt, ich spreche mit ihm, wenn er zurückkommt.«

»Okay« Ich schlucke allen Unmut hinunter.

»So etwas bespricht man nicht am Telefon. Du kannst dich darauf verlassen, dass ich es angehen werde. Aber den Zeitpunkt wähle ich. Moment . . .«

Caroline teilt jemandem mit, dass sie gleich kommen wird. »Sag mal. Dir geht es gut, oder? Ich meine, du bist nicht krank oder so was?«

»Nein, mit mir ist alles in Ordnung.«

»Ich dachte nur, zuerst bist du kaum vorhanden. Und jetzt ...«

»Dein Meeting«, sage ich. »Mach's gut.«

»See you«, sagt sie.

Dass ich nicht von jetzt auf gleich etwas erreiche, war mir klar. Trotzdem beschäftigt es mich mehr, als ich erwartet habe.

Ich gebe zwei Löffel Zucker in den Espresso und wühle in der Keksdose nach Schokoladenkeksen. Leider finde ich nur noch trockene Butterkringel. Dann gibt es eben nichts zum Kaffee.

Meine Gedanken wandern zu Maren. Hat sie versucht, mich zu erreichen? In den letzten Tagen habe ich Claas geholfen, seine drei Kutter instand zu setzen. Da es sich nicht lohnt, zwischen Föhr und hier hin- und herzupendeln, habe ich mich wie immer in der Pension »Kiek mal ut« eingemietet.

Am liebsten hätte ich einen Zettel an die Werkstatttür gehängt, wo ich zu finden bin. Nicht, dass ich damit gerechnet hätte, sie würde nach Föhr übersetzen, aber zumindest hätte sie gewusst, dass ich ihr nicht aus dem Weg gehe. Wieder ärgere ich mich, dass wir keine Nummern ausgetauscht haben. Irgendwie habe ich den richtigen Moment verpasst, und unsere Verabschiedung hat mich aus der Bahn geworfen. Die ganze Rückfahrt habe ich ihre Lippen auf meiner Wange gespürt. Das Prickeln hielt bis Nordstrand und sogar darüber hinaus an. Weder der Wind noch Knuts Frotzeleien konnten dieses Gefühl vertreiben. Bestimmt hat sie mir diesen Kuss aus Erleichterung gegeben, weil sie nicht mehr damit gerechnet hat, ihr

Krimidinner zu erreichen. Trotzdem hoffe ich, dass auch sie etwas gespürt hat, als wir nebeneinander auf dem Boot standen. Und nun warte ich, dass sie mir den Pullover vorbeibringt, damit ich sie fragen kann, ob wir ausgehen. Wenn sie bis heute Abend nicht kommt, fahre ich zum Möwenhof und frage sie einfach.

Jette meldet sich. Sie beschwert sich, dass ich mich nicht bei ihr gemeldet habe. Ich antworte ihr, dass es bei mir nicht gepasst hat und wir uns auch in Zukunft eher nicht sehen werden. Sie schreibt, dass das klargeht.

Im Ortsteil Dorf hole ich mir frische Sachen aus dem Supermarkt. Ich scherze mit meiner Lieblingsverkäuferin und lasse mir zwei Steaks einpacken. Im Zeitschriftenregal neben der Kasse liegen Kinderzeitschriften mit Spielzeugbeilagen. Ob Marens Kinder daran Freude hätten? Bestimmt. Auch ich war früher scharf auf die Detektivlupe oder den Superschleim, musste aber immer warten, bis eine Tante sich traute, uns so etwas mitzubringen. Meine Mutter hätte so einen »Schund« niemals in ihrem Einkaufswagen geduldet.

Beim Rausgehen schreibt Ole, dass er einen Burger bei den Kollegen einen Pfahlbau weiter essen möchte. Ob ich mitkommen will? Wir verabreden uns an seinem Lokal. Danach kann ich mit Kälbchen noch eine Runde am Strand drehen. Und dann fahre ich zu Maren.

Als ich ankomme, ist die Terrasse der Strandkrabbe bis auf den letzten Platz gefüllt. Lena und Paul, die festen Servicekräfte, nehmen Bestellungen auf und balancieren leere Teller und Schüsseln ins Lokal. Die Studentin, die zweimal die Woche kommt und deren Namen ich vergessen habe, trägt hohe Burgertürme mit Süßkartoffelpommes an mir vorbei. Der Duft von Bacon und geschmolzenem Gorgonzola macht mir die Entscheidung leicht, was ich nachher bestellen werde. Durch das Fenster sehe ich Ben am Schanktisch Getränke vorbereiten.

Die Tür geht auf, und mein Herz setzt einen Schlag aus. Plötzlich steht sie vor mir, und ich habe gar nicht damit gerechnet, sie hier zu sehen.

»Moin«, sagt Maren. Ihre grünblauen Augen strahlen mich an.

»Moin«, erwidere ich. »Gehst du schon?«

»Ich habe gehofft, dass ich dich vielleicht hier finde«, sagt sie. »Schließlich habe ich ja noch deinen Pullover.« Sie übergibt ihn mir, und ich liebe es, wie eine leichte Röte ihre Wangen überzieht.

Warum musste ich ausgerechnet heute etwas mit Ole ausmachen? Ihm absagen möchte ich nicht, aber es besteht keine Frage, dass ich lieber mit Maren ausgehen würde. Vorausgesetzt sie hat Zeit.

In diesem Moment kommt Ole aus der Tür. Er sieht Maren an, und aus seiner Reaktion kann ich schließen, dass er sie drinnen noch nicht getroffen hat.

»Oh, mein Fast-Date«, begrüßt er sie.

»Ich hoffe, du hast deine Auserwählte noch getroffen«, antwortet Maren.

Ole verzieht das Gesicht. »Allerdings. Und wenn ich gewusst hätte, wie der Abend läuft, hätte ich lieber dich zum Essen einladen sollen.«

In diesem Scherz steckt mir zu viel Flirtgehalt. Ole weiß, dass ich Maren nach Nordstrand gebracht habe, allerdings habe ich ihm noch nicht erzählt, wie ich ihr geholfen habe, nach Pellworm zu kommen und dass ich sie begleitet habe.

»Wir wollten gerade in die Strandbar nebenan. Hast du Zeit?«, frage ich, um mich wieder ins Spiel zu bringen.

»Ach, schmeckt das Essen hier nicht?«, fragt Maren und lacht.

Die Gäste an einem Tisch drehen sich um und sehen uns irritiert an.

»Lasst uns aufbrechen, bevor ihr noch mehr Witze macht, die mein Geschäft schädigen oder mir am Ende noch das Gesundheitsamt in die Küche hetzen«, murmelt Ole.

Wir verlassen die Terrasse.

»Über Jimmy und Melody würde ich mir niemals einen Witz erlauben«, sage ich und sehe, wie Maren die Stirn runzelt. »Das sind die Hauskakerlaken. Auf den ersten Blick ein wenig eklig, aber sehr sympathisch, wenn man öfter mit ihnen zu tun hat.«

»Ach toll, dass sich das Ungeziefer hier so umgänglich zeigt.« Maren lächelt verschmitzt. »Ich habe ein paar Lebensmittelmotten aus München mitgebracht und die suchen dringend Anschluss.«

Am liebsten würde ich die Hand heben, damit sie einschlägt.

»Unsere Schaben sind durchaus eine Bereicherung«, entgegnet Ole. »Ein Glück, dass sie der Empfehlung deiner Holzwürmer, Felix und Jante und Torben, nachgekommen sind.« Sein Witz klingt ein wenig angestrengt.

Der Wind spielt mit Marens Haaren und zerrt an ihrer Jacke, und ich muss mich zusammennehmen, nicht den Arm um sie zu legen.

Wie gerne würde ich mit Maren eng umschlungen über den Strand laufen. In meiner Fantasie rennt Kälbchen voraus, bringt ein Stück Treibholz, das wir abwechselnd ins seichte Wasser werfen. Ich kann es vor mir sehen, und es fühlt sich so richtig an. Zu gerne wüsste ich, ob sie sich das auch vorstellen könnte.

Ole wirft mir einen Blick zu. Er signalisiert mir, dass er sie toll findet, und ich kann das leider nicht gutheißen. Man versucht nicht, bei der Angebeteten des Freundes zu landen, aber dafür müsste er wissen, dass ich Maren als solche betrachte.

Maren wendet sich an Ole. »Was ist eigentlich schiefgelaufen bei deinem Date? Darf ich das fragen?«

»Ihr hat mein Essen nicht geschmeckt!«, sagt Ole zerknirscht.

»Woher weißt du das denn?«, fragt sie.

»Das hat sie mir ziemlich unverblümt gesagt. Außerdem hat sie mir erklärt, was ich in meinem Lokal alles falsch mache: angefangen bei der Ausstattung über die Karte bis zur Ausrichtung der Theke. Sie hat das Date mit Coaching und Unternehmensberatung verwechselt.« Ole zieht eine Grimasse.

»Das tut mir leid«, bekundet Maren.

Ole zuckt mit den Schultern und zwinkert. »Wie gesagt, ich hätte dich dabehalten sollen.«

Warum habe ich Ole nicht erzählt, dass ich an Maren interessiert bin? Heimlich hoffe ich auf einen Notfall in der Strandkrabbe. Vielleicht hat Josi, der Koch, einen Schwächeanfall, oder der Herd geht kaputt. Auch ein Stromausfall wäre denkbar, irgendetwas, was Ole sofort in sein Lokal zurückkehren lässt, jedoch nicht so schlimm, dass wir ihn begleiten müssen. Ein wenig schäme ich mich für diese Gedanken, aber es kann doch nicht sein, dass ich zum ersten Mal seit

Jahren eine Frau treffe, bei der alles zu stimmen scheint, und dann probiert mein dauerdatender Freund bei ihr zu landen.

»Ich hoffe, dein Abend war besser«, sagt Ole.

Jetzt bin ich gespannt. Wird sie etwas über die Hinfahrt sagen? Vielleicht, dass sie sich gar nicht mehr auf das Dinner konzentrieren konnte, weil es auf dem Boot so unterhaltsam war? Das würde ich zumindest gerne hören.

»Mein Krimidinner? Das habe ich sehr genossen. Und obwohl ich die Eingangsszene verpasst habe, habe ich dennoch auf den richtigen Täter getippt.« Maren grinst. »Wenn es mit meiner Stelle als Art-Direktorin nicht klappt, sollte ich überlegen, ein Detektivbüro aufzumachen.« Sie erzählt uns die Geschichte von ihrem gescheiterten Jobinterview und den Absagen der anderen Agenturen.

Manchmal kann das Leben echt gemein sein. Mit ihrer Berufserfahrung sollten ihr die Chefs einen Chauffeur zum Möwenhof schicken, und zwar nicht nur, um sie zum Bewerbungsgespräch zu fahren, sondern jeden Morgen. Auf meine Frage nach dem überall beklagten Fachkräftemangel gibt sie an, dass dies wohl für jegliche Branche außer der ihren zu gelten scheint.

Ich überlege, ob ich jemanden von früher kenne, den ich ansprechen kann. Aber meine Kontakte zu Werbeagenturen reichen kaum über die Hamburger Stadtgrenze hinaus, und eine solche Distanz kommt für sie nicht in Frage.

Inzwischen haben wir das Pfahlrestaurant erreicht. Wir ergattern einen Platz auf der Terrasse und bestellen Burger. Maren wählt den »Kitesurfer« mit Mangoscheiben und Gorgonzola. Dass sie dazu Süßkartoffelpommes bestellt, verbuche ich als Punkt für mich, weil Ole diese verabscheut. Zu meinem »Westerhever« mit Krabben und Dillsauce sagt sie, den habe sie auch in die engere Wahl genommen, und mein imaginäres Punktekonto füllt sich weiter.

Mit Genugtuung stelle ich fest, dass sie Oles Craftbeer wohl nicht in Betracht gezogen hat, und ärgere mich über diese kindischen Vergleichsgedanken. Was soll denn das? Ole ist mein Kumpel. Aber bei Maren hört der Spaß auf, widerspricht die besitzergreifende Stimme in mir. Dabei weiß ich, wie dämlich dieser Gedanke ist, aber die Konkurrenzsituation mit Ole setzt mich unter Druck.

»Das Blödeste habe ich noch gar nicht erzählt«, sagt Maren und nippt an ihrem Bier. »Meine Mutter hat sich ein Bein gebrochen, und selbst wenn ich jetzt einen Platz in einer Agentur bekäme, könnte ich erst in ein paar Wochen anfangen. Unsere Putzhilfe bekommt ein Kind, und in dieser Branche entspricht der Fachkräftemangel der Realität. Wir zahlen ordentlich und haben auch mehr als ordentliche Arbeitsbedingungen, aber trotzdem ist es schwer, jemanden zu finden. Die meisten winken ab, wenn du sagst, dass du sie anmelden willst.«

Während wir essen, überlege ich die ganze Zeit, wie ich sie unterstützen könnte. Leider fällt mir niemand ein, den ich als Putzkraft vorbeischicken könnte.

»Und jetzt verwirklichst du dich als Pensionswirtin«, sagt Ole mit vollem Mund.

Maren dippt eine Pommes in die Aiolisauce. »Vorübergehend in jedem Fall. Und währenddessen kann ich ja mal sehen, ob sich doch etwas auftut.«

»Und auf Dauer wäre das nichts für dich?«, frage ich. Sie verzieht das Gesicht. »Ich habe doch nicht studiert und Praktika gemacht und das Auslandssemester eingeschoben, damit ich jetzt Betten mache.«

Ole und ich wechseln einen Blick.

Maren kommt mir vor, als wappne sie sich für irgendwelche blöden Sprüche, doch da muss ich sie enttäuschen. »Vor dir sitzen insgesamt sechsundzwanzig Semester Jura samt Aufenthalt in den USA, in der Schweiz und in England sowie drei juristische Examen.«

»Tut mir leid, dass ihr so lange gebraucht habt«, erwidert Maren. »Es muss aber auch echt schwer sein, sich die ganzen Paragrafen ins Hirn zu pressen.« Sie grinst und beißt in ihren Burger.

»Den hab ich kommen sehen«, behauptet Ole. »Du hast ihr aber auch eine Vorlage geliefert.«

Ich zucke die Schultern, und Ole fühlt sich zu einer Erklärung berufen. »Zu Hennings Ehrenrettung muss man sagen, dass er die zwei Examen hat und ich mich zwischendurch vom juristischen Acker gemacht habe und seitdem eher mit Prozentigem als mit Paragrafischem arbeite.«

»Lass mich raten«, sagt Maren. »Dann könnt ihr euch bestimmt auch Harvard oder Yale oder Stanford in die Vita schreiben.«

»Oh, beim Bootsbauen spielt das keine Rolle«, sage ich. »Ole hatte einen Platz an der Georgetown in Washington.«

»Trotzdem habe ich mich eher mit der lokalen Kneipenszene beschäftigt«, wirft er ein. »Insofern habe ich die Auslandssemester berufsvorbereitend genutzt.«

»Und warum seid ihr beide nicht bei der Juristerei geblieben?«

Ole lacht. »Ich habe noch keinen Gerichtssaal von innen gesehen. Glücklicherweise.«

»Und ich habe das lange genug gemacht, dass ich mich jetzt auf das konzentrieren will, was mir Spaß macht«, erkläre ich.

Die Servicekraft kommt zurück und bringt uns neues Bier.

Maren entschuldigt sich kurz und verschwindet in Richtung Toilette.

»Wahnsinnsfrau«, sagt Ole. Dann sieht er mich an. »Wie geht's eigentlich Jette?«

»Wir haben uns schon lange nicht mehr gesehen«, sage ich und versuche beiläufig zu klingen.

»Hat Maren etwas damit zu tun? Also, bist du interessiert?«

Irgendwie möchte ich für mich behalten, dass Maren für mich nicht einfach eine neue Bekannte ist. Schließlich gebe ich mir einen Ruck. »Ein wenig schon. Oder sogar sehr, wenn ich ehrlich bin.«

»Also ist sie nicht die Nächste in deinem Club der zwanglosen Kontakte?« Oles Blick forscht mich aus.

»In meinem was bitte? »Nein, garantiert nicht.« Dafür erscheint sie mir viel zu wertvoll, zu einzigartig.

»Hast du etwa Interesse?«, frage ich Ole.

»Es fällt mir schwer, aber ich lasse dir den Vortritt«, sagt er.

Ich nicke, und wir prosten uns zu.

Maren kommt zurück und sieht von mir zu Ole. »Alles okay?«

Dass die Wirtin der Strandbar an unserem Tisch erscheint, erspart uns, eine ausweichende Antwort zu finden. Sie lädt uns auf ein Bier ein, und wenig später setzt sich auch noch eine ihrer Freundinnen zu uns. Ein Glücksfall! Die eine fachsimpelt mit Ole über Getränkeangebot, Lieferanten und Großmarkpreise, und die andere hängt an seinen Lippen und strahlt ihn an. Beide belegen ihn dermaßen mit Beschlag, dass ich mich die ganze Zeit mit Maren unterhalten kann.

Irgendwann wird Kälbchen unter dem Tisch unruhig, und ich kündige an, dass ich nicht mehr lange bleiben kann.

Als Maren fragt, ob sie mich begleiten kann, vollzieht mein Herz einen Doppelsalto.

Das Meer schickt eine frische Brise, als wir die Stufen zum Strand hinuntergehen. Maren zieht ihre Jacke zu und setzt die Mütze auf. Es sind kaum noch Menschen unterwegs, und ich verzichte auf Kälbchens Leine. Eine lilafarbene Linie am Horizont markiert das letzte Licht des Tages. Vom Ort her senkt sich die Dunkelheit über Sankt Peter. Spaziergänger und Badegäste haben den Sand aufgewühlt, und wir stolpern, bis wir den Boden erreicht haben, den das Meer fest zusammengepresst hat und der bald von der Flut bedeckt sein wird. Eine Weile laufen wir schweigend nebeneinanderher, und wieder würde ich am liebsten den Arm um sie legen. Kälbchen tobt durch die Brandung und scheucht Möwen auf.

»Er liebt diese Viecher und versteht nicht, warum sie nicht mit ihm spielen wollen«, erkläre ich. »Dieses Schaf würde einer Möwe nichts tun, wenn sie sich ausgestreckt vor ihn hinlegen würde.«

»Er ist toll«, sagt Maren. »Nach meiner Trennung habe ich überlegt, ob ich uns einen Hund anschaffen soll, weil er so eine beruhigende Wirkung hat. Angeblich nimmt er Ängste und stärkt das Selbstbewusstsein, und ich dachte, den Kindern könnte das helfen.« Sie seufzt. »Aber um einem Welpen gerecht zu werden und ihn zu erziehen, hatte ich nicht genug Zeit. Ich musste wieder Vollzeit einsteigen.« Ihr Blick gleitet über das Meer. »Tom zahlt pünktlich für die Kinder, aber München war teuer und die Hobbys meiner Motten auch, und ich wollte nicht, dass er Unterhalt für mich zahlt. Das wäre mir falsch vorgekommen, oder ich hatte meinen Stolz, was auch immer. Da ist es jetzt in der Tat leichter, und ich habe auch mehr Zeit für meine drei. Insofern ist mein Pensionswirtinnendasein gerade praktisch.«

»Rede das doch nicht immer so schlecht. Einen solchen Betrieb zu führen bedeutet eine große Verantwortung. Außerdem stelle ich mir das ziemlich vielseitig vor.«

»Gerade wollte ich dich fragen, ob ich mich einhaken darf.« Sie lacht. »Aber nachdem du mir Dünkel unterstellst, weiß ich nicht, ob ich das möchte.«

Wie meint sie das? »Bin ich dir zu nahegetreten?«

»Überhaupt nicht. Du hast ja recht. Irgendwie überlege ich dauernd, ob das ich bin. Oder ob das ein Abstieg wäre.«

»Wer sagt das denn? Oder wem steht es zu, dies zu beurteilen?« Ich sehe sie von der Seite an.

Sie steckt eine Haarsträhne unter die Mütze. »Stimmt eigentlich. So viel Zeit für die Kinder hatte ich noch nie. Es ist zwar jede Menge zu tun, aber ich kann mir die Zeit frei einteilen, mittags können wir miteinander essen, und während sie Hausaufgaben machen, erledige ich Bestellungen oder Papierkram. Jedenfalls den, den mich meine Mutter machen lässt.« Eine Weile läuft sie schweigend neben mir her. »Vielleicht sollte ich mir die Freiheit nehmen, von meinem Gedankenross zu steigen und mir die Sache noch einmal unvoreingenommen ansehen.« Sie scheint das mehr zu sich selbst zu sagen.

Kälbchen bringt ein Stück Treibholz, und ich werfe es weit weg. Maren ist stehen geblieben.

Ich biete ihr meinen Arm an, und sie schiebt ihre Hand auf meinen Unterarm. Mein Herz schlägt laut. Wir laufen weiter am Strand entlang, und ich kann gar nichts sagen, weil mich die Schönheit des Augenblicks völlig einnimmt. Ich spüre ihre Hand auf meiner Jacke und ihre Schulter an meinem Körper. Sie läuft näher neben mir, als es sein müsste. Das glaube ich zumindest. Und es fühlt sich wunderschön an. Leise unterhalten wir uns über alles, was uns durch den Kopf geht. Und ich genieße die Leichtigkeit. Mein Gehirn hat aufgehört zu analysieren, was sie wie gemeint haben könnte, und wir reden einfach. Die Wellen sorgen für den magischen Sound im Hintergrund. Unter meinen Füßen spüre ich den weichen Sand, oder sind es doch Wolken?

Auf Höhe der Strandkrabbe fragt Maren, ob wir ein Stück weitergehen könnten, da sie ihr Bier noch nicht ganz wegspaziert hätte. Und so laufen wir, vorbei an den Strandkörben, am Wasser entlang. Erste Sterne erscheinen über dem Meer, und ich genieße das Salz in der Luft und die Brise, in die sich gelegentlich Marens Parfüm mischt. Wann ich zum letzten Mal so zufrieden und glücklich war, ich kann mich nicht erinnern.

Ich beobachte Maren und die Art, wie sie neben mir durch den Sand geht. Sie sieht mich an, und ein Lächeln stiehlt sich auf ihre Lippen.

Es wird spät, als wir zu Marens Rad laufen, das einsam am Ende des Fußgängersteges wartet. Mein Auto steht genauso alleine am Strandparkplatz. In der Strandkrabbe brennt kein Licht mehr.

Ich frage Maren, ob ich ihr Fahrrad einladen soll, damit ich sie heimchauffieren kann.

Sie überlegt kurz und entscheidet sich dann doch dafür, heim-zuradeln – wie sie es nennt. Einen Moment versetzt es mir einen Stich. Zu gern hätte ich sie nach Hause gefahren und im Auto noch ein wenig geredet, bis ich sie dann verabschiedet hätte. In meiner Fantasie erhöht diese Art des Heimbringens die Wahrscheinlichkeit auf einen Kuss. Und küssen würde ich sie gerne. Ich möchte wissen, wie das ist. Bestimmt schmecken ihre Lippen nach Salz und nach dem Pflegestift, den sie vorhin aufgetragen hat. Mir fällt ein, dass es kein Gesetz gibt, das einen Kuss hier und jetzt verbietet.

Maren hat sich zu ihrem Fahrrad gebeugt und das Schloss ent-fernt. Sie klemmt es auf den Gepäckträger und dreht sich zu mir um. »Danke für den schönen Spaziergang«, sagt sie.

»Es war wirklich schön.« Ich streiche ihr über die Wange, und ein zarter Kuss landet auf ihrer Stirn.

Eine Weile lehnt sie ihre Stirn an meine Brust. Dann drückt sie sich weg und nimmt ihr Fahrrad. »Bis bald«, sagt sie, steigt auf und radelt davon.

# 9

## Maren

Am Samstag vor Schulbeginn für Nele und Noah veranstalten wir eine Pyjamaparty. Nico gehört seit drei Tagen zur »Robbengruppe« in der Kita im Ortsteil Bad und hat dort schon einen Freund gefunden. Den hat seine Mutter gerade abgeholt, weil er sich das Übernachten woanders doch nicht traut. Jetzt tobt Nico mit seinem Bruder um die Obstbäume hinter dem Haus, und ich hoffe, dass sie nachher müde in den Schlafsack fallen.

Nico schnappt sich einen Kescher und versucht, seinen Bruder damit einzufangen. Meine Ermahnung, es langsamer anzugehen, hat Levke mit einem »Lass sie doch« entkräftet. »Sie werden schon merken, dass gegen einen Baum laufen nicht angenehm ist.«

Ich hingegen hoffe, dass der Abend nicht in der Notaufnahme endet. Mama hat sich nach dem Abendessen hingelegt. Der Bruch macht ihr zu schaffen. Übernächste Woche beginnt ihre Reha, und sie sorgt sich, weil sie Levke alleine lässt. Nicht einmal dass ich jetzt mithelfe, hat sie dazu bewegen können, ihre Maßnahme stationär anzugehen. Stattdessen dürfen sich die Physiotherapeuten im Therapiezentrum Bohlsen über eine neue Patientin freuen.

Nele sitzt auf einer Decke unter dem Apfelbaum und zeichnet, neben ihr Johannes, den sie mit Merle beim Reiten kennengelernt hat. Auch er hat einen Skizzenblock auf den Knien. Die beiden wirken, als würden sie sich seit Ewigkeiten kennen, und ich mag den Jungen, der mir sehr feinfühlig erscheint.

Levke werkelt in der Küche. Sie bereitet Stockbrote vor und hat mich nicht einmal die Würstchen auf die Spieße stecken lassen. Das Feuerholz hat sie ebenfalls schon aufgeschichtet.

Ich habe mich auf der Terrasse niedergelassen, die Füße auf einem Stuhl und schaue meinen Kindern zu. Ruhig dazusitzen, bin ich nicht mehr gewöhnt, aber ich genieße es.

Merle kommt mit zwei Weingläsern nach draußen und stellt eines vor mich hin. Eiswürfel schwimmen in dem orangeroten Getränk, in dem ein Strohhalm steckt.

»Ich dachte, Aperol Spritz trinkt man nicht mehr«, sage ich.

»Mir egal«, entgegnet Merle. »Soll ich jetzt immer erst die angesagten Cocktails studieren, bevor ich meiner Schwester ein Getränk vorsetze?« Sie kneift die Augen zusammen.

»Ich dachte schon, dass das so läuft«, sage ich und nehme das Glas. »Auf den Möwenhof und darauf, dass man hier trinken kann, was man will.«

Wir stoßen an. Mein Drink schmeckt herrlich fruchtig und auch ein bisschen sauer.

»Der ist wirklich gut!«, sage ich.

»Dann bin ich ja froh, dass dein Schickeria-Gaumen mein Gebräu nicht verschmäht.« Merle schiebt ihren Stuhl so hin, dass sie ihre Füße auch hochlegen kann.

»Du hast da falsche Vorstellungen«, sage ich. »Wir haben selbst zu unseren besten Zeiten keineswegs zur Münchner Hautevolée gehört.« Meine Zeit in Bayern erscheint mir unendlich weit weg.

»Mama, dürfen wir schon mal unser Nachtlager aufbauen?«, fragt Noah.

Ich nicke, und die Jungs stürmen nach drinnen und kommen wenig später mit ihren Schlafsäcken wieder heraus. Sie erklären Merle, dass man mit denen auch in den Alpen übernachten kann, ohne dass einem kalt wird.

Nico hat außerdem seine Wanderausrüstung mit hergeschleppt. Er gibt keine Ruhe, bis Merle nicht alle Funktionen seines Taschenmessers bewundert hat. Normalerweise verwahre ich das Ding auf dem Schrank, doch heute darf er es nehmen, um die Bären und Wölfe zu vertreiben, die er des Nachts hier vermutet.

»Das habe ich alles von Papa bekommen«, sagt er stolz. »Papa kommt nächstes Wochenende und fährt mit uns nach Hamburg. Und Kai kommt auch mit, und wir fahren mit dem Schiff und gehen in ein Haus, wo man die ganze Welt in mini klein sehen kann.«

Merle zeigt sich beeindruckt, und sie ziehen ab, um sich aus den Gartenliegen, die Levke vor die Scheune gestellt hat, zwei für ihr Räuberlager auszusuchen.

»Wie geht's dir damit?«, fragt Merle.

»Es ist in Ordnung. Und ich bin froh, dass Kai mit ihnen kann und dass sie ihn mögen. Der Rest wird sich finden.« Ich nippe an meinem Getränk. »Ich bin glücklich für Tom und freue mich, dass es ihm gut geht.«

»Na klar, du Heilige.« Merle verdreht die Augen.

»Es ist aber so.« Ich zucke mit den Schultern.

»Fehlt bloß noch, dass du Kalendersprüche postest und Fotos machst, wie du ach-so-glücklich bist, weil du alles hinter dir gelassen hast.«

»Mach ich gleich morgen. Hilfst du mir bei den Fotos?« Dabei strecke ich meine Arme in die Luft, ziehe eine Schnute und sehe sie von unten an, wie die selbst ernannten Lifestyle-Göttinnen das in den sozialen Medien machen.

»Du bist doof«, sagt meine Schwester.

»Gerade bin ich nur realistisch. Etwas anderes bleibt mir angesichts meines Kontostands und meiner Wohnungs- und Joblosigkeit gar nicht übrig. Ach, Moment, Single bin ich ja auch noch.«

Merle legt den Kopf schief. »Hast du dir schon mal überlegt ...«

Weiter kommt sie nicht. Nico rennt schreiend auf uns zu. »Ihr müsst schnell kommen! Schnell! Ganz schnell!«

Wir springen auf. Meine Nachfragen, was denn passiert sei, bleiben unbeantwortet. Bestimmt ist Noah vom Baum gefallen, schießt es mir durch den Kopf. Nicos panische Rufe lassen sogar Nele und Johannes aufspringen. Unter den Kirsch- und Pflaumenbäumen hindurch laufen wir bis zu der Stelle, an der Noah auf dem Boden kauert. Es sieht nicht so aus, als ob ihm etwas fehlt. Die besorgte Mutter in mir gewinnt die Oberhand: »Noah-Schätzchen, bist du okay?«

Er legt den Finger auf seine Lippen. »Mama, pst«, flüstert er. »Du verschreckst ihn!«

Zwischen hohen Grashalmen kauert Roti. Er piepst erbärmlich, und sein linker Flügel hängt herunter.

»In der Schule hat uns mal ein Mann erklärt, was wir machen sollen, wenn wir einen verletzten Vogel finden«, flüstert Noah. »Aber ich kann mich nicht erinnern, und ich will nichts falsch machen.« Die Tränen stehen ihm in den Augen.

»Es ist wichtig, dass wir ihn nicht mit den Händen anfassen«, sagt Merle.

»Das wusste ich noch.« Noah schluchzt.

Merle sieht sich um und bittet Nele um ihren Schal. Meine Tochter nestelt zögerlich an ihrem Hals. Es ist ihr Lieblingsschal, und ich kann verstehen, dass sie ihn nicht für eine Vogelrettung opfern will. Andererseits hätte ich mich natürlich über eine selbstlose Geste gefreut.

»Jetzt mach schon«, sagt Merle. »Den kann man waschen.«

»Du kannst die da haben.« Noah schlüpft aus seiner Kapuzenjacke.

Vorsichtig wickelt Merle den Vogel ein, trägt ihn auf die Terrasse und setzt ihn auf dem Tisch ab.

»Muss er sterben?«, flüstert Nico.

»Ich weiß nicht, Schatz«, sage ich. »Aber wir tun alles, damit es ihm bald wieder besser geht.«

Levke kommt mit ihren Stockbroten und Würstchen nach draußen und erfasst die Lage mit einem Blick. »Wir rufen Hein an, der schaut bestimmt vorbei und sieht ihn sich an.« Meine Tante stapft zurück ins Haus.

»Wer ist Hein?«, fragt Nele.

»Der Tierarzt«, sagt Merle. »Eigentlich kümmert er sich nur um die großen Viecher.« Und als ich ihr einen Blick zuwerfe, fügt sie hinzu, dass er bestimmt auch weiß, wie man einen Vogel versorgt.

Roti scheint sich noch nicht sicher zu sein, ob sich seine Situation nun verbessert hat, und piept verzagt.

Ich schlage vor, dass wir ihm etwas Ruhe gönnen, und scheuche die Kinder samt Freunden zu der Feuerschale, in die wir vorhin bereits Holz geschichtet haben.

Noah zögert und bleibt auf der Hälfte der Strecke stehen. »Darf ich auf ihn aufpassen? Nicht dass er vom Tisch stürzt und sich noch was bricht. Außerdem hat er bestimmt Angst.« Die Besorgnis lässt seine Augen größer wirken. »Ich bin auch ganz leise, dass er sich nicht erschrickt. Außerdem kennt er mich und weiß, dass ich ihm nichts tue.«

Ich streichle Noah übers Haar und lasse ihn zu seinem kleinen Freund. Dabei wird mir einmal mehr bewusst, dass er der Einzige ist, der heute niemanden einladen konnte, und ich hoffe, dass sich das nächste Woche ändert. Es tut mir weh, ihn so alleine zu sehen. Zwar lasse ich ihn regelmäßig mit seinem Münchner Kumpel videotelefonieren, aber es ist nicht dasselbe, wie jemanden hier zu haben und mit ihm draußen zu übernachten.

Wir entzünden das Feuer, grillen die Würstchen und rösten die Brote. Meine Kinder erzählen abenteuerliche Geschichten von Lagerfeuern, Klettersteigen und Hüttentouren, die sie mit ihrem Vater gemacht haben, und ich hoffe, dass sie übertreiben, um vor Johannes und Merle anzugeben, denn wenn nur ein Drittel davon stimmt, werde ich sie nie wieder mit Tom in die Berge lassen. Ein Glück, dass solche Ausflüge alleine durch die Entfernung seltener werden.

Merle sieht mich von der Seite an und schüttelt den Kopf. Sie grinst, als wolle sie sagen, dass sie mir noch immer am Gesicht ansieht, was ich denke.

Ich antworte mit einer Grimasse.

Auf der Terrasse hat sich Levke zu Noah gesellt und leistet ihm

Gesellschaft. In eine Decke eingehüllt, sitzen sie da und unterhalten sich, während er den Vogel nicht aus den Augen lässt.

Ein Gefühl der Ruhe, das ich lange nicht kannte, breitet sich in mir aus. Noah ist versorgt, obwohl ich es nicht bin, mit der er unter der Decke kuschelt. Johannes erzählt Nele von den Pferden im Reitstall. Und ich sehe, wie meine Tochter aufblüht. Johannes' Mutter hat mir anvertraut, dass er an seiner vorherigen Schule schlechte Erfahrungen gemacht hat. Er geht offen damit um, dass er auf Jungs steht. Dass er Nele getroffen hat, bezeichnet sie als Glücksfall.

Nico und er versuchen herauszufinden, wer mehr Würstchen essen kann, und ich hoffe, dass ihnen nicht übel wird. Falls ja, bleibt mir hier draußen wenigstens das Bodenschrubben erspart.

Alle sind so beschäftigt, dass sie gar nicht bemerken, wie ein grauhaariger Mann mit Genießerbauch, in kurzen Hosen und Poloshirt auf die Terrasse kommt und mit Levke, Noah und dem roten Vogel im Haus verschwindet.

Nico ist inzwischen so müde, dass ihm die Augen zufallen. Er kriecht freiwillig in seinen Schlafsack und schläft ein, bevor ich den Reißverschluss zugezogen habe. Auch wenn ich es übertrieben fand, den Kindern so teure Schlafsäcke zu kaufen, bin ich nun froh, dass Tom sie besorgt hat.

Nele und Johannes holen sich Chips und Gummibärchen und kichern, während sie sich gegenseitig Sachen auf dem Handy zeigen.

Noah kommt zurück. Flüsternd erklärt er mir, wie der Tierarzt den Flügel behandelt hat. Seine Augen glänzen feucht, und er kuschelt sich an mich, während er beteuert, dass Roti bestimmt wieder gesund wird. Er hat ihm bereits Haferflocken hingestellt und will morgen Regenwürmer suchen, damit er zu Kräften kommt.

»Hein war sich auch nicht sicher, was für ein Vogel Roti ist«, schnieft Noah. »Er meint, ein Gimpel oder ein Buchfink.«

Ich frage ihn, ob es so wichtig ist, dass wir Roti genau einer Art zuordnen können, und er wiegt den Kopf hin und her. Für Noah, den Wissenschaftler, scheint es von Bedeutung zu sein. Aber bisher hat er weder mit seinen Wissensbüchern noch mit Apps Roti kategorisieren können. Ich versichere ihm, dass ich stolz auf ihn bin, weil er sich so um Roti kümmert, und drücke ihm ein Stockbrot in die Hand, damit mein gähnender Sohn abgelenkt ist und etwas essen kann.

»Meinst du vielleicht, ein Spatz hatte einen lustigen Abend mit einem Rotkehlchen?«, flüstert Merle.

»Machen Vögel so was?«, frage ich und kichere.

»Du meinst rumvögeln?« Merle lacht laut.

Ich verdrehe die Augen und sehe meine Kinder an. Noah ist mit seinem Stockbrot beschäftigt, sodass er wahrscheinlich nichts gehört hat. Bei Nele und Johannes erachte ich den Schaden, den so eine Bemerkung anrichten kann, als eher gering.

Mein Blick ruht auf Noah. Er grillt sein Würstchen und lässt sich dann von Merle in den Schlafsack packen. Sie verspricht ihm, morgen bei der Insektensuche zu helfen und Roti ein Gourmetmenü zusammenzustellen, damit er bald wieder fliegen kann.

Aus Dankbarkeit streckt er seine Arme aus und gibt ihr einen Kuss auf die Wange. Er flüstert ihr etwas zu, das ich nicht verstehe.

»Die hast du gut hingekriegt«, sagt Merle, als sie sich wieder neben mich in den Liegestuhl fallen lässt. Sie hat eine Flasche Wein geholt und schenkt uns großzügig ein.

»Auch wenn sie mich dafür hassen, dass ich sie in den Norden verpflanzt habe«, sage ich.

»Ach, Quatsch, Mama«, höre ich meine Tochter von der anderen Seite des Feuers.

»Ich dachte, ihr seid beschäftigt«, rufe ich lachend in die Richtung, in der ich ihre Silhouette sehe.

»Das Feuer ist aber nicht schalldicht«, entgegnet Nele. »Und übrigens ist es hier cooler, als ich gedacht habe.«

»Siehst du«, flüstert Merle.

»Eine von drei«, sage ich und schaue auf meine schlafenden Söhne.

»Zwei Drittel!« Merle zwinkert mir zu.

Das war es also, was Noah ihr zugeflüstert hat.

»Und ich würde einen Regenwurm essen, wenn Nico anderer Meinung ist.«

»Bist du denn schon angekommen?« Merle beugt sich nach vorn und legt ein weiteres Holzscheit ins Feuer.

Ich muss tatsächlich überlegen. Die ganze Zeit habe ich dafür gesorgt, dass die Kinder sich wohlfühlen, dass ich nicht darüber nachgedacht habe, ob es für mich passt.

Merle schüttelt den Kopf. »Das mit dem Self-Care-Ding nehme ich zurück. Du wärst die schlechteste Creatorin der Welt. Daran musst du arbeiten.«

Ich denke an die vergangenen Wochen. Morgens haben wir gemütlich gefrühstückt, weil ich die Kinder weder in den Hort noch in die Ferienbetreuung bringen musste. Danach habe ich die Zimmer gemacht. Ab und zu haben mich die Jungs begleitet. Dabei haben sie so brav auf dem Gang gespielt, dass ich gut vorangekommen bin. Nele hat mir an drei Tagen die Woche geholfen und sich dadurch ihr Taschengeld aufgebessert. Sie wünscht sich Reitstiefel, und ich habe ihr erklärt, dass das Budget diese momentan nicht hergibt. Jetzt will sie sich diese verdienen, was mir eine Hilfe beim Bettenbeziehen und Saugen beschert. Das nimmt sie so ernst, dass sie sogar ihrem Vater eine Absage erteilt hat, als er ihr ein Paar kaufen wollte.

Abends bin ich müde, aber auf angenehme Weise. Dass Levke unsere Wäsche mitmacht, bedeutet eine unglaubliche Erleichterung.

»Ich zeige dir was«, sage ich zu Merle. »Warte mal!«

Ich hole mein Notebook aus dem Haus und rufe die Webseite auf, die ich für den Möwenhof gestaltet habe.

Meine Schwester zeigt sich beeindruckt. Sie klickt sich durch die Seiten und lobt die Schrift und das Layout und schmunzelt, während sie die Texte liest, in denen ich die Zimmer, Levkes wunderbares Frühstück und die Ausflugsmöglichkeiten preise. Das überschwängliche Lob, das ich mir insgeheim erhofft habe, hält sie noch zurück. Nachdenklich scrollt sie rauf und runter, wechselt zwischen den Unterseiten hin und her. Und ich ahne, welche Elemente auf der Möwenhof-Seite die Furchen auf ihrer Stirn aufwerfen.

»Die Bilder passen nicht«, sagt sie und bestätigt damit meinen Eindruck.

Grasrascheln kündigt an, dass Levke alle ihre Hausarbeiten erledigt hat, die sie vom entspannten Sitzen mit uns abhielten.

Sie stellt sich hinter Merles Liegestuhl und wirft ebenfalls einen Blick auf die Webseite. »Schön hat sie das gemacht, nicht wahr? Du bist eine richtige Künstlerin.« Sie streichelt mir über den Oberarm. Levkes Anerkennung und Lob wirken bei mir wie ein Glücksserum. Ich habe neulich gelesen, dass sich Promis sündteure Vitaminlösungen über einen Tropf verabreichen lassen, um sich jung und schön oder was auch immer zu fühlen. Mal davon abgesehen, dass ich mir so was niemals leisten könnte und auch Zugang-legen-Lassen nicht zu meinen Hobbys gehört, brauche ich das gar nicht. Ich spüre, wie diese kleinen Gesten der Anerkennung und Zuneigung durch meinen Körper fließen und mich aufrichten.

Meine Schwester reckt ihren Kopf und sieht mich an. Sagst du es ihr? Oder soll ich? – übersetze ich ihren Blick und zögere wohl zu lange, denn auch Levke hat unseren stummen Austausch bemerkt.

»Was gibt es denn, was ihr mir offenbar nicht sagen könnt?«

»Die Bilder.« Merle zögert. »Die Zimmer sehen darauf nicht gemütlich oder ansprechend oder einzigartig aus.«

Levke kneift die Augen zusammen und scheint auf mehr Informationen zu warten.

»Und was wären eurer Meinung nach ansprechende Bilder?

»Kuck mal«, sage ich, lasse mir von Merle den Laptop reichen, ziehe den freien Liegestuhl heran und bedeute Levke, Platz zu nehmen. Ich rufe die Seite einer lokalen Ferienwohnungs-Vermittlungs-Plattform auf und klicke willkürlich auf ein paar Wohnungen. Wohnzimmer, Küche, Schlafzimmer. Weiße Möbel, cremefarbene Wände, maritime Deko. Dazwischen Strandmotive, Kitesurfer, Sonnenuntergänge über den Dünen.

»Unsere Seite gefällt mir besser«, sagt Levke. »Du solltest ihnen anbieten, ihren Internetauftritt zu überarbeiten.«

»Es geht um die Zimmer«, sagt Merle ungeduldig.

»Die sehen doch alle gleich aus«, wehrt sich Levke. »Diese Tische und Sessel und diese Lampen mit den komischen Seilen kommen alle aus demselben Möbelgeschäft. Das wäre mir zu langweilig.«

»Aber zeitgemäß langweilig«, werfe ich ein.

»Da bin ich lieber unmodern und individuell«, verteidigt Levke ihre Pension. »Unsere Zimmer haben Charme.«

»Aber den von 1997«, entgegnet Merle.

»Findest du das auch?« Levke hat den Löwenmutterblick aufgesetzt. Ihre Pension ist ihr Baby, und auf das lässt sie nichts kommen.

»Na ja, 1997, ich weiß nicht.« Merles Jetzt-lass-mich-hier-nicht-alleine-du-Feigling-Blick trifft mich. »Ich hätte zweitausendacht gesagt oder -neun.«

»Das waren tolle Jahre. Sie haben es verdient, dass ihr Andenken in den Zimmern bewahrt wird.« Levke greift nach einem Holzscheit und legt es heftiger als nötig auf die Schale. Funken stieben durch die Dunkelheit.

Ich suche nach Formulierungen, mit denen ich sie in eine konstruktive Haltung zurückbringen kann. In der Agentur habe ich das immer problemlos geschafft. Da hatte ich die Rolle der Diplomatin, wenn es zwischen Geschäftsleitung und Kunden schwierig wurde. In der Familie versagen diese Mechanismen seltsamerweise. »Vielleicht schaffen wir es, unsere Zimmer individuell und gemütlich und gleichzeitig zeitgemäß zu machen?«, versuche ich meine Ansicht in Worte zu fassen.

»Genau, aber eben nicht wie aus dem Katalog«, fügt Merle hinzu.

»Wisst ihr, was so etwas kostet?«, fragt Levke. »Habt ihr einmal überlegt, wie lange wir das hier noch stemmen können? Es wird immer schwerer, gute Leute zu finden, die uns beim Putzen helfen. Und ich weiß nicht, ob wir jetzt investieren wollen, damit wir es irgendwann an jemand Fremdes geben und unsere Rente in den Zimmern steckt, die jemand anders vermietet?«

»Ihr wollt den Möwenhof doch nicht verkaufen?« Merle sieht Levke entsetzt an.

»Nein, außerdem können wir das gar nicht, weil er Ludger gehört. Aber wenn uns das Zimmermachen und Frühstücksgeschäft zu viel wird, müssen wir die Pacht jemand anderes überlassen. Mal davon abgesehen gibt uns doch keiner mehr einen Kredit in unserem Alter.«

»Aber mir«, sage ich. Und ich bin genauso überrascht über meinen Vorstoß wie Levke. Sie zwinkert, als habe sie sich verhört.

Die Worte stehen über dem Lagerfeuer und hallen in meinen Ohren, als hätte jemand anders sie gesagt. In meinem Kopf wiederhole ich meine Aussage und erforsche, was mein Bauch davon hält. Kein Grummeln, kein Ziehen, sondern Befürwortung und Aufbruchsstimmung kann ich fühlen. Du machst das Richtige, scheint er mir zu signalisieren.

»Und was ist, wenn ich den Möwenhof weiterführe?« Meine Stimme klingt fest. »Wir machen das zu dritt. Ihr bringt mir alles bei, was ich über eine Pension wissen muss, und ich bringe ein wenig ›modernen Zeitgeist‹ hinein.«

Levke sieht mich stirnrunzelnd an. »Und deine Agentur?«

»Momentan habe ich keine«, sage ich. »Die Werbelandschaft in Schleswig-Holstein hat nicht auf meine Rückkehr aus München gewartet.« Ich denke an meine letzten Tage. »Die Arbeit hier macht mir Spaß … Es ist befriedigend, zu sehen, was ich geschafft habe, wenn die Betten gemacht sind und der Boden gesaugt ist. Außerdem kann ich Webseiten abends oder vormittags gestalten oder in der Nebensaison. Ich gebe das nicht auf, ich verschiebe nur die Zeiten und die Prioritäten. Es gibt nicht nur Pensionschefinnen oder Werbeagenturen, sondern auch webseitendesignende Pensionswirtinnen und pensionsbewirtende Webdesignerinnen. Ich werde beides sein. Wenn ich von zu Hause arbeite, bin ich für die Kinder da. Wir können gemeinsam arbeiten: Sie machen Hausaufgaben, ich Buchhaltung oder probiere Schriften aus. Ich denke, das wird gut.«

Schweigen.

Merle und Levke starren mich an.

Vermutlich fragen sie sich, woher dieser Ausbruch kam. Auch ich habe ihn nicht erwartet. Aber wahrscheinlich hatte ich diese Gedanken lange genug gewälzt. Sie waren reif und wollten endlich raus.

Auf Levkes Gesicht erblüht ein Lächeln.

»Ich finde das großartig«, sagt Merle. »Es ist etwas Neues, aber ich glaube, es ist genau richtig für dich.« Sie steht auf und umarmt mich.

»Wenn das so ist, dann machen wir es groß. Raus mit dem alten Krempel.« Levke sitzt kerzengerade in ihrem Liegestuhl. »Ich will keine Nullachtfünfzehn-Möbel oder Leuchtturm-Kitsch aus dem Touri-Kaufhaus. Unser Hof soll individuelle, gemütliche Zimmer haben. Das muss doch machbar sein. Vor allem können wir endlich den Teppichboden rausreißen. Was das immer für eine Arbeit ist, die Flecken zu entfernen. Wir nehmen etwas Wischbares.«

Merle und ich tauschen einen Blick. Levke macht den Eindruck, als würde sie am liebsten sofort die Gäste aus den Betten werfen, um mit der Umgestaltung zu beginnen.

»Meinst du, Mama ist auch dafür?« Daran habe ich in meinem Überschwang noch gar nicht gedacht. Sie hat ja ebenfalls ein Wörtchen mitzureden und Onkel Ludger eigentlich auch. Schließlich gehört ihm der Hof. Ich äußere meine Bedenken, aber Levke winkt ab.

»Deine Mutter überlegt schon die ganze Zeit, wie wir weitermachen können, wenn unsere Kräfte nachlassen. Die macht einen Luftsprung!«, sagt Levke aufgeregt.

»Na hoffentlich nicht«, murmelt Merle. »Und Ludger?«

»Das wäre das erste Mal, dass er sich um den Hof Gedanken macht. Nee, nee. Wir könnten das Haus umdrehen und den Keller aufs Dach verfrachten, das wäre ihm egal. Hauptsache, die Pacht kommt pünktlich!«

»Na dann«, sage ich und schenke unsere Gläser voll. »Lasst uns anfangen.«

# 10

## Henning

Vor drei Tagen hat Caroline mit Christopher gesprochen. Seitdem warte ich und frage mich, warum der Mann, der ich einmal war, sich nicht regelmäßig bei Christopher gemeldet hat. Aber es gab eine Zeit, in der mir Einladungen bei Leuten wichtig waren, die ich heute wegen ihrer Oberflächlichkeit nicht mehr ertrage. Eine Zeit, in der ich Sportveranstaltungen besuchte, die ich größtenteils im VIP-Bereich verbrachte, um Geschäftsbeziehungen zu pflegen, anstatt mich um Caroline und unseren Sohn zu kümmern. Eigentlich hat Christopher recht, dass er mich mit Nichtachtung straft.

Ich beschließe, aufs Meer hinauszufahren. Dort fühle ich mich frei und komme auf andere Gedanken. Da Frust mich immer hungrig stimmt und mein Kühlschrank leer ist, steuere ich vorher den Supermarkt in Dorf an. Ich laviere mich durch die Touristen und packe im Vorbeigehen Äpfel, Himbeeren und Bananen in den Korb. Nachdem ich die Schlange an der Fleischtheke sehe, mache ich einen Umweg über die schwedische Schokolade und die Schokoladenkekse, um mich dann doch in die Reihe zu stellen. Das kann dauern. An anderen Tagen hätte ich mich darüber amüsiert, dass manche Leute in langen Hosen, Softshelljacken und Mützen einkaufen, während andere in Shorts und T-Shirt ihre Vorräte auffüllen, je nachdem, ob sie das Nord- oder das Seewetter fühlen. Heute starre ich nur dumpf vor mich hin und hoffe, bald mein Roastbeef einpacken zu können.

Endlich geht es voran. Eine Frau nimmt zwei überdimensionalen Papiertüten entgegen. Sie macht für den nächsten Kunden Platz, und mein Herz tut einen Sprung. Ich schiebe mich an den Wartenden vorbei. Bei der Schokolade hole ich sie ein.

»Hallo«, sage ich.

»Hi«, erwidert Maren. Ihre Augen leuchten, und mein Tag wird gerade um so vieles besser. »Machst du Mittagspause?«

»Ich gönne mir einen Segelausflug. Was gibt's Neues auf dem Möwenhof?«, frage ich, weil ich ›Wie geht's dir‹ unkreativ finde.

»In der letzten Woche ist viel passiert«, sagt Maren. Sie trägt T-Shirt und Jeans und hat ein Tuch in die Haare geschlungen.

»Erzählst du mir davon?«, frage ich. Meine schlechte Stimmung ist wie weggeblasen. »Für einen Espresso bist du wahrscheinlich zu beschäftigt«, sage ich und weise mit dem Kopf auf die Brötchentüten.

»Ich weiß nicht, ab wann die Kinder in Hungerstreik treten.«

Ich glaube Bedauern in ihren Augen zu lesen und hoffe, dass ich mich nicht täusche.

»Ein Espresso geht in jedem Fall«, beschließt sie. »Schließlich könnte ich ja auch hinter einem Traktor herfahren, den ich nicht überholen kann.«

Wir bezahlen unsere Einkäufe. Beim Bäcker im Eingangsbereich des Marktes hole ich uns zwei Espressi. Maren wartet am einzigen Stehtisch auf mich. Ich mag es, dass ihre Papiertüten neben meinem Obst im Wagen liegen.

Sie trinkt ihren Espresso schwarz. Ich reiße zwei Zuckertütchen auf und kippe sie in meine Tasse.

»Ich habe großartige Neuigkeiten«, verkündet sie. »Ich bin nun meine eigene Chefin und zusätzlich Teilhaberin unseres Familienunternehmens.«

Dabei strahlt sie, und alles in mir freut sich mit ihr.

»Du solltest dir Visitenkarten drucken lassen: Maren Petersen, Kreativagentur und Pensionistin, oder wie nennt man das, was du machst?«

Sie lacht. »Genau so nennt man uns: Pensionistinnen. Oder auch Bed and Breakfast Manager. Wir diskutieren noch über Möwenhof Stay Executive.« Sie nippt an ihrem Espresso und kräuselt die Lippen, weil er ihr offenbar noch zu heiß ist.

»Executives klingen immer überzeugend«, sage ich mit gespieltem Ernst.

»Das finde ich auch«, stimmt Maren zu. »Abgesehen von der Namensfrage sind wir uns übrigens einig. Wir machen alles neu. Jedes Zimmer wird ein Schmuckstück. Dabei soll keines dem anderen gleichen, und sie werden alle so gemütlich, dass die Gäste gar nicht mehr gehen wollen. Wir haben ein Vermögen in Farben investiert. Heute räumen wir aber erst einmal aus.«

Ich liebe es, wie sie vor Begeisterung sprüht. Eigentlich könnte ich ihr ewig zuhören.

»Die kommenden zwei Wochen waren die Reservierungen überschaubar«, sagt Maren. »Mama hat die Gäste auf die benachbarten Pensionen verteilen können. Und wir haben ihnen einen Gutschein über eine Übernachtung plus Kosmetikbehandlung geschenkt. Dann denken sie hoffentlich wieder an uns.«

»Braucht ihr noch einen Helfer?«

»Jemand, der die Möbel auseinanderlegt, wäre schon praktisch.« Maren sieht mich an. »Wir wollen dich aber nicht von deinem Bootstrip abhalten.« Ihre Augen sagen etwas anderes.

»Die Nordsee läuft mir nicht weg.« Für Maren würde ich die Dachziegel einzeln mit der Zahnbürste schrubben. Moment, das wird nicht nötig sein. Sie wohnen ja unter Reet.

»Wenn das so ist, freue ich mich«, sagt Maren. »Ich warne dich aber. Meine Mutter ist genervt, weil sie nicht so mitwerkeln kann, wie sie sich das vorstellt, und gibt dauernd Anweisungen. Da wäre es gut, wenn du auf Durchzug schalten könntest. Und meine Kinder sind superneugierig und brauchen andauernd jemanden, der ihre Arbeit bewundert. Darauf solltest du dich ebenfalls einstellen.«

Ich zucke die Schultern. »Schlimmer als meine Mandanten früher können sie nicht sein. Und wenn du mal einen Tag in die Werft kommst, wirst du sehen, dass auch die Kundschaft hier anspruchsvoll ist.«

»Sieht aus, als seist du gerüstet«, sagt sie.

Ich nicke zustimmend. Ihre Mutter kann mich gerne herumkommandieren, und die Kinder dürfen mir Löcher in den Bauch fragen, solange sie danach Maren belagern und sie anflehen, dass sie mich unbedingt wieder mitbringen muss.

Eine halbe Stunde später parke ich vor dem Möwenhof. Ich habe meinen Werkzeugkasten geholt und den zweiten Akku für den

Akkuschrauber eingepackt. Nun bin ich gerüstet, um Möbel aus-
einanderzulegen. Henning Jansen, Superhandwerker und Charmeur erster Güte, meldet sich zur Stelle. Ich hoffe, dass mir so ein
Schwachsinn nicht vor den Petersens rausrutscht.

Von der Internetseite kenne ich den Möwenhof bereits. Natürlich habe ich ihn gegoogelt, genauso wie ich nach Maren ge-
sucht habe. Ein Kindertraktor steht auf dem Hof, ein Parcours aus
Spielzeugpylonen, ein Roller. Straßenkreidemuster verzieren die
Pflastersteine neben der Bank. Ein Plastikdinosaurier bewacht die
Treppe zur Eingangstür. Ich folge den Stimmen und umrunde das
Haupthaus. Dort finde ich sie, die versammelten Petersens. Sie haben zwei Terrassentische zusammengerückt. Eine Frau in einer geblümten Bluse stellt ein Tablett auf den Tisch. Ein Mädchen im
Teenageralter und ein Junge stürzen sich auf die Tüte mit den Bröt-
chen.

Maren schnappt sich die Tüte und hält sie hoch. »Habt ihr
Hände gewaschen?«, fragt sie.

»Klar«, sagt das Mädchen.

Der Junge betrachtet seine Hände und zögert. »Darf ich sie hier
draußen am Wasserhahn waschen?« Er sieht Maren flehend an.

»Ausnahmsweise. Na, mach schon«, sagt sie.

In einem Vogelkäfig auf einem Beistelltisch sitzt ein roter Vogel
neben seinem Napf. Er hat den Kopf schief gelegt und scheint die
Familie zu beobachten.

Eine blonde Frau, die wie eine ältere Maren aussieht, erscheint
auf dem Treppenabsatz. Sie benutzt Gehstützen und sagt etwas, was
ich nicht verstehe. Dann sieht sie in meine Richtung. »Moin«, ruft
sie. »Können wir Ihnen helfen?«

»Es ist wohl eher umgekehrt. Ich bin zum Helfen hier«, antworte ich.

Maren lacht und winkt mich heran. »Das ist Henning, von dem ich euch erzählt habe«, sagt sie. Dann stellt sie mir ihre Familie vor.

»Moin, ich bin Lina, Marens Mutter«, sagt die Frau mit den Stützen. Sie schüttelt mir freundlich die Hand. Offenbar sind wir gleich per Du.

»Und ich bin Levke, die Schwester dazu.« Sie bietet mir ein Glas ihrer selbst gemachten Limonade an. »Ganz zufrieden bin ich aber noch nicht. Falls dir etwas einfällt oder auffällt, immer raus damit.«

»Das sind Nele und Noah«, sagt Maren.

Das Mädchen begrüßt mich mit einem zurückhaltenden Hallo und mustert mich von oben bis unten. Sie sieht mich an, als nehme sie mir den Handwerker nicht ab, und ich fühle mich ertappt.

Noahs Hi klingt neutral. Er kann seinen Blick nicht von den Brötchen wenden. Offenbar hat er Hunger und für alles andere gerade keinen Geist.

»Nico, unser Kleinster, macht heute einen Kindergartenausflug in die Seehundstation, sonst wäre er auch schon hier.« Maren lacht dieses wunderbare Lachen, bei dem sie die Nasenflügel leicht hochzieht. »Möchtest du dich nicht setzen?«

Sie deutet auf die in Papier eingewickelten Brötchen am Tisch. »Es gibt Schinken, Salami, Mettwurst – die haben wir mit und ohne Rauch, Deichkäse, Frischkäse mit Kräutern?« Sie greift nach den Papierservietten und wirft sie dabei herunter.

Ich helfe ihr, die Packung aufzuheben, lasse mir ein Schinkenbrötchen geben und folge dann den Familiengesprächen. Es geht um

Schule, den Umbau und die wichtige Frage, ob noch Zeit für den Strand bleibt. Marens Kinder verhalten sich lebhafter als die Nachkömmlinge meines Bruders. Aber auf angenehme Weise. Mein Neffe Jan-Konstantin und meine Nichte Anna-Sophia nehmen ihre Speisen mit angewinkelten Ellbogen zu sich und verhalten sich steifer als die Stoffservietten, die sie vorbildlich über ihren Schoß gelegt haben. Hier ist das anders.

Nele sitzt mit angezogenen Beinen auf der Bank und lässt sich ihr Salamibrötchen schmecken. »In meiner alten Schule war das Pausenessen besser, aber die Lehrer sind hier cooler.«.

»Entschuldigung, du kaufst doch wohl nicht beim Kiosk«, sagt ihre Tante, die dies wohl als persönliche Kränkung auffasst. »An meine selbst gemachten Brötchen kommen die ja wohl nicht heran.«

»Alle kaufen am Kiosk. Da kann ich ja schlecht mit deinen Luxusbroten daherkommen«, klärt Nele sie in einer Logik auf, über die nur Teenager verfügen. »Wenn die anderen deine Pausenbrote sehen, werden die eifersüchtig. Und in den ersten Tagen will ich nicht auffallen.«

»Und was machst du dann mit Levkes Broten?«, erkundigt sich Lina.

»Die esse ich auf dem Weg zur Schule und dann auf dem Nachhauseweg oder in einer Freistunde, wenn mir gerade niemand zusieht. Johannes hilft mir dabei, aber der weiß ja, wie gut du kochst.«

Sollten die erwachsenen Petersens verwundert über diese Offenbarung sein, lassen sie es sich zumindest nicht anmerken.

»Du bist toll, so wie du bist, und du kannst machen, was du

willst. Zwei verschiedene Schuhe anziehen, dir die Haare grün und rosa färben oder eben Levkes Brote essen, dafür hat dich niemand zu kritisieren«, stellt Maren fest.

Ich höre zu, wie die Familie miteinander redet, scherzt, lacht. Dazwischen fällt es gar nicht auf, dass Lina Nele ermahnt, die Füße herunterzunehmen, und Noah auffordert, nicht zu schmatzen. Nele setzt sich ordentlich hin, und Noah konzentriert sich für drei Bissen darauf, den Mund zu schließen. Aber das Gespräch läuft einfach weiter. Bei Verstößen gegen das gute Benehmen hat mein Vater immer einen Monolog gehalten. Danach schmeckte das Essen nicht mehr oder war sowieso kalt, oder ich durfte in meinem Zimmer darüber nachdenken, weshalb ich meinen Eltern das Abendessen verdorben hatte. Maren scheint anders zu erziehen.

»Darf ich noch eine Salamisemmel haben?«, fragt Noah. Oma und Tante schmunzeln ob des süddeutschen Begriffs.

»Möchten Sie auch noch eine?«, will er wissen, und ich sage ihm, dass ich auch gerne eine *Salamisemmel* hätte.

»Das ist die letzte.« Noah schaut auf das Brötchen in seiner Hand und scheint zu überlegen.

»Aber Schinken mag ich genauso gerne«, sage ich schnell.

»Da haben wir noch viele«, ruft Noah, und die Erleichterung, dass er seine Lieblingswurst nicht hergeben muss, ist ihm anzusehen.

»Wie wollen wir denn weitermachen?«, fragt Maren.

»Gegen fünf kommt das Rote Kreuz und holt die Möbel und den Tüdelkram ab, bis dahin müssten wir das unten haben«, sagt Levke und macht sich daran, die Gläser auf ein Tablett zu stellen und das Butterbrotpapier einzusammeln.

Ich nehme die Tüte und lege die noch eingepackten Brötchen zurück. »Wie kann ich mich denn am besten einbringen?«

»Möbel auseinanderbauen wäre das Beste«, sagt Maren. »Die Betten und Schränke! Später kommt meine Schwester und bringt noch mindestens einen Helfer mit.« Sie sieht Levke an. »Wenn du weiter ausräumst, fange ich damit an, die Borde und Stühle hinunterzutragen.«

»Kann ich mittragen?«, fragt Nele.

»Ich dachte, dass du deine Brüder bespaßt«, wirft Maren ein.

»Das mache ich«, wirft Lina ein. »Zum Räumen bin ich gerade weniger zu gebrauchen. Komm, Noah, hilf mir, den Geschirrspüler einzuräumen. Wir holen Nico ab, und dann bring ich euch Skat bei.«

Levke und Lina wechseln einen Blick und schmunzeln.

»Och, ich will auch Skat lernen«, beschwert sich Nele. »Dir zeige ich das auch noch«, beschwichtigt Lina sie. »Schließlich ist das Familientradition. Aber erst hilfst du deiner Mutter beim Tragen.«

»Mama und Levke haben ihrem Bruder früher so manche Kinokarte abgeluchst«, erklärt Maren.

»Kinokarte!« Lina schüttelt verächtlich den Kopf. »Geld, Zigaretten, Bier, Festivalkarten.«

»Sein Mofa«, wirft Levke ein.

»Ihr habt um ein Mofa gespielt?« Nele sieht erst Levke und dann ihre Mutter fassungslos an. »Du sagst doch immer, dass wir nie in eine Spielhalle gehen sollen, weil man da süchtig werden kann.«

Noch bevor Maren antworten kann, schaltet sich Lina ein. »Das ist doch etwas völlig anderes! Skat ist ein ehrenwertes Spiel, mit dem man Dispute auf faire Weise lösen kann. Automaten sind was für Leute, die sonst nichts mit ihrer Freizeit anfangen können.«

»Aha«, sagt Nele. »Wenn du in Zukunft meine Kopfhörer willst, spielen wir darum.« Das scheint ihrem Bruder gegolten zu haben.

»Wollen wir?«, fragt Maren und lächelt mich an.

Ich nicke und schnappe mir im Gehen noch eine Wasserflasche.

»Du hast eine spannende Familie«, sage ich.

»Geht so«, sagt Maren. »Ich denke, wir sind ziemlich normal.« Ihre Augen funkeln. »Lass uns über dich reden.«

»Okay, reden wir über meine Freizeit. Hast du Lust, mit mir essen zu gehen? Ich zeige dir, was Sankt Peter zu bieten hat. Ich kenne mindestens ein Viertel der Lokale gut, und in einem weiteren Viertel habe ich zumindest ab und zu gegessen.«

Maren zieht dramatisch die Augenbrauen zusammen und schiebt ihr Kinn etwas zur Seite, als hätte ich ihr eine schwierige Aufgabe gestellt. »Gehen wir dann in eines der bekannten Hälfte, oder willst du dich auf unbekanntes Terrain begeben und in ein Lokal gehen, in das du nie zuvor einen Fuß gesetzt hast?«

»Das könnten wir spontan entscheiden«, sage ich.

»Ich muss mal kucken, wann Mama oder Levke bei den Kindern bleiben können«, überlegt sie laut. »Zur Not frage ich meine Schwester. Ich denke, das müsste hinhauen.«

»Was isst du denn gerne?«, will ich wissen.

»Für die Beantwortung dieser Frage musst du erst ein paar Betten auseinanderschrauben«, sagt sie. »Bis später. Wir sehen uns.«

Maren verlässt das Zimmer, und ich muss an mich halten, ihr nicht hinterherzulaufen und sie auf der Stelle zu küssen oder auf das noch nicht auseinandergebaute Bett zu ziehen. Doch ihre Tante geht gerade an der Tür vorbei und erinnert mich daran, dass wir nicht alleine sind.

Eine Weile später habe ich die Schrauben aus drei Doppelbetten entfernt und die Einzelteile gegen die Wand gelehnt, neben die Teile des jeweiligen Kleiderschranks. Ich mache mich an Bett Nummer vier und hoffe, dass Maren bald kommt, denn sie schuldet mir sechs Antworten. Der Akkuschrauber heult kurz auf, und die erste Schraube fällt in meine offene Hand. Als ich den Schrauber in den nächsten Kreuzschlitz setze, fühle ich mich beobachtet. In der Tür steht ein Junge von vier bis fünf Jahren und sieht mich neugierig an.

»Hi, ich bin Henning. Bist du Nico?«, grüße ich ihn, und er zieht seinen Kopf zurück und verschwindet außer Sichtweite. Habe ich etwas falsch gemacht? Wie spricht man mit einem kleinen Kind? Habe ich ihn verscheucht? Bevor ich mir weiter Gedanken mache, steckt er den Kopf wieder herein.

»Was machst du da?«, will er wissen, und ich erkläre ihm, dass ich Möbel auseinanderlege.

Er nickt und sieht zu, wie ich die nächsten drei Schrauben entferne. »Brauchst du Hilfe?«, fragt er, und als ich bejahe, verschwindet er. Irgendwie scheine ich immense Kommunikationsdefizite zu haben, was Kindergartenkinder betrifft. Ich frage mich, was ich Falsches gesagt habe, aber da taucht er schon wieder auf, in seiner Hand einen Kinderakkuschrauber, der wie meiner aussieht, nur dass er etwas kleiner und aus Plastik ist.

»Schau mal«, sagt er stolz. »Die sind Brüder!« Er hält sein Werkzeug neben meins.

»Du hast recht«, sage ich. »Ein großer Schrauber und ein kleiner Schrauber.«

»Darf ich auch mal?«, fragt er und hält seinen Akkubohrer an die nächste Schraube. Als sie sich nicht bewegt, sieht er mich enttäuscht an.

»Das hast du sehr gut gemacht«, lobe ich. »Sie ist jetzt gelockert. Nun mache ich den Rest und drehe sie raus. Kannst du die anderen vielleicht auch schon einmal vorbereiten?«

Er nickt und macht sich dann mit ernster Miene daran, seinen Spielzeugschrauber an alle Schrauben zu drücken und den Motor aufheulen zu lassen. Als er fertig ist, sieht er mir interessiert zu, wie ich die nächsten Schrauben löse und das Seitenteil gegen die Wandlehne.

»Komm, wir probieren das mal mit meinem. Du darfst mir bei Schritt zwei helfen.«

Ungläubig kommt er näher. Ich rutsche mit meinen Händen nach oben, sodass seine Hände ebenfalls an dem Griff Platz haben. »So, nicht erschrecken, gleich wird es laut«, warne ich, und dann entfernen wir gemeinsam die nächste Schraube.

Nico jubelt vor Glück und möchte mir weiterhin helfen.

»Nico?«, ruft jemand draußen, und im nächsten Moment steht eine Frau in der Tür. Sie sieht aus wie Maren, nur dass sie dunkle Haare hat und ein wenig größer ist. »Ach, hier bist du!«

»Wir bauen Betten auseinander!«, erklärt Nico und sieht mich auffordernd an. Seiner Meinung nach ist wohl alles Wichtige gesagt, und wir sollten mit der Arbeit fortfahren.

»Ich bin übrigens Merle«, sagt sie. »Und Sie sind also der Retter in allen Notlagen.« Dabei musterte sie mich von den Haarspitzen bis zu meinen Arbeitsschuhen.

»Henning reicht völlig.« Ich frage mich, welche Kriterien sie gerade abarbeitet.

»Nico, wollen wir heute Abend Nudeln kochen und einen schönen Film ansehen?«

»Au ja«, sagt Nico. »Können wir Schleifchennudeln machen?«

»Das lässt sich einrichten«, antwortet sie und erwähnt, wohl eher an mich gerichtet, dass die Babysitterfrage geklärt sei. Eigentlich wolle sie das Konzert eines Freundes besuchen, aber das würde sie später nachholen. Sie mustert mich erneut, als müsse sie herausfinden, ob ich dieses Opfer wert sei.

Ein Mann tritt hinter Merle ins Zimmer und steuert auf den Schrank zu, dessen Einzelteile an der Wand lehnen. »Ich fang schon mal an«, sagt er und klemmt sich eine Schranktür unter den Arm. Im Hinausgehen stellt er sich als John vor, und ich rufe ihm meinen Namen hinterher.

»Dann will ich wohl auch mal«, sagt Merle und schnappt sich die Deckenplatte.

Nico und ich fahren damit fort, Doppelbetten und Schränke auseinanderzubauen. Um uns herum werden Tische, Stühle, Nachtkommoden und Sessel hinuntergetragen. Wir sind so beschäftigt, dass ich nicht einmal merke, dass Maren uns zusieht.

»Mama, ich habe mit Henning alle Schränke und Betten auseinandergebaut«, berichtet Nico stolz.

»Ihr seid ja ein tolles Handwerkerteam«, lobt sie.

»Deine Oma fährt mit Noah nach Bad ein Eis essen und möchte wissen, ob du mitwillst.«

»Mit dem Bus?«, fragt er, was seine Mutter bestätigt. »Kommst du ohne mich klar?«

Ich tue so, als würde ich überlegen. »Es wird schwer, aber irgendwie schaffe ich das«, versichere ich ihm.

Er nickt und stürmt dann durch den Flur.

»Bei meinem Sohn hast du offenbar einen Stein im Brett«, stellt Maren fest.

Ich richte mich auf und schüttle mein Bein aus. »Deine Schwester hält denselben noch in der Hand und scheint bereit, ihn zu werfen.«

»Sagt sie das so?« Maren schmunzelt. »Das würde ich nicht so ernst nehmen.«

»Dann ist das wohl eher meine Interpretation.«

»Sie ist nach der Erfahrung mit Tom nur ein wenig skeptisch, was Männer in meinem Umfeld angeht. Selbst wenn sie nur Möbel auseinanderbauen.«

Das kann ich verstehen. Um bei Maren zu landen, muss ich also nicht nur die Kinder, sondern auch sämtliche Frauen der Familie Petersen bezirzen. Aber das ist sie mir wert.

# 11

## Maren

Ganz Ording und St. Peter scheinen an diesem Abend auf den Beinen oder auf den Rädern zu sein. Jedenfalls bin ich nicht die Einzige, die in Richtung Ortszentrum strampelt. Als ich den Wald zwischen Ording und Bad passiere, stelle ich mir vor, wie wir bei Kerzenschein in der Nische eines Lokals sitzen und über Gott und die Welt reden, während wir Rotwein aus eleganten langstieligen Gläsern trinken. Hilfe! Ein Date zu haben ist mir inzwischen so fremd, dass sogar mein Kopf nur abgedroschene Szenarien produzieren kann. Aber was sollen wir schon anderes tun? Wir werden uns in ein Lokal setzen und reden. Angst und Freude ringen in mir. Er soll mich bezaubern und mich von den Füßen fegen. Damit ich in meinen zauberhaften Momenten an diesen Abend zurückdenken kann und er mir den Mut gibt durchzuhalten. Vor der Dünentherme stelle ich mein Rad ab und laufe auf die Promenade zu. Henning sitzt auf einer der kreisrunden Bänke am Anfang der Einkaufsstraße und winkt, als er mich sieht. Zur Begrüßung umarmt er mich. Seine Hände bleiben auf meinen Armen liegen, und das mag ich. Allerdings lächelt er ein wenig schief.

»Ist uns eine Schiffsreparatur dazwischengekommen, und du musst gleich auf eine Hallig ausrücken?«, frage ich.

Er wiegt den Kopf hin und her. »Nicht ganz. Auf den Halligen schein alles tipptopp zu sein. Unser Problem sind eher die Touristen, die heute alle die Lokale fluten. Ich habe es nicht geschafft, einen Tisch für uns zu ergattern.« Er legt beide Hände auf meine Schultern. »Und ich habe es wirklich versucht. Es gibt kein Restaurant in Bad oder Dorf oder Böhl oder Ording, das uns bewirten kann. Es sei denn, wir kommen um halb zehn und gehen eine halbe Stunde später wieder.«

»Du meinst, nicht einmal dein Kumpel Ole räumt seine Theke für dich?« Ich runzele die Stirn.

Henning zögert. »Okay … Das würde er sicher tun.«

»Aber du hast ihn nicht gefragt, weil du dich dann beobachtet fühlst.« Ich habe gesprochen, bevor ich nachgedacht habe, aber ehe ich mir Sorgen machen kann, sagt er: »So ist es«, und wirkt auch irgendwie erleichtert.

»Wir könnten nach Tönning fahren oder nach Hoyerswort und sehen, ob wir dort etwas kriegen«, schlägt er vor. »Oder … wir improvisieren.«

»Was genau stellst du dir unter Letzterem vor?«, frage ich und hoffe, dass er nicht vorschlägt, dass wir zu ihm gehen, weil mich das unter Druck setzen würde.

»Wir holen uns alles Mögliche an Essen und machen ein Picknick auf der Promenade. Irgendwo, wo es nett ist.«

»Das klingt doch gut«, sage ich erleichtert. Etwas zu erleichtert, denn Henning zieht die Stirn in Falten.

»Was hast du denn gedacht?«

Er legt den Kopf schief.

»Nichts. Genau das. Also, eigentlich hatte ich mir das auch überlegt. Cool, dass wir die gleiche Idee hatten.«

»Sicher?«

»Na klar. Lass uns etwas für unser Picknick besorgen!«, sage ich schnell. »Wollen wir ausschwärmen und uns in fünfzehn Minuten wieder hier treffen?«

»Fünfzehn ist knapp, schließlich wollen wir ein außergewöhnliches Spontan-Picknick organisieren.«

Wir einigen uns auf fünfundzwanzig Minuten und verabreden uns bei den Metallfahnen auf dem Seebrückenvorplatz.

Henning verschwindet zwischen den Touristen.

Da ich nicht viel Zeit habe, bestelle ich eine Pizza Diavola beim Italiener an der Seebrücke. Ich bekomme einen Beeper in die Hand und hoffe, dass dessen Signal bis zum asiatischen Restaurant weiter oben reicht. Dort ordere ich Wantans, Frühlingsrollen, Gyozas und Edamame, die ich in zehn Minuten abholen kann. Ich setze mich auf eine Bank zwischen den beiden Lokalen und warte.

Mir fällt ein, dass ich die Getränke vergessen habe. Der Supermarkt liegt nahe, aber zu weit weg, wenn man Gerichte aus zwei Restaurants abholen will, also stiefele ich ins Hotel gegenüber und lasse mir eine Flasche Wein und eine Flasche spritziges Mineralwasser geben.

Die einfallsreichste Kombi habe ich nicht zusammengestellt. Im Grunde würde ich auch meinen Kindern mit diesem Picknick eine Freude machen. Aber dafür schmeckt es! Vielleicht hat Henning ja »erwachsene« Picknickzutaten besorgt. Ich stehe für den bodenständigen Teil unserer Mahlzeit.

Ein paar Minuten später warte ich mit dem Pizzakarton in der Hand, einer Papiertüte mit den Asiasnacks am Handgelenk und den unter meinen Arm geklemmten Flaschen an unserem Treffpunkt. Henning trifft bepackt mit einer Tasche mit Restaurantlogo und einem Leinenbeutel mit einer grinsenden Robbe kurz nach mir ein.

Da die Bänke alle besetzt sind, pilgern wir hinunter zum Strand und suchen uns einen Strandkorb.

Hier ist es erstaunlich ruhig. Eine sanfte Brise weht vom Wasser her. Ein paar Möwen hüpfen über den Sand und streiten sich um die Muscheln und Krebse, die die Flut dort hinterlassen hat.

»Ich bin schon gespannt, was du für uns ergattert hast«, sagt Henning und dreht den Strandkorb um, damit wir auf das Wasser schauen können.

»Mach dich auf eine Überraschung gefasst«, sage ich und balanciere den Pizzakarton vor seinem Gesicht.

»Ich weiß ja noch nicht, was drauf ist«, sagt er.

»Scharfe Salami«, sage ich.

»Die liebe ich«, antwortet er, und ich finde es schön, dass er keinen peinlichen Witz mit dem von mir verwendeten Adjektiv gemacht hat.

Henning hat Pommes und Miniburger besorgt sowie eine Vorspeisenplatte, und wir müssen die Fußbänkchen ausziehen, um unser kleines Buffet aufzubauen.

Er holt Bierflaschen und Becher – sogar die nachhaltigen, stabilen, die man ausspülen kann – aus dem Stoffbeutel, und wenn das Date gut läuft, werde ich sie aufheben und zu irgendwelchen Jubiläen herausholen. Was denke ich denn da schon wieder?

Vorhin, als ich in meinem Röschenbad vor dem Spiegel stand, habe ich mit dem Gedanken gespielt abzusagen, und kaum bin ich hier, plane ich unsere Silberhochzeit.

Ich muss gelächelt haben, denn Henning fragt mich, ob ich mich über das Essen freue.

»Über das Essen und darüber, dass wir hier sind, und dass ich mich getraut habe, hier zu sein.«

»War es das, was dir vorhin durch den Kopf gegangen ist?«, will er wissen.

»Was meinst du?«, frage ich, obwohl ich mir ziemlich sicher bin, worauf er anspielt.

»Ich hatte das Gefühl, dass es für dich nicht okay gewesen wäre, wenn wir bei mir etwas gekocht hätten.« Henning sieht mir in die Augen.

Seine Ehrlichkeit überrumpelt mich.

Ich atme tief ein. »Doch, das wäre es. Aber eben nicht zu hundert Prozent.« Die Gedanken wirbeln so schnell herum, dass es mir schwerfällt, den richtigen zu fassen. »Ich ... kenne die datende Maren nicht mehr so gut, und ich ...« Mein Seufzen klingt erschreckend laut. »In den letzten Monaten ist alles schiefgegangen. Wirklich alles! Und jetzt. Es ist so schön mit dir, und ich bin so gern mit dir hier, aber gleichzeitig habe ich Angst, dass ich den Kindern wieder einen Umbruch zumute, wenn es schiefgeht.« Mir wird klar, was ich da gerade gesagt habe. »Nicht, dass ich eine Agenda habe, schließlich ist dies einfach nur ein Essen. Und wir sind nur gute ... Freunde.« Fast hätte ich Bekannte gesagt. Ein Glück, dass ich wenigstens das verschluckt habe.

»Hast du mich eben gefriendzont?«, fragt Henning belustigt.

»Nein, ich ... ich will nur nicht, dass du dich unter Druck gesetzt fühlst.«

»Moment!« Henning packt die Pizza und all das Essen, das vor und zwischen uns steht, in den Strandkorb gegenüber. Dann setzt er sich so nahe zu mir, dass sich unsere Knie berühren, und sieht mich an.

»Ich habe noch nie jemandem zugehört, der so aufschlussreich und gleichzeitig so verwirrend redet.«

»Vielleicht liegt es daran, dass für mich alles sehr verwirrend ist«, gebe ich zu Bedenken.

»Ich finde dich wunderbar«, sagt Henning. »Und ich wünsche mir nichts mehr, als dass es mit uns funktioniert. Und wenn du Zeit brauchst, dann nimm sie dir.« Er hält mir seine Hand hin, und ich lege meine hinein. »Du bestimmst das Tempo. Wenn deine Kinder erst einmal nichts erfahren sollen, passt das für mich.«

Meint er das wirklich so? Meine Finger verhaken sich in seinen, und ich lasse meinen Kopf gegen seine Brust sinken. Meine Anspannung löst sich und macht Platz für eine wunderbare Ruhe. Es fühlt sich gut an, Henning so nahe zu sein, nichts zu sagen und auf das Meer zu schauen.

Irgendwann knurrt Hennings Magen.

»Das war deutlich«, sage ich.

Wir holen unser Essen zu uns und schlemmen uns durch das Potpourri an Köstlichkeiten. Dabei reden wir über Alltägliches. Es ist ein unaufgeregter Abend, und ich kann ihn mir nicht besser vorstellen.

Irgendwann lehnt sich Henning zurück, und ich lehne meinen Kopf an eine Schulter.

Die Nacht senkt sich über Sankt Peter, die Flut holt sich den Strand wieder, und wenn es nach mir geht, könnten Henning und ich noch ewig so sitzen bleiben.

## 12

## Henning

»Danke, Henning, dass du extra vorbeigekommen bist!«, sagt Lissi Duggen.

»Nicht dafür. Ihr wisst doch, dass ihr mich jederzeit anrufen könnt«, sage ich, wische mir die Hände ab und packe mein Werkzeug zusammen.

»Wenn ich nicht aufpasse, dass Merten seine Physio macht, hat er gleich den nächsten Bandscheibenvorfall.«

Sie seufzt und betrachtet das Boot. »Heute musste ich ihn fast hintragen, weil er den Schaden unbedingt selbst reparieren wollte. Erst als er gehört hat, dass du kommst, hat er sich auf den Weg gemacht.«

Die Duggens leben von Ausflugsfahrten zu den Seehundsbänken und Inseln. Mit seinen Rückenproblemen sollte sich Merten mehr schonen, deshalb übernehme ich nun seine Aufgaben nach den Touren.

Lissi bietet mir Kaffee, Kuchen oder Fleischkäse an, und ich lehne höflich ab. In der Scheune auf dem Möwenhof warten zwei Kommoden darauf, abgeschliffen zu werden. Von Tönning bis dorthin ist es zwar nur ein Katzensprung, aber ich habe den Kindern zudem versprochen, ihnen beim Bau ihrer Piratenfestung zu helfen. Gestern gab es eine Katastrophe, als Noah und Nico versuchten, ein Dach auf die Bretter zu montieren, die sie im Obstgarten in den Boden gerammt hatten. Ihre Konstruktion hielt nicht, und die Seitenwände fielen ein. Ich konnte es nicht mit ansehen, wie sie mit hängenden Schultern auf der Eingangstreppe saßen, und versprach ihnen meine Hilfe. Heute Morgen habe ich ein paar alte Bretter aus meiner Werkstatt in den Wagen geladen, falls das Baumaterial der Jungs nicht ausreicht oder zu morsch ist.

Auch die Arbeiten an den Ferienzimmern sind in vollem Gange. Ich bin seit einer Woche jeden Abend dort und unterstütze Maren und ihre Familie bei allem, was ansteht. Ich habe das Gefühl, dass wir uns immer mehr annähern. Maren soll das Tempo bestimmen.

Beim Hinausgehen fällt mein Blick auf ein Schild: »Antikwarft, 20 Meter«, ein Pfeil weist nach links. Es steht schon immer dort, aber bisher habe ich mit alten Möbeln nichts anfangen können. »Kann ich mich mal umsehen?«, frage ich.

»Klar«, antwortet Lissi. »Hanne ist drüben. Und ich hol dir trotzdem einen Kaffee.«

Durch ein großes Tor betrete ich das hohe Gebäude. Es besteht nur aus einem Raum. Die Schienen, auf denen früher die Boote zu Wasser gelassen wurden, sind ebenso erhalten wie der Sandboden. Eine alte Frau mit Nickelbrille und weißen Haaren, die sie lose auf dem Kopf zusammengesteckt hat, begrüßt mich mit einem freundlichen »Moin« und widmet sich wieder ihrer Strickarbeit.

Ich wandere durch ein Labyrinth aus Schränken, Büffets, Regalen und Tischen. Bunte Kristallgläser, Kannen mit Blumenmuster, Wärmflaschen aus Metall, Puppen und Lampen drängen sich hinter Glas. Ein Paradies für Sammler und jemanden, der gerade sein Bed and Breakfast einrichtet. Ich muss schmunzeln.

»Wie lange haben Sie denn immer geöffnet?«, frage ich die Frau, die Lissi Hanne genannt hat.

»Mittwoch bis Sonntag von zehn bis fünf. In der Saison sogar länger, je nachdem wie viele Besucher kommen.«

Ich nicke, bedanke und verabschiede mich.

»Bist du fündig geworden?«, fragt mich Lissi, die vor der Haustür Wäsche aufhängt.

Ich erzähle ihr von Maren und ihrem Vorhaben und erwähne, dass es ihr zu den normalen Öffnungszeiten kaum möglich sein wird, herzukommen.

»Dann sag einfach Bescheid, wann es geht, und ich sperr ihr auf!«, antwortet Lissi und nimmt das nächste Wäschestück aus dem Korb.

Vergnügt pfeifend setze ich mich in mein Auto. Maren wird Augen machen!

Ein paar Stunden später parke ich meinen Jeep wieder vor dem Haus der Duggens. Der Mond erhellt die alten Häuser entlang des Hafenbeckens und spiegelt sich im Wasser. Mücken schwirren um die Laterne neben dem Eingang.

Maren löst den Gurt und wendet ihren Kopf zu mir. »Das ist also der geheimnisvolle Ort, den du mir zeigen willst.« Ihr Blick schweift über den alten Hafen, und sie schmunzelt.

»Wir befinden uns am Ort der größten Peinlichkeit meines Jugendlebens.«

Ich bekunde, dass ich die Geschichte zu gerne hören würde, und sie zwinkert mir zu. »Erst zeigst du mir deine Geheimnisse, und wenn die gut sind, bekommst du vielleicht einen Einblick in meine Vergangenheit.«

Im Flur des Duggenhauses geht das Licht an, und kurze Zeit später steht Lissi in der Tür mit dem Schlüssel in der Hand. »Ui, das mit den Möbeln scheint echt eilig zu sein«, sagt sie und schaut über meine Schulter zu Maren, die eben aus dem Wagen gestiegen ist.

Wir sollen ihr Bescheid sagen, wenn wir etwas finden. Über den Preis könnten wir reden, sagt sie. Und dass wir uns Zeit lassen können, sie sei noch lange wach. »Die Steuer«, fügt sie hinzu und verzieht das Gesicht. »Schreib mir einfach eine Nachricht. Ich habe das Handy am Schreibtisch.« Sie wünscht uns viel Spaß und schmunzelt vor sich hin.

Auch im schwachen Licht der Hoflampe erkenne ich die Erwartung in Marens Gesicht. Wir gehen zur ehemaligen Werft, und ich schließe eine kleine Seitentür auf. Der süßliche Duft alten Holzes schlägt uns entgegen. Maren hebt aufmerksam den Kopf. Ich denke, sie ahnt nun etwas. In der Dunkelheit ertaste ich den Lichtschalter, einen alten Kippschalter, und lege ihn um. Die Lampen flackern und surren, dann springen sie an.

»Ich werd verrückt«, sagt sie leise und tritt ein. Als ihr Fuß den weichen Sand berührt, der seit Jahren hier den Boden bedeckt, blickt sie ungläubig nach unten. Sie runzelt die Stirn und lässt ihren Blick an den Podesten entlanggleiten, auf denen Schränke und Regale an der Wand stehen. Ihre Hand gleitet über die Abdeckung einer Kommode. Sie zieht eine Schublade heraus, befühlt die Innenseite. Dann nickt sie. »Alles trocken. Hätte ich gar nicht gedacht!«

Maren flüstert, als wäre sie in einem Museum, und es fühlt sich tatsächlich so an. Ein Ort voller Kostbarkeiten, auch wenn etliche der Dinge sicher nicht viel Geld wert sind. Andächtig schreitet sie durch die Gänge und bestaunt die Schätze, die früher in alten Fischerhäusern oder Haubarghöfen standen. Vor einem schwarzen Metallbett mit verschnörkeltem Fuß- und Kopfteil bleibt sie stehen. »Das wäre wunderschön für unser Seepferdchen-Zimmer. Ist das eins sechzig oder eins achtzig?« Maren breitet ihre Arme aus und versucht, das Fußteil zu vermessen.

Ich ziehe den Meterstab aus meiner hinteren Hosentasche und reiche ihn ihr. »Sehr vorausschauend«, lobt sie mich, und mein Herz hüpft bei dieser Würdigung.

»Eins sechzig«, lese ich von der Holzmarkierung ab.

»Das wäre wirklich perfekt. Mit einem größeren Bett wäre es zu vollgestellt.«

Wahrscheinlich stellt sie sich vor, wie das Zimmer aussieht.

»Was glaubst du, wie viel deine Freundin dafür haben will?«

»Wir fragen sie einfach. Im Zweifelsfall lässt sie bestimmt mit sich reden.«

»Warten wir mal ab, was wir noch alles finden, und fragen sie dann«, sagt Maren und biegt in den nächsten Gang ein. Während sie Türen öffnet und Kerzenhalter, Schalen und Bilderrahmen beschaut, genieße ich, dass sie gerade »wir« gesagt hat. Mental nehme ich Kontakt zu den Sekunden und Minuten auf und bitte sie, sich auszudehnen, damit wir hier noch möglichst lange alleine durch die alte Werft wandeln können. Noch ewig möchte ich ihr dabei zusehen, wie sie skurrilen Trödel entdeckt, staunt und lacht. Auffordernd hält sie mir das Teil hin, das sie soeben aus einer Schublade befördert hat. »Was soll das sein? Stellt man das einfach so hin? Oder hat das irgendeine Funktion?«

Das ellipsenförmige Behältnis, das sie in der Hand hält, ist aus

Metall, bronzefarben und hat eine Tülle und einen Deckel. »Ich habe keine Ahnung. Für eine Vase wirkt es zu flach. Außerdem kann man nichts hineintun.«

Auch nach längeren Überlegen fällt mir nicht ein, was es sein soll. »Vielleicht wirklich eine Öllampe?«

Sie sieht mich tadelnd an. »Darauf kommt doch jeder!«

»Also ist es eine?«

»Nein«, befindet sie. »Man kann sie nicht öffnen, aber wir müssen uns abstruse Sachen ausdenken und uns damit überbieten. Je abgedrehter, desto besser.«

»Ach so«, sage ich und fühle mich unterqualifiziert. Blödsinnreden gehörte nicht zum Erziehungsprogramm meines Elternhauses. Und auch später war diese Fähigkeit nicht gefragt. Gerade bedaure ich, so ein Langeweiler zu sein. Damit sich dieser Eindruck bei Maren nicht verfestigt, muss ich mich anstrengen.

»Gib mal her«, sage ich und drehe und wende den Gegenstand. »Ich nehme an, dieses Teil haben Außerirdische hinterlassen. Es war als Gastgeschenk gedacht, und aus Enttäuschung über die Einfalt der Erdenbewohner haben sie es hiergelassen.« Ich muss nicht erst in Marens Gesicht schauen, um die Erbärmlichkeit dieses Versuchs zu erkennen.

»Das war gar nicht so schlecht«, bekennt Maren und wiegt den Kopf hin und her.

Ich hoffe auf weiteren kreativen Schwachsinn aus ihrem Mund, doch sie legt das Ding zurück.

»Stopp«, sage ich. »Ich denke mich erst warm. Du bist dran.«

»So geht das nicht«, rügt sie mich. »Es muss aus dir heraussprudeln, weil der Blödsinn in dir schlummert.«

»Das würde ich gerne tun. Aber ich denke, mir fehlt das Blödsinns-Gen.«

Maren schüttelt nur den Kopf. »Jeder Mensch hat ein Blödsinns-Gen von Geburt an. Bei manchen ist es nur nicht entwickelt. Das ist wie ein Muskel. Gehst du ins Studio oder läufst du, wird er fest und trainiert. Liegst du daheim auf der Couch, ist er träge und die Haut darüber wabbelt. Ich sage das ganz wertfrei. Beides ist in Ordnung. Schließlich leben wir im 21. Jahrhundert und haben solche Kategorien hinter uns gelassen. Ich liebe es, auf der Couch zu liegen und Chips zu essen. Wenn dein Blödsinns-Gen also gerne wabbelt, ist das kein Ding. Bei meinen Familienmitgliedern strapazieren wir diesen Muskel so sehr, dass wir jemanden, bei dem das anders ist, als Ausgleich gut gebrauchen können.«

»Ich fürchte nur, dass bei meiner Familie der seltene Fall einer Blödsinns-Gen-Absenz vorliegt«, sage ich.

»Untrainiert, ja. Nicht vorhanden? Da muss ich mit einem klaren Nein antworten.« Maren schüttelt den Kopf.

Ich verschränke die Arme vor der Brust und atme aus. »Einer meiner Vorfahren, Gregorius Waldemar von Jansen, hielt Humor und Spaß für nicht förderlich bei seinen Überseegeschäften. Er selbst war der humorloseste Mensch, den man sich vorstellen kann, doch trieb ihn die Angst um, ob seine Nachfahren sein Geschäft in gleicher Ernsthaftigkeit fortführen würden oder ob sie bei einem geselligen Abend mit Kunden und Geschäftspartnern vielleicht mit dem Preis heruntergehen oder gar Sonderkonditionen einräumen würden. Also ließ er sich kurzerhand das Blödsinns-Gen operativ entfernen, obwohl ein solcher Eingriff im siebzehnten Jahrhundert mit immensen Gefahren verbunden war. Das »von« hat er auch gleich entsorgt, und seitdem leben die Jansens unadelig und humorlos in Eppendorf.«

Maren nickt anerkennend. »Siehst du. Es geht, wenn man will.« Sie stellt die Wunderlampe zurück. »Etwas dick aufgetragen mit dem Gregorius, aber für einen ersten Versuch durchaus zufriedenstellend. Der Medicus scheint das Gen nicht vollständig entfernt zu haben, wenn wir einmal davon absehen, dass es sich um einen DNA-Abschnitt und nicht um einen Blinddarm handelt.«

»Hört, hört, die Dame spricht von ihrem hohen Blödsinns-Ross und glaubt, die Petersens könnten das Blödsinnreden für sich alleine beanspruchen. Stelle ich da Gutsherrenmanier fest?«

»Allenfalls Gutsdamen!« Maren steuert auf das Sofa zu, das neben dem Eingang steht, und lässt sich darauf fallen. Sie legt den Kopf gegen die niedrige Lehne und winkt mich zu sich her.

Das Sofa ächzt, als ich mich neben Maren auf das orangefarbene Polster setze, und wir lachen beide. Ich lehne mich zurück und drehe meinen Kopf zu ihr. Ihr liebevoller Blick wärmt meine Seele. Ich liebe es, hier mit Maren zu sein und sie bei ihrer Auswahl zu begleiten. Bisher hat sie drei Stühle, einen Konsoltisch und zwei Nachttische auf ihre Liste gesetzt.

Nachdenklich schaut sie hoch zum Holzdach. »Die Sachen sind toll. Ich muss jetzt überlegen, was in unser Budget passt, und ich muss mich beeilen. Uns fehlen noch Betten für drei Zimmer, und Mama und Levke werden schon unruhig. Sie klagen, dass wir die anderen Sachen rausgeworfen haben. Wenn ich nicht schnell etwas vorweise, fahren sie zur Wohlfahrt und kaufen die alten Dinger zurück.«

Ich stelle mir vor, wie die resoluten Frauen zum Sozialkaufhaus fahren und Lattenroste, Kopf- und Seitenteile auf das Dach schnallen, und muss schmunzeln. Dieses Thema sorgt bestimmt für manchen Sturm unter dem Dach des Möwenhofs. Gleichzeitig bin ich sicher, dass Maren diesem Orkan trotzen kann.

»Das Bett muss also in jedem Fall mit«, sinniert sie. »Die Einzelbetten gefallen mir auch gut. Aber eigentlich ...« Sie schielt wieder zur Decke. »Egal, für den Seelenfrieden meiner Familie und meiner Geschäftspartnerinnen sollte ich sie einfach nehmen, wenn ich sie mir leisten kann. Das Himmelbett wäre auch toll, aber das sprengt unser Budget, da bin ich mir sicher.«

Wieder sieht sie mich fast zärtlich an. Unsere Blicke verhaken sich. »Was wolltest du vorhin sagen?«

Sie schüttelt den Kopf und sieht wieder nach oben, als würde sie ihrer davonfliegenden Idee zuschauen.

Sanft lege ich meine Hand an ihr Kinn und drehe ihr Gesicht zu mir. »Eigentlich«, souffliere ich.

Sie seufzt. »Auf einem alten Foto vom Möwenhof sitzen Karl und Kosima, mein Großvater und seine Schwester, in ihren Alkovenbetten. So hat man früher hier geschlafen. In diesen kleinen eingebauten Kojen in der Wand. Und obwohl mein Großvater ein absoluter Traditionalist gewesen sein muss, hat er einmal eine fortschrittliche Entscheidung getroffen und die Alkoven rausgerissen. Die und die ganze Wand. Er hielt das wohl für zeitgemäß, ich halte es für ein Verbrechen. Wenn wir diese Betten noch hätten, könnten wir uns wirklich von der Masse abheben. Und gerade wenn du mit Freunden radelst, findest du es gut, deine Privatsphäre zu haben und nur die Hälfte des Zimmerpreises zu zahlen.« Sie seufzt. »Aber mit den zwei Einzelbetten können wir das auch erreichen.«

»Ich gehe davon aus, dass du mit dem Gedanken gespielt hast, die Alkoven nachträglich wieder einbauen zu lassen.«

Maren winkt ab. »Das kann kein Mensch bezahlen.« Sie dreht ihren Kopf zu mir. »Also sicher gibt es Menschen, die das bezahlen können, aber die engagieren eine Innenarchitektin und bezeichnen den Hof als Geldanlage.«

Maren eröffnet mir eine neue Welt. Geld war bisher etwas, was man einfach hatte, um es zu investieren oder auszugeben, oder in meinem Fall, um sich den Traum zu erfüllen. Natürlich wusste ich, dass es solche Herausforderungen gibt, aber bisher waren sie etwas, worüber ich in Magazinen gelesen habe. Und hier sitzt diese wunderbare Frau, die für ihren Familienhof und ihre Ideen alles gibt. Eine Frau, die mit bescheidenen Mitteln Außergewöhnliches schaffen will. Meine Bewunderung für Maren steigt ins Unermessliche. Und auch meine Zuneigung. Am liebsten würde ich ihr sagen, wie sehr sie mir am Herzen liegt. Doch ich habe Angst, dass ich es falsch formuliere und es ihr zu weit geht. Das Blödsinns-Gen scheint nicht das Einzige zu sein, das meiner Familie fehlt. Umarmungen gibt es bei uns zum Geburtstag, zu Weihnachten und nach langer Abwesenheit. Gefühlsausbrüche, wie meine Eltern es nannten, waren bei uns nicht üblich. Das erste »Ich liebe dich« hat mir meine erste Freundin gesagt, und ich habe als Antwort etwas Unverständliches genuschelt, weil ich nicht wusste, wie ich reagieren sollte. Zum ersten Mal habe ich es Caroline gesagt und seitdem nie wieder.

»Und wenn ich dir die Alkoven baue?«, frage ich. Eigentlich müsste ich »euch« sagen, weil der Möwenhof von drei Frauen geführt wird. Aber noch nie habe ich ein »dir« so sehr gemeint.

Die Verwunderung in Marens Blick weicht zögerlicher Begeisterung. »Total gerne. Aber ich will das bezahlen. Wir wollen das bezahlen.«

»Du bezahlst das Holz, und die Arbeitszeit fällt unter Nachbarschaftshilfe.«

»Du wohnst zehn Kilometer weit weg«, wirft sie ein.

»In Wyoming wäre das noch dasselbe Grundstück.«

»Wann warst du denn in Wyoming?«, fragt sie.

»Lange Geschichte«, wiegele ich ab. »Was ist nun? Haben wir einen Deal?« Ich halte ihr meine Hand hin, und sie schiebt ihre hinein. Ich bin so aufgeregt, dass ich den Moment gar nicht genießen kann. Um ihn festzuhalten, konzentriere ich mich darauf, zu spüren, wie sich ihre Hand anfühlt: Sie ist weich und ein wenig rau, wahrscheinlich vom vielen Räumen und Putzen und Möbelherrichten.

Marens Augen sind auf unsere Hände gerichtet. Ein normaler Handschlag wäre nun schon vorbei. Längst hätte sie ihre Hand zurückgezogen. Aber das ist kein normaler Handschlag, und als sie jetzt ihre andere Hand an meinen Handrücken legt, fühlt sich das schöner an als fast alle wilden und ekstatischen Erlebnisse, die ich bisher mit Frauen hatte.

Ihr Blick gleitet von dem Wunderlampenteil, das zwischen uns auf der Lehne steht, wieder zu mir. »Jetzt bin ich mir sicher, dass wir tatsächlich eine Wunderlampe gefunden haben«, flüstert sie. »Und du bist der wunderbare Dschinn, der meine Träume wahr werden lässt.«

Sie sieht mir in die Augen, und ich kann nichts mehr denken. Da ist nur noch dieses große Gefühl, das alles andere unwichtig macht und mich nur in diesem Moment existieren lässt. Ihre Nähe macht mich betrunken. Und dieser Rausch ist es auch, der mich fragen lässt, ob ich sie küssen darf. Sie legt ihre Hand auf meine Wange, schließt die Augen und legt ihre Lippen auf meine. Ich nehme diesen Kuss wahr, als wäre er der allererste in meinem Leben. Ich spüre nur noch ihre Berührung. Haut auf Haut. Ihren Atem. Ihre weichen Lippen auf meinen, wie sie den Mund leicht öffnet, wie sich unsere Zungen sanft berühren, wie wir ganz in diesem Kuss versinken.

Ein Geräusch holt mich zurück in die Realität der Werft. Was war das? Eine Tür? Lissy ruft, ob sie uns helfen kann. Wir fahren auseinander, wie zwei Teenager, die man in der Freistunde beim Knutschen erwischt hat.

»Wir sind auf dem Sofa und überlegen«, rufe ich und richte meine Jacke, ohne zu wissen, ob diese überhaupt derangiert aussieht.

Maren springt auf, als Lissy um die Ecke biegt und steuert direkt auf das Metallbett zu.

Ich brauche einen Moment, um aus dem Gefühlsrausch aufzutauchen, versuche mich wieder daran zu gewöhnen, dass es noch andere Leute als uns beide gibt und das Leben um uns herum weitergegangen ist. Dann erhebe auch ich mich und gehe hinüber zu den zwei Frauen, die sich über die Möbel unterhalten.

»Es kommt ganz darauf an, wie viel Sie verlangen«, sagt Maren.

»Nu, sach mal, was möchtest du denn für deine Pension?«, entgegnet Lissy.

Maren nennt das Metallbett, die zwei Einzelbetten, den Konsoltisch und noch ein paar Kleinigkeiten, die sie als Dekoobjekte vorgesehen hat.

Lissy nickt. »Das Metallbett ist das beste Stück, das ich habe.« Sie nennt einen Preis, der Maren laut ausatmen lässt. »Das schluckt fast mein ganzes Budget«, sagt sie. »Und die Einzelbetten?«

Lissy öffnet den Mund und fängt dann meinen Blick auf. Sie zögert. »Welche meinst du denn?«, sagt sie dann.

»Ach, hast du mehr als zwei?«, fragt Maren erstaunt.

»Lass uns ma kucken!«, sagt Lissy. Mit einem Stirnrunzeln, das Maren nicht sieht, weil sie sich bereits auf dem Weg in den nächsten Möbelgang befindet, signalisiert sie mir, dass sie nicht genau weiß, worauf ich hinauswill.

Ich nehme mein Handy, rufe die Messenger-App auf und beginne wie wild zu tippen.

Dann folge ich den Frauen. Lissy sieht sich die Einzelbetten an und führt Maren noch zu zwei anderen Bettgestellen, die an der Wand lehnen. Während Maren diese anschaut, zieht Lissy ihr Mobiltelefon aus der Hosentasche, liest meine Nachrichten. Kurz hält sie inne, dann schmunzelt sie tiefgründig und steckt ihr Gerät wieder ein.

Eigentlich hatte ich gehofft, dass sie mir antwortet, aber sie findet es wohl spannender, mich ein wenig auf die Folter zu spannen.

Maren schüttelt den Kopf und sagt, dass die Betten nicht zu dem passen, was sie sich vorstellt.

»Dann sag mir noch mal, was du alles willst«, murmelt Lissy und schließt die Augen halb, während Maren aufzählt.

»Was war noch mal dein Budget?«, fragt sie und nickt nachdenklich, als Maren einen Betrag nennt.

Maren wippt auf den Zehenspitzen und presst die Fingernägel ihrer linken Hand in ihren Handballen.

»Also gut, weil das Bett hier schon so lange rumsteht und weil ich es gut finde, was ihr Frauen da zusammen auf die Beine stellt. Und weil mir Henning sonst wahrscheinlich die Freundschaft kündigt und uns bei einer Reparatur auf die Warteliste setzt, anstatt gleich anzuflitzen, mach ich dir nen Spezialpreis.« Sie nennt eine Summe, die knapp über Marens Gesamtbudget liegt. »Ist das okay?«

»Na klar«, sagt Maren. Anscheinend kann sie noch nicht glauben, welchen Sinneswandel Lissy gerade durchlaufen hat. Sie sieht mich unsicher an.

»Schlag ein.« Zufrieden stecke ich die Hände in die Hosentaschen.

Die Frauen besiegeln ihren Kauf, Maren sagt zu, Lissy das Geld morgen vorbeizubringen, und wir verlassen gemeinsam die Werft.

»Ich glaub das einfach nicht«, sagt Maren, als wir im Auto nach Hause fahren. »Erst will sie eine horrende Summe für das Bett, und dann gibt sie mir den ganzen Rest für'n Appel und 'n Ei dazu.«

»Freu dich doch einfach«, sage ich. »Ihr habt ein tolles Projekt, und die Einheimischen unterstützen es gerne, wenn ein Hof weiterhin in Familienhand bleibt.«

»Vor allem habe ich das dir zu verdanken«, wirft sie ein. »Schließlich hat sie Angst, dass du die Flotte ihres Mannes absaufen lässt.«

Ich schüttle den Kopf. »Das hat sie nur so dahergeredet. Wahrscheinlich musste sie vor sich selbst rechtfertigen, dass sie dir diese Sonderkonditionen einräumt.«

»Danke«, sagt Maren und legt kurz ihre Hand auf meinen Oberschenkel. Leider nimmt sie sie auch gleich wieder weg.

»Schuldest du mir nicht noch eine Peinlichkeit?« Ich lächele sie an.

»Ich war in einen Jungen verknallt, und er hat es mitbekommen, und mir war es peinlich, und ich habe zu viel getrunken und bin ins Hafenbecken gefallen. Bei Ebbe. Außer einem dreckverschmierten Outfit ist mir nichts passiert. Aber als Sechzehnjährige begleitet dich so etwas.« Sie zuckt die Schultern. »An deine Brauereidachgeschichte kommt das natürlich nicht heran.«

Sie lacht, und ich beschleunige den Wagen.

Ich genieße, wie wir schweigend über die nächtliche Halbinsel fahren. Es ist ein gutes Schweigen zwischen uns. Ein Schweigen nach einer erfolgreichen Akquisition. Das Schweigen zwischen zwei Menschen, die herausgefunden haben, dass sie sich sehr mögen.

Zum Abschied küsse ich sie. Es ist ein kurzer Kuss voller Leidenschaft. Wieder fühle ich mich wie ein Teenager, da ich weiß, dass ich mich heute mit diesem Kuss zufriedengeben muss, weil sie mich nicht mit in ihre Wohnung nehmen wird.

Zu Hause angekommen, finde ich eine Nachricht von Lissy auf meinem Handy. »Merten freut sich über dein Angebot«, schreibt sie, und ich kommentiere mit einem nach oben gereckten Daumen.

Meine letzte Nachricht an diesem Tag schreibe ich an Maren: »Gute Nacht, träum von deinen neuen Möbeln.«

»Noch einmal vielen Dank für deine Unterstützung. Schlaf gut und träum schön«, schreibt sie, und dass sie ein Kussemoji hinterherschickt, ist es wert, dass Mertens Flotte einen Tag lang von mir generalüberholt wird, ohne dass ich ihm das in Rechnung stelle.

## 13

## Maren

Ich tauche den Pinsel in die Farbe und betrachte mein Werk. Mitternachtsblau. Zusammen mit der himmelblauen Wand und der sandbeigen Kommode wird das Bett großartig aussehen. Das andere Bett habe ich gestern gestrichen. Gleich kommt noch eine Lackschicht darüber, dann können sie trocknen, während das Einräumen beginnt. Ab Montag wollen wir Gäste empfangen, und dann muss alles fertig sein.

Mit dem Schuh verwische ich ein paar Farbtropfen, die auf dem Kopfsteinpflaster gelandet sind. Mein Magen kribbelt vor Aufregung. In den Bädern glänzen die neuen Fliesen und modernen Armaturen. Der frische Farbgeruch durchzieht das ganze Haus. Die Kombination aus Meeres- und Sandtönen bzw. aus warmen Grau- und Pistazientönen machen die Räume schon ohne Möbel so einladend, dass die Kinder gestern dort ihren Nachmittagskuchen essen wollten. Trotz des Protests meiner Mutter saßen wir auf dem Boden und auf umgedrehten Eimern und bewunderten die makellosen Wände.

Noah hat im Baumarkt gesehen, dass es Fliesenfarbe gibt, und er versucht mich zu überreden, sie zu kaufen, damit wir die Röschenfliesen überstreichen können. Sein Bruder wehrt sich dagegen. Er will nicht, dass wir ein langweiliges Bad bekommen. Nele hat nur mit den Augen gerollt. Es würde mich nicht wundern, wenn sie in einer Nacht- und Nebelaktion die Farbe ersteht und mit Johannes unser Bad umgestaltet.

Sessel und Beistelltische warten in der Scheune auf ihren Umzug. Dort lagern auch Bilder, Spiegel, Regale und weitere Accessoires. Henning hat bei einem seiner Außentermine alte Schiffslampen entdeckt, dem Fischer abgeschwatzt und gestern bei uns abgeliefert. Heute hat er mir abgesagt. Er hat irgendeine Verabredung und hält sich sehr bedeckt. Meine Kinder sind zu Lisbeth gegangen, um zu töpfern, und so haben wir ein paar Stunden, um ungestört die Zimmer einzurichten.

Roti hüpft über den Hof und zwitschert. Seinem Flügel geht es wesentlich besser. Er schläft nach wie vor in seinem Käfig, bei dem wir immer die Tür offen lassen. Tagsüber spaziert er herum. Nachts zieht er aber die Sicherheit seines Häuschens vor. Der Tierarzt meinte, er könne fliegen. Offenbar traut er sich nicht. Die Kinder nehmen an, dass es ihm bei uns einfach zu gut gefällt.

Gleich geht es los. John und ein guter Freund sind zur Stelle, ebenso Vadder Hinrich und sein Sohn. Alles, was noch fehlt, ist der Möbelwagen mit den Betten und neuen Schränken. Levke versorgt unsere Helfer mit Kaffee und Kuchen, als ein SUV mit dem Strandkrabben-Logo in den Hof fährt.

»Ich habe gehört, hier werden Helfer gebraucht«, ruft Ole. Er steigt aus und holt eine große Kiste aus dem Kofferraum. »Eine kleine Stärkung für später habe ich auch mitgebracht. Wo kann ich das hinstellen?«

Mama setzt ihr überfreundliches Gesicht auf, was bedeutet, dass sie dieses Hilfsangebot nicht einordnen kann und mich später fragen wird, wie wir zu der Ehre kommen, dass der Inhaber von Sankt Peter-Ordings In-Lokal seinen Herd und seine Gäste verlässt, um uns bei der Renovierung zu helfen.

»Eine helfende Hand ist immer willkommen«, sagt Mama.

»Ich hoffe, Sie mögen Kartoffelsuppe und Apfelkuchen«, entgegnet er.

Levke nimmt Ole mit in die Küche. Bestimmt fachsimpeln sie über Kräuter und Gewürze und die richtigen Zutaten für eine Kartoffelsuppe.

Ein Lastwagen biegt in den Hof ein und hält vor dem Haupthaus. Sie sind da! Endlich! Vier neue Boxspringbetten ziehen in die Zimmer ein. Luxus für die anspruchsvollen Gäste. Diejenigen, die etwas Außergewöhnliches suchen, dürfen im Metallbett schlafen oder in den beiden Prachtexemplaren, die ich gerade lackiere, oder in den zwei Alkoven. Die wollte Henning noch fertigstellen. Hoffentlich erweist sich sein Notfalltermin als überschaubar.

Ole erscheint in der Tür. »Zu Ihren Diensten, Mylady«, sagt er und deutet eine Verbeugung an. »Was kann ich tun?«

»Meine Mutter und meine Tante haben dich bereits entlassen?«, frage ich belustigt.

»Sie haben mich zu dir geschickt, damit du angibst, wie es weitergehen soll«, sagt er.

»So ist es«, sage ich. »Heute hört alles auf mein Kommando!«

»Aye, aye, Madam.« Ole salutiert scherzhaft. »Ich soll übrigens noch einmal betonen, dass es sich bei Henning um wichtige Kunden handelt, die er nicht hängen lassen kann. Er kommt, so schnell es geht, und bis dahin vertrete ich ihn würdig.«

Er sieht die Bettgestelle an, die an einem alten Regal lehnen, in dem Levke Werkzeug und allerlei Gartenkram aufbewahrt. »Sollen die hier schon rüber?« Er deutet auf das Kopfteil und die zwei Seitenteile.

Ich schüttele den Kopf. »Die sind noch nicht trocken. Außerdem bist du hier nicht für die Qualitätskontrolle engagiert, sondern fürs Schleppen.«

Ole erwidert mein Grinsen, und zeigt auf die Sessel, Kommoden, Konsoltischen und anderen kleinen Möbeln, die abgedeckt im Scheunenteil nebenan stehen. Mit den weißen Laken wirken sie, als würden sie schlafen. Damit hat es nun ein Ende. Schwungvoll entferne ich den ersten Überwurf von einem Sessel.

»Lasset das Einräumen beginnen!«, tönt Ole.

Zusammen mit John und Vadder Hinrichs schleppen wir alle Möbel in die Gästezimmer. Unzählige Male steigen wir die Treppen hinauf, bleiben stecken, manövrieren, laden ab und laufen wieder los. Oben sind Levke und Mama dabei, die Matratzen der Boxspringbetten aus der Verpackung zu befreien. Sie haben die Fenster weit aufgerissen, damit der Geruch von Appretur und neuem Stoff sich verflüchtigen kann.

»Also, wer hier nicht Urlaub machen will, dem ist nicht zu helfen«, schmeichelt Ole.

»Deine Gäste dürfen hier gerne nächtigen«, erwidere ich. »Als Gegenleistung für deine Versorgung und dein Möbelträgertun.«

»Ach, Quatsch«, wehrt er ab. »Für dich würde ich alles tragen, und zwar überallhin.«

»Dann begib dich mal runter in die Scheune und schau, ob du den Hocker findest, der zu diesem Sessel passt«, sage ich. Ole ist ein Charmeur, aber seine Witze haben bei mir eine andere Qualität als bei der Wirtin neulich in der Strandbar. Er flirtet nicht, sondern zieht mich auf. Auf freundschaftliche Weise.

Versonnen betrachte ich die Wandfarbe.

»Sag nicht, dass du umstreichen willst!«, sagt Merle, und platziert ein Nachtkästchen neben dem Bett.

»Genau das denke ich. Wir hätten uns doch für Knallpink und Schwarz entscheiden sollen.« Ich setze eine ernste Miene auf, doch es gelingt mir nicht. Dem Nachtkästchen gebe ich noch einen kleinen Schubs.

Merle sieht sich um und nickt anerkennend. »Dass es so schön wird, hätte ich nie gedacht.« Sie stellt sich neben mich, legt mir den Arm um die Schultern, und gemeinsam schauen wir uns das Zimmer an. Die sandfarbenen Wände, die Kommode im Farbton Meeresbrise und dazu die dunklen Nachtkästchen und das Metallbett.

»Gemütlich mit einer Prise Eleganz«, stellt Merle fest.

»Findest du es übertrieben?«, frage ich und überlege, ob ich den Charme des Möwenhofs verdorben habe.

»Nein, es passt genau. Zu Levke, Mama und auch zu dir«, sagt sie. Ich sollte stolz sein und nicht so viel grübeln!

»Auf der Treppe ist mir Sankt Peters Womanizer Nummer 1 begegnet. Wie kommt das?«, erkundigt sich meine Schwester. »Hat unser Superheld und Helfer in der Not Konkurrenz bekommen?«

Ich erzähle, dass er für Henning einspringt, der anderweitig verplant ist. Spott liegt in den Augen meiner Schwester. »Du rufst, und die besten Männer des Ortes eilen zur Tat.«

»Das Beste ist, ich muss nicht mal rufen«, erwidere ich und verlasse das Zimmer.

Zwei Stunden später lassen wir uns auf die neuen Sessel fallen. Es ist vollbracht. Noch kann ich es nicht fassen, dass wir den altbackenen Zimmern diesen Charme entlocken konnten.

Levke und Mama kommen zu uns und strahlen. »Eigentlich hätten wir Vorher-Nachher-Videos machen sollen«, meint Mama. »Da hättest du als Werbefachfrau wirklich dran denken können!«

Irgendwo hat sie recht! Aber bei all dem Bangen, Überreden, Rechnen und Streichen hatte ich wirklich andere Sorgen.

»Das kriegen wir nachträglich noch hin«, sagt Merle. »Wir haben doch jede Menge gefilmt und fotografiert!«

Ich bin mir nicht sicher, ob ihr unbeugsamer Optimismus aus ihr spricht oder ob sie tatsächlich dokumentiert hat, was wir geschafft haben. Vielleicht will sie auch nur Mamas Vorwurf beikommen.

Mama und Levke begeben sich nach unten, um das Essen für die Helfer vorzubereiten. Merle und ich bleiben erschöpft in den Sesseln sitzen und strecken die Beine aus.

»Habt ihr die Möbel etwa schon hingestellt?«, fragt eine kritische Stimme von der Tür aus. Lisbeth schiebt ihre Brille auf die Stirn und sieht uns an wie eine Lehrerin aus einem Klischeefilm.

Merle und ich tauschen einen Blick.

»Wir wollen doch bei unserem Neustart nichts dem Zufall überlassen«, belehrt uns Lisbeth und zieht einen gegabelten Stock aus ihrer Tasche. »Damit die Gäste nicht nur gut, sondern ausgezeichnet schlafen, müssen wir sicherstellen, dass hier keine Wasseradern durchlaufen.« Sie verkündet dies mit einer Selbstverständlichkeit, als habe sie uns soeben erklärt, dass eins und eins zwei ergeben.

»Ich wusste gar nicht, dass wir das noch überprüfen wollten?«, werfe ich ein.

Lisbeth wischt meinen Einwand beiseite. »Ich schenke es euch zur Neueröffnung. Schiebt mal das Bett zur Seite.«

Merle und ich kommen ihrer Aufforderung nach.

Während Lisbeth mit halb geschlossenen Augen durch das Zimmer wandert und den Stock vor sich ausstreckt, überlege ich, was wir tun sollen, wenn sie wirklich feststellt, dass das Bett falsch steht. Die Wand dahinter trägt einen dunkleren Farbton. Sollte es da nicht bleiben dürfen, passt unser ganzes Konzept nicht. Wie schlimm wirkt es sich auf den Nachtschlaf unserer Gäste aus, wenn wir das Bett absichtlich falsch stehen lassen? »Hast du die anderen Zimmer schon gewünschelrutet oder musst du das noch?«

Unsere Nachbarin hebt die Hand und bedeutet mir, still zu sein.

Merle rollt mit den Augen und verschwindet.

Ich beobachte, wie Lisbeth auf und ab läuft, als mir einfällt, dass sie eigentlich zugesagt hat, meine Motten zu hüten. »Sind die Kinder unten?«, frage ich.

Wieder hebt sie die Hand, um mich zum Schweigen zu bringen.

»Lisbeth, meine Kinder!« Ich trete von einem Bein auf das andere.

Sie öffnet die Augen. »Die haben eine Überraschung für dich, und wenn sie fertig ist, werden sie dich holen.« Genervt widmet sie sich wieder ihrer Wünschelrutenkonzentration.

Ich gehe nach unten. Zeit zum Verschnaufen bleibt mir nicht, denn Levke braucht unbedingt Johannisbeeren. Meine Einwände, dass das Essen an einem Handwerkstag auch mit eingelegten Früchten schmeckt, lässt sie nicht gelten.

Also schnappe ich mir eine Schüssel und laufe zwischen den Apfelbäumen hindurch zu den Beerensträuchern. Durch die Bäume höre ich ein Lachen, gefolgt von einem »Juhu«, das vom Geräusch eines Akkuschraubers verschluckt wird. Wo haben die Kinder denn den her?

Doch als ich schon losschimpfen will, weil sie nicht Bescheid gesagt haben und weil sie sich ungefragt Werkzeug ausborgen, sehe ich ihn.

Henning kniet auf dem Dach einer Piratenfestung, die aussieht, als hätten sich alle Home-Makeover-Leute des amerikanischen Haus- und Gartensenders zusammengeschlossen, um das vollkommene Kinderspielhaus zu zimmern.

»Oh nein, die Mama!« Noah schlägt sich die Hand vor den Mund.

Nele starrt mich an. In ihrem Gesicht spiegeln sich Schock und Enttäuschung.

»Du darfst das doch nicht sehen«, ruft Nico. »Sonst ist die Überraschung kaputt. Wir wollten doch eine Schatzsuche mit dir machen!«

Henning kneift die Augen zusammen und lächelt mich entschuldigend an. »Bitte sei ihnen nicht böse« steht in seinem Blick.

Ich atme laut aus und weiß nicht, was ich sagen soll.

»Eigentlich sind wir doch schon fast fertig«, sagt Henning. »Meint ihr nicht, wir können eure Mama jetzt schon eine Tour durch eure Piratenvilla geben?« Er schaut von Noah zu Nele und Nico.

»Aber Rotis Haus hängt doch noch nicht«, beschwert sich mein Jüngster. Er bückt sich nach einem Vogelhäuschen, das wie eine Miniatur des Kinderhauses aussieht.

»Das ist doch egal«, sagt Nele und winkt mich näher.

»Nein, das darf sie nicht!«, insistiert Noah. »Die Schatzsuche muss sein!«

Nico nimmt mich an der Hand und führt mich von dem Häuschen weg. »Du musst jetzt alles vergessen und darfst erst wieder kommen, wenn wir dich holen.«

Ich verspreche es und werde mit der Ermahnung, nicht zu schummeln, ins Haus zurückgeschickt.

Nele bietet an, die Johannisbeeren zu pflücken und in die Küche zu bringen.

»Es dauert noch. Du kannst ruhig weiterarbeiten«, meint sie und verschwindet zwischen den Beerensträuchern.

Eine Dreiviertelstunde später suchen mich die Motten in der Scheune auf, wo ich den Anstrich der Bettteile überprüfe.

»Wir haben eine Überraschung für dich«, sagt Nico ernst. »Aber erst musst du die Rätsel lösen«, ergänzt Noah.

»Eigentlich weißt du es ja schon, aber wir haben so viel Arbeit in die Rätsel gesteckt«, ergänzt Nele.

»Ich weiß gar nichts und habe keine Ahnung, wo ihr mich hinbringt«, sage ich.

In den kommenden Minuten buddele ich Edelsteine aus der Sandkiste, berge eine Flaschenpost aus der Regentonne und entziffere die Botschaften, die an den Zweigen der Apfelbäume hängen.

Irgendwann stehe ich vor der Piratenfestung, die auf den zweiten Blick noch faszinierender wirkt als bei meiner ungeplanten Erstsichtung.

Noah nimmt mich an der Hand und führt mich zur Tür. Ich bücke mich, um in das Erdgeschoss zu gelangen. »Da kommt noch eine Leiter hin«, sagt er und deutet auf eine viereckige Aussparung in der Decke.

»Wir haben eine Strickleiter, die man hochziehen kann.« Nele bindet ihren Zopf neu. Die Haare hängen ihr ins verschwitzte Gesicht.

»Falls uns die feindlichen Piraten angreifen, kommen die nämlich nicht hoch, da ziehen wir die Leiter ein.« Noah sieht mich stolz an.

»Mama, dürfen wir hier mal schlafen?«, fragt Nele.

»Bestimmt«, sage ich und klettere in den turmähnlichen Aufbau, in dem man sich vor Angreifern in Sicherheit bringen kann.

»Hi«, sage ich zu Henning, der noch oben auf dem Dach thront.

»Hallo«, erwidert er. »Ich hoffe, Ole vertritt mich angemessen, aber als mich die Kinder angeschrieben haben, konnte ich schlecht Nein sagen.«

Ich frage mich, woher meine Kinder Hennings Handynummer kennen und wie sie dies alles eingefädelt haben, ohne dass ich etwas mitgekriegt habe. »Man muss Prioritäten setzen.«

»Was wirklich schwerfällt, wenn ich von dir und von deinen Kindern benötigt werde«, antwortet Henning, und ein warmes Gefühl durchflutet meinen Körper. Statt einen Fischkutter wieder flottzumachen, hat er meinen Kindern geholfen, die wunderbarste Festung zu bauen, die jemals auf dieser Halbinsel oder irgendwo sonst errichtet worden ist.

»Ole leistet ganze Arbeit«, sage ich. »Danke fürs Kinder-beschäftigen.«

Nele steckt ihren Kopf durch die Dachöffnung neben mir. »Wir haben ganz viel selbst gebaut!« Sie strahlt. »Henning hat uns gezeigt, wie es geht, und dann durften wir es selbst ausprobieren.«

»Ich bin beeindruckt«, sage ich.

»Wenn unsere Begehung hier beendet ist, mache ich deine Alkoven noch fertig.« Henning legt seine Hand auf meinen Arm.

»Das reicht morgen auch noch«, sage ich.

Er schüttelt den Kopf. »Keine halben Sachen«, erwidert er und lächelt.

Im Hof haben unsere Helfer aus zwei Terrassentischen und einer Bierbank eine lange Tafel im Hof aufgebaut. Die Kinder haben auf dem Rückweg zum Haus zwei Sträuße gepflückt, die nun die Köstlichkeiten schmücken, die Levke und Ole servieren. Oles Suppe und Kuchen ergänzen Frikadellen und Kartoffelsalat. Lisbeth hat eingelegte Heringe mitgebracht, und bald sitzen wir erschöpft und glücklich um den langen Tisch und stoßen auf den Neubeginn an.

Meine unermüdlichen Jungs toben mit einem Ball über den Hof. Als Ole ihnen zeigt, wie man den Ball auf dem Finger balanciert, hält es auch Nele nicht mehr am Tisch. Mit einem improvisierten Basketballkorb aus einem alten Kescher tragen Henning und die Jungs sowie Ole und Nele ein Match aus.

Merle holt eine Flasche Prosecco und füllt Levkes Limonade

damit auf. Mit Eiswürfeln, Minze und einem Strohhalm sieht ihre Kreation aus wie ein Drink, den Touristen in St. Peter Bad genießen, wenn sie den Abend ausklingen lassen.

Ich mag das Prickeln des süß-bitteren Getränks und beobachte meine Kinder, die juchzend dem Ball hinterherjagen. Neben mir tauschen Mama und Levke mit Lisbeth Neuigkeiten aus.

»Wenn ich nicht nebenan leben würde, würde ich mich glatt bei euch einmieten«, sagt Vadder Hinrich und prostet den Frauen zu. »Das ist eine feine Pension, da braucht ihr euch nicht zu verstecken.« Er nippt an seinem Drink. »Und an das hier«, er hebt sein Glas, »könnte ich mich auch gewöhnen.«

»Das ist jetzt unser offizieller Aperitif«, sage ich. »Der Möwi.«

Wir lachen.

»Habt ihr jetzt schon einen Signature-Drink? Den würde ich auch nehmen.«, meldet sich Ole vom Spielfeld aus.

»Kommt sofort«, ruft meine Schwester.

Eiswürfel klirren ins Glas, das Merle mit Limonade und Prosecco füllt und einen Strohhalm hineinsteckt.

Ole stößt mit mir an. »Gib mir doch einen Pack von deinen wunderschönen Flyern, und ich stelle sie auf unserer Theke vor die Kasse. Bald werdet ihr anbauen müssen.«

»Wir wollen mal das Haus nicht vor der ersten Saison loben«, sagt Levke.

Nach einer weiteren Partie Basketball kommen alle verschwitzten Spieler an den Tisch. Meine Kinder hängen mehr auf den Stühlen, als dass sie sitzen. Noah lehnt seine heiße Stirn gegen meinen Arm. Nico klettert auf Hennings Schoß.

Nele fragt, ob Johannes noch kurz vorbeikommen kann. Sie

sieht mich so bittend an, dass ich ihr den Wunsch nicht abschlagen kann.

»Wäre es okay, wenn ich den Alkoven noch fertigbaue?«, fragt Henning.

»Uns stört das nicht«, sagt meine Mutter.

Nico fragt, ob er mitbauen darf, erhebt aber keinen Protest, als ich ihm eine heiße Wanne und eine Einschlafgeschichte in Aussicht stelle. Zusammen mit seinem Bruder verfrachte ich ihn in unsere Wohnung. Das Lavendelbad tut ein Übriges, und sie schlafen ein, bevor ich »Die Brüder Löwenherz« aus dem Wohnzimmer geholt habe. Leise knipse ich das Licht aus und lehne die Tür an.

Ich schreibe Nele, ob sie sich mit Johannes ins Wohnzimmer setzen kann, damit jemand in Hörweite ist, falls die Jungs aufwachen.

Wenige Minuten später lassen sie sich aufs Sofa fallen. Die neue Folge der angesagten Serie ist seit zwei Stunden online, und ich bringe ihnen Knabbereien, bevor ich mich aufmache, um nach den Fortschritten bei den Alkoven zu sehen.

Der Flur im Haupthaus ist hell erleuchtet, als ich die Treppe ins Dachgeschoss hochsteige. Aus dem Seehundzimmer höre ich das Surren des Akkuschraubers.

Henning hält die Wasserwaage an eine Verstrebung und malt eine Bleistiftmarkierung auf das Holz. Er dreht sich zu mir um, und ich mag die Wärme in seinem Blick, als er mich sieht.

»Sind die Piraten in ihren Kojen?«

»Aye aye, Sir«, sage ich. »Nur die Piratenkönigin sitzt mit ihrem Kumpel noch vor dem Fernseher.«

Draußen ist es dunkel geworden. Der Mond leuchtet hell und rund, und die Wolken schmiegen sich von allen Seiten an ihn.

Mit den Einbauten sieht das Zimmer verändert aus. Mama hatte Bedenken, dass es zu gedrungen wirken könnte, aber das tut es nicht. Wir haben uns nicht für eine genaue Reproduktion der Originalbetten entschieden, sondern eine luftigere Variante gewählt. Anstatt die Schlafstätten hinter einer Bretterwand zu verstecken, kann man durch die Lücken zwischen den schmalen Holzstreben auf die Betten sehen. So bleibt die kuschelige Atmosphäre. Die Konstruktion gibt dem Gast aber nicht das Gefühl, eingeschlossen zu sein.

Hennings Blick ruht auf mir, fragend, abwartend, und ich sage ihm, dass ich sie wunderschön finde.

Als Antwort hält er mir den Akkuschrauber hin. »Darf ich Ihnen die Ehre des letzten Brettes erweisen?«, fragt er und deutet eine Verbeugung an. Sein Blick ist wie eine Umarmung.

»Sehr gerne«, erwidere ich.

Er reicht mir den Akkuschrauber, und dabei berühren sich unsere Hände. Ich lasse mir Zeit, das Werkzeug zu übernehmen, weil ich diese Berührung auskosten will. Auch Henning scheint es nicht eilig zu haben, seinen Schrauber loszulassen. Mein Herz klopft so laut, als wolle es alle Organe in meinem Körper darüber informieren, wie schön sich das gerade anfühlt. Leider nimmt er seine Hände weg, um die Schraube an das Holz zu setzen. Der Schrauber heult auf, und der winzige Metallstift dreht sich ins Holz. Viel zu schnell für meine Begriffe. Hennings Hand ruht noch an der Alkovenwand. Ich kann die Wärme seines ausgestreckten Arms spüren. Ich bin versucht, mich zurückzulehnen. Regungslos stehen wir da. Wahrscheinlich ist es ein gutes Zeichen, dass wir beide verharren. Er riecht so gut. Nach Eau de Toilette und Mann, nach Geborgenheit und Wärme. In seiner Umarmung würde ich mich in eine Wolke aus

Gefühl auflösen. Er lächelt mich an, und ich lächle zurück, und dann tue ich es einfach. Ich lehne mich an ihn und spüre, wie sich seine Arme um mich schließen.

»Danke für alles. Die Alkoven und vor allem die wunderbare Festung.«

Henning lächelt fast schüchtern. »Ich glaube, ich habe mir damit heute selbst einen Traum erfüllt«, sagt er. »Ich muss mit deinen Kindern absprechen, wer die Festung wann nutzen darf. Ich denke, ich werde meine Kundenbesprechungen jetzt dort abhalten.«

»Eine hervorragende Idee«, sage ich. »Wir werden einen großen Parkplatz neben der Scheune einrichten, damit du dir die Boote gleich ansehen kannst.«

»Ich überlege, ob wir gleich einen Kanal graben sollen«, wirft Henning ein.

»Apropos Kanal«, sagt er und sieht mir in die Augen. »Hast du …?«

Schritte auf der Treppe lassen uns auseinanderfahren. »Ach, ihr seid noch hier«, sagt Mama und betrachtet die Alkoven. Sie nickt anerkennend, und ihre Gedanken scheinen sie kurz auf eine Zeitreise zu entführen. »Schön sieht das aus«, sagt sie.

»Was bin ich froh, dass wir damals abgeschlossene Kojen hatten. Sonst hätte das Viechzeug, das Ludger immer bei sich hatte, den Weg unter meine Decke gefunden.« Angewidert schüttelt sie den Kopf.

»Wunderbar sieht das aus. Könntet ihr mir schnell bei den Matratzen helfen? Dann überziehe ich die Betten noch. Ich kann nicht schlafen, wenn noch etwas unvollendet ist.«

»Ach, Mama, lass doch. Das mache ich«, sage ich in einem Versuch, sie loszuwerden. Gerade war ich dabei, über meinen Schatten oder vielmehr über meine Vorbehalte zu springen und mich diesem Gefühl hinzugeben, das Henning in mir auslöst, und nun kommt Mama und möchte ihre Housekeepingaufgaben vollenden.

Sie sieht mich an, als müsse sie abschätzen, ob ich Betten ordentlich genug überziehen kann, damit sie gästetauglich sind.

»Sie haben sich Ihren Feierabend wirklich verdient. Ich helfe Maren noch schnell, und Sie legen ihren Fuß hoch.«

Mama sieht sich um und ringt sich schließlich dazu durch, uns diese Aufgabe zu überlassen. »Die Bettbezüge liegen im Schrank. Immer von oben nehmen und nichts aus der Mitte ziehen«, ermahnt sie uns.

»Mama, wir kriegen das schon hin«, sage ich genervt.

»Na gut«, sagt sie und lässt ihren Blick von einem zum anderen wandern. Vor zwanzig Jahren hätte sie wahrscheinlich noch hinzugefügt, wir sollen die Tür offen lassen und uns nach getaner Arbeit wieder unten einfinden, aber glücklicherweise erspart sie mir das.

»Dann wollen wir mal«, sagt Henning.

Mama scheint ihre Inspektionsrunde beenden zu können und verlässt das Gästestockwerk.

Um die Matratzen in die Alkoven zu bekommen, müssen wir schieben und zerren. Am Ende klettere ich in die Koje hinein und schiebe sie zurecht, was sich als schwierig erweist, da ich gleichzeitig auf der Matratze knien muss. Henning müht sich in der Nebenkoje ab, und schließlich haben wir es geschafft. Ächzend lassen wir uns auf die Matratzen fallen.

»Wow, ist das schön«, sage ich. Die honigbraunen Eichenverstrebungen wirken im Gegenlicht fast schwarz. Die Deckenlampe malt ein Streifenmuster auf die Matratze und meinen Körper.

»Ich mag den Holzgeruch«, sage ich leise.

»Mhmm.« Henning hat sich in der Koje nebenan auf den Rücken gelegt. Er stützt seinen Arm auf und sieht herüber.

»Kommendes Wochenende treffe ich mich mit Freunden. Wir veranstalten eine private Regatta und sitzen gemütlich zusammen. Das machen wir seit einigen Jahren. Hättest du Lust mitzufahren?«

Ich kann meinen Herzschlag hören, während ich kurz überlege. Tom holt die Kinder ab und verbringt mit ihnen ein Hamburg-Wochenende. Sicher haben sie das Henning erzählt.

»Gern«, sage ich.

Hennings Hand liegt nahe bei der Alkovenwand, und ich schieben meine Zeigefinger hindurch und streichle ihm über den kleinen Finger.

Unsere Finger verhaken sich ineinander.

»Ich freue mich schon«, sagt Henning.

14

Maren

»Mama, kann ich Bärli auch mitnehmen?«, fragt Nico und zeigt mir seinen Kuschelbären, der oft bei ihm im Bett schläft.

»Du wolltest doch Lexi mitnehmen!«, sage ich und deute auf den Tyrannosaurus Rex, der oben auf dem Kinderrucksack klemmt. Nico kann das R inzwischen perfekt aussprechen, der Name ist geblieben.

»Aber Bärli hat Angst, wenn ich nicht da bin.« Nico wendet sich an seinen Stofftierfreund und spricht mit verstellter Stimme: »Bärli will auch Hamburg sehen.« Nicos Gesicht hellt sich auf, und er wiederholt es für mich, als ob ich die Bärensprache nicht verstehe.

»Das musst du mit Papa besprechen. Er kann dir sagen, ob Bärli noch ins Auto passt.«

»Sei froh, dass wir nicht mit dem Zug fahren. Für ihn bräuchten wir wahrscheinlich ein Extraticket«, sagt Nele. »Bärli ist erst zwei, da fährt er noch umsonst«, wirft Noah ein, und ich ziehe mich aus der Diskussion zurück. Soll Tom das klären.

In Gedanken gehe ich den Inhalt der Jungstaschen durch: Unterwäsche, Socken, kurze und lange Hosen, T-Shirts, Kapuzenpulli, Regenjacke, Schlafanzug. Andere Familien fahren mit dem, was ich für das Wochenende eingepackt habe, zehn Tage in den Urlaub. Sparsam packen lag mir noch nie. Außerdem kenne ich meine Jungs und ihren Hang, eine Kostprobe von allem auf ihrem T-Shirt zu hinterlassen. Zusätzlich stecken in Nicos Rucksack ein Vorlesebuch, Malsachen und ein von Nele genähtes Täschchen mit Playmobiltieren und -männchen. Er sollte also beschäftigt sein.

»Soll ich den Kindern Brote machen?«, fragt Levke.

»Das ist lieb von dir«, sage ich und lege den Arm um sie. »Aber ich denke nicht, dass sie in den eineinhalb Stunden bis Hamburg verhungern.«

Ein Auto rollt auf den Hof, und Noah hebt den Kopf. »Papa ist da!«, schreit er laut.

Nico stimmt ein, schnappt sich Bärli und Lexi und läuft hinter seinem Bruder und seiner Schwester nach draußen.

In der Küche stelle ich mich zu Levke ans Fenster und beobachte, wie mein Ex-Mann seine Kinder in die Arme schließt. In diesem Moment tut es ein bisschen weh, dass wir keine Familie mehr sind. Ich atme tief durch und schiebe den Gedanken weg.

»Er sieht immer noch gut aus«, meint Levke.

»Ja«, sage ich. Vor ein paar Monaten hätte ich sarkastisch reagiert. Vielleicht hätte Kai ihn übersehen, wenn er hässlich und ungepflegt gewesen wäre, aber selbst dann hätte Tom mit seinem Charme und Wissen gepunktet. So etwas habe ich sogar zu Mama oder Levke gesagt, ich erinnere mich nicht mehr genau. Jetzt bin ich dankbar, dass meine Kinder einen Vater haben, dessen positive Eigenschaften hoffentlich auf sie übergehen.

»Na komm«, sagt Levke, und wir gehen nach draußen, um Tom ebenfalls zu begrüßen. Auf dem Weg hänge ich mir die Reisetaschen und die Rucksäcke über die Schultern.

Tom umarmt Levke und gibt mir einen Kuss auf die Wange. Er benutzt ein neues Eau de Toilette, und seine Umarmung fühlt sich nach Vergangenheit an. Die Kinder reden gleichzeitig auf ihn ein und überschütten ihn mit Schulgeschichten, Neuigkeiten über ihre Piratenfestung und ihren Hamburgplänen. Im ersten Stock öffnet sich ein Fenster, und Mama hängt eine Bettdecke heraus.

Tom winkt hinauf und ruft ihr ein »Guten Morgen« zu.

»Moin, Tom.« Mama verschwindet umgehend im Zimmer. Sie hat ihm nicht vergeben, dass er uns verlassen hat, und wie ich sie kenne, zieht sie das noch ein paar Jahre durch.

Nico bringt Bärlis Reiseabsichten vor, und Noah fragt, ob sie das Miniaturwunderland besuchen können.

»Das könnt ihr alles auf der Fahrt klären«, sage ich und stelle die Taschen neben das Auto.

Levke wirft mir einen befremdeten Blick zu.

»Wollen wir die gleich einladen?« Tom betätigt eine Taste auf seinem Smart Key, und der Kofferraum öffnet sich.

»Darf ich auch mal?«, fragt Noah.

Tom übergibt ihm den Schlüssel und zeigt ihm, wo er drücken muss.

Nico jubelt, als die Heckklappe zufährt, und gibt keine Ruhe, bis auch er einmal den Kofferrum öffnen und schließen darf.

»Möchtest du einen Kaffee?«, wendet sich Levke an Tom. Innerlich stöhne ich auf. Am liebsten würde ich ihm anbieten, diesen in einen To-go-Becher zu gießen. Heute kommen neue Gäste an, und wir müssen vier Zimmer machen. Ich möchte so früh wie möglich anfangen, weil Henning gegen Mittag kommt, um mich für das Wochenende abzuholen. Außerdem möchte ich nicht gemütlich mit

Tom in der Möwenhofküche sitzen. Es fällt mir immer noch schwer, freundschaftlich mit ihm umzugehen.

»Papa muss erst unsere Festung ansehen«, fordert Noah.

»Außerdem muss er sich die neuen Zimmer anschauen«, bestimmt Nele.

»Ik hev Brot gebacken, falls du ein zweites Frühstück willst«, sagt Levke.

Anscheinend bin ich die Einzige, die möchte, dass er gleich wieder fährt.

Tom sieht auf seine Armbanduhr. »Zu einem Kaffee und einer kleinen Brotzeit sage ich nicht Nein. Aber erst muss ich mir mal diese Piratenhöhle ansehen!«

»Festung, Papa!«, verbessert Noah.

»Ich muss Mama helfen. Heute kommen vier neue Gäste an!«, werfe ich ein.

»Natürlich«, sagt er. »Ich will nicht euren ganzen Tagesablauf durcheinanderbringen.«

Meine Jungs zerren an seinen Armen und versuchen, ihren Vater zum Mitgehen zu bewegen. Er gibt sich geschlagen und folgt ihnen.

Da ich keine Lust habe, mir die Spitzen meiner Mutter anzuhören, beginne ich mit der Deichkate am anderen Ende des Ganges. Ich lege mein Handy auf den Treibholztisch und lasse Musik spielen. Inzwischen habe ich meine eigene Routine beim Zimmerherrichten entwickelt. Unsere Putzfrau hat mir vor ihrem Mutterschutz ein paar Tricks gezeigt, die sie im Hotel gelernt hat, und ich bin richtig gut geworden. Es gibt mir Befriedigung, sofort Ergebnisse meiner Arbeit zu sehen: einen geputzten Spiegel, eine streifenfreie Duschwand, einen sauberen Boden. Außerdem genieße ich, dass ich meinen Kopf ausschalten kann. Die Kinder sind mit ihrem Vater in Hamburg gut versorgt. Und ich werde mit Henning ins Wochenende fahren.

»Er blockiert den halben Hof mit seinem Auto.« Mama steht in der Tür. Wie erwartet, muss sie ihren Frust loswerden, der sich seit Toms Ankunft, eigentlich seit der Ankündigung, dass er die Kinder abholen will, angestaut hat.

Ich schüttle das Kissen besonders gut auf und streiche den Bezug extraglatt, nachdem ich es am Kopfende platziert habe. »Bis die Gäste kommen, ist er doch längst weg«, sage ich und rücke das Nachtkästchen gerade.

»Sag ihm nachher, dass er die Kinder warm anziehen soll. Sonst verkühlen sie sich noch, wenn sie eine Rundfahrt machen.«

»Mama, in den Bergen ist es wesentlich kälter als in Hamburg, und von dort sind sie auch immer ohne Lungenentzündung zurückgekehrt«, versuche ich sie zu beruhigen. »Außerdem sind die Motten mit zwei Ärzten unterwegs, und wenn ich mir um eines keine Sorgen mache, dann um die Gesundheit meiner Kinder.«

Eigentlich mache ich mir um nichts Sorgen. Tom liebt die drei über alles, und Kai würde sich für sie auch vor die Straßenbahn werfen, dessen bin ich sicher. Und irgendwie stimmt mich das froh. Tom hätte sich auch in irgendjemanden vergucken können, der unsere Kinder als Ballast oder Störfaktor empfinden würde. Aber nicht Kai, der mit vier Geschwistern aufgewachsen ist und sich »Familienmensch« auf die Brust tätowieren könnte.

Draußen höre ich Schritte auf der Treppe. Ich versuche Mama

zu bremsen, die zu einer weiteren Schimpftirade ansetzen will. Sie zieht das Laken glatt und stopft es fester unter die Matratze. »Und sein Partner? Der macht sich einen schönen Lenz alleine?«

»Der geht am Strand spazieren und spürt seinen Kindheitserinnerungen nach«, antwortet Tom, der auf einmal den Kopf ins Zimmer steckt. »Hallo, Lina, schön, dich zu sehen.«

»Moin«, erwidert Mama und gibt sich keine Mühe, freundlich zu schauen. »Kai ist als Kind mit seinen Eltern ein paarmal hier gewesen, hat Sankt Peter aber seit über zwanzig Jahren nicht mehr gesehen. Wir sammeln ihn später ein.« Er sieht sich um, und ich nehme die Anerkennung in seinem Blick wahr. »Die Kinder wollen, dass du mitfrühstückst, und ich habe gesagt, dass ich dich hole«, wendet er sich an mich.

»Ich mach die Strandmuschel später«, sage ich zu Mama. Sie nickt nur und verlässt das Zimmer.

Tom tauscht mit mir einen Blick. »Sie wird mir nie verzeihen«, sagt er leise.

»Nein«, sage ich, »und wenn du alt und grau bist und in deinem Seniorenstift auf den See guckst, wird sie dir jede Nacht erscheinen und dir den Schlaf rauben.« Ich muss grinsen. Ein wenig würde ich ihm das gönnen.

»Willst du Kai jetzt einsammeln, damit er mit uns essen kann?«, frage ich und hoffe, dass Tom Nein sagt. Eigentlich hatte ich mir vorgenommen, nur noch Angebote zu machen, die für mich in Ordnung sind. Allerdings habe ich das Gefühl, Mamas Unfreundlichkeiten ausgleichen zu müssen.

Zu meiner Erleichterung schüttelt Tom den Kopf. »Der isst wohl gerade Erinnerungsmatjes irgendwo in Sankt Peter. Das hat er geschrieben.« Er wirft einen einen Blick in die Seepferdchensuite.

»Es ist der Wahnsinn, was ihr aus den Zimmern gemacht habt. Wunderschön!«

Mich überrascht, dass er sich überhaupt an die Zimmer erinnern kann, so selten, wie wir hier gewesen sind, aber ich sage es nicht. »Ich bin sehr stolz auf das, was wir geschafft haben.«

»Vermisst du deinen Job?«, fragt er.

»Ich nutze gerade meine ganze Erfahrung, um den Möwenhof nach vorn zu bringen. Du musst dir mal unsere Webseite anschauen. So viel Zeit habe ich noch nie investiert, und sie ist echt gut geworden, muss ich mal sehr unbescheiden sagen.«

»Das glaube ich! Man darf seine eigenen Leistungen loben«, sagt er, »das habe ich neulich auf einem Seminar gelernt.«

Er sieht aus dem Fenster. »Wir hätten öfter herkommen sollen. Vielleicht habe ich es mit meiner Bergfaszination ein wenig übertrieben.«

Ich hasse es, wenn er so einsichtig ist. Diesen Sinneswandel hat bestimmt wieder Kai zu verantworten. Ich sollte uns bei einer Frauenzeitschrift für den Artikel »Der geläuterte Mann« melden. Tom ist der beste Beweis für die These, dass der Mann in der Danach-Beziehung alles macht, worauf seine Verflossene jahrelang ohne Ergebnis hingearbeitet hat.

»Die Motten lieben die Berge. Ihnen hat es Spaß gemacht«, sage ich. Nachdem Mama schon ihre schroffe Seite nach außen kehrt, will ich nicht auch ungemütlich sein.

»Lass uns runtergehen«, sage ich. Auf der Treppe spüre ich Toms forschenden Blick auf mir.

»Ich würde mich sehr freuen, wenn du jemanden hättest«, sagt er. »Aber du darfst nur den Besten nehmen, denn den hast du verdient.«

Wahrscheinlich haben meine Kinder Henning erwähnt, und Tom hat seine Schlussfolgerungen gezogen. Da ich keine Ahnung habe, was ich antworten soll, lasse ich seine Bemerkung einfach stehen.

In der Küche geht es fröhlich zu, das kann ich schon im Flur hören. Noah und Nico überbieten sich mit Witzen, und als ich die Tür öffne, sehe ich auch, warum sie so gut drauf sind. Henning sitzt zwischen ihnen, und Levke gießt ihm gerade Tee ein.

Das darf ja wohl nicht wahr sein!

Ein Frühstück mit Ex-Mann strengt mich an. Eines mit Ex-Mann und Henning, von dem ich noch nicht mal weiß, wie ich ihn bezeichnen soll, überfordert mich. Manchmal frage ich mich echt, ob Levke es witzig findet, mich in solche Situationen zu bringen.

»Hallo«, strahlt er mich an. »Mir ist ein Termin geplatzt, und ich habe dir geschrieben, aber du hast es offenbar noch nicht gesehen.«

»Jetzt setzt euch mal«, sagt Levke, zu Tom und mir gewandt.

Ich gebe vor, noch eine Marmelade holen zu wollen, und stelle mich neben meine Tante, die Wasser aufsetzt.

»Musste das sein?«, flüstere ich und verdrehe die Augen.

»Jetzt hab dich nicht so«, sagt sie. »Du bist eine Petersen, und wir haben nicht 1952.«

»Aber eben auch nicht Woodstock«, sage ich.

Meine Tante findet nichts dabei, wenn vergangene und gegenwärtige und zukünftige Liebschaften an einem Tisch sitzen, aber ich kann dem Konzept nicht viel abgewinnen.

Vielleicht sollte ich mich entspannen und Kai anrufen. Der fehlt uns noch beim fröhlichen Patchworkfrühstück.

Levke sammelt die Tassen der Erwachsenen ein, um sie unter den Kaffeevollautomaten zu stellen.

Tom schüttelt den Kopf. »Ich bleibe lieber bei Tee. Deinen habe ich vermisst.«

Schleimer, denke ich. Kann er nicht einfach seine Sachen packen und gehen?

Levke freut sich über das Kompliment. »Seit meiner Zeit in England habe ich die 85 Grad im Gefühl.«

»Wie machst du das?«, will Noah wissen.

»Ich weiß es auch nicht«, sagt sie. »Aber irgendwie sehe ich dem Wasser an, wann es die richtige Temperatur hat, um den Darjeeling aufzugießen.«

»Also, wenn das so ist, hätte ich auch gerne einen Tee«, sagt Henning. »In Hamburg gab es einen Laden, bei dem ich immer einen sensationellen First Flush bekommen habe. Ich sollte da mal wieder hin.«

»Wo ist das denn?«, erkundigt sich Tom. »Kai liebt Tee. Und da wir nicht über Levkes Tee-Gen verfügen, mussten wir uns einen Wasserkocher mit Temperatureinstellung zulegen.«

»Serviert der Kocher den auch? Oder müsst ihr noch selbst in die Küche?«, erkundige ich mich.

»Weißt du«, wende ich mich an Nico, »ich kannte mal eine Frau in Bremen. Die hatte passend zum Tee auch noch einen gut aussehenden Butler, der den Tee nach einem englischen Ritual zubereitet hat. Und nach der Zeremonie hat er auch das Service abgespült und zurück in den Schrank geräumt.«

Ich höre, wie bescheuert meine Geschichte klingt. Aber sie passt zur Situation. Und die ist doch echt saublöd. Zumindest meinen Kindern scheint das nicht aufzufallen.

»Echt, Mama?« Nico ist beeindruckt. »Gibt's das auch mit Spaghetti?«

»Dem werde ich nachgehen«, verspreche ich ihm.

»Mensch, Nico, die Mama macht doch bloß einen Scherz«, sagt Nele.

»Das denkst du«, sage ich. Nico wird sein Spaghetti-Ritual kriegen, selbst wenn ich Merle in eine Servieruniform stecken muss. Oder Levke. Die hat mir das ja eingebrockt. Ohne ihre Frühstücks-Familienzusammenführung hätte ich keinen solchen Blödsinn geredet.

Die Männer tauschen sich inzwischen über Matchatee und Bambusbesen aus, und ich schaue auf die Uhr. Irgendwann muss dieses Frühstück doch ein Ende nehmen.

»Wenn wir in Hamburg sind, gehen wir dann Sushi essen?«, will Nele wissen.

Tom findet die Idee gut, Nico und Noah ziehen Grimassen. Mein Kleiner fordert Chicken Nuggets, mein mittleres Kind will Pizza.

»Nix da«, mischt sich Levke ein. »Wenn ihr in Hamburg seid, geht ihr zu Wilhelm. Der hat die beste Currywurst im ganzen Land.«

»Ist Kai nicht Veganer?«, werfe ich ein.

»Vegetarier«, berichtigt Tom.

»Wilhelm hat letztes Jahr den Preis für die beste vegetarische Currywurst bekommen. Aus Erbsenprotein«, Levke bedenkt mich mit einem triumphierenden Blick.

»Ist das ›Willis C-Wurst‹ am Sandtorkai?«, fragt Henning. »Da sind wir immer frühmorgens eingekehrt. Zu Willi gehst du, wenn alles schon beziehungsweise noch geschlossen hat.«

»In München ist das die Paula«, bringt sich Tom ein. »Dort treffen die Nachtschwärmer auf das Milieu.«

»Der Willi gehört zu den Hamburger Nächten wie der Zimt ins Franzbrötchen«, stimmt Levke zu. Ihre Augen strahlen wie immer, wenn sie kurz davor ist, eine Anekdote zu erzählen.

»Willi habe ich auf dem British Rock Meeting kennengelernt. Ich hab die Musiker früh mit Spiegeleiern, Speck und Porridge aufgeweckt. Das Porridgerezept hat mir eine Freundin in Glastonbury beigebracht. Ich wusste gar nicht, wo ich die Haferflocken nachkaufen sollte, so schnell haben die einen Riesenpot leer gefuttert. Und Willi hat sie mit seinen Brat- und Currywürsten durch den Tag gebracht. Die Sängerin von Fleetwood Mac war damals schon Vegetarierin, und da hat Willi mit Tofu und Soja und was weiß ich was für Sachen rumexperimentiert, bis er ihr etwas Wurstähnliches in Currysauce präsentieren konnte.«

»Die Geschichte steht in den Speisekarten.« Henning reibt sich das Kinn. »Ich hielt das immer für eine PR-Legende.«

Ich schüttele den Kopf. »Unter uns PR-Menschen gibt es einen Ehrenkodex. Wir lügen nie!«

»Ich würde sagen, Currywurst ist gebongt«, sagt Tom.

Während ich an meinem Marmeladenbrot herumkaue, schmieden die Kinder mit den Männern weitere Hamburgpläne. Henning kennt jemand bei »König der Löwen« und will für Tom, Kai und die Motten eine Führung hinter den Kulissen ermöglichen. Zwischendurch schaut mich Henning immer wieder an, und die Zuneigung, die in seinem Blick liegt, lässt mich meine Anspannung langsam besiegen.

Irgendwann verkündet Nico, dass er genug hat. »Ich glaube, ich bin ein Ballon und mache gleich puff«, stellt er fest und läutet damit das Ende der Mahlzeit ein.

Endlich brechen Tom und die Kinder auf.

Meine vorherige Einschätzung ignorierend, drückt Levke ihnen Brotpakete in die Hand, und wir begleiten sie nach draußen.

»Ich hatte keine Chance«, flüstert mir Henning zu und streichelt mir über den Rücken.

»Ich weiß«, flüstere ich zurück und lehne mich an ihn.

Während Tom die Kinder ins Auto packt, fährt ein Wohnmobil auf den Hof.

O nein, jetzt kommen die Gäste auch noch zu früh, obwohl wir ausdrücklich darauf hinweisen, dass die Zimmer erst ab vier bezogen werden können. Hoffentlich wollen sie nur kurz etwas fragen.

Henning macht sich auf den Weg, und wir verabreden, dass er mich gegen eins hier abholt.

Ich verabschiede mich von meinen Kindern, verteile Umarmungen und Küsse, auch an Bärli, der mir von Nico entgegengestreckt wird. »Passt auf euch auf«, sage ich und nicke Tom zu, der sich anschnallt und den Motor startet. Ich winke, während sie vom Hof fahren.

Ein älterer Mann steigt aus dem Wohnmobil und sieht sich um. Ein Stammgästeblick, denke ich, so benimmt sich nur jemand, der den Möwenhof kennt. Ich drehe mich zu Levke um. Vielleicht kann sie die Situation retten.

Levke blinzelt und legt den Kopf schief. Irgendetwas hat sie.

Haben wir etwas durcheinandergebracht? Eine Buchung verbummelt?

»Ludger?!«, höre ich Levkes ungläubige Stimme.

»Mit mir hast du nicht gerechnet«, sagt der Mann.

Oben schlägt ein Fenster zu. Mamas Schritte sind auf der Treppe zu hören.

Levke geht auf ihren Bruder zu und umarmt ihn, und es wirkt, als wüsste sie nicht, wo sie ihre Arme hinlegen sollte. Ludger scheint es genauso zu gehen.

Ich betrachte diesen fremden Menschen, der mein Onkel ist. Für mich sieht er immer noch so aus, wie auf dem Foto über der Eckbank, und es ist seltsam, jetzt die zwanzig Jahre ältere Version zu treffen. Ich habe nicht mitgekriegt, wie seine dunklen Haare grau geworden sind und dass seine Freude am Essen seine Sportleidenschaft abgelöst hat. Vor allem habe ich keine Ahnung, wer die Frau ist, die jetzt vom Beifahrersitz klettert. Ich schätze sie auf achtzehn bis zwanzig. Groß und schön, mit vielen Zöpfen, die über ihren Rücken fallen. Sie trägt Shorts, Flipflops und einen Kapuzenpulli und erinnert mich ein wenig an Sasha Obama ... plötzlich geht mir auf, wer die Unbekannt sein muss, denn in ihrem Gesicht trägt sie unverkennbar die Petersen-Nase.

In dem Moment tritt meine Mutter hinter mich. »Wer ist das?«, fragt sie leise, und ich bin mir ziemlich sicher, dass ihr jetzt auch die Nase aufgefallen ist. »Da hätte er ja auch mal was sagen können«, flüstert sie.

»Moin, Ludger«, sagt Mama, und dann geht sie auf die junge Frau zu und streckt die Hand aus.

»Ich bin Lina«, sagt sie. »Ludgers Schwester.«

»Abena«, antwortet die Frau und lächelt. »Papa hat mir auf der Fahrt viel von dir erzählt. Und von Levke. Soll ich Tante sagen?«

Mama scheint kurz zu überlegen. »Wenn du möchtest. Mir reicht Lina. Aber das finden wir noch raus.«

Endlich setze ich mich auch in Bewegung und begrüße Abena. Es ist komisch, plötzlich eine erwachsene Cousine zu haben. Für meinen Geschmack fühlt es sich schon seltsam an, einen Onkel wiederzutreffen, den ich mein halbes Leben nicht gesehen habe.

Bestimmt findet Abena es auch reichlich kurios, uns zum ersten Mal zu sehen.

»Wollt ihr bleiben?«, will Levke wissen. »Also, ich nehme an, ihr wollt das. Wir sind komplett belegt, sonst könnten wir euch in den neuen Zimmern unterbringen, also nicht neu, neu gestaltet. Wir können auch dat sofa uttreckken. Oder, na ja, wir werden etwas finden.«

Levke plappert so viel. Das tut sie immer, wenn sie aufgeregt ist. »Wollt ihr etwas essen? Wir haben gerade ein zweites Frühstück gemacht.«

Sie dreht sich zu Mama und mir um. »Sollen wir in der Küche oder auf der Terrasse aufdecken?«

»In der Küche«, sage ich. Offenbar ist heute der Tag der ungewöhnlichen Zusammentreffen. Erst das seltsame Frühstück mit Ex-Mann und Vielleicht-Mann. Und nun ein Essen mit dem nahezu unbekannten Onkel und der neuen Cousine.

»Ich muss dann später noch die Zimmer fertig machen«, sagt Mama, die mit Ludgers Auftauchen natürlich genauso wenig gerechnet hat.

»Aber das hat doch Zeit«, sagt Levke.

»Ich kann gerne helfen, wenn dir das nichts ausmacht«, bietet Abena an.

»Ach, nein, nein«, sagt Levke. »Das musst du nicht. Wo kämen wir hin, wenn unsere Gäste mitanpacken? Nein, du ruhst dich erst einmal aus. Schließlich seid ihr bestimmt lange gefahren.«

»Das mein ich aber auch«, dröhnt Ludger. »Abena, du bist nicht hergekommen, um zu arbeiten.«

Ich finde die Bemerkung meines Onkels unangemessen und bevormundend. Aber vielleicht liegt das bei ihm auch an der Aufregung.

»Seit wann seid ihr denn unterwegs?«, frage ich.

»Von Wismar aus waren das eben mal vier Stunden«, erwidert Ludger.

Mama runzelt die Stirn. »Hat da eure Fähre angelegt?«

»Iwo«, sagt Ludger. »Das ist einer der Stopps auf unserer Tour. Ich zeige Abena Europa.«

»Ach so«, sagt Mama. Es bedeutet viel, dass sie sich den Rest verkneift, denn ich könnte wetten, dass sie ihn am liebsten rügen würde, warum er nicht angerufen und seinen Besuch angekündigt hat.

Wahrscheinlich ist es besser, ins Haus zu gehen und den Tisch herzurichten. Ich kippe den Kakaorest aus der Weltraumtasse, schiebe mir das angebissene Nutellabrötchen in den Mund und entsorge die ausgelöffelten Kiwihälften. Der Bröselhügel auf Toms sonst blitzeblankem Teller lässt mich schmunzeln. Manche Angewohnheiten ändern sich nie.

Was meine Kinder wohl machen? Nele hat mir mal erzählt, dass sie mit Kai Autoquiz spielen oder laut zu ABBA singen. Sie sind in jedem Fall gut aufgehoben. Während ich das Geschirr in die Spülmaschine räume, frage ich mich, was aus meinem Wochenende wird. Es kommt mir unhöflich vor, jetzt abzufahren. Andererseits habe ich nicht ahnen können, dass Ludger ausgerechnet heute aufkreuzt.

Als könne er meine Gedanken lesen, schickt Henning eine Nachricht. Er schreibt, dass sein letzter Kunde um eine Terminverschiebung gebeten hat, und er früher kommen könne. Mein Blick geht nach draußen, wo meine Familie – der bekannte und der unbekannte Teil – immer noch steht. Soll ich bleiben?

»Wenn es dir passt, können wir auch jederzeit eher los«, steht in seiner Nachricht.

Tut es das?

Ich tippe, dass mein Onkel aufgetaucht ist und ich lieber bei der ursprünglichen Abfahrtszeit bliebe, wenn ich Mama und Levke schon mit Ludger allein lasse. Einen Moment lang überlege ich, ob ich auf dem Möwenhof bleiben soll.

Du bleibst wegen deines Onkels, den du kaum kennst, zu Hause, anstatt mit Henning ein Wochenende zu zweit zu verbringen, sagt eine Stimme in meinem Kopf. Sie klingt ein wenig wie die meiner Schwester. Natürlich! Merle! Ich rufe den Kontakt auf und bete, dass sie sich gerade nicht in einer Behandlung befindet. Der Anrufbeantworter macht meine Hoffnung zunichte. Ich informiere sie über den unerwarteten Besuch und hole dann frische Teller aus dem Schrank.

Ein Klopfen an der Hintertür lässt mich innehalten. Schon von Weitem verrät mir der Häkelumhang, dass Lisbeth auf mich wartet.

»Moin, Lisbeth! Willst du reinkommen?«

»Moin«, erwidert sie den Gruß und sieht sich dabei um, als wohnten wir in einem schäbigen Großstadtviertel und sie müsse jederzeit damit rechnen, überfallen zu werden.

»Ist alles in Ordnung?«, frage ich und blicke mich in unserem Garten um, in dem ich nichts Ungewöhnliches entdecken kann.

»Das werden wir sehen«, sagt sie mit belegter Stimme. »Kannst du mir vielleicht etwas Arnikatinktur abfüllen? Käpt'n Claasen hat sich den Fuß verletzt, und ich will nicht, dass der Arme leidet.«

»Klar, komm mit rein«, sage ich und nehme das kleine braune Fläschchen, das sie mir entgegenhält. Ich biete an, Levke zu holen, doch sie lehnt ab.

Zögerlich folgt sie mir in die Speisekammer, in der Levke ihre Tinkturen und Salben aufbewahrt. »Seit wann ist denn dein Onkel da?«, fragt sie und blickt wieder über ihre Schulter, als ob sie jeden Moment damit rechnet, überwältigt zu werden. Ihre Nervosität irritiert mich. Ich erkläre ihr, dass Ludger vor einer Viertelstunde angekommen ist und uns völlig überrascht hat. »Woher weißt du denn davon?«

»Ich habe den Wohnwagen vorbeifahren sehen und ihn gleich erkannt«, sagt sie. »Deswegen bin ich nämlich auch hier.«

Die Tinktur gluckert in die kleine Flasche, und ich frage mich, weshalb Lisbeth so geheimnisvoll tut und warum sie nicht, wie sonst immer, über den Hof gekommen ist.

»Die Teeblätter haben mir heute Morgen gesagt, dass euch Unheil bevorsteht, und jetzt weiß ich, was damit gemeint ist.« Sie klingt wie in einem Märchenbuch und als sei Ludger ein Bösewicht, der mit seinem Zauber Landstriche verwüsten kann und Prinzessinnen hinter Dornenhecken einsperrt.

»Er hat seine Tochter dabei und will ihr zeigen, wo er herkommt«, versuche ich Lisbeth zu beruhigen.

»Die Tochter ist nicht das Problem«, sagt sie. »Im Übrigen lügt mein Tee nie.«

Du hast eine Tasse umgekippt und deine Teeblätter haben sich zu einem willkürlichen Häufchen arrangiert, denke ich. Das sagt gar nichts aus. Um sie nicht noch mehr aufzuregen, verspreche ich ihr, Mama und Levke zu warnen. Eigentlich wollte ich sie vor die Tür schicken, damit sie Ludger ebenfalls willkommen heißen kann, aber angesichts ihres Zustandes erspare ich das allen Beteiligten lieber.

Sie scheint keine guten Erinnerungen mit meinem Onkel zu verbinden, wenn sie ihm nicht begegnen will. Oder liegt das nur am Teeblattorakel?

Lisbeth verabschiedet sich so schnell, wie sie gekommen ist, und ich frage mich, ob ich mir Sorgen machen muss.

In der Küche decke ich den Tisch fertig, als Mama den Kopf zur Tür hereinsteckt. »Ludger und Levke zeigen Abena den Hof und den Garten. Du kannst dir Zeit lassen. Ich kümmere mich oben um die Zimmer.«

»Alles klar bei dir?«, fragt Mama, als ich nicht antworte, und ich erzähle ihr von Lisbeth und ihrem seltsamen Verhalten. Dabei versuche ich ihre Warnung vor dem Unheil, das Ludger bringen soll, wie einen Witz klingen zu lassen, aber es gelingt mir nicht.

Mama empfindet weder Lisbeths Gehabe noch die Prophezeiung der Teeblätter als beunruhigend. »Ist noch etwas?« Sie sieht mich prüfend an. Ich schüttle den Kopf.

Erst will ich Merles Einschätzung hören und dann über mein Wochenenddilemma sprechen. Meine Schwester ruft zurück, als ich das Bad in der Seehundsuite reinige. Ich schließe die Türe und schildere ihr die Ereignisse des heutigen Morgens. Leider ist sie mit John verabredet und kann heute nicht kommen. Sie verspricht aber, morgen vorbeizuschauen und zu helfen.

»Du fährst in jedem Fall«, ermutigt sie mich. »Wärst du noch in München, müssten sie auch allein zurechtkommen. Sie schaffen das schon!«, lautet ihre Sicht der Dinge.

Halb scherzhaft erzähle ich ihr noch von der wunderlichen Begegnung mit Lisbeth.

»Wer weiß, was Lisbeth für ein Kraut aufgebrüht hat.« Merle kichert. »Darf ich dich erinnern, dass sie die Nachbarin ist, die mit einer Gans im Schlepptau herumläuft?«

Es tut gut, dass meine Schwester das Szenario nicht ernst nimmt.

Trotzdem lässt mich das Gefühl nicht los, dass an ihrer Weissagung etwas dran ist.

# 15

# Henning

Wir fahren auf der Landstraße Richtung Kiel. Grüne Schafwiesen unter blauem Himmel locken viele Tagestouristen auf die Halbinsel. Auf der Gegenfahrbahn drängen sich die Urlauber, doch das ist nichts im Vergleich zu dem Gefühlsgedränge in mir. Maren sitzt neben mir, und mein Herz hüpft, als wolle es uns den Weg weisen.

Im Radio spielen sie Fettes Brot, und unsere Blicke treffen sich.

»Bist du müde?«, frage ich.

»Ein wenig, aber das wird schon wieder«, sagt sie.

Kein Wunder, nach einem Vormittag mit geplanter Abreise der Kinder, unerwarteter Ankunft des Onkels und Besuch der originellen Nachbarin wäre ich auch erschöpft.

»Du kannst gerne ein wenig dösen«, ermuntere ich sie. »Oder traust du meinen Fahrkünsten nicht?«

»Zunächst einmal würde ich an deiner Stelle das Wort Künste nicht so leichthin in den Mund nehmen«, sagt sie und grinst.

»Ich kann dir gerne das Steuer überlassen«, biete ich an.

»Lieber schlecht chauffiert als gut selbst gefahren«, erwidert sie.

Dann legt sie ihre Hand auf meinen Oberarm, und ich genieße das Prickeln, das ihre Berührung auslöst.

»Nein, ich finde, dass du gut und sicher fährst«, stellt Maren fest »und deswegen würde ich tatsächlich ein wenig die Augen zumachen, falls es dich nicht stört.«

»Überhaupt nicht!« Ich spüre der Wärme nach, die ihre Hand auf meinem T-Shirt und der Haut darunter hinterlassen hat.

Maren lehnt ihren Kopf gegen die Scheibe, und ich angle meinen Pullover vom Rücksitz und reiche ihn ihr.

»Den kenne ich«, sagt sie, lächelt und rollt ihn zu einem Kissen zusammen.

Schade, dass wir nicht mit dem Zug fahren, dann könnte sie sich gegen meine Schulter lehnen.

Nach Niebüll zeigt sich der Himmel bedeckt, und ein kühler Wind weht. Vorhin haben wir Toilettenpause gemacht, Cappuccino getrunken, und ich habe Maren von meinen Bekannten erzählt. Gesa und Jörn betreiben eine Segelschule nicht weit von der dänischen Grenze. Marten, Gesas Bruder, und Lasse haben ein Lokal in Visby. Lasse hat einen Stern, den er abgelehnt hat, weil das die Mehrzahl seiner Gäste vertreiben würde. Er segelt, seit er laufen kann. Seit ein paar Jahren veranstalten sie eine kleine Regatta für eine Handvoll Freunde. Nichts für Profis, sondern einfach ein Wettbewerb zwischen Leuten, die gerne auf dem Wasser sind und Spaß daran haben, sich einen Nachmittag lang zu messen.

Am schönsten sind die Abende auf der Terrasse der Segelschule, wenn wir das essen, was Lasse sich für uns ausgedacht und gezaubert hat. Ein anderes Paar, Robert und Cinzia, betreibt einen Weinhandel und steuert Neuentdeckungen oder alte Schätze bei. Letztes Jahr habe ich Bier in einer kleinen Brauerei abgeholt und vorletztes Jahr Whiskey aus einer kleinen Destillerie in Schottland mitgebracht.

Dieses Jahr haben wir Levkes Brot im Gepäck, und ich bin stolz, dass ich so etwas Besonderes beisteuern kann. Und ich habe Maren dabei, auch das ist eine Premiere. Ein paarmal war ich schon mit Frauen hier, zweimal allein, aber noch nie habe ich jemanden mitgebracht, bei dem es mir wichtig war, dass die anderen sie mögen, weil ich am liebsten nur noch mit Maren herkommen würde.

Vor allem aber möchte ich, dass sie sich wohlfühlt. Deswegen habe ich nicht in der Pension direkt neben dem Segelclub angefragt, sondern Maren und mich in einem Gutshaus in der Nähe eingebucht. Die Ferienwohnung dort hat zwei getrennte Schlafzimmer. Ich will sie nicht mit der abgedroschenen »Leider-gibt-es-nur-ein-Bett-aber-wir-sind-ja-erwachsen«-Tour überfordern. Ich bilde mir ein, dass ich bei Maren mit dieser unaufdringlichen Lösung punkten konnte.

Wir sind gut in der Zeit und können uns in unserem Domizil noch kurz frisch machen. Der Dielenboden erinnert ein wenig an den Möwenhof, aber ansonsten ist die Wohnung auf gemütliche Weise schlicht eingerichtet. Halbhohe weiße Wandpaneele, ein Sofa mit grünem Bezug, eine alte Lampe. Den großen und sehr modernen Fernseher haben die Vermieter in einem Schrank versteckt, damit er die Lönneberga-Atmosphäre nicht stört. Das sagt zumindest Maren, als sie die Wohnung inspiziert. Ich stehe da und warte, bis sie das Besondere entdeckt. Den Grund, weshalb ich diese Wohnung gewählt habe, obwohl sie ungünstiger liegt und obwohl wir uns heute Abend wahrscheinlich ein Taxi rufen müssen. Gleich müsste sie es entdecken. Ihr Blick wandert an der holzvertäfelten Wand entlang und bleibt an den Knäufen hängen, die sich etwa hüfthoch gegenüberstehen. Sie runzelt die Stirn und zieht daran.

»Oh«, juchzt sie. Überraschung und Ungläubigkeit weichen

einem Strahlen, das nun über ihr Gesicht zieht. »Alkoven«, sagt sie leise. »Ich werde verrückt.«

Die Freude, mit der sie mich ansieht, hallt in meinem Körper wider. So habe ich mir das ausgemalt. Eigentlich ist ihr Strahlen noch größer, ihr Lachen noch glücklicher als in meiner Vorstellung.

»Das sind ja zwei«, jubelt sie nun, als sie den zweiten Bettschrank entdeckt.

»Laut Webseite sind die noch original aus der Entstehungszeit«, sage ich und stecke die Hände in die Hosentaschen.

»Sie werden zwischendurch irgendwann die Bettwäsche gewechselt haben«, sagt Maren trocken und streicht mit ihrer Hand über die weißen Bezüge.

Irgendwann, wenn sie dazu bereit ist, möchte ich sie umarmen und küssen und mit ihr all die Dinge machen, die mir jetzt im Kopf herumschwirren. Kurz schließe ich die Augen.

»Können wir uns da schon reinlegen?«, Maren sieht mich fragend an.

Ich zucke die Schultern. »Klar«, sage ich. »Die Wohnung hat vier Betten, und wenn sie nicht ein Geheimzimmer unter einer Bodendiele versteckt haben, nehme ich an, diese sind für uns.«

»Wie cool«, Maren krabbelt in diese schrankähnliche Bettkonstruktion und legt sich hin. Am liebsten würde ich mich neben sie legen, und ich zögere, weil ich nicht weiß, ob das für sie okay wäre. Ich will das so sehr. Ich will neben ihr liegen und auf ihr und unter ihr, und ich habe solche Angst, dass sie sich zurückzieht, wenn sie sich bedrängt fühlt. Falls ich für einen Moment mit dem Gedanken gespielt habe, in dem Nachbaralkoven zu nächtigen, verwerfe ich das jetzt. Ich werde in das schmale Zimmer neben dem Eingang ziehen, in das gerade zwei Einzelbetten passen. Wahrscheinlich werde ich dort auch die ganze Zeit wach liegen, aber zumindest trennen uns zwei Türen, ein Flur, ein riesiger Wohnraum und eine Alkoventür.

Bisher war immer klar, dass ich mir mit den Frauen, mit denen ich unterwegs bin, ein Bett teile und dass wir dieses nicht nur zum Schlafen nutzen. Mit Maren erlebe ich so vieles zum ersten Mal. Nun werde ich vielleicht auch erfahren, dass man in einer Unterkunft wohnen kann, ohne das Bett zu teilen.

Mein Handy vibriert.

»Wir sind schon gelandet. Fahren in einer halben Stunde zu den Millers«, schreibt mir Cinzia. Mit ihrem Mann Robert hatte sie aus Regensburg die weiteste Anreise. Sie war eine Kollegin von mir und hat der Juristerei ebenfalls den Rücken gekehrt, als sie mit ihrer Jugendliebe einen Weinhandel in einem ehemaligen bayerischen Kloster eröffnete.

»Wir kommen auch gleich«, schreibe ich und korrigiere dann zu: »Maren und ich kommen auch gleich.« Damit hoffe ich, Nachfragen zu vermeiden. Bisher war ich nie zweimal mit derselben Frau da, was die anderen oft belustigte. Ich wünsche mir sehr, dass sich das ändert. So sehr. Am liebsten würde ich Cinzia fragen, wie sie es geschafft hat, wieder mit Robert zusammenzukommen. Schließlich kannten sie sich bereits, waren früher ein Paar und später mit anderen Menschen zusammen, soweit ich mich erinnere. Aber so etwas schreibt man nicht. Vielleicht erwische ich sie später mal alleine, und sie kann mir ihre Geschichte erzählen.

»Wir freuen uns schon«, schreibt Cinzia und ich hoffe, dass sie die Brücke ist, die Maren braucht, um bei meinen Freunden anzukommen.

Ich weiß nicht, ob ich froh oder enttäuscht darüber bin, dass wir gleich wieder aufbrechen müssen. Im Auto knetet Maren ihre Finger. Beruhigend lege ich ihr meine Hand auf den Oberschenkel. Sie legt ihre Hand darauf und verschränkt ihre Finger mit meinen.

Ein orangefarbener Himmel spannt sich über Gesas und Jörns Haus. Es sieht aus, als hätte man es von Neuengland direkt an die Nordseeküste verpflanzt. Jörn hätte gerne einen dieser Betonwürfel mit großer Dachterrasse gebaut, aber dafür bekam er keine Genehmigung. Der Kompromiss ist ein Haus, das von außen an Martha's Vineyard erinnert. Innen sieht es aus, als habe es ein Designerloft verschluckt: klare Linien, Sichtbeton und zurückhaltende Sofalandschaften.

Gesa drückt uns zur Begrüßung ein Glas Sekt in die Hand und schickt uns auf die Terrasse, wo sich die anderen bereits über das Fingerfood hermachen und »aufschließen«.

Die meisten treffen sich genau einmal im Jahr und bringen sich am Anfang auf den neuesten Stand. Ich registriere, wie meine Freunde die Frau mustern, die mir so viel bedeutet, dass ich nicht mit ihr im selben Zimmer schlafen werde.

Cinzia umarmt mich herzlich, stellt sich Maren vor und kommt mit ihr gleich ins Gespräch, auch wenn sie »ratschen« dazu sagt. Mit italienischem Akzent.

Ich geselle mich zu Robert und höre zu, wie die anderen von Umzügen, Trennungen, Abiturfeiern und Teenagerproblemen erzählen. Hätte ich mich in meinem früheren Leben nicht wie ein Premiumidiot verhalten, könnte ich von Christopher erzählen und was er gerne tut. Nach allem, was ich von Caroline weiß, scheint er gute

Noten zu haben und auch sonst alles in Ordnung zu sein. Aber sagt man das nicht jedem Außenstehenden? Und irgendwie bin ich das. Ich bin der nächste Verwandte meines Sohnes und weiß so wenig über ihn.

Maren redet mit Cinzia und genießt das Fingerfood. Ich beobachte sie und versuche in ihrem Gesicht zu lesen, ob sie sich wohlfühlt. Sie sieht entspannt aus und lacht ab und zu. Ich verbuche das als gutes Zeichen.

Später bei Tisch rutscht Maren auf die Bank neben mich. Lasse hat uns Rinderfilet und Strandspargel gemacht, und alle schlemmen sich durch Zucchiniplätzchen und Zitronenmayonnaise. Nachdem sie den letzten Rest der Sauce zusammengekratzt hat, lehnt sich Maren zurück. Eine Strähne hat sich aus ihrem Knoten gelöst, und die Wangen sind gerötet.

»Ich platze gleich«, sagt Maren.

»Du meinst, du bist ein Ballon und machst gleich puff«, zitiere ich Nico.

Aus den Augenwinkeln sehe ich, wie sich Robert und Cinzia einen Blick zuwerfen.

»Wer möchte einen Espresso?«, fragt Lasse, und alle bis auf Jörn heben die Hände.

Cinzia fragt Robert, ob sie den Grappa im Auto gelassen haben, und er steht auf, um nachzusehen.

»Den haben wir durch Zufall entdeckt«, erklärt Cinzia und nimmt einen Stapel Teller hoch. »Eine winzige Brennerei in Südtirol. Der haut euch um. Geschmacklich, nicht anders. Oder vielleicht auch«, sagt sie und lacht. »Oh, ich rede so einen Blödsinn. Kein Wunder nach der langen Fahrt. Und ich habe mich so auf euch gefreut. Also, auf dich nicht, Maren, ich wusste ja nicht, dass du kommst. Aber jetzt freue ich mich auf dich und wie! Es ist so schön, dass du hier bist.«

»Danke«, sagt Maren, die wohl noch versucht, Cinzias Redeschwall zu verarbeiten. »Komm, ich nehme dir die Hälfte ab.«

Cinzia schüttelt den Kopf, packt ihren Stapel Teller und verschwindet in Richtung Küche.

Maren und ich gehen auf die Terrasse und lassen uns dort in die weichen Kissen der Outdoor-Couch fallen.

»Deine Freunde sind sehr nett«, sagt Maren. »Sehr herzlich.«

Ich lehne mich zurück und verschränke meine Finger über meinem Bauch, der versucht, das üppige Essen zu verteilen. »Gesa und Jörn kenne ich schon lange. Robert und Cinzia habe ich in dem Urlaub kennengelernt, in dem ich beschloss, mein altes Leben hinter mir zu lassen, und die anderen treffe ich einmal im Jahr hier. Aber ich hätte nichts dagegen, sie öfter um mich zu haben.«

»Du hast mir noch nie von deinem alten Leben erzählt«, sagt Maren und zwinkert, als habe sie etwas im Auge.

»Da gibt es nicht viel«, sage ich. »Ich war Anwalt, und irgendwann hat mir das nicht mehr gefallen, und ich habe es an den Nagel gehängt.« Die alten Geschichten wollen an die Oberfläche. Ist jetzt der Zeitpunkt dafür?

»Was machen eigentlich die Kinder?«, lenke ich ab.

»Schauen wir mal«, sagt sie. »Und glaube bloß nicht, dass ich nicht gemerkt habe, dass du ablenkst.«

Ich lächele ertappt, aber es stört mich nicht. Eigentlich möchte ich, dass sie mich ganz und gar kennt, weil ich keine Angst davor habe, dass sie mich verurteilt.

Vorhin haben wir uns bereits Neles Fotos von der Stadtrundfahrt, dem Hotelzimmer und dem Mittagessen angesehen. Der Vater der Kinder hat Bilder aus dem Musical geschickt. Nele und Noah, die auf weggetretene Art begeistert aussehen, und Nico, der in seinem Sessel eingeschlafen ist.

Maren liest ein paar Nachrichten und gibt mir ihr Handy. Die Kinder sitzen glücklich vor riesigen Burgern und Pommes, stehen vor der Binnenalster und liegen mit ihren Schlafanzügen im Hotelbett. »War klar, dass sie alle drei im großen Bett schlafen«, sagt Maren. »Noah hat noch getönt, dass er das Einzelbett für sich beansprucht.« Sie dreht das Handy zu sich hin und streicht über das Bild. Dann zwinkert sie heftig, aber ich habe die Träne gesehen. Sie beginnt zu tippen.

Tröstend streiche ich ihr über die Wange.

»Ich bin eine furchtbare Glucke«, sagt sie und schnieft. »Bevor ich die Kinder hatte, dachte ich, ich werde so eine coole Mutter, die sich Babysitter engagiert und sich nicht einschränken lässt. Und dann wollte ich gar nicht weg von ihnen. Oder ich habe so selten etwas mit Freundinnen unternommen, dass Tom oder seine Eltern immer auf sie aufpassen konnten.« Sie seufzt. »Ich vermisse sie ganz schrecklich, sobald sie nicht bei mir sind.« Jetzt sehe ich die Träne ganz deutlich.

»Ich finde das ganz wunderbar«, flüstere ich. »Vor allem weil ich es nur ganz anders kenne. Wir waren dauernd bei unserem Kinderfräulein, und meine Mutter hat Opernabende oder Einladungen auch dann nicht ausgelassen, wenn wir hohes Fieber hatten.«

»Mit anderen Worten, du hältst mich für eine Premiumglucke, die ihre Kinder verhätschelt«, sagt Maren.

Ich verneine das heftig. »Du erziehst deine Kinder auf eine Weise, die ich bisher nicht gekannt habe«, sage ich. »Und ich denke, jedes Kind wäre glücklich, bei dir aufzuwachsen.«

Sie hebt den Kopf und senkt ihn wieder, als habe sie einen Angriff oder eine Kritik erwartet und müsse nun ihre Waffen wieder einstecken.

»Danke«, sagt sie.

Mit einem Mal weiß ich, dass der Zeitpunkt gekommen ist. Meine Hände zittern ein wenig, und ich schiebe sie ineinander. »Kannst du dich noch an unsere erste Autofahrt erinnern?«

Maren zieht die Stirn in Falten, als müsse sie sich diese Begebenheit ins Gedächtnis zurückrufen. »Da ist etwas. Ja.« Sie dreht sich zu mir und stützt ihre Hand auf. »Jette oder Caroline?«, fragt sie. »Von wem möchtest du mir denn erzählen?«

»Eigentlich von Caroline, aber offensichtlich werde ich über beide Frauen reden.« Ich habe nicht damit gerechnet, dass sie jedes Detail präsent hat.

»Du weißt, dass du das nicht musst.«

»Ich möchte aber.«

»Mit Jette habe ich mich ab und zu getroffen, wenn sie in St. Peter geurlaubt hat. Wir waren nicht zusammen.«

»Alles klar, ich kann es mir vorstellen«, sagt Maren.

»Mit Caroline war ich verheiratet«, sage ich. »Mit ihr habe ich es ernst gemeint.« Ich schlucke, weil es sich komisch anfühlt, zu sagen, dass ich mit Caroline alt werden wollte.

»Eine gute Voraussetzung für eine Verbindung.« Maren nimmt meine Hand. »Es ist okay. Lass es raus. Du hast sie geliebt. Du wolltest mit ihr die Zukunft verbringen. Und ich vermute, dass du Dinge gemacht hast, die du jetzt bereust.« Mit dem Daumen streichelt sie über meinen Handrücken. »Fehler gehören dazu, und im Idealfall versuchen wir, es beim nächsten Mal besser zu machen.«

Maren hat ihren Kindern gegenüber schon öfter solche Sätze gesagt. Ein Teil von mir lauscht dann immer ungläubig, weil ich einen anderen Umgang mit Fehlschlägen oder Fehlleistungen gelernt habe. Sie ist – nach Ole – vielleicht der erste Mensch, der mich nicht verurteilt.

»Caroline hat sich nicht damit zufriedengegeben, in meinem Leben eine Nebenrolle zu spielen. Ich habe das damals anders empfunden. Allerdings hatte sie recht. Mein Job ging mir über alles, und ich hielt das für normal. Jedenfalls hat sie mich verlassen, als ich mich weiterhin für die Firma aufgerieben habe. Wir waren bereits getrennt, als sie herausfand, dass sie mit Christopher schwanger war.«

Ich forsche in Marens Blick. Sie bleibt gelassen.

»Ich habe natürlich Verantwortung übernommen, aber in der Art und Weise, die ich damals als richtig ansah. Ich habe Caroline finanziell unterstützt und auch gleich für Christopher monatlich Geld angewiesen. Kindergartengebühren, Nannys und Schulgeld – ich beteilige mich überall. Und sie versorgt mich in regelmäßigen Abständen mit Bildern und Updates. Aber ... ich bin nie ... ich habe nie ... Ich habe in den ersten Jahren nie versucht, Kontakt aufzubauen. Direkt zu ihm. Caroline hat bald wieder geheiratet. Und Henry war ein Glücksfall. Für beide – Caroline und Christopher. Ich bewundere und hasse ihn dafür. Damals war ich froh, dass es jemanden gibt, der sich kümmert. Nicht, dass Caroline das braucht. Aber für Christopher fand ich es beruhigend, dass da jemand ist, der als

Vater in Erscheinung tritt.« Ich seufze. »Im Endeffekt hat ihr jetziger Mann alles richtig gemacht. Und in den letzten Monaten ist mir klar geworden, was ich alles verpasst habe.« Mein Mund fühlt sich seltsam trocken an. »Ich hätte gerne Kontakt, viel mehr Kontakt. Aber jetzt rächt sich meine frühere Abstinenz, weil sich Christopher nicht sonderlich interessiert zeigt.«

»Komm her!« Maren rutscht zu mir hinüber und nimmt mich in den Arm. Sie sagt nichts, macht mir keine falschen Hoffnungen, sie ist einfach da. Für mich da.

»Mehr als probieren kannst du nicht. Und wenn er merkt, dass dir wirklich daran liegt, ihn kennenzulernen, wird er sich früher oder später öffnen.«

Sie sagt die Dinge, die ich mir auch immer einrede. Aber aus ihrem Mund haben sie eine andere Qualität.

Drinnen scheint es lustig zuzugehen.

Durch die Scheibe sehen wir, wie Gesa einen Stapel Decken von einem Hocker nimmt.

Die Terrassentür geht auf, und die anderen kommen, mit Knabberkram, Flaschen und Gläsern beladen, nach draußen.

Maren streicht mir über die Wange, schiebt ihre Hand in meine.

Im Taxi ruht mein Kopf an Hennings Schulter. Er hat seinen Arm um mich gelegt. Mit dem Zeigefinger streichele ich über seinen Handrücken. Mit seinen Fingerkuppen erwidert er die Berührung und schickt einen Schauer über meinen Rücken. Gleich kommen wir an der Ferienwohnung an.

Mein Kopf schwirrt ein wenig von Cinzias Grappa, der wirklich außergewöhnlich gut geschmeckt hat. Viel habe ich nicht getrunken, aber der Alkohol macht sich dennoch bemerkbar. Vielleicht ist es auch Hennings Nähe, die meine Hände zittern lässt.

Henning sperrt die Tür auf, und ich lehne mich gegen seine Schulter. Stille liegt über der Ferienwohnung. Draußen rauscht der Wind, eine Brise weht durch die geöffnete Tür herein. In mir kribbelt es. Es ist Nacht. Wir sind allein. Keine Kinder nebenan, die plötzlich hereinplatzen könnten.

Den ganzen Abend saßen wir Hand in Hand, saßen so eng beieinander, dass sich unsere Beine berührten. Der Abend bei seinen Freunden hat etwas mit uns gemacht. Etwas Gutes. Ich fühle mich Henning so verbunden. Vielleicht liegt es auch daran, dass ich seine Geschichte kenne.

Ich fühle mich ihm so nah, und ich möchte so gern mit ihm schlafen und gleichzeitig macht mir dieser Wunsch Angst. Verlernt man es, mit jemandem Sex zu haben? So schwer kann es nicht sein. Aber wer weiß, mit welchen Göttinnen er vor mir im Bett war?

»Denkst du an die Kinder?«, fragt Henning.

»Ausnahmsweise nicht«, sage ich. Die Wärme in seinem Blick fließt direkt in mein Herz. Was hält mich eigentlich? »Mein Kopf fühlt sich so fluffig an.«

»Hat der Grappa einen guten oder schlechten Job getan?«, fragt er.

»Das versuche ich auch gerade herauszufinden«, sage ich.

»Möchtest du noch etwas essen oder trinken?«

Ich schüttle den Kopf.

»Komm her«, sagt er und nimmt mich in den Arm. »Was ist los? Was treibt dich um?«

Seine Umarmung fühlt sich so gut und so sicher an. Er haucht einen Kuss an meinen Haaransatz. Mit seiner linken Hand streichelt er über meinen Arm und meine Hand und unsere Finger verhaken sich ineinander. Es scheint, als habe er in meinem Kopf einen Schalter umgelegt.

Seine andere Hand fliegt sanft über mein Gesicht. Seine Finger verweilen an meiner Wange, streicheln über mein Ohrläppchen, meinen Hals.

»Es gibt genau eine Person auf der ganzen Welt, mit der ich jetzt hier sein möchte«, flüstert er nahe bei meinem Ohr. »Mit der ich überhaupt irgendwo sein möchte.«

Der Kuss, den er mir auf mein Ohrläppchen haucht, lässt mich erschauern. Ich spüre seinen Atem an meinem Hals und genieße die Liebkosungen.

Seine Küsse rieseln über meine Stirn, meine Schläfe, meine Wange, meinen Hals. Seine Lippen verharren an meiner Schulter. Dieses Innehalten lässt mich erzittern.

Ich schlinge meine Arme um seinen Hals, und meine Finger graben sich in sein Haar. Unsere Lippen finden einander. Erst sanft und dann nach und nach mit einer Tiefe, die mich alles um mich vergessen lässt.

Seine Hände schieben sich unter mein Shirt, zart und erkundend. Ich spüre die Wärme und das Verlangen unter seinen Berührungen. Er legt seine Hände an meine Taille und zieht mich näher an sich. Ich schmiege mich an ihn und lasse mich fallen. Wir lassen uns fallen und vertrauen uns einander an.

# 16

## Maren

Auf der Heimfahrt schweigen wir. Es ist ein gutes, sattes und gelassenes Schweigen. Das Schweigen zweier Menschen, die es genießen, endlich zusammen zu sein. Wir haben Unruhe und Unsicherheit hinter uns gelassen und stattdessen tiefe Zufriedenheit gefunden. Unsere Hände ruhen abwechselnd auf meinem und Hennings Oberschenkel. Im Radio laufen die Editors, und wir fahren zurück nach Sankt Peter.

Nele schickt ein Bild von der Hafenrundfahrt. Mit ihren Brüdern sitzt sie in den neuen »König der Löwen«-T-Shirts auf Plastikstühlen. Hinter ihnen sehe ich Kreuzfahrtschiffe und Villen.

»Die haben Spaß«, meint Henning, als er auf mein Display schaut.

»Den hatte ich auch«, sage ich und erwidere sein schelmisches Grinsen.

Der Möwenhof liegt ruhig in der Nachmittagssonne. Ludgers Wohnmobil parkt neben der Scheune. Ich muss ihn bitten, ein wenig zurückzusetzen, damit die Kinder an ihre Fahrzeuge kommen. Außerdem weiß ich nicht, wie mein Onkel auf einen Lackkratzer von

Noahs Roller oder Nicos Traktor reagiert. Seltsam, in den letzten anderthalb Tagen habe ich kaum an Levke und Mama gedacht und daran, wie es wohl mit ihrem Bruder läuft. Friede, Freude, Friesentorte gab es selten, deswegen hoffe ich, dass Abenas Anwesenheit sich positiv auf das Gemüt meines Onkels auswirkt.

Als Henning seinen Wagen parkt, radeln die Gäste aus der Seehundsuite an uns vorbei. Ein Radtouristenpärchen mit grauem Kurzhaarschnitt und Funktionskleidung. Als ich Henning darauf hinweise, dass sie die vergangene Nacht in den Alkoven verbracht haben, grinst er.

»Unsere Nacht war besser«, sagt er entschieden.

»Ich wusste gar nicht, dass wir uns für den Wettbewerb ›Beste Alkovennutzung‹ qualifiziert haben«, entgegne ich und spüre, wie mein ganzer Körper auf die Erinnerungen reagiert. Im Autospiegel sehe ich, wie mein Gesicht strahlt … Aus meinem Herz kommen Gefühlsströme hervor, die durch meinen Körper fließen und ihn glühen lassen. Glühen vor Glück, vor Erfüllung, vor Liebe.

»Wollen wir schnell Hallo sagen?«, frage ich und sehe auf die Uhr im Auto, als Henning im Hof parkt.

»Die Kinder kommen erst gegen sieben. Das heißt, wir hätten noch fünf Stunden, um ein wenig zu verschnaufen.« Tatsächlich wäre es schön, in Hennings Armen auf der Couch zu dösen und dann noch einmal ungestört Zeit mit ihm zu verbringen.

»Klingt gut«, sagt er, und sein Grinsen verrät mir, dass auch er sich nicht fünf Stunden lang entspannen möchte.

»Lektion aus dem Leben einer Mutter mit drei Kindern Nummer eins: Nutze die Phasen, in denen die Wohnung leer steht. Die Zeitfenster, in denen wir es auf dem Küchentisch, dem Sofa oder im

Bad tun können, sind rar gesät.« Ich habe meinen altklugen Blick aufgesetzt, und er erwidert ihn.

»Ich bin mir des Privilegs bewusst«, sagt er. »Lass uns schnell die Familiensache hinter uns bringen.« Er läuft um das Auto herum und nimmt mich in den Arm.

Wir finden Levke und Mama auf der Terrasse hinter dem Haus. Meine Mutter blättert in der Zeitung. Meine Tante schaut auf die Obstbäume.

»Da seid ihr ja wieder«, sagt Mama, und Levke fügt hinzu: »War's schön?«

Irgendetwas stimmt nicht. Ich kann es spüren, und tief in mir hoffe ich, dass ich mich täusche und meine Empfindungen nur komplett überlastet sind.

»Roti ist verschwunden«, sagt Mama. »Wir haben ihn seit Freitag nicht mehr gesehen. Sein Futter ist unberührt, und vom Wasser hat er auch nichts getrunken.«

O nein, hoffentlich ist ihm nichts passiert. Es wäre furchtbar für meine Motten, wenn ihr gefiederter Freund nicht mehr da ist. Sie haben sich so um ihn gesorgt und gekümmert. Wahrscheinlich nimmt er sich einfach einfach nur eine Auszeit.

»Ist er womöglich in seine Piratenfestung umgezogen?« Henning hat immer gute Ideen, doch Mama schüttelt den Kopf. »Dort haben wir auch schon nachgesehen.«

»Wir spekulieren einfach darauf, dass es die Kinder heute Abend nicht merken und dass Roti in den nächsten Tagen wiederauftaucht.« Ich seufze.

Mama nickt abwesend.

»So machen wir es«, sagt Levke.

Die beiden verhalten sich merkwürdig. Irgendetwas verschweigen sie.

»Wo sind denn Ludger und Abena?«, frage ich.

»Dein Onkel zeigt seiner Tochter heute die Halligen. Wir erwarten sie erst abends zurück«, sagt Mama und die spitze Betonung verrät mir, dass es Ärger gegeben hat.

Mein Blick fällt auf Levke, und ich denke, es ist das erste Mal, dass ich meine Tante untätig sehe. Keine Reparatur, keine Handarbeit, kein Rätsel, kein Buch. Ich hätte nicht vermutet, dass ihre Hände diesen Zustand länger als fünf Minuten aushalten.

Ich ziehe mir einen Stuhl heran und bedeute Henning, sich zu setzen. Noch steht er hinter mir und zögert, aber da ich ihm später sowieso von der Familienkatastrophe erzählen würde, kann er sie sich auch live anhören. Und es muss etwas Unerfreuliches passiert sein. Das spüre ich, und das sehe ich. »Was hat mein fulminanter Onkel denn gemacht?«

Mama presst die Lippen aufeinander und schluckt. »Er will verkaufen. Den Hof, den Garten, die Wiesen. An eine Investorengruppe. Und von dem Geld schickt er seine Tochter in die Vereinigten Staaten an irgendein Kunstcollege. Offenbar will er damit kompensieren, dass er sich bisher kaum um sie gekümmert hat.« Da ist eine Bitterkeit in ihrer Stimme, die ich so noch nie gehört habe.

»Was?«, frage ich. »Wir haben doch gerade renoviert. Ich meine, spinnt der? Wie kann er denn nur? Wieso macht er das? Darf er das denn?« Ich schaue von Mama zu Levke und wieder zu Mama. Meine Gedanken überschlagen sich.

Meine Tante zuckt mit den Schultern. »Der Hof gehört ihm.

Insofern darf er sein Eigentum veräußern, wenn ihm danach der Sinn steht.«

»Aber …« Meine Stimme klingt fremd und seltsam entfernt. »Er kann doch nicht so egoistisch sein. Auf dem Papier gehört er ihm vielleicht, aber nach all den Jahren. Der Möwenhof, das seid ihr. Das sind die Kerschners und die Sundholms und die Bernbecks, die seit ewigen Zeiten hier Urlaub machen. Das sind gemütliche Zimmer und die Kartoffelsuppe, auf die sich die Gäste immer freuen, obwohl ihr gar kein Abendessen anbietet. Das ist unser Zuhause! Das lasse ich nicht zu. Er hat sich doch die ganze Zeit einen feuchten Kehricht um euch und um den Hof gekümmert. Und jetzt kommt er nach Jahren zurück, will den Hof zu Geld machen und dann wieder verschwinden. Das kann doch nicht wahr sein!« Ich spüre Hennings Hand auf meinem Rücken. Warm und tröstend liegt sie da. Aber ich will mich gerade nicht beruhigen.

»Was sollen wir denn jetzt tun?«, frage ich, und meine Stimme hört sich schrill an. So will ich nicht klingen, und ich will mich auch nicht so aufregen. Ich will keine Probleme haben, ich will nicht schon wieder umziehen. Jetzt, wo sich die Kinder eingelebt haben, wo alles endlich einmal wieder läuft.

Ein Glück, dass wir uns mit Lisbeth so gut verstehen. Ansonsten würde ich vermuten, dass sie uns mit einem Fluch belegt hat. Fluch?! Vielleicht kann sie ja helfen. Bestimmt gibt es irgendeinen Zauber, der aus Ludger einen vernünftigen Menschen macht, der zurück nach Ghana oder Kenia oder Namibia abdampft und uns in Frieden lässt. Oder einen, der ihm eine schmerzhafte und extrem juckende Krankheit schickt. Irgendwo, wo es sehr wehtut.

Ich sehe Henning an. Seine Stirn liegt in Falten. Die Augen hat er zusammengekniffen. »Welche Gruppe?«, fragt er.

Levke und Mama blicken ihn verständnislos an.

»An wen will er verkaufen?« Er stützt sich auf den Gartentisch vor ihm.

»Er hat es gesagt, aber ich habe es nicht behalten«, sagt Levke.

»Värsholm, Meyer und irgendwer«, sagt Mama.

»Bethke«, ergänzt Henning und nickt wissend. Ich studiere sein Gesicht und hoffe, dass er etwas weiß, was uns helfen kann. Irgendeine Information, die diesen Albtraum beendet. »Die sind groß, und die wissen, was sie tun. Und ich vermute, dass sie viel Geld zahlen.«

»Und jetzt?«, frage ich.

»Jetzt gehen wir erst einmal zu ›Watt ne Wanderung‹ und dann überlegen wir, ob wir was tun können«, erklärt meine Mutter gelassen.

»Nein, nicht ob – was! Wir schauen, was wir tun können und tun es dann«, antworte ich laut.

»Montag in zwei Wochen ist die Vertragsunterzeichnung«, sagt Mama und steht auf. »Die müssen wir verhindern.« Sie nimmt ihre Wachsjacke vom Stuhl. Ihr Gesicht wirkt grau.

Auch Levke erhebt sich ächzend und schnappt sich ihren Rucksack. Mit dem Klappspaten wird sie später einen Wattwurm ausgraben, und auch die anderen Utensilien dienen dazu, den Touristen die Faszination der Nordseeküste näherzubringen.

Im Vorbeigehen legt Mama mir die Hand auf die Schulter. Bestimmt sagt sie gleich, dass wir uns nicht unterkriegen lassen oder dass uns Frauen vom Möwenhof immer etwas einfällt. Aber sie schweigt und nickt Henning zu.

»Bis später«, sagt sie.

Levke verabschiedet sich ebenfalls, dann sind wir allein.

Meine Hände klammern sich an die Lehne des Gartenstuhls. Die Sonne hat das Holz ausgetrocknet. Wahrscheinlich bohren sich gerade Holzfasern in meine Handfläche, die ich später mit einer Pinzette entfernen muss, aber das ist mir egal. Ludgers Plan schwebt über dem Möwenhof wie eine unsichtbare Wolke, die alles lähmt und verdunkelt. Nele würde sagen, wie bei einem Dementorenangriff. Die Kinder. Ein Glück, dass sie mit Tom in Hamburg sind und den ersten Akt dieser Tragödie nicht miterleben.

»Komm«, sagt Henning. »Lass uns zu dir gehen. Wir trinken erst einmal einen Schluck, und dann überlegen wir, was wir tun können.«

»Ich kann jetzt nichts trinken. Die Kinder kommen später«, sage ich.

»Mit denen willst du ja heute keine Autotour mehr unternehmen, oder?« Henning legt den Kopf schief.

»Du kannst uns ja einen Tee machen«, sage ich zaghaft, als wir die Gesindestuv betreten. »Der löst allerdings auch keine Probleme.«

»Das tut kein Getränk, wenn wir es genau nehmen«, entgegnet Henning. »Aber manchmal hilft es beim Nachdenken.«

»Darüber kann dir Noah einen Vortrag halten«, sage ich. »Das Getränk, das den Körper beim Denken am besten unterstützt, ist Wasser. Mein Sohn weiß das und hat dafür sogar eine Silbermedaille gewonnen, weil er Zellen mit und ohne Durst unter dem Mikroskop fotografiert hat.« Ich setze das überlegene Gesicht einer Mutter auf, die versucht zu verbergen, dass sie manchmal Schwierigkeiten hat, nachzuvollziehen, was ihr Grundschulkind erforscht.

»Wenn man dir so zuhört, denkt man, du hättest schon getrunken«, sagt Henning und legt liebevoll den Arm um mich. Er entschuldigt sich kurz und verschwindet in unserem Bad. Seine Witze über die Fliesenfarbe und das Röschenmuster hätte ich an einem anderen Tag bestimmt lustig gefunden. Heute ringe ich mir nur ein gequältes Lächeln ab.

»Jetzt lass uns mal überlegen, was wir machen können«, sagt er. Gemeinsam gehen wir zur Küchenzeile, und ich stelle Milch auf den Herd. Mit Kakao kann ich besser nachdenken.

Henning umarmt mich, und drückt mir einen Kuss auf die Stirn. »Bestimmt ist da das letzte Wort noch nicht gesprochen«, flüstert er und küsst mich auf die Nase und den Mund. Seine Küsse erinnern mich an das, was ich eigentlich mit ihm tun wollte, bis die Kinder kommen, und die Wut auf Ludger steigt wieder in mir hoch. Wenigstens das soll er mir nicht verderben, denke ich und will mich schon ganz in Hennings Zärtlichkeiten verlieren, als der Herd zischt und mich in die Realität zurückholt.

Als habe sie einen Moment der Unaufmerksamkeit abgewartet, fließt die Milch in einem dicken Strom über den Topfrand. Schnell ziehe ich den Topf von der Platte und nehme den Milchsee mit einem Küchentuch auf. Es riecht verbrannt, und ich stecke das nasse und stinkende Tuch in den Mülleimer.

»Lass mich das machen«, sagt Henning und schiebt mich sanft zur Seite. Er wischt den Herd ab, setzt neue Milch auf und fragt mich währenddessen nach allem, was ich über Ludger und den Möwenhof weiß.

Ich erzähle ihm, was ich von Levke und Mama erfahren habe, was nicht viel mehr ist als das, was Henning sowieso schon auf der Terrasse gehört hat oder sich daraus erschließen konnte. »Bisher hat ihn nur die Pacht interessiert, und der Hof war ihm egal«, sage ich. »Und offenbar hat sich daran nicht viel geändert, außer dass ihm auch seine Verwandtschaft total egal ist.«

»Das kann sie auch, er hat ja geerbt«, sagt Henning. Er gibt mir eine Zusammenfassung des Höferechts, und meine Zuversicht schmilzt zusammen. Ein Hoferbe ist im Regelfall immer nur eine einzelne Person. An eine Erbengemeinschaft werden Höfe nicht weitergegeben, da sonst der landwirtschaftliche Betrieb nicht aufrechterhalten werden kann. Auch dass Mama und Levke nur eine verhältnismäßig geringe Abfindung erhalten haben, scheint üblich zu sein. Dies soll verhindern, dass der Hof in eine wirtschaftliche Notlage gerät, weil der Hofnachfolger zu hohe Summen an weichende Erben zahlen muss.

Ich habe mich immer gewundert, dass Mama und Levke ihre Pacht anstandslos zahlen, aber auch das entspricht dem Normalfall.

Henning stellt eine Tasse heißen Kakao vor mich hin.

Einen Moment lang schließe ich die Augen und wünsche mir, dass alles gut ist und ich meine Kinder nicht schon wieder ausrupfen und verpflanzen muss. Bei dem Gedanken, dass wir den Möwenhof verlieren, kommen mir die Tränen. Ich halte die Augen geschlossen, als ob ich sie so in den Tränenkanal zurückverbannen könnte. Doch sie zwängen sich zwischen den Lidern hindurch und sammeln sich in den Wimpern. Henning legt seine Hände an meine Arme.

»Wir finden eine Lösung«, sagt er leise und rau. »Ich weiß zwar noch nicht welche, aber wir werden eine finden.«

Mein Kopf sinkt an seine Schulter, und er schließt mich in seine Arme und hält mich fest.

»Ich will das den Kindern nicht antun«, sage ich. Eine Weile verharre ich noch in seiner Umarmung, dann richte ich mich auf. »Okay«, sage ich und wische mir mit dem Ärmel über Nase und Augen. »Punkt 1 – Mit Ludger reden. Versuchen, ihn umzustimmen. Punkt 2 – Abena ins Boot holen. Vielleicht will sie das ja gar nicht. Wenn sie ihr Herz am rechten Fleck hat, hat sie kein Interesse daran, ihre Familie obdachlos zu sehen, damit sie studieren kann.« Ich sehe Henning an.

»Ich dramatisiere gerade, ich weiß, dass wir nicht obdachlos sein werden, aber wir werden unseren Familienhof verlieren. Das muss sie doch verstehen.«

Henning nickt. »Die Frage ist, ob Ludger auf sie hört. Er scheint gerade alles daran zu setzen, seine Nichtanwesenheit wiedergutzumachen. Dabei denke ich nicht, dass er sich beirren lässt.«

»Würdest du für deinen Sohn das Haus deiner Eltern unter dem Hintern weg verkaufen?«, frage ich, und er scheint zu überlegen.

»Die Frage stellt sich glücklicherweise nicht«, weicht er aus. »Allerdings bin ich zu vielem bereit, um endlich Kontakt zu meinem Sohn zu haben. Insofern würde ich für niemanden die Hand ins Feuer legen.«

»Können wir mit den Inverstoren reden?« Ich höre selbst, wie naiv meine Äußerung klingt.

»Man kann immer. Allerdings, was willst du den Leuten denn sagen? Sentimentale Geschichten hören die andauernd. Da packen sie ihre Teflonmentalität aus und speisen dich mit ein paar Floskeln ab. Darin sind die gut, und das klingt so nett, dass du dich fast dafür bedankst, dass sie dich aus dem Möwenhof rausschmeißen.«

»Außerdem gehört mir der Hof nicht, und als Verhandlungspartnerin bin ich nicht ernst zu nehmen«, füge ich hinzu. »Zu einem Entscheider dringe ich sowieso nicht vor. Allenfalls zum Assistenten des Assistenten.«

»Das Einzige, was zieht, ist Geld. Sie wollen diese Wohnungen und damit viel Geld verdienen. Der Möwenhof ist Gold. Ruhige Lage, alter Baumbestand. Das Möwenhaus kommt sicher auf das Cover des Portfolios. Die luxussanierte Originalimmobilie für Liebhaber, die es nicht stört, wenn sie sich in der Erdgeschosstoilette den Kopf anstoßen. Für die anderen bauen sie neue Reetdachhäuser mit Wohnungen oder Doppelhaushälften in Premiumausstattung. Wenn du nicht ein ähnlich attraktives Grundstück aus dem Hut zauberst, kannst du nichts ausrichten.« Henning überlegt. »Könnt ihr den Möwenhof kaufen und Ludger auszahlen?«

Ich schüttle den Kopf. Weder Levke noch Mama verfügen über viel Geld. Alles, was wir erübrigen konnten, haben wir in die Renovierung gesteckt, und mein Kreditrahmen ist ausgereizt.

Die Wut brodelt in mir. »Ich kann nicht fassen, dass Ludger das nicht sieht oder nicht sehen will. Wir haben so viel investiert, und jetzt sollen wir das einfach aufgeben. Das ist Verschwendung.«

»Ich stimme dir zu. Aber er sieht nur die ›Schuld‹, die er seiner Meinung nach auf sich geladen hat, weil er sich all die Jahre nicht um Abena gekümmert hat. Jetzt will er das mit einem großen Opfer abtragen.«

»Für ihn ist es doch kein Opfer«, sage ich bitter. »Er verschwindet wieder, fährt Touristen in seinem Jeep herum oder macht Wüstentouren. Das Opfer bringen wir. So ein Egoist!«

»Immerhin macht er es für Abena und nicht für sich«, wirft Henning ein.

»Da können wir uns nicht sicher sein«, entgegne ich. Obwohl ich weiß, dass Henning nur die unterschiedlichen Perspektiven aufzeigt, regt es mich auf, dass er Ludgers rücksichtsloses Verhalten erklärt.

»Er zahlt Abena das College und setzt sich dann irgendwo zur Ruhe, schlürft Cocktails und hat dabei drei Frauen im Arm, denen er großzügige Geschenke macht. Lassen wir das.«

Die Vorstellung, dass Ludger unseren Hof für solche Vergnügungen verprasst, macht mich so wütend, dass ich am liebsten etwas werfen würde.

»Nun, das wissen wir ebenfalls nicht«, sagt Henning.

»Okay«, sage ich. »Was haben wir also? Bei den Investoren habe ich keine Verhandlungsgrundlage und auch keine Chance. Geld, um den Hof zu kaufen, habe ich auch nicht. Also bleibt nur Ludger.«

Das sind ja düstere Aussichten! Ich kippe meinen inzwischen ausgekühlten Kakao hinunter. »Was wirkt am besten? Charme, Druck oder Tricks?«

»Wenn du mich fragst, eine Mischung aus allen dreien«, sagt Henning.

Mit aufgestützten Ellbogen denke ich nach und bitte Henning um eine weitere Tasse.

Ich stecke Aufbackbrötchen in den Ofen und hole Butter aus dem Kühlschrank. Eine Idee haben wir, aber für die Umsetzung benötige ich Unterstützung. Ich weiß zu wenig über Ludger, um eine wirkungsvolle Strategie zu ersinnen.

Als Mama und Levke zurückkommen, hole ich sie in mein Wohnzimmer, um sie in meine Pläne einzuweihen. Henning versorgt sie mit Kakao.

Levke zieht die Stirn in Falten, als ich ihr das Körbchen mit den Brötchen hinhalte. Sie schnuppert und verzieht das Gesicht. »Dass ihr so was esst. Das ist ein Verbrechen an der Backkunst«, murmelt sie und überlässt es meiner Mutter, die in ihren Augen unwürdigen Brötchen zu kosten.

»Versündige dich nur«, sagt sie zu Mama, als die sich Butter auf eine Hälfte schmiert. Ich hole Pfefferminzschokoladenblättchen aus meinem Vorratsschrank. Von denen weiß ich, dass Levke sie gerne isst. Das Letzte, was wir jetzt benötigen, ist eine angefressene Komplizin. Merle, die mit John eine Fahrradtour macht, hat sich auf einer Bank am Deich niedergelassen und folgt unserem Gespräch per Videotelefonat.

Ich unterbreite ihnen das, was ich als Dreifaltigkeit der Strategie bezeichne. Dies bringt mir ein Grinsen von Henning und ein Kopfschütteln meiner Mutter ein.

»Du warst zu lange in Bayern«, kommentiert Levke. Wir überlegen, wer in einem abgewandelten Good-Cop-Bad-Cop-Spiel welche Rolle übernimmt. Dass Mama sich mit der Rolle der Mahnerin am leichtesten tut, habe ich mir bereits gedacht. Allerdings verwerfen wir den Plan wieder, weil wir es für sinnvoller halten, Ludger das Zuhausegefühl zu vermitteln, das bei ihm offenbar noch nie aufgekommen ist. Also rufen wir Lisbeth an, die sich sofort bereit erklärt zu kommen und auch gerne den Bad Cop geben will.

Levke will mit ihm all die Sachen unternehmen, die sie als Kinder verbunden haben. Mama sorgt im Hintergrund dafür, dass der Laden weiterläuft und kümmert sich um die Gäste. Sie hat zu große Bedenken, dass der Gaul mit ihr durchgeht und sie Ludger durch eine unbedachte Bemerkung vergrätzt.

»Wir sollten ein Fest veranstalten«, sagt Levke. »Een grote. Den Hof packen wir voller Tische und Bänke, und dann grillen wir und backen Kuchen, und wir laden alle ein, die wir kennen. Ludger hat immer gerne gefeiert. Vor allem hat er sich gerne feiern lassen. So etwas brauchen wir unbedingt.«

Der Vorschlag trifft bei allen auf Begeisterung. Langsam schöpfe ich Hoffnung, dass es uns tatsächlich gelingen könnte, Ludger umzustimmen. Ich werde mit meinen Kindern, die ich für diesen Plan schamlos zu instrumentalisieren gedenke, die Zukunft des Möwenhofs aufzeigen und das Stück »Paradiesische Kindheit« geben. So viel müssen wir gar nicht spielen, denn die Motten wachsen hier tatsächlich in einer traumhaften Umgebung auf. Die Erkenntnis, dass dies bald ein Ende haben könnte, treibt mir kurzzeitig wieder die Tränen in die Augen.

Merle wird uns bei der Kindheitstraum-Sache unterstützen. »Was machen wir eigentlich mit Abena?«, fragt sie. »Ist sie nicht eigentlich der Schlüssel zu unserem Vorhaben? Und betrügen wir sie nicht um ihre Zukunft?«

»Das ist mir einerlei. Schließlich betrügt Ludger Marens Kinder um ihre Gegenwart«, wirft Mama ein.

»Ihr müsst etwas finden, bei dem sowohl Abena als auch die Motten fair wegkommen«, sagt Henning salomonisch. »Vielleicht hat sie Aussicht auf ein Stipendium.« Er verspricht, sich in dieser Hinsicht kundig zu machen.

»Ich mag die Lütte«, sagt Levke. »Und es tut mir in der Seele weh, dass sie so einen Döskopp als Vater hat.«

Am Ende einigen wir uns darauf, Abena aus allen Manipulationen herauszuhalten und sie in der Woche einfach kennenzulernen, auch wenn Merle und Henning Zweifel äußern, ob das so funktionieren kann.

Im Übrigen sollen meine drei nichts davon erfahren, welches Gewitter über dem Möwenhof aufgezogen ist. Wir werden einfach eine abwechslungsreiche Woche für den Großonkel und die Großcousine veranstalten.

Henning hat eine Bekannte bei einer Lifestyle-Zeitung. Er will sie fragen, ob sie den Möwenhof vielleicht erwähnen oder vorstellen kann. Vielleicht kann man Ludger so vom Potenzial des Möwenhofs überzeugen und ihn von einem Verkauf abhalten.

Merle zuckt mit den Schultern. »Alles, was hilft«, befindet sie.

Lange bevor Tom die Kinder bringt, haben wir die Planung für die »Operation Fischkopp«, wie Henning sie scherzhaft getauft hat, abgeschlossen. Wir lösen die Veranstaltung auf, und ich bleibe alleine zurück.

Aus dem Büro über meiner Wohnung höre ich bald Beethoven und Brahms, was heißt, dass Mama sich über die Abrechnungen macht. Zum gekippten Fenster zieht der Duft von Holzofenbrot herein. Henning hat sich verabschiedet, um Kälbchen abzuholen.

Als die anderen weg waren, hat er mir angeboten, mir finanziell unter die Arme zu greifen. »Ich habe fast alles in die Werft gesteckt, aber es wäre noch genug da, was du bei der Bank als Sicherheit hinterlegen könntest, damit du einen Kredit bekommst.«

Ich schlucke und überlege, ob das die Lösung aller Probleme sein könnte, doch mein Bauch rumort so stark, dass ich nicht zustimmen kann. Mit der teuren Miete in München und den horrenden Lebenshaltungskosten habe ich gesehen, wie es ist, nicht frei agieren zu können. Mit Horror denke ich daran zurück, dass die Wohnung fast ein ganzes Gehalt gefressen hat und ich alle anderen Ausgaben von Toms Unterhaltszahlungen für die Kinder bestreiten musste. Zudem erachte ich das, was zwischen uns gerade aufblüht, als zu zart und frisch, als dass ich es mit einer solchen Hypothek belasten will.

Als Tom in den Hof einfährt, habe ich mich beruhigt. Ich hoffe, dass meine Kinder gar nicht mitkriegen, welcher Sturm sich in ihrer Abwesenheit zusammengebraut hat.

Nico ist auf der Fahrt eingeschlafen. Tom trägt ihn in sein Bett, Noah trottet hinter den beiden her, drückt sich kurz an mich und zieht dann ohne Murren seinen Schlafanzug an und lässt sich in seine Koje fallen.

Nele fragt, ob sie noch kurz zu Johannes darf, und wundert sich, als ich ihr erlaube, noch für eine Stunde zu den Birchers zu radeln.

»Alles in Ordnung?«, fragt sie.

»Klar«, sage ich und versuche ein Lächeln.

Tom fragt, ob er das Bad benutzen kann. Als er zurückkommt, mustert er mich. »Ist was passiert?«, fragt er.

Die Tränen schießen hoch, und diesmal schaffe ich es, sie zu bremsen. »Mein Onkel ist da, und er sorgt für Unruhe«, bringe ich als Antwort heraus, mit der ich nicht lüge, aber zumindest auch nicht das ganze Ausmaß der Katastrophe darlege.

»Du kannst dich immer an mich wenden, wenn du Hilfe brauchst.«

Ich nicke und bedanke mich und werde sein Angebot bestimmt nicht in Erwägung ziehen.

»Wo hast du denn Kai gelassen?«, erkundige ich mich und genieße die Verwunderung, die meine Frage bei Tom auslöst.

»Der trifft sich noch mit einer Freundin in Hamburg. Ich sammele ihn auf dem Rückweg wieder ein.«

»Du kannst ihn das nächste Mal gerne mitbringen«, sage ich und hoffe, ein Lächeln hinzubekommen.

»Ich frage ihn«, sagt Tom.

In der Tür dreht er sich noch einmal um. »Ist wirklich alles in Ordnung?«, will er wissen.

»Es ist nichts, was ich nicht hinkriege«, sage ich und hoffe, dass ich recht behalte.

## 17

## Henning

Kälbchen und ich sind früh unterwegs. Um diese Zeit trifft man nur Hundebesitzer und Fitnessfanatiker. Die einen mit verschlafenen Augen und Hundekotbeuteln, die anderen mit Bestzeiten im Kopf, bevor sie im Job glänzen und ihre Familie vernachlässigen. Früher wäre ich auch hier über den Deich gehetzt, wobei, nein, ich hatte kaum Zeit hierherzufahren. Ich habe meine Morgenrunde an der Alster absolviert und zwischen Espresso und Dusche die ersten Anweisungen an meinen Assistenten geschickt. Abends habe ich auf Partys mit erfolgreichen Menschen gefeiert, die sich gegenseitig bestätigten, wie großartig sie sind. Wir übertrumpften uns mit Erfolgen und tarnten Misserfolge als Herausforderungen. Der schlimmste Lügner war ich, denn ich verschwieg mein Kind. Und wahrscheinlich bin ich auch der, der am meisten dafür büßt.

Caroline hat Christopher meine Nummer gegeben. Sie hat es mir geschrieben. Er weiß, dass ich darauf warte, dass er sich meldet. Bis jetzt habe ich keine Nachricht von ihm erhalten, und eine Stimme in meinem Kopf sagt mir, dass ich dieses Ignorieren verdient habe. Am liebsten würde ich ihm schreiben, aber ich will ihn nicht bedrängen. Es ist überhaupt seltsam, dass ich die Nummer meines Sohnes erst erfragen muss. Was für ein Idiot bin ich eigentlich gewesen?

Ich denke daran, wie Nico sich einfach auf mein Knie gesetzt hat, um mit mir die Betten abzubauen, und versuche, die Enge im Hals loszuwerden. Der Tag, als wir das Piratenlager bauten, zählt zu meinen schönsten Erinnerungen der letzten Zeit. Wenn ich ehrlich bin, zu meinen schönsten Erinnerungen überhaupt. Ich muss immer noch schmunzeln, wenn ich mich daran erinnere, wie Noah die Maße für unsere Bretter und Balken im Kopf ausrechnete, während ich sie noch nicht in den Taschenrechner getippt hatte.

Nele hat mich neulich gefragt, ob ich ihr und Johannes das Segeln beibringen könne. Unsere erste Stunde haben wir schon hinter uns gebracht. Sie stellt sich geschickt an. Johannes auch, aber Nele hat ein Gefühl für das Boot. Es sind Blitzlichter, in denen ich erlebe, was es bedeutet, mit Kindern Zeit zu verbringen. Vielleicht sind Marens Kinder meine zweite Chance. Sie sollen Christopher nicht ersetzen. Niemals. Ich werde weiterhin daran arbeiten, dass wir einen Weg zueinander finden. Aber mit Nele, Noah und Nico kann ich all das nachholen, was ich bei meinem eigenen Sohn versäumt habe. Vielleicht hört dann dieser dumpfe Schmerz auf, der mich immer daran erinnert, aus welchen nichtigen Motiven ich gehandelt habe. Maren bedeutet mir die Welt. Und es kommt mir seltsam vor, dass ich jemals daran zweifelte, dass ich mit einer Frau mit Kindern zusammen sein kann. Seit ich sie kenne, ist mein Leben heller. Als hätte sie die Sonne in mein wolkenverhangenes Dasein gebracht. Vorher war ich nicht unglücklich. Aber ich wusste nicht, wie glücklich und zufrieden und erfüllt ich mich fühlen kann.

Deswegen will ich alles dafür tun, dass sie auf dem Möwenhof bleiben können. Värsholm, Meyer und Bethke – das Schicksal hat sich einen üblen Scherz erlaubt, dass ausgerechnet diese Gruppe das Anwesen aufkaufen will. Fast hätte Värsholm, Meyer und Jansen auf den Visitenkarten gestanden. Partner in dieser Firma zu sein wäre mein ultimativer Triumph gewesen. Ich hätte meinen Bruder, der das Unternehmen unseres Vaters führt, nicht nur eingeholt, sondern überholt. Vielleicht hätte meine Mutter dann die Sticheleien eingestellt. Und ganz sicher wäre ich unglücklich geblieben. An dem Tag, an dem ich den Job in der alten Kanzlei kündigte und Peter Värsholm und Hannes Meyer absagte, fiel ein tonnenschweres Gewicht von meiner Brust.

Ich kündigte meine Wohnung, spendete meine Anzüge einer Wohlfahrtsorganisation und fuhr einfach los. In der Nähe des Hotels, in dem ich übernachtete, fand ich diese Weinhandlung, in der es fantastische italienische Mittagsgerichte gab. So lernte ich nicht nur Robert kennen, sondern hörte auch die Geschichte seiner Frau Cinzia. Einer Anwältin, die nach einem großen Prozess ihren Beruf an den Nagel hängte und mit ihrer Jugendliebe Robert die Weinhandlung aufmachte. Da wusste ich, dass ich das Richtige getan hatte. Nur dass ich mich nicht dem Wein, sondern den Booten verschreiben wollte.

Meine Fast-Partner sagten mir, dass man sich im Leben immer zweimal sieht. Offenbar ist es nun so weit.

Kälbchen und ich erreichen den Strandübergang. Ganz selbstverständlich schlägt mein Hund den Weg zum Meer ein. Wedelnd läuft er durch die Dünen, schnuppert an den Pfützen neben dem Steg und ignoriert brav die Möwen, die dort nach Essbarem suchen. Schilder weisen darauf hin, dass man das Naturschutzgebiet in den Dünen nicht betreten darf, um die Pflanzen zu schützen und brütende Vögel nicht zu stören. Wir laufen über den breiten Strand durch die Dünen zum Deich. Als wir die Hinweisschilder erneut passieren, stutze ich. Naturschutzgebiet Wattenmeer. Ob das die Lösung wäre?

Ich packe Kälbchen in den Jeep, fahre zum Möwenhof und parke an der Straße. Bald klopfe ich an Marens Tür.

Sie öffnet, und die Verwunderung in ihrem Gesicht weicht einem Leuchten.

Sie sieht noch ein wenig müde aus, und ich liebe ihren Anblick. In ihrem weiten T-Shirt, ihrer bunten Hose und ohne Make-up ist sie für mich die wunderbarste Frau der Welt.

Sie begrüßt mich so zärtlich, dass ich mir wünsche, unser Kuss würde ewig dauern. Es ist unglaublich, wie sehr ich sie jede einzelne Minute vermisse. Und ich sehne mich danach, sie stundenlang zu küssen und ihren Körper unendlich lange nahe bei meinem zu spüren.

»Das ist eine schöne Überraschung«, sagt sie. »Bist du nur hergekommen, um mich zu küssen?«

»Kennen Lina oder Levke einen Naturschützer?«, frage ich.

Sie runzelt die Stirn.

»Möglichst jemanden, der unbequem und hartnäckig ist und der sich auf keine Kompromisse einlässt. Einen, der sich zur Not an Bäume kettet.«

»Wieso?«, fragt sie. »Ist dir dein Leben zu langweilig? Suchst du neue Herausforderungen? Möchtest du verhaftet werden?«

»Eine Chance, den Verkauf zu stoppen oder zu verhindern, wären seltene Pflanzen oder geschützte Tiere, die in den Wiesen rund um den Möwenhof angesiedelt sind«, erkläre ich.

Marens Stimme klingt hell und hoffnungsvoll. »Sobald ich die Kinder zum Bus geschickt habe, frage ich sofort Mama.«

Ich fasse einen Zipfel ihres Shirts und ziehe sie zu mir. »Ich vermisse dich sehr.« Mein Inneres zieht sich zusammen. Unsere Wochenendflucht ist gerade einmal zwei Tage her, und ich sehne mich nach ihr, als hätte ich sie seit Monaten nicht gesehen.

Sie flüstert, dass sie dauernd an mich denken muss und dass ich ihr fehle und dass sie ihre Mutter gleich noch fragen wolle, ob sie sich am Abend um die Kinder kümmern könne. Laut sagt sie: »Möchtest du einen Kaffee trinken? Oder ist dir das nicht recht?«

Ich zögere. »Und die Kinder?«

Sie zuckt mit den Schultern. »Ich weiß es nicht. Sollen wir sagen, dass du etwas mit mir besprechen willst?«

»Ich habe in zwanzig Minuten einen Termin. Das soll jetzt keine Ausrede sein«, sage ich. »Ich möchte gerne mit dir und den Kindern frühstücken, aber ich will es richtig angehen. Sie sollen sich freuen, wenn ich mit am Tisch sitze, und mich nicht als Störfaktor empfinden. Diesmal will ich es nicht versauen.«

Als Antwort auf meine Erklärung küsst sie mich so leidenschaftlich, dass ich am liebsten gleich hier und jetzt mit ihr schlafen möchte.

»Heute Abend«, flüstert sie, als könne sie meine Gedanken lesen. Wahrscheinlich hat sie aber nur ihre eigenen ausgesprochen.

Dann löst sie sich von mir, weil sie die Pausenverpflegung für die Kinder richten muss.

Seit Levke deren Brotdosen bestückt hat, muss sie sich anstrengen, weil die Lütten ihre Ansprüche, was den Proviant angeht, nach oben korrigiert haben.

Nach einem letzten Morgenkuss laufe ich zurück zum Auto. Wie gerne würde ich jetzt neben ihr stehen. In meinem Leben habe ich noch kein Pausenbrot zusammengestellt. Ich könnte mich mit ihr abwechseln oder ihr diese Aufgabe sogar ganz abnehmen, wenn ihr das keine Freude macht. Die Kinder haben nach wie vor keine Ahnung, dass uns mehr verbindet als Möbel aufbauen und Alkovenbetten zimmern. Nele kann sich wahrscheinlich etwas denken. Eigentlich kann ich mir nicht vorstellen, dass Marens Kinder etwas gegen mich hätten. Nur Henning, der Piratenlager-Baumhaus-Erbauer, ist eine andere Nummer als Henning, der neben Mama schläft. Womöglich kriechen sie ab und zu noch zu Maren ins Bett und sehen mich dann als denjenigen an, der ihnen den Schlafplatz streitig macht. Ich weiß nicht, wie das ist, wenn ein Kind mit ins Bett kriecht, aber ich stelle es mir schön vor, wenn ein kleiner Mensch nachts Schutz sucht und du allein durch deine Anwesenheit Sicherheit bietest. Aber ich weiß nicht, ob Noah oder Nico mich dort akzeptieren würden. Nico vielleicht, das würde ich mir wünschen. Am liebsten würde ich es ihnen gleich heute sagen, damit wir das Versteckspiel nicht weiterführen müssen. Ich habe keine Ahnung, ob wir das überhaupt sollen und wie lange Maren das plant. Und ich fühle mich zerrissen zwischen dem Wunsch, bei ihr zu sein, und dem Wunsch, dass es mit den Kindern glattgeht und sie mich akzeptieren.

Ein leises Wuff von Kälbchen holt mich aus meinen Gedanken. Vom Kofferraum aus sieht er mich fast fragend an. Ich habe nicht registriert, dass ich schon in der Werft angekommen bin.

Am Abend kommt Maren zu mir. Es ist das erste Mal, dass sie meine Wohnung sieht. Ich habe geputzt und gelüftet und das Bett frisch bezogen und Risotto gekocht (ein Rezept von Cinzia, das immer gelingt – ein Glück, dass sie recht hat). Ich versuche in Marens Blick zu lesen, als sie sich umsieht. Der Chesterfieldsessel stammt noch von meinem Großvater. Er hat es neben dem großen Fernseher und den Bücherregalen aus meiner alten Wohnung in die neue, wesentlich kleinere geschafft. Mein altes Bett hätte nicht in das kleine Schlafzimmer gepasst. Das neue ist mit einem Meter vierzig so breit, dass man zu zweit drin liegen kann, ob es bequem wird, werden wir sehen.

Tatsächlich habe ich noch nie mit einer Frau darin geschlafen. Ich habe immer Hotelzimmer bevorzugt. Meine Wohnung habe ich instinktiv beschützt. Wahrscheinlich habe ich auf Maren gewartet.

Mein Esstisch besteht aus einer alten Tür, die ich abgeschliffen und lackiert habe. Sie passt gut zu meinen Designerstühlen, von denen ich mich auch nicht trennen konnte. Aufgeregt warte ich auf eine Reaktion von ihr. Ich möchte, dass es ihr gefällt und dass sie sich wohlfühlt.

»Ich mag deine Wohnung«, sagt sie, und ich fühle mich, als hätte ich mein Examen bestanden.

Ich nehme sie in die Arme und endlich können wir uns so küssen, wie wir es heute Morgen gerne getan hätten. Ihre Hände gleiten über meinen Rücken, und ich verliere mich in ihrer Nähe. Zusammen tauchen wir ab in dieses Meer der Leidenschaft, schwimmen zusammen im Gleichklang, die Körper eng aneinandergeschmiegt, genießen den Rausch, bis wir wieder auftauchen. Mit Maren bin ich in einer anderen Sphäre. Nicht nur wenn wir miteinander schlafen.

Ich habe meine alte Welt verlassen, als ich meine Stelle gekündigt habe, und komme nur zu Familienfeiern auf eine Stippvisite zurück. Mit Maren bin ich in dem Leben angekommen, das ich gesucht habe, ohne zu wissen, dass ich genau das wollte.

Während ich das Risotto fertigstelle, sieht sie sich mein Bücherregal an. Sie kommentiert die Titel, die sie kennt, und fragt mich nach Romanen, die sie noch lesen will. Beim Essen erzählt sie mir, dass Lina den Naturschutzverein Eiderstedt kontaktiert hat und sie sich die Wiesen um den Hof ansehen wollen.

In der Nacht finden wir wenig Schlaf. Wir genießen es, endlich Sex haben zu können, nachdem wir nun wissen, dass der andere sich auch danach gesehnt hat. Zwischendurch reden wir und erfahren mehr von uns. Eine solche tiefe Verbundenheit habe ich noch nie gefühlt. Das muss Ankommen sein.

Es fällt mir schwer, mich am nächsten Morgen von Maren zu trennen. Am liebsten würde ich mit ihr den ganzen Tag im Bett bleiben. Die Nachricht, die sie etwas später schickt, bestärkt mich darin, dass es die bessere Idee gewesen wäre. Die Expertise des Naturschutzvereins Eiderstedt fällt ernüchternd aus. Auf den Wiesen des Möwenhofs, zwischen den Obstbäumen und den Stallgebäuden, hat sich kein Lebewesen niedergelassen, das auf einer Liste zu schützender Gewächse oder Tiere steht. Maren klingt niedergeschlagen, als sie mir die Neuigkeit am Telefon erzählt. Bedauerlicherweise siedelten dort auch nie Wikinger oder andere interessante Kulturen. Und der Denkmalschutz schreckt die Firma leider nicht ab. Das große Geld machen sie mit den Neubauten, da stört es nicht, wenn man bei dem bestehenden Haus alte Balken erhalten muss und keine Wände versetzen darf. Im Gegenteil: Die PR-Abteilung liebt ein Foto mit dem Denkmalschutz oder gar einen Bericht im Lokalprogramm. Das Alter des Hauses spielt ihnen eher in die Hände.

Ole, der mich in der Werft besucht, hat auch keine Idee, wie man die Misere des Möwenhofs abwenden kann. Ein Glück, dass zumindest die Good-Cop-Bad-Cop-Charming-Cop-Aktion zu verfangen scheint.

Mein Kumpel erzählt, dass Merle mit Abena den gesamten letzten Abend in der Strandkrabbe verbracht hat. »Wenn ich nicht angefangen hätte, die Stühle hochzustellen, würden die da jetzt noch sitzen«, sagt er. Zudem weiß er zu berichten, dass sich die Frauen gut verstanden und viel getrunken hätten. Wie alte Freundinnen hätten sie gewirkt. All das stimmt mich zuversichtlich, denn Abena hat bestimmt kein Interesse daran, ihre neu gefundene Familie aus dem Haus zu werfen. Das hoffe ich zumindest.

Die Woche vergeht, und meine Nervosität bleibt. Mein Plan mit dem Naturschutz ist nicht aufgegangen. Sich auf das Spiel mit dem Charme zu verlassen ist mir zu riskant.

Wenn Maren mit mir über ihren Onkel spricht, nennt sie ihn nur noch das Phantom. Sie bekommt ihn kaum zu Gesicht. Meist ist er schon unterwegs, wenn sie ins Haupthaus kommt, um die Zimmer zu machen. Abends unternimmt er Spaziergänge oder geht nach Sankt Peter, um etwas zu trinken.

Mitte der Woche hatte sie tatsächlich Kontakt mit ihm. Sie machte mit ihm und Levke einen Ausflug nach Husum. Er war Teil der Charmeoffensive und gab dem Naturschutzverein Zeit, sich in Ruhe den Hof anzusehen. In Husum schwelgten die Älteren in Kindheitserinnerungen, und Maren »entdeckte« ein Lokal, das Rouladen vom Holsteiner Rind serviert. Er schwärmt wohl seit seiner Ankunft von Sonntagsausflügen zu einem – leider nicht mehr existenten – Gasthaus, und Maren hofft, dass auch dieses Erlebnis dazu beiträgt, ihn zu einem Umdenken zu bewegen. Sie hält unbeirrt an diesem Plan fest. Mantraartig sagt sie mir bei jedem Treffen und jedem Telefonat, mit dem Familiengefühl würden sie ihn kriegen. Wenn sie sich unbeobachtet fühlt, fällt die Maske von ihrem Gesicht, und sie wirkt so traurig, dass es mir das Herz zerreißt.

»Ich kann das den Kindern nicht antun. Nicht schon wieder ein Umzug«, hat sie mir gestern zugeflüstert. Die Träne, die ihr langsam die Wange hinunterlief, geht mir nicht aus dem Sinn.

Während ich repariere und lackiere, sehe ich Marens verzweifeltes Gesicht vor mir. Und wie sie mir zuflüstert, dass sie kein Haus finden werden, das groß genug ist, dass sie alle zusammenwohnen können. Jedenfalls keines, das sie sich leisten können.

Levke und Lina haben von einer Best-Ager-WG gesprochen, in der sie sich vorstellen können zu bleiben. Dann wäre alles wieder vorbei, bevor es richtig angefangen hat.

Ich lasse den Pinsel sinken. Den Lack habe ich zu dick aufgebracht, so kann das keinesfalls zurück zur Kundschaft. Morgen muss ich ihn noch einmal komplett neu auftragen. Ich lege das Werkzeug weg und gehe zum Telefon. Manche Anrufe kann man nur vom Festnetz aus machen.

Die Stimme am anderen Ende meldet sich mit »Värsholm, Meyer und Bethke« und klingt mir vertraut. Ich nenne meinen Namen und bitte um Verbindung zu Herrn Meyer.

»Herr Jansen«, wiederholt die Stimme erfreut. Es ist Frau Zahnfeld, die früher in meiner alten Kanzlei arbeitete. Sie erklärt, dass sie Herrn Meyer in die neue Firma gefolgt ist. Das wundert mich nicht, schließlich hat sie unsere Kanzlei heimlich geleitet. Wäre ich dort eingestiegen, hätte ich sie abgeworben. Wir tauschen Höflichkeiten aus, und ich frage erneut nach Herrn Meyer. Sie verneint und erinnert mich an den Polo Cup auf Sylt, bei dem der Mutterkonzern Asterboom und Loffeld als Hauptsponsor auftritt. Alle Filialen, auch die, mit der ich gerade spreche, sind dort vertreten.

Ich bedanke mich und weiß, dass ich nun einen Plan habe. Eine Internetrecherche, einen Anruf und zwei Stunden am Notebook benötige ich für die Vorbereitung. Ich ziehe ein weißes Hemd aus dem Schrank. Drei habe ich behalten, um bei Familienfesten nicht aufzufallen. Früher schätzte ich das feine Garn und die maßgeschneiderte Silhouette. Heute frage ich mich, warum ich dafür ein Vermögen ausgegeben habe. Von dem Geld hätte Maren ihren Onkel auszahlen können. Ich hätte weniger leben und mehr anlegen sollen. Kurz überlege ich, ob ich Ludger ein Angebot machen soll: eine größere Summe und dann monatliche Zahlungen. Doch ich kann nicht abschätzen, ob er sich darauf einließe und ob er, selbst wenn er ablehnt, Stillschweigen bewahren würde. Maren würde es rundweg ablehnen und als Einmischung ansehen. Also verwerfe ich den Gedanken und verfolge meinen anderen Plan. Auch davon sollte Maren nichts erfahren. Ich bringe Kälbchen zu Ole und fahre die zwei Stunden nach Sylt.

Die Klinkerfassade des Hotels, in dem sich meine ehemaligen Kollegen niedergelassen haben, strahlt im Sonnenlicht. Gepflegte Einpflanzungen, Buchs in Formschnitt, eine makellos gekehrte Einfahrt, edles Holz in der Eingangshalle. Niemand hält mich auf, als ich durch den Speisesaal gehe und auf die Terrasse strebe. An einem Tisch sitzt eine Frau mit blonden langen Haaren, ein Notebook vor sich und ein Tasse Cappuccino. Ein Glück, dass sie mich nicht gesehen hat. Sie ist eine böse Erinnerung aus der Zeit, in der

ich dachte, die Welt gehöre mir. Damals habe ich Miriam kennengelernt. Blitzgescheit, Start-up-Gründerin, Beine bis in den Himmel.
Was ich nicht ahnte, war, dass in der toughen Frau mit eigenem Pod-
cast und Kolumnen in verschiedenen Wirtschaftsmagazinen eine
Märchenprinzessin wohnt, die eine lose Affäre mit der großen Liebe
verwechselt. Es gab unschöne Szenen, und ich hoffe, dass ich hier
wieder weg bin, bevor wir uns über den Weg laufen.

Auf der Terrasse des Hotels stehen Männer mit pastellfar-
benen Hemden, die Kragen aufgestellt, die Hälfte davon mit um
die Schulter geknoteten Pullis. Mein Magen zieht sich bei dem
Gedanken zusammen, dass ich auch einmal so ausgesehen habe.
Nur das zurückgegelte Haar, das ich bei einigen Gäste sehe, hatte
ich nie. Die Frauen haben Sonnenbrillen im Haar, tragen edle Lei-
nenkleider und winzige Designerhandtaschen. Ich falle nicht auf,
denn ich habe mich als mein altes Ich verkleidet. Jemand vom Service bietet mir ein Glas Champagner an, und ich nehme es, weil es
meine Maskerade vervollständigt und weil ich mich fremd fühlen
würde, wenn ich nicht diesen Geschmack im Mund hätte. Ein Zu-
geständnis an mein altes Ich, das neue hätte lieber ein Lager bestellt. Ich stelle mich an einen Tisch und sehe mir die Leute an, ein
paar vertraute Gesichter sind darunter. Mit der Sonnenbrille und
den etwas längeren Haaren komme ich ihnen wahrscheinlich bekannt vor, aber sie können mich nicht einordnen. Zumindest nicht
gleich. In zwei zueinander gestellten Strandkörben sehe ich sie endlich. Värsholm und Meyer, zwei der Personen, die Maren und ihrer Familie das Leben schwer machen. Auf den niedrigen Tischen
mit den weißen bodenlangen Tischdecken stehen Sektkühler mit
mehreren Flaschen Champagner. Taktisch wäre es unklug, beide

gemeinsam zu konfrontieren. Ich muss sie einzeln erwischen und im richtigen Moment. Dem Füllstand der Flaschen nach haben sie erst mit dem Trinken angefangen. Auf einem Haufen und zu nüchtern, bietet das für mich eine ungünstige Ausgangslage. Also warte ich und hoffe, dass sie nicht allzu schnell trinken. Am schlimmsten wäre es, wenn ich eine Regelung erreiche, an die sich mein Gegenüber, sei es Värsholm oder Meyer oder Bethke, nicht erinnern kann.

Die Sonne strahlt vom Himmel, als hätte auch sie ein Engagement der schwerreichen Firma. Ein DJ legt loungige Musik auf, und die Häppchen, die gereicht werden, sind winzig und sehr schmackhaft. Mir bleibt nur zu essen, um nicht aufzufallen. Irgendwie muss ich die Zeit herumbringen ohne Aufmerksamkeit zu erregen, weil ich nicht möchte, dass sich herumspricht, dass ich mich unter die Gäste gemischt habe.

»Sieh an, ein Fremder auf unserem Fest«, höre ich eine rauchige Frauenstimme hinter mir. »Treibt dich die Sehnsucht zurück in den Schoß der Firma, oder muss ich den Sicherheitsdienst rufen?«

Der Wind, der von der See her weht, verrät mir, dass sie immer noch das gleiche Prada-Parfum benutzt. Auch ohne aufzublicken, hätte ich gewusst, dass sie ein Leinenkleid trägt. Das Kleid verhüllt, was die Beine verraten. Sie treibt immer noch viel Sport. Die Joggingrunde am Morgen hat sie schon damals eisern durchgezogen und mit mir entweder davor oder danach geschlafen.

Ich hatte gehofft, an Värsholm oder Meyer heranzukommen. Bei Verena Bethke rechne ich mir die geringsten Chancen aus. Doch wer weiß.

»Verena, wie geht es dir?«, frage ich.

»Ganz blendend«, sagt sie. »Thorsten und ich haben uns ein Haus hier gekauft. Wir sind nun fast jedes Wochenende hier oben. Für unsere Tochter ist das Klima gut, sie leidet unter Asthma. Die Nanny ist mit ihr am Strand.«

Ich weiß nicht, ob das ihre Standardsätze für heute sind oder ob sie ihre Botschaft für mich aufgehoben hat. Sie und Thorsten scheinen sich versöhnt zu haben und die Erneuerung ihrer Ehe mit einem Kind und einem Ferienhaus besiegelt zu haben. Die Nanny gab es wohl obendrauf.

»Du siehst gut aus«, sagt sie und sieht mich mit dem Blick an, auf den vor ein paar Jahren zwei Drinks und dann Sex gefolgt wären.

»Stimmt es, dass du nun eine Werft hast?«, fragt sie und stellt sich etwas näher an mich heran, als dies nötig wäre.

»Ich repariere Boote«, sage ich. »Und damit bin ich sehr zufrieden.«

»Man sieht es dir an«, sagt sie. Ein Fotograf baut sich vor unserem Tisch auf und bittet um ein Bild. Ich lehne ab, aber Verena rückt etwas näher an mich heran, hebt ihr Glas und sieht gekonnt in die Kamera.

Wenn ich sie nicht verprellen will, muss ich mich jetzt ablichten lassen, und deswegen bemühe ich mich, nicht ganz so missmutig in die Linse zu blicken.

»Gibt es jemanden in deinem Leben?«, fragt sie.

»Ich wohne allein, wenn du das meinst«, erwidere ich. Dieses Terrain möchte ich so schnell wie möglich verlassen. Jetzt kommt mir zugute, dass ich vorhin die Gäste studieren konnte. »Wie ich sehe, habt ihr Ludwig Drehsen anwerben können. Wie habt ihr denn das geschafft?«

»Er war der perfekte Ersatz für dich. Er hat sich auf ›Suchen überheblichen Besserwisser mit juristischer Ausbildung und herausragender Bilanz für aufstrebende Investmentgruppe‹ gemeldet.« Verena sieht mich über die Gläser ihrer Sonnenbrille an. Das goldene Chanel-Zeichen spiegelt sich in der Sonne.

Ich verdränge die schneidende Erwiderung, weil es für mein weiteres Vorgehen besser ist, wenn ich sie jetzt nicht vor den Kopf stoße. »Dann schicke mir doch einmal meinen brillanten Nachfolger. Ich habe etwas Geschäftliches mit ihm zu besprechen.«

»Hast du vom Booteflicken doch die Nase voll und sehnst dich wieder nach einem Platz am großen Tisch?« Verena lehnt sich ein Stück nach vorn.

»Bevor du daran denkst, dir etwas Eigenes aufzubauen, kannst du dich auch bei uns ins gemachte Nest setzen. Unsere Firma verträgt durchaus zwei arrogante Arschlöcher. Du musst also nicht in unserem Revier wildern.«

Ach so ist das, sie fürchtet, ich könne in meinen alten Beruf zurückkehren und ihnen Konkurrenz machen. Ein wenig schmeichelt es mir, dass ich immer noch Angst und Schrecken verbreiten kann. »Ich muss dich enttäuschen, bis jetzt schaffe ich meinen Job alleine. Aber wenn er eine Veränderung sucht, kann er sich gerne bei mir melden. Wir können dann mit ›Zwei arrogante, aber brillante Arschlöcher reparieren ihr Boot‹ werben. Oder mit ›Die anderen mögen nett sein, wir sorgen dafür, dass ihr Boot läuft.‹«

Verena hat offenbar keinen Sinn für diese Art von Witzen. »Jetzt sag schon, weshalb du hier bist!«

So ungehalten habe ich sie selten erlebt.

»Ihr plant ein Investment in der Nähe von Sankt Peter-Ording«, lege ich die Karten auf den Tisch. »Der Möwenhof. Ferienwohnungen im Bauernhaus und in den angrenzenden Gebäuden. Einzelhäuser und Doppelhaushälften auf den umgebenden Wiesen.«

»Wir haben viele Projekte dieser Art«, sagt Verena und setzt ihre Sonnenbrille wieder auf.

»Die Vertragsunterzeichnung mit Ludger Petersen ist auf kommenden Montag terminiert«, sage ich. »Und ich würde euch davon abraten.«

Verenas Miene ist undurchdringlich, und würde ich sie nicht so gut kennen, würde ich sagen, dass ihr das Projekt egal ist. Aber ich kenne sie, und ich sehe ihr an, dass sie gerade nicht weiß, wie sie mich oder meinen Vorstoß einschätzen soll. Diese Phase muss ich nutzen. Ich ziehe mein Tablet heraus und öffne das Exposé, das ich vorhin erstellt habe. »Der Lüders-Hof in Welt hat mehr Grund, einen größeren Obstgarten und mehr Land. Die Besitzer wollen verkaufen. Das ist euer Objekt.«

Verena überfliegt die Daten. »Der Möwenhof hat mehr Potenzial«, erwidert sie.

»Mit dem Lüders-Hof erwerbt ihr mehr Grundfläche. Ich muss dir doch sicher nicht vorrechnen, was es für euch bedeutet, wenn ihr 25 Prozent mehr Ferienimmobilien errichten könnt.«

»Der Möwenhof liegt näher am Strand«, kontert sie. »Die Anbindung zum Ort ist besser, und wir haben kein Naturschutzgebiet in der Nähe.«

Mein Bluff wartet nur darauf, ausgespielt zu werden. »Der Naturschutzbund begutachtet gerade die Wiesen um den Möwenhof. Wahrscheinlich wachsen dort drei Pflanzenarten, die als höchst schützenswert gelten. Wenn sich das bestätigt, werdet ihr die Bagger schnell abbestellen müssen.«

Verena winkt meinen Nachfolger her und berichtet ihm knapp von unserem Gespräch.

»Über eine solche Begutachtung sind wir nicht informiert«, sagt Drehsen.

Ich frage mich, ob er seinen Ruf in der Firma kennt.

Verena beginnt etwas in ihr Handy zu tippen.

»Noch haben sie wohl keine schützenswerte Blume gefunden«, erwidert Drehsen kühl. »Und selbst wenn, dann erwerben wir ein doppelt so großes Gebiet und schenken es dem Eiderstedter Naturschutzbund. Das ist eine Traum-PR. Bestimmt kriegen wir sogar den Ministerpräsidenten dazu, ein Band durchzuschneiden.«

»Die PR werdet ihr auch brauchen. Wenn bekannt wird, dass Värsholm, Meyer und Bethke sich nicht um die Umwelt scheren, wird es schwer, Käufer für eure Häuser und Wohnungen zu finden.«

»Du weißt, dass es anders ist«, sagt Verena. »Unsere Entscheidung steht. Wir möchten den Möwenhof und davon wird uns nichts abbringen.«

»Herrgott, Verena, Ludger Petersen lebt in Ghana und Namibia. Er hat keinen Bezug zu dem Hof, der ihm vererbt wurde. Ihm ist es egal. Aber seine Schwestern betreiben dort ein Bed and Breakfast. Einen Ort mit Charme und Seele. So etwas gibt es nur noch selten. Mit dem Verkauf verlieren sie ihr Heim und ihren Lebensinhalt. Euch ist es doch egal, ob ihr die Häuser hier oder woanders baut, solange die Rendite stimmt.« Jetzt habe ich meine Professionalität verspielt, aber das ist mir egal.

»Zwei Schwestern!« Verena zieht eine Augenbraue hoch. »Und an welche hast du dein Herz verloren? Oder ist es etwa die schöne Tochter einer der großartigen Pensionsschwestern?«

Der Blick, den ich aufsetze, soll ihr vermitteln, dass sie völlig falschliegt. Hoffentlich weiß sie ihn zu lesen. Aber ich fürchte tatsächlich, dass ich mich verraten habe.

»Weißt du, was ich an meinem neuen Leben liebe? Ich bin endlich auf der richtigen Seite. Ich bin endlich bei den Guten. Ich helfe Leuten, ich sorge dafür, dass ihnen ihre Lebensgrundlage bleibt und sie ihr Geld damit verdienen können. Es geht mir nicht mehr darum, noch größere Gewinne einzufahren, noch ein paar Wiesen zuzubauen, damit Leute, die sowieso schon nicht wissen wohin mit ihrem Geld, noch mehr Geld verdienen. Verena, wir wissen doch beide, wie es läuft. Ob du den Möwenhof oder irgendeinen anderen Hof kaufst, ist doch völlig egal. Ihr baut die Wohnungen, und die Leute verdienen ihr Geld. Also, verzichte auf den Möwenhof und mach den Vertrag mit den Lüders, die ohnehin verkaufen wollen. Es ist schön auf der guten Seite. Probiere es doch mal aus.«

Ich sehe ihr direkt in die Augen und warte auf ihre Reaktion.

Verena lehnt sich zurück. Sie setzt ihre Sonnenbrille ab, legt den Kopf zur Seite und sieht mich an. »Hör zu, Henning«, sagt sie. »Wir gehen hier nach professionellen Richtlinien vor und wissen, welche Objekte sich lohnen und welche nicht. Värsholm, Meyer und Bethke steht für Qualität, dafür, den Kunden die besten Immobilien mit der besten Rendite zu bieten. Wenn ich mich von jedem Hausmütterchen beeinflussen ließe, das dort weiterhin seine Geranien anpflanzen will, wäre ich nicht, wo ich heute bin. Ich habe eine Verantwortung gegenüber unseren Investoren und den Mitarbeitern meiner Firma. Durch meine Entscheidungen schaffe ich Arbeitsplätze. Ich ermögliche Frauen, in den Beruf zurückzukehren, weil ich eine Kita und eine Hausaufgabenbetreuung eingerichtet habe. Wir chauffieren die Kinder unserer Mitarbeiterinnen zu ihren Sport- und Kunstkursen, damit sich ihre Mütter auf ihren Job konzentrieren können.« Ihre Augen funkeln. »Ein schlechtes Gewissen lasse ich mir nicht einreden. Nicht von dir. Ich werde den Möwenhof kaufen. Durch deine Intervention bin ich mir umso sicherer, dass es die richtige Entscheidung ist. Und wenn die Damen ihre Pension verlieren, tut es mir leid. Schick sie zu mir, sie können Hausaufgaben betreuen oder Kuchen in unserer Kantine backen. Ich bringe sie unter. Aber lass mich mit deinen Storys zufrieden.«

Und damit geht sie. Verdammt! Was habe ich mir eigentlich gedacht? Dass ich nach fünf Jahren, in denen ich komplett aus dem Business raus bin, Verena ausmanövriere? Dämlich war das! Dämlich und überheblich. Wie ein Vollidiot habe ich mich angestellt. Aber aufgeben werde ich nicht, auch wenn ich dieses erste Match verloren habe. Von einem Mitarbeiter, den ich von früher kenne, erfahre ich, dass Holger Värsholm bereits gegangen ist. Also suche ich das Gespräch mit Michael Meyer, was mich aber kaum weiterbringt. Er kündigt an, sich den Vorgang mal anzusehen. Das bedeutet, er hat kein Interesse, sich zu kümmern, und wahrscheinlich jetzt schon vergessen, worüber wir überhaupt gesprochen haben.

An die Bar im Restaurant hat sich kein Gast verirrt. Die Täfelung an den Wänden und der dunkle Holzboden passen zu meiner Stimmung. Ich lasse mir einen doppelten Espresso geben, den ich selbst bezahle. Während ich auf dem Amarettini herumkaue, hoffe ich, dass mir noch eine geniale Idee kommt, aber sie bleibt aus.

»Henning Jansen?« Ich drehe mich um und sehe Gerlinde Asterboom auf mich zukommen. Die Grande Dame der Firma. Was sie sagt und möchte, gilt als sicher. Vielleicht hat mir das Schicksal oder das Universum doch noch die richtige Person geschickt.

Gerlinde erkundigt sich, was mich herführt, was ich mache.

Ich setze sie über mein neues Leben ins Bild. Dass sie mir nicht mit den üblichen Floskeln antwortet, habe ich schon immer bewundert. Gerlinde bevorzugt klare Worte, also bringe ich ihr mein Anliegen vor.

Sie hört mir zu und nickt verständnisvoll. »Es freut mich, dass Sie endlich etwas oder sogar jemanden gefunden haben, der Ihnen so viel bedeutet, dass Sie sich sogar in diese Drachenhöhle begeben, um zu helfen.«

Die Last auf meiner Brust hebt sich ein wenig. »Allerdings tut es mir leid, dass ich nichts für Sie tun kann«, sagt sie. »Ich mische mich nicht in die Geschäfte meiner Mitarbeiterinnen ein. Ich fühle mich inzwischen wie die Großmutter unseres Unternehmens und als solche muss ich wissen, wann ich handeln und wann ich mich zurückhalten muss. In Ihrem Fall kann ich leider nichts tun.«

Sie entschuldigt sich, und wie aufs Stichwort erscheint Miriam neben unserem Tischchen. »Kommst du, Oma?«, fragt sie.

Gerlinde Asterboom lächelt. »Sie kennen ja meine Enkelin?«, sagt sie und steht auf. Miriam lächelt mich an.

»Moin«, sage ich, und bei ihrem Lächeln dreht sich mir alles um.

Wir verabschieden uns, und ich gehe zu meinem Auto. Diese verwandtschaftliche Beziehung hatte ich völlig vergessen. Habe ich mit Miriam damals trotz oder gerade wegen dieser Verbindung etwas angefangen? Ich weiß es nicht mehr.

Im Rückspiegel sehe ich, wie Miriam ihrer Großmutter die Autotür aufhält. Und mit einem Mal wird mir bewusst, dass bei den Worten von Gerlinde Asterboom mehr zwischen den Zeilen stand, als ich zunächst herausgelesen habe. Vielleicht hätte sie mich auch so nicht unterstützt, aber nach der Geschichte mit ihrer Enkelin, die sie zweifelsohne kennt, würde sie mir nicht einmal helfen, wenn ich über einem Abgrund hängen und mich nur noch mit einer Hand halten würde. Wahrscheinlich würde sie warten, bis ich den Halt verliere. Oder sie würde Verena rufen. Bei ihr bin ich mir sicher, dass sie auf meine Hand treten würde, um den Vorgang zu beschleunigen. Und Miriam hätte dafür gesorgt, dass unten Haie oder Piranhas oder spitze Felsen auf mich warten. So vernetzt, wie sie ist, hätte sie dies hinbekommen.

Was für eine Pleite! Ich habe versucht, den Möwenhof zu retten, und ich habe versagt. Wenn man es genau nimmt, hat meine Rumvögelei in meinem alten Leben mir jede Chance genommen, hier etwas zu bewegen.

# 18

## Maren

In Merles Kosmetikstudio bei der Dünentherme brennen elegante Duftkerzen auf der weißen Anrichte. Es riecht nach Orange und Kardamom. Ich betrete den Laden zehn Minuten zu früh. Merle kümmert sich noch um ihre Kundin. Auf einem Stövchen steht eine Teekanne, daneben Tassen und Kekse und eine handgeschriebene Einladung: *Gönnen Sie sich einen Moment der Entspannung. Ich bin gleich für Sie da.* Das lasse ich mir nicht zweimal sagen und gieße mir eine Tasse Tee ein. Er duftet nach Kräutern und Gewürzen und schmeckt nach Karamell.

Merle hat am frühen Nachmittag geschrieben, dass eine Kundin ausgefallen ist und sie mir eine Gesichtsbehandlung zum Schwesterntarif machen will.

Das passt mir gut. Zu Hause spielen sie Skat. Nele und Noah sind schon richtig gut geworden. Nico spielt meist mit Mama oder Levke. Natürlich haben die beiden auch Abena gleich in unserem Familienspiel unterwiesen. Die Grundzüge hat sie schon gekannt, die hatte ihr Ludger bereits beigebracht. Vielleicht bringt ja das gemeinsame Spielen den Durchbruch.

Henning musste dringend nach Sylt.

Unser Wochenende ist wenige Tage her, und noch immer schwebe ich wie auf Wolken. Zumindest in den Momenten, in denen ich ausblenden kann, dass unsere Tage auf dem Möwenhof gezählt sind, wenn es nach Ludger geht.

Ich blättere in den Zeitschriften, die ausliegen, und schaue die Menschen an, die am Fenster vorbeilaufen. Nach zehn Minuten erscheint meine Schwester und begrüßt mich mit einer Umarmung.

»Wie schön, dass du da bist«, sagt sie. »Gleich geht's los.«

Die Kundin kommt aus dem Behandlungsraum. Sie wirkt megaentspannt und lässt sich von Merle noch eine Tagescreme empfehlen. Meine Schwester packt ihr diese zusammen mit ein paar Pröbchen in eine schicke Tragetasche und verabschiedet die Dame, die sich tausendmal bedankt und beteuert, in ihrem nächsten Urlaub wiederzukommen.

Ich sehe ihr nach, wie sie noch einmal durch das Schaufenster winkt und dann in Richtung Badallee verschwindet.

»Wow«, sage ich. »Was verwendest du denn für Zaubereli-xiere?«

»Gelernt ist gelernt«, erwidert Merle achselzuckend. »Nach einiger Zeit hast du im Gefühl, was die Kundinnen brauchen. Der Rest ist ein Kinderspiel. Und meine Produkte sind gut. Die arbeiten für mich.«

»Dann darfst du jetzt einmal für mich zaubern«, beschließe ich und trinke den letzten Schluck Tee.

Eine Dreiviertelstunde später liege ich mit einer Feuchtigkeitsmaske auf dem Gesicht auf dem bequemen Behandlungsstuhl.

Gerade als sie anfängt, trocken zu werden, kommt meine Schwester mit einem großen Karton ins Zimmer.

Ich blinzele unter den mit Serum getränkten Wattepads hervor, die meine Augen strahlend und prall wirken lassen sollen.

»Das sind bestimmt die neuen Anwendungen für Hände und Füße«, jubelt meine Schwester. Ich entferne die Pads von meinen Augen und sehe ihr zu, wie sie den Karton öffnet. Sie wirkt wie meine Kinder, wenn sie an Weihnachten ihre Geschenke aufmachen.

»Ich habe die neulich auf einer Fortbildung gesehen und gewusst, dass ich sie brauche.« Sie legt den Kopf schief und betrachtet meine Füße und Hände. »Wollen wir die gleich mal ausprobieren?«

»Was hast du an meinen Füßen auszusetzen?«

»Nichts, aber Feuchtigkeit hat noch nie jemandem geschadet. Außerdem könntest du die Creme, die ich dir geschenkt habe, ruhig einmal nehmen.«

Levke und Mama zeigen Verständnis, dass ich Merle beim Austesten der neuen Produkte unterstützen muss, und erklären sich bereit, dafür zu sorgen, dass meine Kinder satt und sauber ins Bett kommen. (Nele kriegt das natürlich selbst hin, bei den Jungs schadet es nicht, wenn sie dazu aufgefordert werden, sich in die Badewanne zu begeben.)

Wir lassen uns eine Pizza liefern und sehen uns gestärkt Merles neue Schätze an. Es gibt dünne Handschuhe und Socken, die man über die dicke Maskenschicht zieht, darüber kommen dann noch überdimensionale Überzieher – fast wie die Winkehandschuhe im Stadion oder eben Riesenhüttenschuhe –, die das Einwirken unterstützen sollen.

Merle reichert die Fußmaske mit ein paar Serumtropfen an und packt mich dann in viele Überziehschichten ein. Sie selbst probiert eine andere Wirkstoffkombination aus und setzt sich mir gegenüber.

»Wenn jetzt jemand einbricht, sind wir komplett wehrlos«, stelle ich fest. »Bis wir die Sachen ausgezogen haben und wieder das Handy bedienen können, haben sie den halben Laden ausgeräumt.«

»Wir könnten ihnen die Riesenhandschuhe nachschleudern«, schlägt Merle vor.

»Dann lieber den Maskentiegel. Der ist massiv.«

»Ganz ehrlich«, sagt Merle. »Wer in Sankt Peter in mein Kosmetikstudio einbricht, dem ist nicht mehr zu helfen. Ein paar Meter an der Seebrücke weiter stehen die teuren Hotels, da ist bestimmt mehr zu holen als in meinem kleinen Lädchen.«

»Dein Laden. Du hast so ein Glück!« Ich seufze abgrundtief.

»Selbst wenn Ludger seinen irren Plan durchzieht, hast du eine Wohnung und eine Arbeit. Und mir und meinen Kindern bricht zum zweiten Mal innerhalb weniger Monate alles weg.«

Merle presst die Lippen zusammen. »Auch im absoluten Worst Case finden wir für euch ein Dach über dem Kopf und kriegen dich in Lohn und Brot.«

»Ich weiß!«, sage ich. »Aber es ist so unnötig. Und es ist so unfair. Aber das hatten wir ja alles schon.«

»Es ist eine Riesensauerei«, schimpft Merle. »Das kann man nicht oft genug sagen!« Sie haut mit der Hand auf ihren Oberschenkel. Dabei fliegt ihr der Riesenhandschuh weg und landet hinter ihrer Topfpflanze.

»Ach, deswegen sollen die Kunden entspannt sein«, stellt sie trocken fest. Auf den Riesenhüttenschuhen watschelt sie durch den Raum, um den Handschuh aufzuheben. »Du bist so aufgeblüht und hast dich so positiv verändert, seit du hier bist. Auch deswegen wäre es so schade, wenn ihr wieder umziehen müsstet.«

Ich ziehe die Stirn in Falten. »Dankeschön!«, sage ich.

»Du weißt doch, was ich meine«, erwidert Merle und gibt mir eine Kopfnuss mit dem weichen Handschuh. »Welchen Anteil daran hat eigentlich der tolle Bootsbauer?«

Mein Mund verzieht sich zu seinem so breiten Grinsen, dass mir meine Haut wehtut.

»Es ist so schön, dass es sich unwirklich anfühlt«, flüstere ich.«

Merle sieht mich an, als würde sie mich zum ersten Mal heute richtig wahrnehmen. Ihr Blick ist weich und liebevoll. »Ich bin so froh«, sagt sie leise und schlingt ihre Arme um mich. Ich erwidere die Umarmung und drücke sie fest. Zwei Schwestern im Bademantel im gedämpften Licht, umhüllt von Orangenkardamomduft, und ein paar Sekunden, in denen die Welt in Ordnung ist.

Meine Handschuhe rutschen herunter und landen auf dem Boden.

»Mentale Notiz: Kunden sollen nicht nur entspannt, sondern auch alleine sein«, sagt Maren und bückt sich nach den Handschuhen, auch ihre sind heruntergefallen.

»Jetzt, da du mit dem heißen Bootsbauer glücklich bist, muss es uns doch auch gelingen, unseren egoistischen Onkel davon abzubringen, den Möwenhof zu verscherbeln.«

Ich seufze abgrundtief. »Meinst du, ein Entspannungspaket und ein paar Riesenhandschuhe machen ihn weniger stur?«

Merle zieht eine Grimasse. »Das nicht. Aber vielleicht sollten wir noch mal mit ihm reden.«

»Das haben Mama und Levke doch schon versucht. Außerdem läuft unsere »Wie-schön-es-auf-dem-Möwenhof-ist-Strategie«

samt Fest. Wir müssen darauf hoffen, dass das verfängt und sich in ihm etwas regt, dass ihn vom Verkauf abkommen lässt.«

»Und ich denke, genau das reicht nicht«, entgegnet Merle. »Ludger lässt sich von uns chauffieren und bekochen und einladen und denkt, alles ist wunderbar.« Merle stemmt die Hände in die Hüften. »Ich habe den Eindruck, er hat seine Entscheidung getroffen, und wir nehmen es hin, und alles geht so weiter wie bisher.«

Dieselben Gedanken sind mir auch schon gekommen. »Wir müssen ihm einmal aufzeigen, was alles auf dem Spiel steht. Dass es um unsere Zukunft geht und dass er dabei ist, unsere Vergangenheit auch gleich mit wegzuwerfen.«

»Das Schlimme ist, dass er so gar keinen Bezug zum Hof hat«, sagt Merle. »Für ihn ist das irgendein Haus, in dem er aufgewachsen ist. Und dass man sein Elternhaus verkauft, wenn man für die künftige Generation Geld braucht, erscheint ihm nur logisch.«

»Er übersieht nur, dass er der anderen künftigen Generation das Zuhause wegnimmt. Und Levke und Mama. Und mir meinen Job.«

Merle reicht mir ein Handtuch, und ich entferne die Cremereste von meinen Händen. »Ich denke, das sieht er schon. Aber für ihn stellt das kein Problem dar. Überleg dir doch mal, wie viele Jobs er schon hatte. Kannst du aufzählen, wo er schon überall gelebt hat? Kenia, Südafrika, Ghana, Namibia, Marokko, Ägypten ... und das sind die Aufenthaltsorte, von denen wir wissen. Für ihn ist es normal, heute hier Jeeptouren anzubieten und im nächsten Monat Tennislehrer im nächsten Touristenhotel zu sein. Er denkt nicht so weit, dass es für andere ein Riesending ist, umzuziehen und den Job zu wechseln.«

»Das ist allerdings traurig«, sage ich. »Traurig und existenz-bedrohend.« Wie kann man sich nur so wenig in andere einfühlen, denke ich. Vielleicht kann er es ja, und er will es einfach nicht. »Also gut, reden wir. Zeigen wir ihm auf, welche Folgen seine Entschei-dung hat und dass wir das nicht mit uns machen lassen.«

»Das tun wir«, bekräftigt Merle. »Wir holen alle an einen Tisch, sagen, dass wir den Möwenhof behalten wollen, und zeigen Alterna-tiven auf, wie Abena an ihr Studium kommt.«

»Hast du sie eigentlich mal darauf angesprochen?«, frage ich. »Ich meine, auf den Hofverkauf.«

Merle schüttelt den Kopf. »Das ist so heikel. Und ich mag sie so gerne, und wir kennen uns noch nicht lange.«

Ich kann meiner Schwester nur zustimmen. Abena passt so gut zu uns. Die Kinder haben sie sofort ins Herz geschlossen, und ich habe gar nicht das Gefühl, dass wir sie erst seit ein paar Tagen ken-nen. Merle hat recht, auf eine solch knifflige Situation können wir sie nicht ansprechen.

»Manchmal glaube ich, dass sie keine Ahnung hat, was Ludger plant«, gebe ich zu bedenken. »Immerhin hat er ja in ihrem Leben auch eher durch Abwesenheit geglänzt. Und es widerstrebt mir, ih-ren Vater schlechtzumachen.«

»Dass er ein Egoist ist, müsste sie in den vergangenen Jahren, in denen sie bei ihrer Mutter aufgewachsen ist, mitgekriegt haben«, sagt Merle.

»Ja, aber trotzdem ist er ihr Vater«, erwidere ich. »Und sie hat sich dafür entschieden, mit ihm durch Europa zu reisen. Und dann kommen wir, die Cousinen, und machen ihr die Studienfinanzie-rung kaputt.«

»Ich kann deine Bedenken nachvollziehen. Aber ich finde, sie hat das Recht, es zu erfahren. Außerdem klingt ihre Mutter ziemlich tough, die managt eine Riesenhotelanlage. Du kannst mir doch nicht sagen, dass die nicht die Collegefinanzierung für ihre Tochter geregelt hat.«

»Du hast recht. Abena muss dabei sein«, stimme ich zu. »Und wir müssen ihr vermitteln, dass wir nicht gegen ihre Studienfinanzierung arbeiten, sondern für sie, und dass wir eine gemeinsame Lösung finden müssen.«

»So machen wir es«, sagt Merle. »Wäre doch gelacht, wenn wir das nicht hinkriegen.«

Wir tarnen die Aussprache als Familienessen in Merles Dreizimmerwohnung. Unter den zusammengewürfelten Möbeln in ihrem safrangelb gestrichenen Wohnzimmer befindet sich ein ausziehbarer Esstisch, der gerade groß genug ist, damit die ältere Generation der Petersens, wir beide und ihr Freund John, der als Puffer, Schiedsrichter und Beobachter engagiert ist, Platz haben.

In Lisbeths Werkstatt gibt es einen Hexennachmittag mit Töpfern und Gruselgeschichten, und meine Kinder habe ich dort kurzfristig mit eingebucht. Nele hat zugesagt, mit Nico hinauszugehen, wenn es zu gruslig wird, und ich vertraue dem Team der Gemeindebibliothek, dass sie wissen, was sie den Kindern zumuten können. Und Henning will sich um die Jungs kümmern, falls das Essen unerwartet lange dauert und Nele zu ihrer Reitstunde geht.

Die Kinder sind versorgt, Merles Freund John hat gekocht, und wir haben uns vorbereitet. Vorgestern haben Merle und ich die halbe Nacht darüber gebrütet, welche Argumente Ludger vorbringen könnte, und wir haben uns Gegenargumente zurechtgelegt. Henning hat sich schlaugemacht, welche Stipendien es gibt, sodass Abena nicht darunter leiden muss, wenn wir den Möwenhof behalten.

Das Gespräch, das wir mit ihr führen wollten, ist leider ins Wasser gefallen. Ludger ist am Samstagmorgen mit Abena zu einer kurzen Dänemarktour aufgebrochen, sodass ich keine Möglichkeit gefunden habe, sie auf ihre Studienpläne anzusprechen. Fast hatte ich das Gefühl, dass Ludger unsere Absichten erahnt und seine Tochter deswegen durch unser Nachbarland chauffiert.

Hoffentlich kommt er wenigstens pünktlich zu unserem Essen. Zugesagt hat er. Aber ich traue ihm zu, dass er vermutet, was hinter der Einladung steckt, und deswegen noch einen Tag in Kopenhagen anhängt.

Mittags um halb eins klingelt es an Merles Tür. Meine Schwester und ich sehen uns an. Der Tisch ist gedeckt, Teelichter und Hagebuttensträußchen lassen ihn gemütlich, aber nicht übertrieben festlich wirken. Das grüne Curry blubbert auf dem Herd vor sich hin.

»Dann mal ran an die störrische Familie«, sagt Merle und drückt auf den Öffner.

Wir hören schwere Schritte im Treppenhaus, Ludger kommt. Es verwirrt mich, dass ich keine zweite Person höre.

»Moin, Mädels«, begrüßt uns Ludger. »Das riecht ja schon toll«, sagt er und hängt seine Jacke auf den Haken.

Merle und ich wechseln einen Blick.

»Wo hast du denn Abena gelassen?«, frage ich.

»Von der soll ich euch schön grüßen. Die trifft sich heute in Hamburg mit einer Freundin, die dort studiert.«

»Wie schön für sie«, sage ich. So ein Mist. Ich will jetzt Ludger nichts unterstellen. Aber nachdem die Freundin bestimmt nicht erst gestern ihre Studien aufgenommen hat, kommt mir der Zeitpunkt verdächtig günstig vor. Wahrscheinlich sehe ich überall Gespenster.

Ludger begrüßt John, und ich tausche mich flüsternd mit Merle über meine Theorie aus, dass Ludger etwas ahnt.

»Und wenn«, befindet meine Schwester und geht zur Tür. Die Klingel kündigt Mama und Levke an.

»Glaub ja nicht, dass wir nicht wissen, was ihr vorhabt«, zischt Mama statt einer Begrüßung.

Levke verdreht die Augen. »Wunder givt dat immer wieder«, singt sie leise vor sich. »Ich denke zwar auch nicht, dass es etwas bringt, aber wer weiß.«

»Danke für eure Zuversicht«, sage ich.

Ich hätte von meiner Familie ein wenig mehr Optimismus gewünscht. Vielleicht gehen sie auch nur realistisch an die Sache ran.

Beim Mangosalat unterhalten wir uns noch darüber, was Ludger und Abena in Dänemark gemacht haben, und ich erzähle von den Kindern und dem Töpferkurs.

»Es ist doch schön, dass sie sich so gut eingelebt haben«, sagt Merle.

»Sind schon richtige Kinner von der Waterkant«, fügt Levke hinzu.

Hat sie mir gerade zugezwinkert?

Sie scheint also ihre Wettkampfform wiederzufinden.

»Ach, das habe ich ganz vergessen«, sagt Mama. »Das Wattforum in Tönning bietet einen Kurs für junge Meeresforscher an. Sie machen Ausflüge ins Watt und untersuchen dann mit dem Mikroskop, was sie gefunden haben.«

»Das ist ja wunderbar«, jubele ich. »Noah wird ausflippen vor Begeisterung. Da müssen wir ihn unbedingt anmelden.« Ich schwärme noch ein wenig von den engagierten Lehrern, die er hat. Und wie wohl er sich hier fühlt. Wir müssen das Gespräch mehr auf den Möwenhof lenken. Zu der Eiderstedter Version der Erfinderkids kann er auch gehen, wenn wir eine Wohnung in Böhl beziehen.

Mein Handy surrt, und ich entschuldige mich. Hoffentlich hat sich Nico nicht am Töpferofen verbrannt. Ich habe keine Ahnung, ob so etwas möglich ist, aber meine Mutteralarmglocken schrillen immer sofort, wenn ich angespannt bin.

»Schau mal in die Möwenhof-Bewertungen im Netz«, schreibt Henning und schickt noch einen Zwinkersmiley hinterher.

»Das war Henning«, sage ich. »Er hat gerade unseren Möwenhof an Kunden empfohlen, und die waren ganz angetan von unseren positiven Bewertungen«, verpacke ich seine Nachricht in eine Geschichte.

»Wir haben Bewertungen?«, fragt Mama.

»Offensichtlich«, sage ich. Bis auf Ludger ziehen alle ihre Mobiltelefone heraus und tippen darauf herum.

»Wow«, sagt John. »Denen scheint es wirklich gefallen zu haben.«

»Wir hatten das Vergnügen, ein paar Tage in diesem wunderbaren Bed and Breakfast an der Nordsee zu verbringen«, liest Levke vor.

Merle nickt versonnen. »Man hat sich sofort wie zu Hause gefühlt. Jedes Zimmer ist individuell und mit viel Liebe zum Detail gestaltet, was eine sehr gemütliche Atmosphäre schafft.« Das ist sehr schön geschrieben.

»Levkes Brot kommt besonders gut weg.« Ich halte Ludger mein Handy vor die Nase, damit er nicht glaubt, wir fabulieren irgendetwas zusammen. »Besonders das selbst gebackene Brot war ein Genuss«, zitiere ich.

»Wir haben noch eine. Die liest sich auch gut«, sagt Mama.

»Stimmt«, sage ich und scrolle herunter, damit auch Ludger sehen kann, worüber wir reden. Dass dieser Carl Friedrich, der die Bewertung verfasst hat, gar nicht bei uns gewohnt hat, muss mein Onkel nicht erfahren. Und dass dies die mittleren Namen meines Freundes sind, weiß niemand. Die zweite Bewertung von einem O. S. klingt mir auch verdächtig nach Ole, der den Namen seines Lokals in sein Kürzel eingebaut hat. Mein Herz macht einen kleinen Hüpfer vor so viel unerwarteter Unterstützung. Mir fällt auf, dass ich Henning gedanklich zum ersten Mal als meinen Freund bezeichnet habe. Solche Bezeichnungen fallen mir immer schwer. Freund, Lebensgefährte, das hat mir nie gefallen. Partner klingt irgendwie besser. Da steckt Zusammenhalt und Geborgenheit drin.

»Reichst du mir mal bitte den Saft, Lina?«, fragt Ludger und reißt mich aus meinen Gedanken.

Unsere positiven Bewertungen scheinen ihn also nicht zu interessieren. Wollen wir mal hoffen, dass wir ihn mit etwas anderem kriegen können.

Wir haben ausgemacht, dass wir erst nach dem Essen mit unserem Vorstoß beginnen. Mit einem Ludger, der satt und zufrieden ist, diskutiert es sich hoffentlich besser.

Also tragen Merle und ich Reis und Curry auf. John sorgt unterdessen für volle Gläser.

»Nele kann übrigens in den Ferien im Stall mitarbeiten«, sagt Merle, als sie die Teller zusammenstellt. »Sie suchen Helfer, die ausmisten, füttern oder geführte Ponyspaziergänge begleiten. Das wäre doch was.«

»Da macht sie bestimmt mit«, sage ich. »Können sie auch zwei Helfer gebrauchen? Ohne Johannes macht sie ja keinen Schritt mehr.«

»Bestimmt. Ich kann ja mal fragen«, sage Merle.

»Johannes fragt übrigens dauernd, wann wir mal wieder eine Lagerfeuerübernachtung machen. Die fand er so schön.«

»Dann müssen wir das wohl bald mal wieder einplanen«, sagen Merle und Levke wie aus einem Mund.

Ludger stöhnt auf und fast gleichzeitig drehen wir den Kopf in seine Richtung.

»Jetzt hört doch endlich auf«, poltert er. »Ich habe lange überlegt, ob ich absagen soll, weil ich genau so etwas vermutet habe.«

»Was hast du denn vermutet?«, fragt Mama.

O weh, wenn Mama den Wortlaut ihres Gegenübers aufnimmt, brodelt es in ihr. Ludger bleiben noch ein bis zwei Sätze, um Mama zu besänftigen, spätestens dann schäumt sie über.

»Das ganze Getue, wie sehr ihr den Möwenhof liebt und wie wohl ihr euch fühlt und welche wunderbaren Sachen ihr dort macht. Jetzt reißt euch doch mal zusammen.«

»Entschuldigung?« Der Blick, mit dem Mama Ludger fixiert, ist eiskalt.

»Es ist ein Haus, ein altes Haus. Und der Grund ist viel wert. Meine Tochter will studieren, und ihre Mutter will ihr kein Kunststudium finanzieren. Abena ist über alle Maßen begabt. Sie hat es verdient, ihrer Leidenschaft nachzugehen. In BWL langweilt sie sich doch zu Tode. Ich investiere in die Zukunft.«

»Und was haben wir gemacht?«, ereifert sich Mama. »Meine Tochter übernimmt die Pension. Meine Enkel leben auf dem Hof. Wir haben alles hergerichtet, komplett neu. Hör doch auf von der Zukunft deiner Tochter zu reden, wenn dir die Zukunft meiner Familie am Arsch vorbeigeht. Scheiße, Ludger, das regt mich vielleicht auf.«

Meine Mutter hat das A-Wort gesagt und das S-Wort. Niemals durfte ich die in ihrer Gegenwart benutzen. Diese Wörter waren verboten, und jetzt verwendet Mama sie in einem Satz. Ludger hat es geschafft, Mama in Rage zu bringen. Die Mutter aller Wutausbrüche hat von meiner Mutter Besitz ergriffen. »Wir haben uns jahrzehntelang um den Hof gekümmert, ausgebaut, renoviert, während du nur für dein Vergnügen gelebt hast und nur darauf aus warst, dass wir dir die Pacht pünktlich überweisen.«

»Ich habe gearbeitet«, wütet Ludger.

»Mach dich nicht lächerlich«, sagt Mama. »Vater hat dich als Erben eingesetzt, damit du den Möwenhof bewahrst und weitergibst.«

»Genau das tue ich. Ich gebe ihn an eine Gesellschaft, die ihn ins nächste Jahrhundert führt.«

»Das ist der größte Mist, den ich je gehört habe. Du setzt uns vor die Tür. Du trittst unser Lebenswerk mit Füßen. Du machst unsere Arbeit lächerlich.«

»Wenn du wenigstens den Schneid gehabt hättest, deine Pläne gleich offenzulegen. Dann hätten wir uns die Renovierung sparen können. Hast du eine Ahnung, wie viel Gedanken und Arbeit und Herzblut in den neuen Zimmern stecken? Glaubst du, diese Bewertungen kommen aus dem Nichts? Aber dich lässt ja alles kalt. Dir ist es ja völlig egal.«

»Das stimmt doch gar nicht«, sagt Ludger. »Ich habe mit den Investoren gesprochen. Sie legen noch einmal einen Batzen Geld drauf. Dank eurer Renovierung. Und es kommt noch besser. Sie haben ein Tiny-House-Projekt in der Nähe von Husum. Da bieten sie euch je ein Häuschen an. Dir und Levke. Und von dem, was sie drauflegen, kaufe ich euch das. Ihr habt ausgesorgt und habt etwas Kleines, was euch gehört.«

Levke zwinkert. »Ich soll in so eine Schachtel ziehen? Bist du nicht mehr ganz knusper? So etwas fragt man vorher. Man entscheidet nicht einfach über jemandes Kopf hinweg.«

»Du fragst mich, ob ich noch ganz knusper bin?«, wiederholt Ludger. Offenbar ist das Satzwiederholen so ein Familiending, das mir bisher verborgen geblieben ist und das sich auf Merle und mich nicht vererbt hat. »Ihr tut gerade so, als würdet ihr noch die nächsten Jahrzehnte lustig eure Pension führen. Ihr seid über sechzig. Da denkt man voraus.«

»Das ist ja wohl die Höhe.« Mama atmet laut aus. »Wie lange wir den Möwenhof betreiben, entscheiden ja wohl wir. Du hast damals gesagt, dass der Hof praktisch unserer ist und du nur auf dem Papier Eigentümer bleibst. Hast du das vergessen?«

»Ich werde euch nie vertreiben, das hast du gesagt«, schimpft Levke. »Lebenslanges Wohnrecht hast du uns versprochen. Lina meinte noch, wir sollen uns das schriftlich geben lassen, und ich Döspaddel meinte, dat deit nich not.«

»Das war dumm«, sagt Ludger. »Damals wusste ich ja noch nicht, dass ich mal eine Tochter haben werde, die das Geld braucht.«

»Wir sind alle deine Familie. Du bist ein Petersen, genauso wie wir und Maren und Merle und Abena. Da muss es doch eine Lösung geben. Eine anständige! Jetzt stell dich doch nicht so stur!«

»Weiß denn Abena eigentlich von deinen Plänen?«, schalte ich mich ein. »Ist ihr denn das überhaupt recht?«

»Sie wird es beizeiten erfahren«, sagt Ludger. »Und dann wird sie froh sein, dass sie ihre berufliche Zukunft unabhängig von dem Geld ihrer Mutter planen kann.«

»Vielleicht solltest du sie ins Bild setzen«, sage ich. »Abena macht mir nämlich nicht den Eindruck, als wolle sie ihre Ausbildung auf dem Unglück ihrer Familie aufbauen.«

»Ach, jetzt dramatisier das doch nicht so«, herrscht mich Ludger an. »Du warst doch Ewigkeiten weg. Und bloß weil du vor fünf Minuten beschlossen hast zurückzukommen, soll ich jetzt meine Pläne ändern? Das halte ich für lächerlich.« Ludger rupft sich die Serviette vom Schoß. »Macht, was ihr wollt. Meine Entscheidung steht.« Damit stapft er aus dem Zimmer.

Die Tür knallt hinter ihm ins Schloss.

Merle und ich sehen uns betreten an. Stundenlang haben wir Gründe gesammelt und uns überzeugende Argumente überlegt, und kein einziges haben wir verwenden können. Eine solche Entwicklung haben wir nicht vorhergesehen. Oder jedenfalls nicht so früh.

»Ich hab's euch gesagt.« Mama faltet ihr Serviette. »Mit ihm kann man nicht reden.«

Ich beiße die Lippen aufeinander, weil ich immer noch nicht fassen kann, auf wie viel Sturheit und Uneinsichtigkeit wir soeben gestoßen sind.

»Was machen wir jetzt mit unserem Fest?«, fragt Merle. »Das ist doch schon kommendes Wochenende.«

»Das feiern wir natürlich«, sagt Levke. »Wir lassen den Möwenhof hochleben. Schließlich könnte es das letzte Mal sein.«

19

Maren

Ich erinnere mich nicht, wann wir zuletzt ein Fest wie dieses auf dem Möwenhof hatten. Ich wünschte nur, der Anlass wäre freudiger. Nachbarn, Freunde und Gäste sitzen auf Gartenstühlen und Bierbänken. Jetzt, zur Mittagszeit, füllt sich unser Hof. Sie ahnen nicht, dass sie zu einer Art letztem Abendmahl eingeladen sind. Die Luft ist erfüllt von Bratwurstgeruch, der sich mit süßem Popcornduft vermischt. Ole zieht am Grill alle Register seiner Kochkunst. John zapft Bier und reicht gekühlte Limonaden. Wo er die Popcornmaschine aufgetrieben hat, will er uns nicht verraten, aber die Kinder jubeln, wenn er sie anschaltet und die gepoppten Körner schneeflockengleich durch die großen Glaswürfel segeln. Mit wichtiger Miene schaufeln Nele und Johannes das Popcorn in gepunktete Becher und verteilen sie. Mindestens die Hälfte von Noahs Grundschulklasse tollt durch unseren Obstgarten, und es tut so gut, ihn mittendrin zu sehen.

Seit dem Essen bei Merle fühlt es sich an, als sei unser Plan gescheitert. Wenn kein Wunder geschieht, war es das mit unserem Zuhause. Dass Ludger unterschreibt, ist eine Frage der Zeit, und dann wird unser Hof eine leere Hülle sein: vier Wände, reetgedeckt, zu Tode saniert. Levke und Mama haben all die Jahre die Seele des Möwenhofs bewahrt. Ich sehe mich als diejenige, die diese Aufgabe weiterführen soll. Warum will er das nicht einsehen? Für ihn sind es ein paar Buchstaben auf Papier und ein Haufen Geld. Für uns ist es unser »Daheim«, so hat es Nico vorgestern genannt – und er hat recht. Meine Kinder sind hier angekommen. Sie fühlen sich so wohl, dass mir bei dem Gedanken, dass wir hier wegsollen, ganz schlecht wird. Langsam verebbt bei den Motten auch der Schmerz, dass Roti nicht mehr bei uns wohnt.

Ich kann meinen Onkel immer noch nicht verstehen. Wir haben uns eine solche Mühe gegeben, und es scheint umsonst gewesen zu sein. Ich atme laut aus und packe die restlichen Marmorkuchenscheiben zum Zitronenkuchen. Der Pflaumenkuchen ist schon weg. Und von der Trümmertorte ist kein Stück mehr übrig.

Merle kommt vorbei und nimmt einen Stapel dreckiger Teller mit. Lisbeth und sie spülen im Akkord. Ich lege die schmutzigen Kuchengabeln zuoberst und sehe meiner Schwester nach, wie sie an den Bierbänken vorbei hinter das Haus läuft.

Wenn ich nicht gerade Kuchen verteile oder Geschirr zu Merle und Lisbeth trage, beobachte ich meinen Onkel, der mit Vadder Hinrich und ein paar anderen Alteingesessenen schnackt. Am Anfang hatte ich Angst, dass er das Fest verpasst. Heute Morgen ist er mit unbekanntem Ziel weggefahren und erst kurz vor Beginn des Festes wiedergekommen. Dass er niemandem gesagt hat, wo er hinfährt, hat mich stutzig gemacht, aber vielleicht geht mit mir langsam meine Fantasie oder meine Angst durch.

Mama vermutet, dass er sich einfach nur vor der Arbeit drücken wollte. Eines zeigt seine Abfahrt jedenfalls. Das hier ist nicht sein Fest, es ist nicht sein Hof. Wir feiern, und er fühlt sich als Gast. Als Gast auf der Beerdigungsfeier für den Möwenhof. Nur dass das außer uns niemand ahnt. So viele gratulieren uns zu der Neugestaltung, und ich muss jedes Mal die Tränen zurückhalten.

Was mache ich denn da? Ich denke geradewegs so, als wäre unsere Mission bereits gescheitert. Mit Pessimismus gewinnt man keine Kampagne. Ich muss zuversichtlich sein. Die Show ist erst vorbei, wenn er seine Investoren trifft – und wenn er unterschreibt.

Wo bleibt eigentlich Henning? Er hatte einen Termin auf einer Hallig, ein Bootsschaden bei einem seiner tausend Bekannten. Die Kinder haben bereits nach ihm gefragt. Vielleicht ist es an der Zeit, sie einzuweihen. Nele ahnt wohl ohnehin schon, dass Hennings Interesse nicht nur dem Bau von Piratenburgen und Alkoven gilt. Bei diesem Gedanken muss ich schmunzeln. Erst heute Morgen haben zwei Mittfünfziger aus Hessen vorgeschwärmt, wie großartig sie dort geschlafen haben. Ich kann nur bestätigen, dass Nächte in Alkoven auch zu meinen besonderen Erlebnissen gehören. Die zwei Radler stellen sich gerade wieder bei Levke an. Sie schnackt mit unseren Feriengästen, während Ole ihnen Fisch oder Würstchen auf die Teller gibt.

Abena winkt mich zu sich herüber. Sie mixt Cocktails und plaudert so charmant mit den Gästen, als wisse sie, was auf dem Spiel steht. Und genau dessen bin ich mir nicht sicher, und ich traue mich immer noch nicht zu fragen. So oft habe ich schon im Kopf durchgespielt, was ich zu ihr sagen könnte, und irgendwie hat mich immer der Mut verlassen.

Fasziniert sehe ich meiner Cousine zu, wie sie Melonenkugeln, Ananaspyramiden und Orangenschalen in Luftschlangenform auf Spießen arrangiert oder über Glasränder dekoriert. In dem Clubhotel, das ihre Mutter leitet, hat sie oft im Service ausgeholfen. Gestern hat sie mir beim Zimmermachen geholfen, und ich muss mir von ihr noch einiges abschauen. So akkurat, wie sie die Laken unter die Matratze pinnt, und so schnell, wie sie das Zimmer sauber und präsentabel bekommt, macht sie Mama Konkurrenz.

Gerade stellen die Radler ihre vollen Grillteller ab und holen sich einen von Abenas Cocktails. Ihre fruchtigen Kreationen sind bei den erwachsenen Gästen ebenso beliebt wie das Popcorn bei den kleinen.

Amüsiert beobachte ich, wie Abena Touristen wie Einheimische bezaubert. Auch diese Familie erliegt Abenas Charme, und ich beobachte fasziniert, wie sie Eiswürfel in das Glas wirft und das Obst am Rand dekoriert.

Kaum hat sie die Gäste versorgt, dreht sie sich zu mir. »Du siehst ziemlich geschafft aus. Jetzt setz dich mal«, sagt sie. »Die Torten können sich die Leute zur Not auch selbst auf den Teller geben. Du bist schon ganz käsig.« Sie hebt eine Kiste mit Gläsern von der Bierbank hinter ihrem Cocktailtisch.

Eigentlich hat sie recht, denke ich und lasse mich auf die Bank fallen.

Abena reicht mir ein großes Glas mit vielen Eiswürfeln, einem orangefarbenen Saft und einem Ananasviertel über dem Rand. »Darf ich dir einen Schuss Prosecco reingeben?«, fragt sie.

Ich wiege meinen Kopf hin und her. »Dann fange ich am Ende an zu singen, und glaub mir, niemand möchte das hören.«

»Das halte ich für unwahrscheinlich«, entgegnet sie.

Mit Daumen und Zeigefinger zeige ich ihr zwei Zentimeter an, und sie füllt meinen orangeroten Fruchttraum mit etwas Prosecco auf. Mit dem Messer schneidet sie eine Orangenscheibe und dekoriert sie am Glas.

Nico kommt mit seiner Kindergartenfreundin Cora vorbei und bestellt zwei Kinderschnäpse.

»Seid ihr denn schon achtzehn?«, fragt Abena und schaut die beiden gespielt streng an.

Nico und Cora kichern und behaupten, dass sie längst erwachsen sind.

»Habt ihr den Ausweis dabei?«, fragt sie, und die Kinder ziehen mit ernster Miene zwei gefaltete Papiere mit allerlei Krakeleien aus ihren Hosentaschen, die Abena sorgfältig kontrolliert.

»Die haben wir vorhin gebastelt«, erklärt mir Abena, gibt die Dokumente zurück und stellt zwei Schnapsgläser auf den Tisch. Sie füllt sie mit Ananassaft und träufelt Kirschsaft hinein.

Nico juchzt, und seine Freundin klatscht verzückt in die Hände, als sie die Gläser entgegennehmen. Sie bestehen darauf, dass Abena mit ihnen anstößt.

»Nich lang schnacken …«, sagt sie, und die Kleinen vervollständigen den Satz mit »Kopp in Nacken« und trinken ihren Schnaps auf ex.

Nico und Cora verlangen einen Nachschlag, wiederholen das Ritual. Als die beiden Hand in Hand zu Nele laufen, um sich eine weitere Portion Popcorn abzuholen, geht mein Herz auf, nur um sich gleich wieder zusammenzukrampfen, als ich an den ursprünglichen Anlass für die Festivität denke. Wir waren doch tatsächlich naiv genug zu glauben, dass wir Ludger mit Familie, Ausflug und Feier umstimmen können.

»Auch einen?«, fragt Abena lachend. »Oder heben wir uns das auf, bis die Gäste gegangen sind, und gönnen uns dann ›was Richtiges‹?«

»Das machen wir«, flüstere ich. »Obwohl ich schon gerne so einen Tupfenshot hätte.«

»Kommt sofort«, singt Abena und mixt mir einen Kinderschnaps.

»Was kannst du eigentlich nicht?«, frage ich sie, während sie wieder ihr Tupfenwunder vollbringt.

»Hm«, überlegt sie. »Die Liste ist endlos. Aber alles, was mit Gästebetreuung und Restaurantfach zu tun hat, fällt mir leicht. Meine Mum hat mich überall mitarbeiten lassen.« Sie schneidet eine Grimasse. »Anders gesagt, immer wenn ich von der Schule kam, musste ich im Service helfen. Und dann noch Hausaufgaben machen. Bei ihr war es früher auch nicht anders. Ihre Eltern hatten einen Laden in Accra, und sie musste auch nach der Schule helfen.« Abena zuckt mit den Schultern. »Damit ich Deutsch lerne, hat sie mich auf die Deutsche Schule geschickt. Jeden Morgen mit dem Bus eine Stunde rein nach Accra und nachmittags das Ganze wieder zurück. Dort habe ich ›der Baum, des Baumes, dem Baum, den Baum‹ gelernt und dass man in Deutschland kalt zu Abend isst und Sonntagabend Tatort schaut.«

»Wir essen abends oft warm«, sage ich.

»Das finde ich sehr sympathisch«, meint Abena. »Wenn ich meiner Mum erzählt habe, dass wir in Wirtschaft gelernt haben, dass die Kinder in Deutschland erst mit vierzehn arbeiten dürfen, hat sie gelacht und gemeint: Nur weil du einen deutschen Vater hast, musst du nicht denken, dass für dich deutsche Gesetze gelten. Bei uns arbeiten die Kinder mit.«

»Da kann man als Jugendliche wohl nicht viel dagegen ausrichten«, meine ich.

»Vor allem nicht, wenn deine Mutter Ghanas Unternehmerin des Jahres ist und in tausend Zeitungen auf dem Titelbild war. Mum hat daheim eine Wall of Fame. Erfolg ist bei uns kein Zufall.«

»Willst du deswegen Kunst studieren?«, frage ich zaghaft.

»Ach das.« Abena lacht. »Wahnsinn, wie ihr euch das alle merken könnt! Lina und Merle haben mich auch schon nach meinen Studienplänen gefragt. Ihr seid so interessiert, ich finde das toll.«

Offenbar hat sich der Rest der Familie auch bereits auf dieses Terrain gewagt, und ich fühle mich schlecht, dass Abena unsere investigativen Fragen als Interesse auslegt. Unter anderen Umständen wären wir bestimmt alle Feuer und Flamme für diesen Plan. So verfolgen wir ihn eher mit Bauchschmerzen. Allerdings steht fest, dass Abena wirklich keine Ahnung zu haben scheint, warum wir nachhaken. Und das heißt wohl auch, dass sie von den Plänen ihres Vaters nichts weiß.

»Das Kunststudium ist so ein Spleen von mir«, sagt Abena. »Meine Mum träumt davon, dass ich das Hotel übernehme. Das würde mir bestimmt auch Spaß machen. Aber mein Traum bleibt die Kunst.« Sie setzt sich neben mich auf eine Saftkiste. »Es gibt dieses College in Rhode Island. Es ist schwer, dort aufgenommen zu werden, und es kostet viel. Meine Mum wird mir das niemals zahlen, weil sie nichts von einem solchen Studium hält. Vielleicht kann ich ja ein Stipendium bekommen.« Ihre Augen funkeln, als sie erzählt. Ich überlege, ob ich sie auf die Pläne ihres Vaters ansprechen soll. Doch ich bin unsicher, ob das klug ist.

»Und dein Vater?«, frage ich zaghaft.

»Der kann sich so etwas nicht leisten«, sagt sie und sieht mich an, als hätte ich etwas Undenkbares geäußert. »Aber das ist mir egal.

Ich bin froh, dass ich ihn endlich kennenlerne und Zeit mit ihm verbringen kann.«

Ein Gästepaar kommt an die Bar und bestellt bei Abena noch einmal den gleichen Cocktail wie vorhin. Lächelnd erfüllt sie den Wunsch, schmückt die Gläser kunstvoll und reicht sie den Gästen.

Diese loben die Fruchtigkeit und Raffinesse der Kreation und kehren zu ihrem Platz zurück.

Abena sieht ihnen ungläubig nach. »Ganz ehrlich, wenn sie das schon fruchtig finden. Was sagen die denn, wenn sie mal bei uns daheim einen Cocktail trinken? Ich habe pfundweise Zucker in den Orangensaft gerührt, damit er halbwegs süß schmeckt.«

»Ist der Unterschied wirklich so groß?«, erkundige ich mich.

»Und wie! Besuch uns doch mal«, schlägt Abena vor. »Dann gehe ich mit dir über einen unserer Märkte. Allerdings muss ich dich warnen: Danach wird dir das Obst hier nicht mehr schmecken.« Sie lächelt mich an, und da ist eine Wärme in ihren Augen, die mich in einen tiefen Zwiespalt stürzt. Ich mag sie so sehr, und gleichzeitig scheint sich mein Magen zu winden, weil sie ein Grund ist, weshalb wir hier alles verlieren könnten.

Abena schwärmt mir weiter von Accra und den Stränden und dem fantastischen Essen vor. »Und wir müssen am Strand reiten!«, sagt sie mit leuchtenden Augen.

»Das solltest du mit Merle machen«, erwidere ich. »Die ist die Sportskanone.«

»Reiten kannst du lernen. Das würde dir riesigen Spaß machen, glaub mir. Und deinen Kindern würde es gefallen! Wir haben letztes Jahr eine neue Poollandschaft gebaut. Mit Wasserfall, Rutschen und Grotten. Das würden sie lieben. Ihr solltet alle kommen.« Abena nimmt meine Hand. »Ich finde es so wunderbar, dass ich endlich meine Cousinen und Tanten kenne. Alle in meiner Klasse hatten immer diese riesigen Familien, und bei mir waren es nur Mama und ich und ein entfernter Onkel, den wir nicht richtig kannten und noch weniger leiden konnten.«

Abenas Begeisterung wirkt so ehrlich, dass ich sie einfach in den Arm nehmen muss. Während ich sie an mich drücke, denke ich an Mama und Levke. Ich bin ich mir nicht sicher, ob sie sich jemals in ein Flugzeug setzen würden, um bei dem Teil der Familie Urlaub zu machen, wegen dem sie den Möwenhof verloren haben. Obwohl ich mich immer noch frage, ob ich das so denken kann, weil sich mein Eindruck zunehmend verfestigt, dass Abena keine Ahnung von Ludgers Plänen hat.

»Wie gut kennst du deinen Vater eigentlich?«, frage ich endlich.

Abena zieht ihre Unterlippe ein. »Bis vor ein paar Wochen kaum. Da kam er urplötzlich und fragte, ob er mir Europa zeigen kann.«

Ich kann mein Erstaunen kaum verbergen. Wenn ich mir vorstelle, dass mein Vater hereingeschneit wäre, um mit mir in den Urlaub zu fahren, hätte ich ihm einen Vogel gezeigt. Wahrscheinlich hätte ich das dann doch nicht getan. Aber ich hätte entschieden abgelehnt. Er hat bei uns gewohnt, bis ich acht war, und sich danach kaum noch blicken lassen. Eine Rundreise mit ihm wäre das Letzte, was ich mir vorstellen kann.

»Mum war nicht begeistert, aber sie hat mich auch nicht aufgehalten. Sie meinte, ich hätte ein Recht darauf, ihn kennenzulernen.« Sie angelt sich eine Orangenscheibe aus einer Schüssel und zupft sie als Spirale zurecht. »Dad und Mum waren nur knapp drei

Jahre zusammen. Sie war Assistentin der Geschäftsleitung und er der Tourenguide, der die Gäste mit seinem Jeep herumkutschiert hat. Es hat wohl heftig gefunkt. Und ich war das Ergebnis dieser Amour fou. Seit ich denken kann, war er der Vater, der ab und zu mal auftauchte, mich mit Spielzeug überhäufte und dann wieder verschwand.« Sie zwirbelt die Schale um ihren Finger. »Meine beste Freundin hat gesagt, es sei Wahnsinn, mit einem völlig Fremden durch Europa zu fahren. Das finde ich nicht. Ich will wissen, wer ich bin und wo er herkommt. Bis jetzt kenne ich so wenig von der Welt. Mum arbeitet die ganze Zeit. Wir haben ein paarmal einen Holidaytrip nach London gemacht, weil wir dort Bekannte haben. Aber ich wollte Europa sehen und meine Familie kennenlernen, von der ich gar nichts wusste.«

»Wir hatten auch keine Ahnung, dass es dich gibt«, sage ich und halte mein Gedankenkarussell an, das sich schon wieder in Bewegung setzen will. Ich möchte gerade nichts Negatives denken. Dieser Moment, in dem ich meine Großcousine endlich in Ruhe kennenlerne, ist so schön, dass ich ihn ohne Bitterkeit erleben möchte. Und doch merke ich, wie sich diese in meine Wahrnehmung träufelt.

»Wir freuen uns sehr, dass es dich gibt«, sage ich, weil sie nichts dafürkann, was ihr Vater plant.

Ole kommt herüber. »Ich glaube, wir müssen die Strandkrabbe um die Strandkrabbenbar erweitern«, sagt er und legt den Kopf schief. »Was muss ich dir bieten, dass du hierbleibst und die erste Bartenderin in meiner noch imaginären Bar wirst?« Ole wickelt wirklich jede Frau um den Finger.

»Meine Mutter hat mich immer vor imaginären Barbetreibern gewarnt«, erwidert Abena und zwinkert. »Heißt erste Bartenderin, dass ich die einzige bin, oder stehe ich einer nicht existenten Mannschaft aus Bartendern vor?«

Zum ersten Mal sehe ich Ole kurz sprachlos. »Ich werde noch einmal in mich gehen und das mit meinem imaginären Finanzmanager besprechen.« Er sieht mich an. »Apropos, hast du Henning schon gesehen?«

Ich schüttle den Kopf. »Der rettet wieder mal die Welt.«

Ole kneift die Augen zusammen. »Hat er dir von seiner Syltaktion erzählt?«, fragt er ungläubig.

»Nein, er hat doch nur Boote repariert«, sage ich und merke selbst, dass meine Antwort wie eine Frage klingt. »Genau«, erwidert Ole, aber ich habe sein Zögern bemerkt. »Läuft doch«, sagt er etwas zu schnell und knufft mich gegen den Arm. »Ein schöneres Fest habe ich kaum erlebt. Also, wenn das nicht hinhaut.«

Meine Gedanken drehen sich noch um Oles Reaktion, als ich merke, dass Abena fragend von mir zu Ole und schaut und wieder zurück.

»Da ist er ja«, sagt Ole und deutet mit dem Kopf in Richtung Einfahrt.

Tatsächlich. Henning schiebt sich durch die Bierbänke und steuert auf die Bar zu. »Ich geh dann mal wieder ausschenken«, sagt Ole, geht auf seinen Freund zu, begrüßt ihn mit diesem Männerhandschlag, bei dem man sich die Hand gibt und sich die Arme berühren, und raunt ihm etwas zu. Henning antwortet kurz. Glücklich sehen sie dabei nicht aus, und ich würde zu gerne wissen, worüber sie da gerade gesprochen haben. Endlich kommt er herüber.

»Hi«, sagt er, streicht mit dem Daumen über meine Wange und küsst meine Schläfe. »Bist du zufrieden?«

Ich zucke die Schultern. »Das wird sich zeigen.«

Abena wendet sich den Gästen zu und berät sie bei der Cocktailauswahl.

Henning sieht mir in die Augen. Etwas in seinem Blick bleibt undefinierbar. Auf meine Frage, ob alles okay ist, zögert er. »Es läuft nicht immer alles wie geplant«, sagt er.

»Hast du das Boot nicht zum Laufen gebracht? Oder gab es Probleme mit den Kunden?« Mein Magen kribbelt nervös. Warum berühren mich seine Kundenprobleme so? Bestimmt fährt er morgen noch einmal hin und regelt alles. Henning ist ein Problemlöser, und das liebe ich an ihm. Oh, mein Gott, ich habe wirklich gerade »liebe« gedacht. Die Verwunderung weicht einer süßen Schwere, die diese Erkenntnis in mir auslöst. Mein Kopf sinkt an seine Schulter, und ich vergrabe mein Gesicht in der Kuhle an seinem Hals. »Es ist so gut, dass es dich gibt«, sage ich.

Er umschlingt mich mit seinen Armen und seufzt.

»Was ist denn los?«, frage ich.

»Später«, sagt Henning. Ich hebe den Kopf.

»Was ist passiert?« Nichts versetzt mich so in Anspannung wie die Ankündigung, mir später etwas mitteilen zu wollen. Gutes und Beruhigendes kann man gleich äußern. Später bedeutet, dass etwas passiert ist, was der andere gerne verdrängen würde, dass etwas ansteht, worüber niemand gerne spricht. Später bedeutet, dass du dich auf Umstände, Sorgen oder Probleme einstellen musst. Dass die Ruhe, die du eben noch empfunden hast, sich verabschiedet. »Was ist los?«, frage ich noch einmal.

Hennings Blick fällt auf Abena, die mit einem Lappen die Oberfläche ihres Tisches abwischt.

»Okay, aber nicht hier.«

Er sagt Abena, dass er mich kurz entführen muss, und zieht mich fort. Hennings Hand umfasst die meine, und ich schlage vor, in meine Wohnung zu gehen. Da die Kinder beschäftigt sind, sollten wir eine Weile keine Störung erwarten.

Kaum haben wir die Tür hinter uns geschlossen, ziehe ich Henning an mich und küsse ihn stürmisch. Seine Haut riecht so gut und vertraut nach seinem Eau de Toilette und ja ... nach Henning. Meine Lippen gleiten über seine Wangen, über die Bartstoppeln an seinem Hals. Ich liebe diese Rauheit und den salzigen Geschmack.

Henning umfasst mein Gesicht und küsst mich.

Ich verliere mich in seinen Zärtlichkeiten, ziehe ihn auf die Couch, spüre seine Lippen überall und gehe völlig auf in diesem Gefühl. Minuten später liegen wir auf den Kissen, schwer atmend, verschwitzt, erschöpft, erfüllt. Wie gerne würde ich mit Henning einfach hierbleiben, aber draußen tobt ein als Feier getarnter Feldzug für die Zukunft des Möwenhofs, und ich muss wieder raus zu meinen Mitstreiterinnen.

»Meine Schwester will nächstes Wochenende mit den Kindern nach Amrum zum Kinderfest. Sie hat ihnen versprochen, bei Grit im Hotel zu übernachten«, sage ich, als ich mich seufzend hochstemme und meine Unterwäsche vom Boden klaube.

»Da haben sie sicher viel Spaß«, meint Henning und fügt ein verschmitztes »Und wir dann auch« hinzu. Er zieht mich noch einmal an sich und bedeckt meinen Rücken mit Küssen. Lachend schiebe ich ihn weg. »Wir haben einen Auftrag! Wir müssen arbeiten, dass Ludger endlich von seinem Plan ablässt und den Hof nicht mehr verkaufen will.« Glaube ich mir eigentlich selbst, was ich da sage? Nach Ludgers Ausbruch bei Merle klingt meine Motivation naiv und leer.

Ich schlüpfe in meine Unterhose und hake meinen BH wieder ein. »Die ganze Woche habe ich auf ein Wunder gehofft. Aber anscheinend müssen wir bis zuletzt bangen und hoffen«, versuche ich mir Zuversicht einzureden. Ich streife mir mein Kleid über und beobachte amüsiert, wie Henning hinter der Couch nach seinem Hemd angelt. Er lässt sich gegen die Lehne fallen und sieht mich gequält an. »Ich habe versucht, ein Wunder zu bewirken, aber ...«

In diesem Moment stürmt Noah ins Wohnzimmer. Geistesgegenwärtig stelle ich mich so hin, dass Henning hinter meinem Rücken sein Hemd anziehen kann, doch mein Sohn ist so aufgeregt, dass er das gar nicht wahrnimmt.

»Mama«, keucht er. »Da sind Leute auf der Wiese bei unserer Festung.«

»Meinst du Gäste?«, frage ich.

»Nein, die haben einen weißen Lieferwagen auf den Feldweg gestellt und vermessen irgendwas zwischen den Bäumen.«

Henning springt auf und schlüpft in seine Schuhe. Er wirkt alarmierter als ich. Zusammen laufen wir mit Noah zwischen den Bäumen hindurch über die Wiese.

Unweit der Piratenfestung zwischen den Birn- und Pflaumenbäumen hält eine Frau einen Stab in der Hand. Ein Mann richtet gerade eine Kamera auf einem Stativ aus. Die Kinder stehen auf oder vor ihrem Haus und beobachten, wie sich die Fremden auf unserer Wiese breitmachen. Hinter uns kommen Nico mit Nele, Johannes und Ole angelaufen.

»Was machen Sie hier?«, frage ich streng. »Das ist ein Privatgrundstück.«

Der Mann sieht mich genervt an.

»Wir haben den Auftrag, das Grundstück zu vermessen.«

»Mit Sicherheit nicht«, entgegne ich, obwohl mir ein böser Verdacht kommt. Hat sich Ludger deswegen nach dem Frühstück für einige Stunden abgesetzt, ohne uns über sein Vorhaben zu informieren?

»Zeigen Sie uns Ihre Unterlagen. Andernfalls rufen wir die Polizei«, schaltet sich Henning ein.

»Wer sind Sie?«, fragt der Mann neben dem Stativ.

Ole kommt nach vorn und baut sich neben Henning auf. »Wir sind die Anwälte der Familie und werden soeben Zeuge eines Landfriedensbruchs. Um eine solche Arbeit in Auftrag zu geben, muss die Firma im Besitz des Grundstücks sein oder das Einverständnis der aktuellen Besitzer einholen. Meine Mandantin hat dieses aber zu keinem Zeitpunkt gegeben. Deswegen fordere ich Sie auf, die Arbeiten umgehend einzustellen und das Grundstück zu verlassen.«

Die Frau und der Mann wechseln einen Blick. »Wir haben vorhin den Auftrag erhalten, das hier schnellstmöglich über die Bühne zu bringen.«

Die Frau ist näher gekommen und rollt mit den Augen. Der Mann geht zu dem Lieferwagen, nimmt Papiere vom Beifahrersitz und hält sie uns hin. Ich greife danach und lese, verstehe nicht oder hoffe, was da steht, falsch zu deuten. Mir wird eiskalt, und ich drücke sie Henning in die Hand, der sie mit Ole studiert. Sein Gesicht wirkt undurchdringlich, als er das Schreiben inspiziert. Gestraffte Schultern, überlegener Blick. Sein Anwalts-Ich mutet fremd an, aber gleichzeitig beruhigt es mich, wie er die Sache in die Hand nimmt. Vom Hof werfen kann ich diese Leute auch. Aber rechtlich kenne ich mich nicht aus.

»Dieser Vertrag wird erst mit Ablauf von zwei Wochen wirksam, und vorher ist ihre Arbeit hier vom Gesetz nicht gedeckt.«

»Und jetzt sorgen Sie dafür, dass Sie schnellstmöglich dieses Grundstück verlassen«, sagt Ole.

Da ist etwas. Oles Mundwinkel zuckt. Henning blinzelt. Die Anwaltsfassade täuscht mich nicht. Die beiden wissen etwas oder haben sich etwas zusammengereimt. Schon ihre Begrüßung vorhin hat mich stutzig gemacht.

»Wir können das auch mit den Behörden klären«, sagt Henning und zieht sein Handy aus der Hosentasche.

»Schon gut«, sagt der Mann und klappt das Stativ zusammen.

Die Frau geht zurück zu ihrem Vermessungsstab. Wir beobachten, wie sie ihre Instrumente verladen, einsteigen und den Wagen starten.

Die Erleichterung kommt nur langsam.

»Was war das, Mama?«, fragt Nele.

»Ich hoffe, ein Missverständnis«, sage ich. »Wir klären das morgen in Ruhe. Jetzt wollen wir unser Fest weiterfeiern.« Ich seufze und versuche, zuversichtlich auszusehen. »Kümmert ihr euch weiter um die Getränke?«, frage ich in meinem erbärmlichen Bemühen, von dem gerade Geschehenen abzulenken.

»Klar«, sagt Johannes.

Nele schaut unschlüssig zu mir, Henning und Ole.

»Wir klären das«, sage ich. »Mach dir keine Gedanken. Wir kriegen das hin.«

Meine Tochter lässt die Schultern hängen, als sie sich umdreht und mit ihrem Freund zurück zum Hof läuft.

Nico und Noah schicke ich zum Spielen zurück in ihre Festung. Ein Glück, dass sie sich leichter beruhigen lassen als meine Große, die ein feines Gespür für Schwingungen hat.

»Er hat verkauft. Er hat wirklich verkauft«, flüstere ich. Merle steht neben mir, legt mir den Arm um. Ich kann spüren, wie sie zittert.

»Du hattest recht«, sagt sie.

Ich wende mich wieder Ole und Henning zu. Der Blick, den sich meine Anwälte zuwerfen, verstärkt meinen Verdacht.

»Wusstet ihr das?« Ich stemme die Hände in die Hüften. »Kann es sein, dass ihr mir das verschweigt?«

Ole sieht Henning an. »Das ist jetzt wohl dein Part.«

»Wie meinst du das?«, frage ich. Die Furcht vor dem, was jetzt kommen könnte, lässt meine Stimme schrill klingen.

»Verena macht offenbar Nägel mit Köpfen«, sagt Ole. »Aber das muss dir Henning erklären. Ich lass euch mal allein.«

Er wendet sich um und geht zum Hof zurück.

»Wer ist Verena?«, frage ich. »Und warum hast du Geheimnisse vor mir?« Meine Stimme ist leise. Aber anders kann man nicht sprechen, wenn ein tonnenschweres Gewicht auf dem Brustkorb liegt. So fühlt es sich an. Ein Gewicht mit einem Dorn, der sich schmerzhaft in mein Herz bohrt. Dass Ole über Dinge Bescheid weiß, die mich und Henning und wohl auch den Hof betreffen, nimmt mir fast die Luft.

Henning seufzt und legt seine Hände auf meine Schultern.

»Vorhin meintest du, du wünschst dir ein Wunder.« Er lässt

mich los und vergräbt die Hände in den Hosentaschen. Mit seinem Schuh schubst er ein Grasbüschel zur Seite. »Ich wollte für ein solches sorgen. Aber offenbar bin ich gescheitert.«

»Ich verstehe kein Wort«, sage ich. »Was hat das mit den Vermessern zu tun?«

Dann erzählt er mir, dass er auf Sylt seine ehemaligen Arbeitskollegen getroffen hat.

»Du weißt ja, dass wir nicht im Guten auseinandergegangen sind«, sagt er. »Jedenfalls hat mein Versuch, den Hof zu retten, sich wohl ins Gegenteil verkehrt.«

»Und diese Verena?«

»Sie sieht wohl ihr Projekt in Gefahr und hat deswegen schnell gehandelt«, sagt er.

»Wart ihr Kollegen oder im Bett?«. Ich weiß nicht, warum mir das jetzt wichtig ist. Aber die Frage schwebt bereits zwischen den Obstbäumen umher, und ich kann sie nicht mehr einfangen.

»Beides«, sagt Henning. »Sie hat die Partnerschaft, die ich ausgeschlagen habe, übernommen. Zu Recht, sie ist sehr gut.«

»Oh, das glaube ich sofort«, sage ich und hasse mich im selben Moment für die Bemerkung.

»Maren«, sagt Henning und greift nach meiner Hand. »Ich wusste nicht, dass sie den Abschluss vorzieht. Ich habe es befürchtet, aber ...«

Ich schüttle seine Hand ab. »Was denkst du dir eigentlich?«, fahre ich ihn an. Ich flüstere, weil ich nicht will, dass die Kinder etwas von dem Streit mitbekommen, der gerade losbricht. »Wie kannst du das hinter meinem Rücken tun?«

»Es war ein spontaner Entschluss«, verteidigt er sich. »Ich musste etwas tun. Die Entscheider konnte ich nur an diesem Nachmittag erreichen. Ich musste schnell los.«

»Und auf dem Weg? Hättest du da nicht anrufen und sagen können, was du vorhast?« Bis jetzt wusste ich nicht, dass man leise schreien kann. Aber es geht. Gerade tue ich es. Und es zerreißt mir das Herz. »Wäre es so schwer gewesen, mich einzuweihen? Hey, Maren, ich kenne die Leute, die den Möwenhof kaufen wollen. Ich schaue mal, ob ich etwas für uns ausrichten kann. Das wäre ehrlich gewesen.«

»Ich kann besser arbeiten, wenn ich unabhängig agiere«, sagt er. »Was?«

»Wenn ich dich informiert hätte, hätte ich etwas von meiner spontanen Energie geopfert. Ich funktioniere am besten, wenn ich fokussiert an die Dinge herangehe und meine eigene Strategie fahre.«

Ich kann nicht glauben, welchen Bullshit er mir gerade auftischt. »Überraschung«, keife ich. »Ich wollte mich gar nicht in deine Strategie einmischen, ich hätte einfach nur wissen wollen, was du vorhast.«

»So funktioniert es bei mir nicht«, sagt er. »In komplexen Sachen muss ich allein arbeiten. Da blockiert mich alles, was von außen kommt. Meine besten Coups habe ich hingelegt, wenn ich wirklich ganz auf mich gestellt war.«

»Toll. Hat dich sicher zum beliebtesten Mitarbeiter gemacht«, sage ich bitter.

»Das nicht. Aber zum erfolgreichsten«, legt Henning nach.

»Hör zu. So funktioniert das mit mir nicht. Ich will nicht, dass du hier den Lone Ranger gibst. Ich will, dass wir zusammen funktionieren. Dass wir schwierige Sachen besprechen. Und vor allem will ich nicht, dass du über meinen Kopf hinweg oder hinter meinem Rücken solche Entscheidungen triffst und solche Aktionen planst.«

»Wie gesagt, das habe ich schon immer so gemacht«, wiederholt Henning. »Und so arbeite ich am besten.«

Mir ist so schwindlig und so schlecht, und ich kann gar nicht fassen, was ich in den letzten Minuten alles erfahren habe.

»Du bist aber nicht bei der Arbeit«, fauche ich. »Du bist bei mir. Das sind meine Angelegenheiten, meine Familie hängt dadran und mein Leben und du … Nein, schau mal, was du angerichtet hast. Jetzt nehmen sie uns den Hof noch schneller weg.«

»Das wissen wir doch noch nicht«, sagt Henning ruhig. »Alles, was wir haben, sind die übereifrigen Mitarbeiter eines Vermessungsbüros. Das muss noch gar nichts heißen.«

»Aber es kann. Und mein Bauchgefühl sagt mir, dass es zu spät ist. Und deine überqualifizierte Ex-was-auch-immer wird uns keine Chance lassen, aus der Sache rauszukommen. Herzlichen Dank aber auch.«

»Maren, ich sehe, dass du wütend bist. Und ich verstehe das. Aber vertrau mir, ich werde das regeln. Selbst wenn sie sich an deinen Onkel gewandt und einen Abschluss forciert haben, besteht eine zweiwöchige Frist, von dem Vertrag zurückzutreten.«

Ich schnappe nach Luft. »Das ist eine absolute Katastrophe. Dort vorn läuft ein Fest, um eine Unterzeichnung zu verhindern, aber das ist alles völlig umsonst, denn mein Freund hat ja schon Tatsachen geschaffen. Vor einer Woche!«

»Lass mich das regeln«, beharrt Henning.

»Nein!«, fahre ich ihn an. »Nichts wirst du. Ich mach das allein. Da war auch ich immer am besten.«

»Maren, bitte. Lass uns in Ruhe überlegen, wie wir vorgehen.«

»Wir?«, sage ich bedrohlich ruhig. »Wir machen gar nichts. Wenn da ein ›Wir‹ etwas macht, sind das meine Mutter, meine Tante, meine Schwester und ich. Du bist raus.«

Alle Farbe weicht aus seinem Gesicht. Er öffnet den Mund, sagt aber nichts.

Eine Weile stehen wir da und funkeln uns an.

»Dann gehe ich jetzt«, sagt er, bewegt sich aber nicht.

Ich sage nichts dazu. Ich werde ihn garantiert nicht aufhalten. Ich will, dass er geht und dass er mich in Ruhe lässt. Die Enttäuschung über diesen Vertrauensbruch nimmt mir die Luft. Eine Stimme in meinem Kopf sagt, dass er es für mich getan hat. Dass ich ungerecht handle, dass ich ihn aufhalten soll, aber ich will das jetzt nicht hören.

»Geh jetzt«, sage ich, und Henning dreht sich tatsächlich um und geht.

Die Tränen laufen mir über das Gesicht, während er zwischen den Obstbäumen verschwindet. Diese Auseinandersetzung lähmt mich, meinen Körper, meine Gedanken. Meine Beine halten mich kaum noch. Am liebsten würde ich mich auf den Boden fallen lassen, aber ich möchte nicht, dass die Kinder das sehen. Hoffentlich haben sie von dem Streit nichts mitbekommen. Durch die Bäume gehe ich zum Rand des Obstgartens und am Zaun entlang zum Haus. So komme ich in die Wohnung, ohne Henning zu begegnen.

In der Gesindestuv hebe ich die Kissen vom Boden auf und drapiere sie hastig auf dem Sofa. Es zerreißt mich innerlich, wenn ich denke, wie innig wir vor nicht mal einer Stunde hier noch zusammen waren. In meinem Kopf herrscht Chaos. Einen Moment lang bleibe ich im Zimmer stehen und starre ins Leere.

Im Badezimmer spritze ich mir Wasser auf mein heißes Gesicht, tupfe es mit einem Handtuch ab und hoffe, dass sich die Rötung an der frischen Luft schnell geben wird. Es kommt mir vor, als würden die Röschen in den Sträußen die Köpfe hängen lassen.

Wenn mich jemand anspricht, werde ich sagen, ich habe Chili an den Fingern gehabt und mir den aus Versehen ins Auge gerieben. Aber es wird schon niemand fragen.

20

Maren

Gegen drei viertel zehn verlassen die letzten auswärtigen Gäste unser Möwenfest. Ich denke immer noch in bayrischen Zeitangaben, vor allem weil meine Kinder auch nach wie vor auf diese Weise die Uhr lesen. Bevor ich mit Mama oder Levke spreche, wandle ich das immer in die hier geläufige Zeitangabe, also Viertel vor zehn, um. Meine Kinder! Rausgerupft aus ihrer Münchner Umgebung und hier wieder eingepflanzt. Es zerreißt mich innerlich, dass ihnen eine erneute Umpflanzung bevorsteht. Wie viele Pflanzen machen das mit? Wenige! Vielleicht kann ich Levke und Lina irgendwie dazu bewegen, in eine WG mit uns zu ziehen. Anders werde ich es sonst gar nicht bewerkstelligen können, denn ich werde wieder einen Job brauchen. Letzte Woche habe ich auf dem Handy durch Jobangebote gescrollt und tatsächlich zwei Stellen gefunden, die für mich passen würden. Fahrzeit nicht unter einer Stunde – einfach. Mir wird schlecht, wenn ich daran denke, dass nun alles wieder von vorn beginnt. Morgenhektik, und wenn es ganz blöd läuft, Horthektik, Abholhektik. Die wenigen Wochen hier waren so schön. Traumhaft schön. Und nun enden sie albtraumhaft abrupt. Worte und Gedanken ballen sich in meinem Hals zu einem Kloß. Ich kann jetzt nicht anfangen zu heulen, ich muss durchhalten. Kurz vor halb elf ziehen sich auch die Hausgäste zurück. Die Gläser, die uns Ole liehen hat, stehen gespült in den Kisten. Ich habe die Kuchenreste auf Teller verteilt, damit unsere Helfer ein süßes Paket mitnehmen können. Am liebsten würde ich mich auf den Pflastersteinen zusammenrollen und nicht mehr aufstehen. So leer habe ich mich selten gefühlt. Bisher habe ich Mama und Levke nichts gesagt. Aber sie rechnen ja sowieso damit, dass in den nächsten Tagen alles den Bach runtergeht.

Merle habe ich eingeweiht. Sie versucht krampfhaft, so zu tun, als sei alles in Ordnung. Doch wir sind beide keine guten Schauspielerinnen. Ich trage eine kleine Platte mit Muffins, Marmorkuchen und Obstschnitten in die Speisekammer neben Levkes Küche. Morgen sollen sie unser Frühstück versüßen, aber ich weiß schon jetzt, dass ich nichts essen werde. Ich stelle die Platte ab und halte mich kurz am Regal fest. Sofort schießen mir die Tränen in die Augen. Ich schluchze, lasse kurz den Schmerz zu. Dabei weiß ich nicht, was mehr wehtut: das Ende des Möwenhofs, das besiegelt scheint, oder der Streit mit Henning. Ich habe ihn vom Hof geworfen und weiß nicht, wie er das verstanden hat. Habe ich ihn vom Hof oder aus meinem Leben geworfen? Ich bin innerlich zu taub und zu wund, um darüber nachzudenken.

Draußen scheppert es, irgendjemand hat Gläser oder Flaschen umgeworfen. Die Aufräumarbeiten sind in vollem Gange, und ich habe eigentlich keine Zeit, um mich hier zu bemitleiden. Im Bad pudere ich meine Wangen ab und versuche ein halbwegs normales Gesicht aufzusetzen. Und falls mich jemand fragt, werde ich offen sagen, dass ich eben fertig oder frustriert bin. Dazu bedarf es nicht einmal der Sache mit Henning.

Im Hof stellt Levke einen Teller mit Bratwürsten und den letzten drei Fischen auf einen Tisch, um den sich nun die Möwenhofbewohner und die Helfer scharen.

Ich lasse mich auf eine Bierbank sinken. Wer hat sich eigentlich ausgedacht, diese Dinger ohne Lehne zu machen? In manchen Biergärten haben sie so etwas ja. Gerade würde ich alles darum geben, so ein Exemplar zu besitzen. Wenn Henning hier wäre, würde er sich bestimmt hinter mich setzen, damit ich mich an ihn lehnen kann. Wenn er hier wäre und sich nicht so bescheuert verhalten hätte. Und noch ahnen Mama und Levke nichts.

Noah und Nico liegen seit zwei Stunden im Bett. Sie sind eingeschlafen, bevor ich das Licht löschen konnte, also nehme ich an, dass sie nichts von unserem Streit mitgekriegt haben. Eigentlich erzähle ich ihnen immer, dass Auseinandersetzungen zum Leben gehören und man für einen Konflikt eine Lösung suchen sollte. Trotzdem möchte ich sie gerade nicht verunsichern. Weil sie nicht wissen, wie Henning und ich zueinanderstehen. Weil ich nicht weiß, wo wir in ein paar Wochen wohnen werden. Weil ich ein schlechtes Gewissen habe, weil ich ihnen schon wieder einen Umzug zumuten muss. Vielleicht hätte ich über meinen Schatten springen und doch mit ihnen nach Leipzig ziehen sollen.

Nele liegt erschöpft auf der Couch im Wohnzimmer und hat ihre Lieblingsserie eingeschaltet. Sie hat mich nicht mehr auf die Vermessungsleute angesprochen. Ich nehme mir vor, morgen mit ihr zu reden. Gerade habe ich keine Kraft. Sie soll mit ihrer Serie entspannen. Zumindest hoffe ich, dass sie das tut und nicht Gedanken wälzt.

»Wüllt ji noch een beeten mit uns tosomen drinken??«, ruft Levke über den Hof zu Ole, der den Strandkrabbentransporter belädt. Sie bittet Merle und Abena, Gläser zu holen, und öffnet eine Flasche Sekt. Mama kommt mit einem Tablett voller Chips, Salzstangen und M&M's aus dem Haus. Ludger ist nirgendwo zu finden, und niemand weiß, wo er abgeblieben ist. Abena will nach ihm sehen und geht ins Haus.

»Auf ein gelungenes Fest!«, sagt Levke und hebt ihr Glas. »Danke, dass ihr alle mitangepackt habt.« Sie zieht eine Grimasse. »Eigentlich müssten wir sagen, hoffentlich packt ihr nächstes Jahr wieder mit an, aber wir müssen erst sehen, wie sich die Dinge entwickeln.«

Jetzt ist der Zeitpunkt. Jetzt müsste ich es ihnen sagen. Aber ich bringe es nicht über mich. Gleichzeitig steigt in mir wieder diese Wut auf. Was hat sich das Leben nur dabei gedacht, Ludger den Hof zu vermachen und nicht Mama und Levke? Am liebsten würde ich Ludger damit konfrontieren, dass er ihn nicht verdient hat, aber er ist ja nicht da. Mama hat ihm in der letzten Woche knallhart gesagt, dass sie seine Entscheidung egoistisch findet. Doch wie sie schon vorausgesagt hat, ist diese Kritik an ihm abgeperlt. Auch Levkes Bemühungen, an seine Ehrbarkeit zu appellieren, schlugen fehl. Noch klammern sie sich an die Hoffnung, aber das Ende des Möwenhofs, wie wir ihn kennen, ist bereits eine Tatsache.

Abena kommt achselzuckend aus dem Haus. Vielleicht hätten wir sie doch ins Boot holen sollen. Klar, wir wollten ihr nicht den Platz zwischen den Stühlen zuweisen. Aber befindet sie sich da nicht ohnehin?

»Im Zimmer ist er nicht«, sagt sie. »Vielleicht ist er spazieren.

Das macht er öfter, wenn er nicht schlafen kann. Andererseits habe ich auch nicht mitgekriegt, dass er sich zurückgezogen hat.«

Mama murmelt etwas vom schlechten Gewissen, und ich hoffe, dass das niemand außer mir gehört hat. Ob sie ahnt, wie richtig sie liegt?

Plötzlich hebt Abena ihr Glas und räuspert sich. »Liebe neue Familie, liebe neue Freunde, die letzte zwei Wochen waren mit die schönsten in meinem Leben, und ich bin so voller Eindrücke, dass ich alles noch gar nicht realisiert habe. Danke, dass ich mich spätestens am ersten Abend wie zu Hause fühlen durfte. Ich liebe es hier, und ich würde mich gerne revanchieren. Meine Mum weiß schon Bescheid. Wann immer ihr zu uns nach Ghana kommt, seid ihr herzlich willkommen. Mums und meine Wohnung ist nicht so groß, aber dafür haben wir ja ein Hotel, in dem wir euch unterbringen können.«

Levke, Mama und Merle bedanken sich. Ich kriege gerade kein Wort heraus.

»Ich bin noch nicht fertig«, sagt Abena und tupft mit ihrem Finger an ihre Augenwinkel.

»Falls ihr kommendes Jahr wieder jemanden für die Bar braucht, bewerbe ich mich gerne jetzt schon wieder als Chefbartenderin.« Sie zwinkert Ole zu und lacht.

»Wie lieb von dir«, sagt Merle mit belegter Stimme.

Dann kann nicht mal mehr Abena das betretene Schweigen überhören. Unsicher sieht sie sich um.

»Du bist uns immer willkommen, Kind«, sagt Mama. »Aber ich weiß nicht, ob wir so ein Fest noch einmal feiern werden, weil ich nicht sicher bin, ob es den Möwenhof nächstes Jahr noch gibt.«

»Aber warum?«, fragt Abena irritiert.

»Weil ich den Hof verkauft habe, damit du an der Rhode Island School of Design studieren kannst«, sagt Ludger, der aus der Dunkelheit zwischen Scheune und Haupthaus tritt. Hat er dort gewartet, um seinen Auftritt zu inszenieren? Das traue ich ihm zu. Oder hat er wirklich einen Spaziergang durch die Obstgärten gemacht und ist zufällig jetzt zurückgekommen?

Levke schnappt nach Luft. Mama beißt sich auf die Lippen.

Abena blinzelt, als habe sie etwas im Auge. Sie wischt mit einer Hand über ihr linkes Auge und sieht Ludger an, als müsse sie die Information erst verarbeiten. »Das ist nicht dein Ernst.«

»Aber du wünschst dir doch dieses Studium!«, erwidert Ludger.

»Natürlich möchte ich dorthin, aber nicht so.« Abenas Stimme zittert.

Ludger kommt an den Tisch. Er steht dort, breitbeinig, wie eine schlechte Gutsbesitzerkarikatur. »Mein Vater hat mir den Möwenhof vererbt. Ich soll ihn in die Zukunft führen. Das tue ich, indem ich ihn an eine Gruppe verkaufe, die ihn der Allgemeinheit zur Verfügung stellt, damit noch viele Gäste Freude daran haben.«

»Dass du dich nicht schämst«, sagt Mama bedrohlich ruhig. »Tu nicht so, als wärst du ein Philanthrop. Die Leute zahlen horrendes Geld, um in gesichtslosen Appartements Urlaub zu machen, und unseren Obstgarten machen sie platt, um Ferienhäuser zu errichten. Und die Zukunft deiner Tochter müssen meine Tochter, deine Nichte, und meine Enkel bezahlen, indem sie zum zweiten Mal innerhalb weniger Monate ihr Zuhause verlieren.«

»Aber das will ich doch gar nicht.« Abena klingt verzweifelt.

Ich kann ihr ansehen, dass sie das alles erst realisiert.

»Das wissen wir, oder wir haben es zumindest geahnt«, sagt Merle und legt Abena beruhigend den Arm um die Schultern.

»Ich will das nicht«, wiederholt Abena, und ihre Stimme bebt. Diesmal vor Wut. »Dad, du musst das stoppen. Ich kann nicht studieren, wenn ich weiß, dass all das hier«, sie breitet die Arme aus, »nicht mehr existieren wird. Der Möwenhof ist einmalig. Mach deine Entscheidung rückgängig.«

»Du hast mir von Sizilien bis in die Provence vorgeschwärmt, was du alles tun würdest, um in den USA zu studieren, und ich habe die Mittel, dir das zu ermöglichen. Ich bin dein Vater, und ich bezahle dir dieses Studium.«

Abenas Gesicht wirkt seltsam verzerrt, so sehr scheint es in ihr zu arbeiten. Sie schüttelt den Kopf. »Aber nicht so. Nein. So nicht.«

Ludgers Kiefer verhärtet sich. Welche Reaktion er auch immer von seiner Tochter erwartet hat, er hat nicht damit gerechnet, dass sie sein Geschenk ablehnt. »Später wirst du es mir danken«, sagt er knapp. »Meine Entscheidung steht jedenfalls.«

Merle und ich wechseln einen Blick. Sollte es das jetzt gewesen sein?

»Wir haben uns hier die ganze Woche den Arsch aufgerissen«, platzt es aus mir heraus. »Und jetzt das? Die ganze Zeit haben wir versucht, dir zu zeigen, wie wertvoll unser Zusammenleben hier ist, was uns unser Zuhause bedeutet, und dir ist das einfach scheiß-egal?«

»Du warst die letzten zwanzig Jahre sonst wo«, kontert Ludger. »Und bloß weil dein Mann ausgezogen ist und du mit deinen drei Kindern hierher zurückgekehrt bist, soll meine Tochter jetzt auf ihr Studium verzichten?«

»Das hat niemand gesagt«, entgegne ich wütend. »Aber es muss doch einen anderen Weg geben. Erhöhe die Pacht, mach, was du willst, wir werden das irgendwie hinkriegen, aber lass uns den Hof.«

»Der Hof gehört mir, und wohnen könnt ihr auch woanders«, sagt Ludger, dann wendet er sich Abena zu. »Und du wirst es mir später einmal danken.«

»Du bist unmöglich«, ruft Abena. Mit zitternder Hand wischt sie sich die Träne weg, die über ihre Wange läuft.

Merle legt den Arm fester um sie.

Was machen wir hier eigentlich? Das haben wir doch bei Merle schon alles durchgespielt. Mit dem Unterschied, dass jetzt Abena unseren Streit noch einmal live vorgeführt bekommt.

»Dann lot uns spelen, Ludger«, sagt Levke in die gespannte Stille.

Was meint sie? Verwundert sehe ich meine Tante an. Die fragenden Blicke der anderen bestärken mich in meiner Einschätzung, dass ich mich nicht verhört habe.

Mama nickt. »Wenn du gewinnst, passiert es so, wie du denkst. Der Hof wird verkauft. Wenn wir gewinnen, bleibt der Hof in der Familie.«

Ludger zieht die Augenbrauen hoch.

Jetzt sind sie komplett wahnsinnig geworden. Alle miteinander.

»Das ist nicht euer Ernst«, stammelt Merle.

Aber Levke schüttelt unwirsch den Kopf. »Oder hast du Angst, dass du verlierst?« Ihr kühler Blick ruht auf Ludger.

»Im Leben nicht«, sagt er, setzt sich auf die Bierbank und greift nach einer Flasche Bier.

»Ich hole die Karten«, sagt Mama und geht die Fronttreppe hoch.

Levke setzt sich Ludger gegenüber und fixiert ihn.

Er lächelt herablassend.

Der Sommerwind trägt ein paar Blätter über das Pflaster.

Die Geschichten, wie Mama, Levke und Ludger in ihrer Kindheit und Jugend Skat gespielt haben, gehören zum Repertoire der Familienerzählungen. Sogar meine Kinder haben inzwischen unzählige Male davon gehört, wie sie um Kinokarten oder Zigaretten gezockt haben, darum, wer den Roller nutzen darf oder wer welche Arbeit im Stall übernimmt. Dass sie um den Erhalt des Hofes spielen, kann ich nicht fassen. Es kommt mir surreal vor.

»Das kann doch nicht ihr Ernst sein«, raune ich Merle zu.

»Kennst sie doch«, entgegnet sie. »Und im Moment ist es unsere beste Chance.«

Mit Abena setzt sie sich auf die nächste Biergarnitur. Offenbar wollen sie zusehen.

Ich laufe Mama hinterher. Sie kramt die Karten aus der Vitrine in der Küche. »Mama! Das könnt ihr nicht machen. Ich meine, das geht doch nicht. Wir müssen noch einmal reden.«

Mama sieht mich an. »Hast du das Gefühl, dass irgendetwas in der letzten Woche Erfolg gezeigt hat? Reden oder Ausflüge oder Familienessen?«

Sie hat recht. Das muss ich leider zugeben. Bis jetzt habe ich immer gedacht, dass man Menschen am Ende mit den vernünftigeren Argumenten überzeugen oder zumindest eine Lösung finden kann. Bei Ludger scheint das nicht aufzugehen.

»Verloren haben wir doch schon«, sagt Mama achselzuckend. »Und jetzt versuchen wir eben, das Geschehende umzukehren. Glaubst du im Ernst, ich gebe auf, wenn es noch eine winzige Chance gibt? Das Familienprogramm hat bei seiner Tochter gewirkt. Ludger ist dagegen immun. Er muss verlieren. Haushoch. Das ist das Einzige, was er versteht.« Sie schließt die Schublade mit Nachdruck. »Ich weiß, was ich tue. Und glaub mir, ich habe nicht vor, heute Abend zu verlieren. Setz dich hin und schau zu oder geh in deine Wohnung, wenn du es nicht ertragen kannst.«

Eine Weile bleibe ich stehen, weil meine Gelenke wie eingefroren sind. Eigentlich dachte ich, der Tag, an dem sich Tom von mir getrennt hat, war der Tiefpunkt meines Lebens. Der heutige Tag fühlt sich fast genauso schlimm an.

Wie ferngesteuert gehe ich zum Tisch mit den offenen Flaschen, schenke mir den letzten Rest Fruchtcocktail ein und fülle ihn mit Sekt auf. Am liebsten hätte ich etwas Stärkeres genommen, aber das vertrage ich nicht. Vor allem muss ich für die Kinder fit sein.

Vor der Tür, hinter der sich noch meine Wohnung befindet, lasse ich mich auf die Bank fallen.

Henning versucht hinter meinem Rücken den Helden zu spielen und macht alles nur noch schlimmer. Mama und Levke spielen gerade um den Hof, und überhaupt würde ich den heutigen Tag am liebsten streichen.

Drinnen läuft Neles Serie im Fernsehen.

Ich scheue mich, nach ihr zu sehen. Falls sie fragt, ob wir Erfolg hatten, ob das Fest etwas gebracht hat oder wo Henning ist, weiß ich nicht, was ich ihr sagen soll. Ich habe auf all diese Fragen keine Antwort.

Wie viele Runden werden sie spielen? Mama und Levke sind versiert, da dauert eine Partie oft nicht lange. Ludger scheint in all den Jahren wenig verlernt zu haben. Soll ich doch nach vorn gehen und zusehen? Nein, das halte ich nicht aus.

Selten habe ich mich so allein gefühlt.

Die Nordsee schickt einen kalten Wind bis zu uns, und ich fröstele. Also gehe ich doch in die Wohnung.

Ich wecke Nele, die vor dem Fernseher eingeschlafen ist. Mehr als »Gute Nacht« bringt sie nicht mehr heraus, als sie in ihr Zimmer tappt.

Meine Gedanken kreisen um die Skatpartie. Ich schreibe eine Nachricht an Merle. Sie soll mir einen Zwischenstand schicken, aber sie reagiert nicht.

In der Küche stehen Gläser und Teller herum. Ich packe sie in die Spülmaschine und schrubbe den Herd und die Arbeitsfläche. Ich bin todmüde und aufgekratzt zugleich. Als es an der Tür klopft, erschrecke ich, obwohl ich die ganze Zeit darauf warte, dass jemand reinkommt.

Was mache ich denn, wenn es Henning ist? Wünsche ich mir, dass er vor der Tür steht, oder will ich ihn nicht sehen, weil ich nicht weiß, wie ich reagieren soll?

Ich wische meine Hände an der Hose ab, atme durch und öffne die Tür. Davor stehen Merle und Abena. Sie müssen nichts sagen, ich kann an ihren Gesichtern ablesen, dass Ludger die Partie verloren hat. Dann fallen sie mir um den Hals.

»Sie haben ihn in Grund und Boden gespielt«, jubelt Merle.

Ich warte darauf, dass ihre Freude auf mich überspringt, aber irgendwie regt sich in mir nichts.

Abena legt mir die Hand auf die Schulter. »Alles ist gut.«

»Was ist los?«, fragt Merle. »Hast du gehört, was wir gesagt haben? Er hat verloren. Der Hof ist gerettet.«

»Ich hoffe es«, sage ich. Bevor Ludger nicht offiziell seinen Rücktritt vom Vertrag erklärt hat, traue ich mich nicht, die Erleichterung zuzulassen. Ich erkläre Abena und Merle meine Zurückhaltung. Beide versuchen mich zu beruhigen. Meine Schwester beharrt darauf, dass Spielschulden Ehrenschulden sind und sich nun alles zum Guten wendet. Auch Abena ist überzeugt, dass sich ihr Vater an seine Aussage halten will.

»Hat er es ausgesprochen?«, will ich wissen. »Hat er gesagt, dass er den Vertrag rückgängig machen will?«

»Er ist aufgestanden und gegangen«, sagt Abena. »Aber das heißt nichts. Er verliert eben nicht gerne.«

»Ach, Maren, jetzt freu dich doch«, bedrängt mich Merle. Er hat vor Zeugen verloren. Da kann er sich nicht aus der Verantwortung stehlen.

»Ich hoffe es«, sage ich.

Maren und Abena sind zu aufgekratzt und wollen noch in die Strandkrabbe radeln, um dort mit Ole zu feiern. Ich bleibe hier und hoffe, dass sich wirklich alles gut zum Guten wendet.

Als ich am nächsten Morgen ins Haupthaus laufe, rennt mich Abena fast um.

»Ich hasse ihn«, ruft sie, als sie an mir vorbeistürmt. Aufhalten kann ich sie nicht, dazu ist sie zu schnell in Richtung Obstgarten verschwunden.

Im Flur bleibe ich stehen. Aus der Küche dringen erregte Stimmen. »Sie weiß doch nicht, was sie sagt«, donnert Ludger.

»Du hast es versprochen, und du hast verloren. Es ist schäbig, was du tust«, höre ich Levke.

»Wir sind nicht mehr fünfzehn«, poltert Ludger darauf los. »Es geht nicht um Kinokarten oder Fluppen. Ich brauche das Geld und damit basta.«

Die Tür fliegt auf, und Ludger hastet an mir vorbei.

»Ich habe es geahnt«, sagt Mama bitter, als ich die Küche betrete.

»Unser Bruder ist ein Schietbüddel«, fasst Levke die Lage zusammen.

»Ich gebe dir Brief und Siegel, dass er irgendwo Schulden gemacht hat«, sagt Mama.

»Ich weiß«, seufzt Levke. »Das hast du von Anfang an vermutet, und wahrscheinlich hast du recht. Ich bin mir jetzt auch sicher, dass er sie mit dem Verkauf des Hofes zurückzahlen will.«

»Und nebenbei springt dann noch Abenas Studium raus.«

»Wenn es das tut.« Levke sieht so ausgelaugt aus.

»Also müssen wir umziehen«, sagte ich leise.

»Es sieht so aus«, antwortet Mama.

## 21

## Henning

Kälbchen rappelt sich hoch, legt den Kopf auf die Matratze und schaut mich an.

»Sollen wir eine Runde drehen?«, frage ich ihn.

Das Gefühl, mein Hund würde mich irritiert ansehen, dauert nur einen Moment. Dann steht er auf, wedelt mit dem Schwanz, springt und trabt zu seiner Leine.

Ächzend drücke ich mich hoch, ziehe mir Hose und Kapuzenpulli an und laufe mit Kälbchen Richtung Deich. Auf eine Leine verzichte ich, weil ich nicht davon ausgehe, jemandem zu begegnen. Nicht um drei Uhr nachts.

Wieder hat mich mein alter Fehler eingeholt. Wieder habe ich mich nicht abgesprochen und versucht, alles allein zu lösen. In der Firma haben sich mich dafür genauso bewundert wie gehasst. Solange ich Erfolge eingefahren habe – und das habe ich bis zu meinem letzten Tag –, haben sie es akzeptiert. Seitdem ich allein mit Kälbchen und den Booten bin, hat sich dieses Problem nicht mehr ergeben, aber wie sollte es auch.

Mit Maren habe ich das nicht kommen sehen. Der Wunsch, ihr zu helfen, hat mich so sehr nach Sylt gedrängt, dass ich gar nicht auf die Idee gekommen bin, sie einzubeziehen. Obwohl, ganz stimmt das nicht. Auf der Fahrt dorthin habe ich tatsächlich überlegt, ob ich sie hätte mitnehmen sollen. Aber den Gedanken habe ich verworfen. Zu sehr wollte ich ihr Superheld sein, der alle Probleme aus dem Weg räumt.

Beziehungen lernt man nicht in der Schule oder im Studium. Meine Eltern waren Vorbilder im Nebeneinanderherleben. Vielleicht waren sie auch sehr mit sich selbst beschäftigt, dass es ihnen gar nicht auffiel, dass sie die Bedürfnisse des anderen ignorierten. Ich wünschte, ich hätte mich in meinem bisherigen Leben weniger um meine Karriere als um meine Beziehungen gekümmert. Das Schlimme ist, dass es mir so lange gar nicht aufgefallen ist, was für ein Versager ich in dieser Hinsicht bin. Wahrscheinlich wollte ich es nicht wahrhaben. Jetzt wünschte ich, ich hätte mich auf Beziehungen vorbereiten können wie auf Prüfungen in der Uni. Die Welt ist voll von Ratgebern und Coaches, doch für mich scheint der richtige nicht dabei zu sein. Noch nie wollte ich etwas so sehr, wie mit Maren und ihren Kindern sein. Ich will ein Teil dieser Familie werden. Keinesfalls, weil sie mich brauchen, die Petersens kommen gut allein zurecht. Ich denke, ich ergänze sie ganz gut. Vor allem aber brauche ich sie. Sie sind alles, was ich immer vermisst habe.

Habe ich Maren mit meinem Alleingang verloren? Seit gestern grüble ich, was sie gemeint hat. Ich soll gehen, hat sie gesagt, und das habe ich dann auch getan. Normalerweise wäre die Sache für mich erledigt gewesen, aber nicht mit Maren. Nicht mit Nico und Noah und Nele. Ich will das hinbekommen. Wie oft ich das Handy in die Hand genommen und wieder weggelegt habe. Ich habe Angst, das Falsche zu schreiben.

Nicht einmal die Nordseeluft macht mich müde. Zuhause

springe ich in die Dusche, mache mir einen Espresso und gehe vor der Dämmerung in die Werft.

Dort arbeite ich vor mich hin, während mein Gehirn einen Ideenmarathon absolviert. Einen sehr kläglichen, wenn ich ehrlich bin. Heute habe ich nur kleinere Reparaturen, die schnell erledigt sind. Ich gehe meinen Terminkalender durch. Im Segelclub soll ich mir ein paar Boote ansehen, danach noch einmal bei Duggens vorbeischauen. Den morgigen Nachmittag habe ich mir für die DLRG frei gehalten, damit ich mich bei Knut endlich für die Fahrt nach Pellworm revanchieren kann. Mit dieser Fahrt hat alles angefangen. Hoffentlich geht es weiter. Die nächsten drei Tage arbeite ich mich einmal rund um Pellworm.

Ich schreibe Knut, dass ich morgen gegen zwei bei ihm sein kann, und schicke die Nachricht ab. Danach frage ich Ole, ob er später Zeit für einen Kaffee hat. Er ist zwar kein Beziehungsexperte, aber vielleicht hat er eine Idee.

Wahrscheinlich wäre es das Einfachste, zu Maren zu fahren und mit ihr zu reden. Ich muss wieder an gestern denken, an den Obstgarten, wie wir uns gestritten haben. Meine Güte, die Festung. Wenn sie wirklich ausziehen müssen, verlieren die Kinder ihr tolles Haus. Noah tauscht immer noch regelmäßig die Haferflocken in Rotis Napf aus, weil er so hofft, dass sein Freund wiederkommt. Ich habe ja McGonagall im Verdacht.

Und mit einem Mal ist er da: der Geistesblitz, auf den ich die ganze Zeit gehofft habe. Noch einmal kontaktiere ich Knut, und kurz darauf schickt er mir Kontaktdaten auf mein Handy. Dass Verena die Vertragsunterzeichnung mit Ludger vorverlegt hat, war ein fieser Move. Wahrscheinlich hätte ich es früher selbst so gemacht.

Aber nun bin ich auf der Seite der Guten. Und mir ist ein Schachzug eingefallen, den sie bestimmt nicht mögen wird.

Einen Tag später warte ich am Bahnhof in St. Peter auf den Regionalexpress. Wenn es klappt, was ich vorhabe, lade ich Knut zu einem Riesenabendessen in die Strandkrabbe ein.

Ich erkenne Torsten gleich, als er aus dem Zug steigt. Triathlet, obwohl er mit seiner Größe auch Basketball hätte spielen können. Mit seinem Bart und den rötlichen Haaren würde ihn jeder Regisseur für eine Wikingerserie casten. Er hat einen Lehrstuhl für Zoologie an der Universität in Halle und setzt sich für die Rechte eines jeden Tieres ein, dem droht, von Bauunternehmen aus seinem Habitat vertrieben zu werden. Früher habe ich ihn dafür gehasst. Heute ist er genau mein Mann.

»Dass Sie mich einmal um einen Gefallen bitten, hätte ich mir auch nicht ausgemalt«, sagt er, nachdem er seinen Rucksack und seine Ausrüstung auf der Rückbank meines Autos verstaut hat.

»Dass Sie unmittelbar kommen, wenn ich Sie um Hilfe bitte, hätte ich auch nicht gedacht«, erwidere ich.

»Da können Sie sich bei meinem Bruder bedanken.«

Er steigt ein und begrüßt Kälbchen, der unablässig wedelt. Wahrscheinlich glaubt er, der neue Mitfahrer habe etwas zum Essen für ihn oder wolle mit ihm am Strand toben. Ich chauffiere den Mann, in den ich all meine Hoffnung setze, zum Strandabschnitt Böhl.

»Sie wollen Ihrer alten Firma eins auswischen«, sagt er und lächelt süffisant, als wir in der Strandkrabbe Platz nehmen. Ole hat uns einen Tisch in einer Nische frei gehalten. Bei vegetarischen Burgern und Salat aus regionalem Anbau will ich Torsten ins Bild setzen. Ole gesellt sich zu uns und unterstreicht noch einmal, wie wichtig es ist, dass Torsten irgendein Tier findet, was einen Baubeginn verzögert oder bestenfalls unmöglich macht.

Kaum haben wir die Mahlzeit beendet, drängt er zum Aufbruch. Ich weiß nicht, warum er es so eilig hat, aber er scheint auch nicht gewillt, mich einzuweihen. Wahrscheinlich gewöhnen sich die Tiere umso eher an ihn, je eher er es sich in seinem Zelt auf der Wiese eingerichtet hat.

Vor dem Möwenhof sitzen ein paar Gäste zusammen. Ludgers Wohnmobil ist nicht zu sehen. Lina steht mit einem Akkuschrauber vor der Scheune und zieht die Schrauben an ein paar Terrassenstühlen fest. Sie unterhält sich mit Lisbeth, die von ihrem unvermeidlichen Gänserich begleitet wird. Sie winken mir.

Kurz bin ich versucht, sie zu fragen, was sich Neues ergeben hat. Aber dann lege ich den Fokus auf Maren und mich und das, was zwischen uns ist. Ich weiß nicht, was sie ihrer Familie erzählt hat. Zumindest hetzen sie nicht Lisbeths Federvieh auf mich.

Auch Torsten hat Käpt'n Claasen gesehen. »Eine Ringelgans«, stellt er trocken fest. »Früher haben die hier die Ernte ratzekahl gefressen, weswegen die Bauern sie gehasst haben. Aber der hier scheint ja wohlgelitten zu sein.«

»Es handelt sich um die Hausgans der Nachbarin«, kläre ich ihn auf, und er nickt bestätigend.

Merle kommt mit dem Mountainbike auf den Hof geradelt und begrüßt uns. Sie erspart mir spitze Bemerkungen, und ich bin ihr dankbar.

Ich stelle ihr Torsten vor und erkläre ihr, warum er hier ist.

Merle hebt die Arme und lässt sie wieder sinken. »Wir haben nichts mehr zu verlieren«, bekennt sie. »Am besten, du erzählst Maren von deinem Plan«, schlägt sie vor.

Mein Herzschlag beschleunigt sich, als sie das sagt. Deswegen bin ich hier, aber mein Magen zieht sich zusammen, weil ich nicht weiß, wie sie reagieren wird.

»Ich kann dich ja schon mal mit unserer Obstwiese bekannt machen«, wendet sich Merle an Torsten.

Der scheint einverstanden. Leider. Ein wenig habe ich gehofft, dass ich ihn zu dem Gespräch mitnehmen kann. Als menschlichen Puffer. Nun trete ich Maren allein gegenüber.

Im Haupthaus finde ich sie nicht. Ihre Mutter schickt mich in ihre Wohnung, wo ich zögerlich anklopfe.

Maren öffnet. Dass sie mich nicht erwartet hat, kann ich ihr ansehen. Auch ihr »Hi« verrät mir das. Mehr sagt sie nämlich nicht. Sie trägt Jeans und ein T-Shirt, ihre Haare hat sie lose zu einem Knoten gebunden. Wunderschön sieht sie aus. Ich nehme Zuflucht in den Tatsachen, erkläre ihr, wer Torsten ist und was ich vorhabe, und versuche dabei, so wenig wie möglich daran zu erinnern, was vorgefallen ist und womit ich die Situation des Möwenhofs noch verschlechtert habe.

»Okay«, sagt sie.

Das ist alles.

Ich warte auf irgendein Wort der Anerkennung, ein Wort, mit dem sie auf mich zugeht. Aber nichts dergleichen kommt.

»Braucht er ein Zimmer?«, fragt sie. »Die Seehundsuite ist fertig, aber die Gäste sind erkrankt und kommen frühestens übermorgen.«

»Ich denke, er bleibt im Zelt. So arbeitet er.«

Sie nickt.

»Sehen wir zu, was es bringt«, sagt sie.

»Was machst du gerade?«, frage ich.

»Meine Bewerbungsunterlagen updaten«, sagt sie.

Ich stecke die Hände in meine hinteren Hosentaschen, als würde ich dort etwas finden, was ich sagen, womit ich diese Distanz zwischen uns überbrücken könnte.

»Viel Erfolg«, sage ich. »Du kannst dich melden, wenn Torsten wieder zum Bahnhof muss. Ich kann ihn abholen.«

»Das kann ich auch machen«, sagt sie.

»Okay«, sage ich.

»Mach's gut«, sagt sie und schließt die Tür.

Ich atme tief aus. Meine Aktion scheint nicht so zu verfangen, wie ich mir das wünsche, und ich habe keine Ahnung, wo wir stehen.

## 22
## Maren

Henning hat diesen Biologen mitgebracht in der Hoffnung, dass dieser mehr bewirken kann als die Eiderstedter Naturschützer. Eine Stimme in meinem Herzen sagt: »Er will es wiedergutmachen. Gib dir einen Ruck. Fehler helfen uns, es beim nächsten Mal besser zu machen.« Mein Kopf hingegen rät mir zur Zurückhaltung: »Wenn er immer solche Egotouren veranstaltet, lass lieber die Finger von ihm.« Ich weiß nicht, welcher Stimme ich vertrauen soll.

Während ich noch mit mir ringe, beobachte ich aus dem Fenster, wie Nele und Johannes von der Schule kommen. Sie stellen ihre Räder neben der Scheune ab und stürmen auf Henning zu. Nele zieht ihr Handy heraus und zeigt ihm etwas auf dem Display. Dann scheint sie ihm etwas zu schicken. Hennings Reaktion kann ich nicht einschätzen. Er wirkt überrascht und sagt irgendwas. Offenbar bedankt er sich.

Schon kommt Nico mit seinem Traktor angeflitzt und legt unmittelbar vor Henning eine Vollbremsung hin. Ich kann nicht hören, was mein Sohn erzählt, aber Henning erwidert etwas und wuschelt ihm durch die Haare, bevor er geht.

Nico sieht ihm nach, tritt in die Pedale und steuert auf mich zu. »Mama, spielst du mit mir Lotti Karotti?«

»Gleich, mein Schatz, ich muss noch etwas fertig machen.«

»Henning hatte leider keine Zeit«, sagt Nico traurig. »Mama, kann Henning mit uns zu Abend essen?«

»Schauen wir mal«, antworte ich.

»Aber, Mama«, beschwert sich Nico. »Du sagst doch immer, wenn jemand traurig ist, muss man ihm helfen. Ich denke, Henning war gerade traurig. Wahrscheinlich weil er immer allein essen muss. Er wohnt doch nur mit seinem Hund zusammen, und der kann ja nur bellen und nicht reden.«

»Er kann mit Ole essen«, sage ich.

Nico überlegt. »Aber bei uns ist es lustiger«, beharrt er.

»Hol doch schon mal dein Spiel, ich denke, ich kann auch später weiterarbeiten.« Mir fällt nichts Besseres ein, um meinen Sohn abzulenken. Wenn ich ihn weiterreden lasse, könnte er auf die Idee kommen, Henning anzurufen, und das kann ich gerade nicht gebrauchen.

Wir spielen drei Runden. Dann überrede ich Nico, nach dem Mann zu sehen, der die Tiere auf unserem Hof erforschen will. Der Biologe baut auf der Wiese hinter den Obstbäumen ein Zelt auf. Vor dem Zelt stehen Kameras und Ferngläser, was auch immer er zum Beobachten braucht.

Ich gehe hinaus und frage, ob er etwas benötigt, aber er winkt ab. In erster Linie brauche er Ruhe, sagt er. Höflichkeit oder Kommunikation gehören wohl nicht zu seinen Stärken. Also kündige ich an, Essen auf die Terrasse zu stellen.

Am Küchenfenster stehen Nele und Levke und beobachten unseren Gast. Sie winken uns heran, und wir stellen uns zu ihnen. Zu fünft starren wir über die Obstbäume hinweg zu dem Zelt, dessen

Bewohner vielleicht noch etwas bewirken kann. Ich weiß nicht, ob ich daran glauben soll. Mein emotionaler Höhenflug ist abrupt und schmerzhaft zu Ende gegangen. Nun glotzen wir auf einen Wildfremden, der auf unserer Wiese campiert. Wenn man es genau nimmt, gehört uns die Wiese ja gar nicht mehr.

Mama sieht als Einzige nicht hinaus. Sie steht am Herd und rührt in dem großen Topf mit Bolognesesoße, die dort seit Stunden vor sich hinköchelt. Spaghetti mit Fleischsoße war schon immer unser Trostgericht. Unser Seelenwärmer. Die Tatsache, dass Mama das gekocht hat, zeigt mir, dass sie keine Hoffnung mehr hat, dass sich alles zum Guten wenden wird.

Bevor wir essen, trage ich eine große Portion Nudeln und eine Thermoschale mit Soße auf die Terrasse. Dabei fällt mir ein, dass Torsten Vegetarier sein könnte. Soll ich hingehen und ihn fragen? Dann beschwert er sich wieder, dass er seine Ruhe braucht.

Zurück in der Küche, äußere ich meine Bedenken, was Levke dazu bringt, ihre schnelle Tomatensauce zuzubereiten und sie als Alternative dazuzustellen. Danach essen wir endlich.

Wir lassen die Kinder reden. Levke, Mama, Merle und ich drehen unsere Nudeln auf die Gabel und hängen unseren Gedanken nach.

»Jetzt haben wir Henning vergessen!«, ruft Nico plötzlich. Traurig fügt er hinzu: »Jetzt muss er wieder allein essen, der Arme!«

Noah schaut zum Herd und stellt fest, dass noch genug Soße da ist.

»Sollen wir ihn anrufen? Dann kann ich ihn gleich fragen, ob er etwas gefunden hat«, schlägt Nele vor und zieht ihr Handy heraus.

»Was sucht er denn?«, will Levke wissen.

»Henning hat einen Sohn, und es ist nicht so einfach zwischen den beiden. Johannes und ich haben uns die Videos von Christopher angesehen. Jedenfalls steht er auf URWild, das ist so eine Skatermarke. Wir denken, dass er ihm so einen Hoodie schicken soll. Er hat mal irgendwo kommentiert, dass er den auch gern hätte, aber dass ihm seine Mum keinen kauft. Vielleicht kriegt er so Zugang. Das ist zwar schon Bestechung, aber irgendwie muss er ja anfangen.«

»Ihr stalkt Hennings Sohn im Netz?«, fragt Merle.

Mama runzelt die Stirn, und auch Levke sieht nicht besonders glücklich aus.

»Doch nur, um Henning zu helfen«, verteidigt sich Nele. »Er hat da wohl echt Mist gebaut, und wir haben Mitleid mit ihm. Deswegen helfen wir ihm, das wiedergutzumachen. Irgendwie.« Sie schaut mich an. »Darf ich ihn anrufen, Mama?«

Alle Augen richten sich auf mich.

»Heute vielleicht nicht«, sagt Merle, als ich immer noch überlege, was ich antworten soll.

Mama und Levke wechseln einen Blick.

»Was hat unser edler Ritter des Alkovenbaus denn verbrochen, dass er in Ungnade gefallen ist?«, will Levke wissen, und ich wundere mich, dass der Familienfunk unser Zerwürfnis noch nicht weitergetragen hat.

»Nichts weiter«, sage ich.

»Habt ihr euch gestritten?« Nele sieht mich schockiert an.

»Ein wenig.« Es ist mir unangenehm, ins Kreuzverhör genommen zu werden.

»Streit ist etwas Normales«, stellt Noah fest. »Man muss sich aber danach aussprechen und sich wieder vertragen.« Mit strengem Blick fokussiert er mich. »Habt ihr euch ausgesprochen?«

»Noch nicht.«

»Du solltest das nicht zu lange hinauszögern«, belehrt mich meine Tochter.

»Ich mache das schon mit Henning. Aber ich brauche Zeit, und dann sehe ich, was ich tue.«

»Hast du etwas falsch gemacht?«, fragt Noah.

»Herrgott noch mal, das ist meine Sache! Ich will jetzt nicht darüber sprechen.« Meine Gabel landet geräuschvoll auf der Tischplatte.

Noah beißt die Lippen zusammen und dreht seine Spaghetti auf.

Nele legt ihre Hand auf seinen Rücken.

»Mama! Man darf nicht schreien«, ermahnt mich Nico.

Die Reaktionen meiner Kinder überfordern mich. Ich murmele eine Entschuldigung, stelle meinen Teller in die Spüle und gehe nach draußen. Ich kann nicht mehr.

Im Flur schlüpfe ich in meine Turnschuhe und laufe los. Über den Hof, die Landstraße entlang. Hauptsache laufen, alles hinter mich bringen. Abstand von allem und allen, bis ich wieder zu mir finde.

Irgendwo an einem Fahrradweg setze ich mich auf eine Bank und weine. Es ist mir egal, dass Touristen an mir vorbeifahren und mich anglotzen. Sollen sie doch! Ich heule meine ganze Wut und Verzweiflung und Ohnmacht heraus. Bisher habe ich immer etwas bewirken können. Wir haben uns so angestrengt. Wir haben so logisch argumentiert. Wir sind die Guten. Und an Ludger prallt alles

ab. Und jetzt habe ich mich deswegen auch noch mit Henning überworfen. Und gerade wünsche ich mir nichts sehnlicher, als dass er
hier wäre.

Wie lange ich dort sitze, weiß ich nicht, da ich mein Handy
vergessen habe. Andererseits ist das gut, denn so kann ich keine
Verzweiflungsnachrichten verfassen, die ich später bereue. Das
Schlimmste ist, dass mein Kopf so leer ist, dass ich nicht einmal
weiß, was ich schreiben könnte.

Es dämmert, als ich zurück in meine Wohnung komme. Noah
und Nico sitzen mit Abena am Tisch. Filzstifte und Wachsmalkrei-
den liegen überall verteilt. Mein Kleinster malt zum hundertsten
Mal ein Bild von Roti, den er immer noch so vermisst.

»Nele macht Hausaufgaben«, sagt Abena. »Und ich habe mit
den Jungs einen Kuchen gebacken und einen Teil zu Torsten raus-
gestellt. Ich hoffe, das ist okay.« Sie schlägt die Augen nieder, als
wäre es ihre Schuld, dass ich mit den Nerven am Ende bin.

»Natürlich,« beeile ich mich zu sagen. »Das war eine gute
Idee.« Es tut mir leid, dass sie sich solche Gedanken macht, deswegen umarme ich sie kurz. Sie drückt mich und entschuldigt sich, um
ins Badezimmer zu gehen.

Dann setze ich mich neben Noah und sage ihm noch einmal,
wie leid es mir tut, dass ich ihn vorhin so angefahren habe. »Ich habe
momentan viel im Kopf. Aber bald wird es wieder gut. Das verspreche ich dir.«

Noah schluckt und legt mir die Arme um den Hals. »Darf ich
fernsehen?«, fragt er, und ich nicke.

»Das ist ja wohl das coolste Bad, das ich je gesehen habe«, sagt
Abena, als sie zurückkommt.

Ich ziehe eine Grimasse. »Unsere Fliesen polarisieren«, sage ich. »Entweder man liebt sie, oder man hasst sie. Ich habe noch niemanden getroffen, dem sie egal sind.«

Ein Schatten legt sich über Abenas Gesicht. Vermutlich ist ihr gerade eingefallen, dass auch das Bad den Verkauf nicht überdauern wird. Sie setzt sich mir gegenüber und nimmt meine Hände in die ihren. »Ich habe einen Vorschlag für dich. Oder eher eine Frage. Solltet ihr hier tatsächlich ausziehen müssen, würdest du mich als Au-pair engagieren? Nur wenn du das möchtest, und ich bin dir nicht böse, wenn du das ablehnst. Ich dachte nur, ich könnte in Kiel studieren und pendeln. Wenn du arbeitest, passe ich auf die Jungs auf. Nele braucht mich ja nicht mehr, aber ich wäre da, mache Hausaufgaben mit ihnen und helfe im Haushalt. Falls es eng wird, würde Nele sich mit mir ein Zimmer teilen. Sie hat das angeboten.«

Ich atme tief durch. »Wenn du studierst, solltest du dich auf deine Kurse konzentrieren und dein Studentenleben genießen.«

»Okay«, sagt Abena. Sie schluckt und beißt sich auf die Lippen.

»Stopp«, sage ich. »Bitte versteh mich nicht falsch. Ich finde den Vorschlag großartig, aber ich kann das nicht annehmen. Du musst dich nicht für deinen Vater aufopfern. So funktioniert das nicht.«

Tränen glitzern zwischen Abenas Wimpern. »Und wenn ich es wirklich will? Ich fühle mich so wohl bei euch und habe die Kinder so lieb gewonnen. Und Levke und Lina und dich. Ich will hier nicht mehr weg. Und ich will schon gar nicht in die USA. Wenn ich in Deutschland studiere, bin ich ja auch im Ausland, aber eben auch bei meiner Familie. Und wenn dir das zu viel ist, kann ich mir auch ein

Zimmer nehmen. Aber bitte, lass mich euch besuchen.« Die Tränen fließen, und ich rutsche auf den Stuhl neben Abena.

Ich nehme sie in den Arm, und sie legt den Kopf an meine Schulter.

»Es wäre wunderschön, wenn du bei uns einziehst«, flüstere ich gegen den Kloß in meinem Hals an.« Ich würde sogar eine Wohnung suchen, in der du ein eigenes Zimmer hast.«

Abena umarmt mich noch fester, und dann brechen wir beide in Tränen aus.

»Es sind Freudentränen«, sage ich schniefend zu den Jungs, die uns verstört beobachten. Das ist zwar eine halbe Lüge, denn die Aussicht, den Möwenhof zu verlassen, lässt mich losheulen, sobald ich daran denke.

»Falls es nicht nötig ist, darf ich bei Lina und Levke im Gästezimmer wohnen«, sagt Abena und lächelt.

»Wo auch immer du einziehst, ich freue mich, dass du bei uns bleibst«, bekräftige ich leise, damit Nico und Noah es nicht hören.

»Hoffen wir mal, dass es der Hof sein wird«, sagt Abena.

Im Moment sieht es allerdings nicht danach aus. Torsten bleibt sogar einen Tag länger in seinem Zelt, als er ursprünglich angekündigt hat. Leider bringt auch der dritte Tag keine Fortschritte.

Seine Mitteilung überrascht uns nicht. Bei einer Kaffeepause, die er tatsächlich mit Levke und mir auf der Möwenhof-Terrasse eingelegt hat, erklärt er, dass eine erfolgreiche Sichtung meist innerhalb der ersten vierundzwanzig Stunden erfolgt. Andernfalls gibt es wenig Hoffnung, dass sich eine schützenswerte Spezies auf dem Grund des Möwenhofs niedergelassen hat. Leider hat er mit seiner Prophezeiung recht.

»Wi hem dat probeert«, sagt Levke. »Oder eher, Henning hat uns diese Chance gegeben.« Ihr Blick klebt an mir, aber ich reagiere nicht.

Ich muss wieder von vorn anfangen, und vielleicht mache ich das am besten allein. So wie ich alles allein gemacht habe. Auch den Neuanfang hier. Mein Herz ist schwer, als ich diesen Entschluss fasse. In München hat sich diese Entscheidung leichter angefühlt. Da war ich voller Tatendrang und überzeugt, dass alles einfacher wird, wenn wir uns im Norden erst einmal eingelebt haben. Nun fühlt es sich so mühsam an. Die Erkenntnis, dass unser letzter Ausweg in einer Sackgasse endet, dringt langsam zu mir durch.

Am nächsten Vormittag lädt Torsten seine Ausrüstung in meinen alten Volvo.

Mama und Levke haben sich bereits verabschiedet. Nico steht neben mir mit einer Papierrolle in der Hand.

»Ich hab noch was für dich«, sagt er, als Torsten ins Auto steigt, und hält ihm das zusammengerollte Papier hin, um das er – wahrscheinlich mit Hilfe eines seiner Geschwister – eine Schleife gebunden hat.

Torsten bedankt sich und steigt in den Wagen, als mein Sohn protestiert. »Du musst es aufmachen!«

Der Biologe schaut auf die Uhr und entscheidet dann offenbar, dass ihm vor Abfahrt des Zuges noch genügend Zeit bleibt. Er streift das Band ab und entrollt das Papier. Dann legt er den Kopf schief.

Irgendetwas stimmt nicht. Er runzelt die Stirn und kneift die Augen zusammen.

»Das ist Roti«, erklärt Nico. »Abena hat mir geholfen. Sie hat

Roti mit Bleistift gemalt, aber ich habe ihn ausgemalt. Roti ist mein Freund.«

»War«, sage ich. »Leider wissen wir nicht, wo er ist.«

Nico schüttelt energisch den Kopf. »Aber Mama, Roti ist doch gestern wieder in seinen Käfig gezogen. Und da haben Abena und ich ihn gemalt. Noah sucht gerade Würmer für ihn.«

Torsten klettert aus dem Auto. »Dieser Vogel«, er zeigt auf das Bild. »Wo ist der?«

»In seinem Käfig«, sagt Nico. »Aber erst seit er verletzt war. Vorher hat er bei den Obstbäumen gewohnt. Der Käfig ist eher sein Haus. Denn wir machen ihn nie zu, damit er fliegen kann, wann er will. Willst du ihn sehen?«

»Unbedingt«, sagt Torsten und folgt Nico, der ihn zur Terrasse führt.

Ich laufe hinter den beiden her. Mein Herz klopft heftig, und mein Bauch sagt mir, dass aus dem Auto steigende Biologen, die eigentlich ihren Zug erreichen wollen, ein gutes Zeichen sind.

Auf der Terrasse beugt sich Torsten zu dem Käfig hinunter und starrt Roti an. »Lanius senator«, flüstert er. »Er gilt als vom Aussterben bedroht. Er braucht Steinmauern oder Totholz und lebt in Obstgärten. Eigentlich ideal hier für ihn. Und er wohnt in eurem Garten?«

»Das wissen wir nicht«, sage ich. »Aber er ist so oft hier, dass es naheliegt, dass er hier gewohnt hat, bevor er in den Käfig oder in seinen Zweitwohnsitz an der Festung gezogen ist.«

Torstens Gesicht hat einen versonnenen Ausdruck. Er beobachtet Roti, der auf einer Stange sitzt und den Betrachter genauso neugierig anzusehen scheint.

»Heißt das ...«, frage ich. »Heißt das, wir haben unser bedrohtes Tier?« Meine Stimme klingt belegt. Meine Hände beginnen zu zittern. Noch bin ich mir nicht sicher, ob dies wirklich geschieht.

Noah kommt von der Schule. In seiner Hand kringelt sich ein Regenwurm. Er bleibt stehen und sieht verwundert von einem zum anderen.

Torsten betrachtet Roti eingehend, zieht dann sein Handy heraus und macht ein Foto. »Kein Zweifel«, sagt er. »Schwarze Maske im Gesicht, schwarzes Obergefieder, die weiß gefärbte Unterseite und die rotbraune Kopfhaube. Roti ist ein Rotkopfwürger.«

Noah nickt feierlich. Endlich gibt es einen offiziellen Namen.

»Roti ist aber schöner«, stellt Nico fest.

»Besteht wirklich kein Zweifel, dass Roti ein gefährdeter Vogel ist?«, frage ich.

Torsten strahlt mich an. »Absolut kein Zweifel. Ein Rotkopfwürger hier ist eine Sensation. Kennst du jemanden von der Lokalpresse? Wir haben hier eine Story, die wir groß rausbringen sollten!«

## 23
## Maren

Noch kann ich nicht glauben, was Torsten uns eröffnet hat. Wir haben tatsächlich eine bedrohte Vogelart auf dem Möwenhof.

Levke und Mama sind in ihrem Element. Während Torsten sein Notebook auspackt und eine Meldung an diverse Stellen macht, rufen sie beim Redakteur der Lokalzeitung an.

Roti ist nun nicht nur registriert, er bekommt auch eine halbe Seite im Eiderstedter Boten. Das hat uns der eifrige Mitarbeiter angekündigt, der sich die ganze Roti-Story notiert hat.

Als habe Roti verstanden, dass nun alles auf ihn ankommt, hüpft er auf dem Terrassenboden oder dem Tisch herum und lässt sich von allen Seiten ablichten.

Der Journalist verkündet, er habe schon seine Kollegen in Hamburg benachrichtigt, die wollten ebenfalls über den Rotkopfwürger berichten. Noch kann ich mich nicht daran gewöhnen, dass Roti so einen VIP-Status hat.

»Ein Hoch auf die Saure-Gurken-Zeit«, murmelt Mama. Und sie hat wohl recht, zu einer anderen Zeit als in der Sommerflaute hätte unser gefiederter Starmitbewohner keine Chance.

Irgendwann trollen sich die Kinder in ihre Piratenfestung. Nele schreibt an Johannes, der wahrscheinlich gleich hier auftauchen wird.

Ich gehe in die Küche, brühe einen Tee auf, schneide Kuchen ab und bringe beides zu Torsten nach draußen, der noch immer eifrig in sein Notebook tippt.

»Wie läuft das jetzt?«, frage ich. »Schreiben wir an die Investoren? Soll das ein Anwalt machen? Machst du das?«

»Keine Sorge!«, sagt Torsten. »An die Asterboom-Gruppe, zu der Värsholm, Meyer und Bethke gehören, schicke ich besonders gerne Mails. Ich denke, wann immer meine Mailadresse im Posteingang der Gruppe registriert wird, geht dort ein rotes Warnlicht an.« Sein süffisantes Lächeln stimmt mich zuversichtlich. »Sie wissen, dass ich nicht lockerlasse. Ich bin gut vernetzt, und sie leben von guter PR. Früher haben sie mir Unterlassungserklärungen geschickt und ihre Anwälte wichtig klingende Schreiben verfassen lassen. Die von Henning Jansen waren immer besonders einfallsreich.« Er grinst. »Inzwischen wissen sie, dass ich mich nur melde, wenn ich etwas Substanzielles gefunden habe.« Er tippt und drückt dann dramatisch auf Senden.

»So. In Hamburg haben sie jetzt Spaß«, sagt er und lehnt sich zufrieden zurück.

»Und das isses jetzt?«, fragt Levke, die dazugekommen ist.

»Jo, das sollte es gewesen sein.« Torsten trinkt von seinem Tee. »Wenn ihr sie noch ein wenig ärgern wollt, lasst euren Anwalt ein Schreiben schicken. Vielleicht hat Henning ja Spaß daran, mit seinen ehemaligen Kollegen eine Brieffreundschaft zu beginnen.«

»Wir werden ihn damit beauftragen«, sagt Levke und sieht mich an.

Mein Bauch zieht sich zusammen. Ich frage Torsten ein weiteres Mal, wie sicher es ist, dass die Investoren vom Vertrag mit Ludger zurücktreten. Er dreht sich zu mir um, sieht mich ruhig an und erklärt, dass er nun genau sieben Mal eine bedrohte Spezies auf einem Baugrund gefunden hat und dass das Vorhaben bis jetzt jedes Mal aufgegeben wurde. »Du kannst durchatmen«, versichert er mir. »Pflanzen haben leider nicht den Status, so etwas zu verhindern. Aber bei Tieren hört der Spaß meist auf.«

Ich gebe zu bedenken, dass uns Roti vielleicht nur besucht und unter Umständen woanders wohnt.

Torsten schüttelt den Kopf. »Solche Wahrscheinlichkeiten kosten zu viel Geld. Sie wollen sichere Sachen und nicht etwas, was ihnen durch eine Eventualität Probleme beschert.« Er lächelt. »Jetzt geh schon los und köpf den Sekt!«

Die Nachricht, dass wir nun doch eine Chance haben, erreicht auch Lisbeth schnell. Zusammen mit Käpt'n Claasen kommt sie herüber, eine Flasche ihres Glückswassers unter den Arm geklemmt. Sie hat Wasser mit irgendwelchen Kräutern versetzt und behauptet nun, das Glück werde erhalten bleiben, wenn man es in allen Ecken des Hauses versprüht. Levke lässt sie gewähren. Mama ist noch etwas skeptisch. Sie glaubt erst an ein gutes Ende, wenn die Investoren vom Vertrag zurückgetreten sind. Aber das wird kommen, dessen bin ich mir nun sicher.

Merle kommt mit dem Auto vorbei, um Torsten zu chauffieren, der hat sich von Levke zu einem Champagner überreden lassen und wirkt nicht abfahrtbereit.

Meine Schwester nimmt sich auch ein Glas Champagner, und auch unser Reporter trinkt mit.

Ich zweifle daran, ob der Artikel, wie versprochen, in der morgigen Ausgabe landet, aber es soll mir recht sein. Mit Torstens Mail, die er Värsholm, Meyer und Bethke zusätzlich per Einschreiben zukommen lässt, nicht weil es nötig ist, sondern weil es Spaß macht, wie er sagt, müsste wirklich alles seinen Weg gehen.

Mir fällt ein, dass Abena noch keine Ahnung hat, wie sich die Dinge entwickelt haben. Ich schicke ihr eine Nachricht und warte auf eine Antwort. Abena hat ihr Handy immer griffbereit, dass sie nicht gleich reagiert, wundert mich.

Auf der Terrasse feiert meine Familie, aber ich kann das jetzt nicht. Ich ziehe mich in unsere Wohnung zurück. Einen Moment brauche ich für mich. Kaum habe ich die Tür hinter mir geschlossen, kommen mir die Tränen. Ich kann sie nicht aufhalten, und ich will es auch nicht. Im Schutz der Gesindestuv atme ich durch und lasse meinen Gefühlen freien Lauf. Als ich die Hände von meinen Augen nehme, sehe ich unser Bücherregal mit all den Krimis, den Romanen, den Fotobüchern, und ich freue mich, dass ich sie nicht wieder in Bananenkisten sortieren muss. Ich sehe die Bilder an den Wänden, die ich nicht einwickeln muss, damit sie beim Transport heil bleiben. Das Sofa, auf dem ich sitze, muss nicht wieder in einem Transporter verstaut werden. Die Küche darf bleiben. Die Jungs dürfen weiterhin im Weltallzimmer schlafen. Ich lehne mich zurück und schaue an die Decke, die weißen Steine, die schon so viel erlebt haben und die uns weiterhin beim Frühstücken und Vorlesen und Hausaufgabenmachen zuschauen dürfen. Ich denke daran, was sie von Henning und mir schon alles gesehen haben, und ein Schatten legt sich auf meine Freude. Seit unserer Auseinandersetzung im Obstgarten hat er sich nicht gemeldet. Und auch ich habe ihm nicht geschrieben. Ich habe ihn nicht angerufen, und als er Torsten vorbeigebracht hat, habe ich nicht gerade herzlich reagiert. Die Tränen kommen wieder.

Im Badezimmer wasche ich mir das Gesicht ab. Ich betrachte die Röschen, die die Übernahme durch die Investoren sicher nicht überlebt hätten, und verspreche ihnen, dass sie so lange hier blühen dürfen, wie ich in der Gesindestuv wohne.

Lachen dringt durch das gekippte Badezimmerfenster. Lisbeth, die wohl ihr Wasser überall verspritzt hat, und Levke reden aufgeregt durcheinander. Mama sagt etwas, und alle lachen. Sie klingen so fröhlich und befreit.

Mit einem Mal wird es leise, und ich höre Ludgers Stimme. Mein Herz klopft schneller, und ich stelle mich näher zum Fenster.

Seit der Auseinandersetzung mit Abena haben wir ihn kaum gesehen.

Seine ersten Sätze sind sehr leise, und ich kann kaum etwas verstehen. Ein Klopfen an der Badezimmertür lenkt mich ab. Bevor ich etwas erwidern kann, klopft es erneut, und Nico steckt den Kopf herein. Er trägt ein Piratenkopftuch, das ein Auge verdeckt und ihm einen ziemlich verwegenen Look verleiht.

»Piratin Maren!«, sagt er im Befehlston. »Sie werden erwartet. Die ehrenwerten Kapitäne ... ich hab ihre Namen vergessen ...« Er reibt sich an der Stirn. »Egal, jedenfalls erwarten die Kapitänin und der andere Kapitän dich sofort in der Festung.«

Ludger redet jetzt draußen. Er sagt, dass er den Hof an Abena geben will und dass sie sich mit uns einigen soll. Er werde sich gleich mit den Investoren in Verbindung setzen und vom Vertrag zurücktreten.

»Spätzlein, sag deinen Kapitäninnen, dass ich gleich komme.«

»Nein, sofort«, beharrt Nico und nimmt mich an der Hand. Er zerrt mich an der Terrasse vorbei durch den Obstgarten.

In der Piratenfestung sitzen meine Kinder samt Besuch eng zusammengedrängt. Nele hat sich ein Kopftuch umgebunden, Johannes fühlt sich bei uns offenbar so wohl, dass er ebenfalls einen Piratenhut aufhat. Noah trägt seinen Faschingshut mit dem Totenkopf.

Dem Treffen in der Festung scheint ein Raubzug in Levkes Speisekammer vorausgegangen zu sein. Kuchen, Pizzastücke vom gestrigen Abendessen, Gummibärchen und eine Tüte Erdnussflips liegen auf einer Decke. Sogar eine Flasche Cola haben sie sich gemopst.

»Oh, wie schön. Wir feiern mit einem Picknick«, sage ich.

»Nein, Mama«, sagt Nele und klingt ernst. »Wir feiern hier. Du hast einen Auftrag.«

Erstaunt sehe ich meine Kinder und Johannes an. »Aha?« Mehr fällt mir dazu nicht ein.

»Wir haben gemerkt, wie gut Henning dir tut und wie gut du ihm tust, und wir möchten, dass du dich mit ihm wieder verträgst«, fasst meine Tochter zusammen.

Soll ich ihnen erklären, weshalb ich auf Henning sauer bin oder war? Eigentlich ist mein Zorn verraucht, aber ich hatte noch keine Zeit, das Henning mitzuteilen. Oder keine Worte oder keine Ahnung, wie ich es sagen soll. Ich überlege gerade, wie ich das meinen Kindern erklären soll, als Noah das Wort übernimmt. »Papa hat Kai, und sie machen das sehr gut miteinander. Und wir finden, dass du und Henning auch sehr gut auskommt. Und Henning ist ein toller Kumpel und Festungsbauer.«

»Und ich darf seinen richtigen Akkuschrauber nehmen, und ich kann jetzt selbst Möbel auseinanderschrauben«, fügt Nico hinzu. »Er lässt mich Sachen machen, bei denen du immer sagst, sie sind gefährlich.«

Nele knufft ihren Bruder in den Rücken. »So gefährlich sind die gar nicht!«

»Jedenfalls ist er ein toller Mann, und so viele laufen da nicht rum!«, fügt Nele hinzu.

»Jedenfalls kann er gut mit Kindern umgehen, und was er nicht kann, bringen wir ihm einfach bei«, stellt Noah fest.

»Jedenfalls haben wir ihn auch ziemlich gern«, sagt Nico.

»Wir haben ihn alle gern«, bekräftigt Nele. »Sehr sogar. Und wir haben hier ja wirklich alles. Eine Oma, eine Tante, eine Oma-tante, eine neue Cousine.«

Johannes räuspert sich.

»Und tolle Freunde natürlich«, fügt sie hinzu. »Aber einen Mann für dich und für uns, den bräuchten wir noch.« Sie hält inne. »Also, du weißt schon. Brauchen tun wir ihn ja eigentlich nicht, weil wir auch alles so schaffen. Wir wollen einen.«

Meine wunderbare Tochter!

»Ihr müsst jetzt aber auch fragen, ob sie ihn auch gernhat, sonst bringt das ja alles nichts«, wirft Johannes ein.

Alle Augen richten sich auf mich.

»Und hast du?«, fragt Noah.

Diese Befragung hat sich schon seltsam angefühlt. Aber noch komischer fühlt es sich an, hier meine Zuneigung zu bekennen. Den Kindern sage ich immer, dass alle Gefühle okay sind. Wut und Freude und Neid und Ärger und was es da sonst noch gibt. Aber wenn ich zu meiner Liebe stehen soll, zögere ich.

»Mama?«, drängt Nele. »Musst du wirklich überlegen, ob Hen-ning dir etwas bedeutet? Du hast immer so absolut glücklich mit ihm gewirkt.«

»Das war ich auch«, sage ich.

»Und was ist passiert?«, fragt Johannes.

Ich denke an das, was Merle gesagt hat. Dass ich an mich denken soll, dass ich es zulassen soll, dass mich jemand gernhat, dass ich wieder vertrauen soll. Ich habe vertraut und Henning ... hat etwas für mich tun wollen, damit ich dableiben kann, damit die Kinder ihr Zuhause nicht verlieren. Ich habe ihm gesagt, dass ich Alleingänge nicht mag und dass er mich einbeziehen soll. An so etwas kann man arbeiten, so etwas kann man lernen. Er kann das Einbeziehen lernen, und ich kann lernen, dass nicht alles, was ohne mein Wissen passiert, hinter meinem Rücken getan wird.

»Ich habe ihn sehr, sehr, sehr gern«, sage ich schließlich.

»Liebst du ihn?«, fragt Nele.

»Ja«, sage ich, und ich sehe, wie sich Nele und Johannes erleichtert anschauen und wie die Jungs jedem der Verhörpartner ein High five geben.

»Also dann ...«, sagt Nele. »Sagen wir es ihm. Also, du sagst es ihm.«

»Henning ist auf Pellworm. Der kommt erst in ein paar Tagen wieder«, erwidere ich. Ob ich auf eine der Fähren gehen sollte?

»Das haben wir alles schon mit einberechnet«, sagt Nele. »Zieh dich an, Merle fährt dich nach Nordstrand.«

»Wir müssen doch erst mal schauen, wann ein Schiff geht«, werfe ich ein.

»Das Boot geht, sobald wir da sind«, sagt Johannes. »Wir, also Nele und ich, segeln dich rüber auf die Insel. Das schaffen wir schon.«

Nele steht auf und nimmt ihr Kopftuch ab. »Henning meint, wir sind bereit, bei normaler See mal auf eine der Inseln zu segeln. Und weil Johannes und ich noch nicht allein segeln dürfen, begleitet uns Vadder Hinrich. Ist alles schon abgesprochen.«

Ich weiß nicht, ob ich erfreut, überrascht oder überwältig sein soll angesichts dessen, was meine Kinder auf die Beine gestellt haben. Entweder sie sind sehr viel optimistischer als ich und haben das gute Ende mit Roti geahnt. Oder die Aktion hätte auch ohne das Wunder mit dem geschützten Vogel stattfinden sollen.

»Ich sag Merle, dass ihr gleich losfahrt«, sagt Noah und klettert aus dem Haus.

Anscheinend weiß jeder in diesem Haus darüber Bescheid, wie mein Nachmittag verplant ist.

## 24
## Maren

Die Natur scheint sich mit meiner Familie verbündet zu haben. Der Wind frischt auf, als wir in See stechen. Ich sitze aufrecht und mit ineinander verschränkten Fingern da und schaue zu, wie meine Tochter und ihr Kumpel Leinen lösen, Segel reffen und das Boot aus dem Hafen lenken. Vadder Hinrich beobachtet genau, was die Nachwuchssegelnden tun, und es scheint seine Zustimmung zu finden, denn er lehnt sich zurück und verlegt sich darauf, ab und zu versonnen zu nicken.

Stolz beobachte ich, wie meine Tochter das Boot im Griff hat und sich sicher in den Wind legt. Johannes und sie bilden ein gutes Team.

Meine Nervosität lässt nicht nach. Sie scheint sich zu verlagern. Inzwischen bin ich überzeugt, dass wir heil über das Wasser kommen, aber was ich auf der Insel tun oder sagen werde, davon habe ich nicht den Hauch einer Ahnung. Mein Kopf formuliert Sätze, die mein Herz wieder verwirft. Die Worte stauen sich in meinem Gehirn, und ich hoffe, dass die richtigen einen Weg finden, wenn ich erst einmal angekommen bin.

Ich taste nach meinem Handy. Soll ich ankündigen, dass ich komme? Eigentlich muss ich Henning fragen, wo er ist. Ich kann mich ja schlecht in den Hafen stellen und seinen Namen brüllen.

Aber ich stecke mein Mobiltelefon ein, ohne ihm etwas geschrieben zu haben.

Der Wind zerzaust meine Haare. Und irgendwo zwischen Strucklahnungshörn und Pellworm findet mich die Ruhe. Ich überlasse mich dem Auf und Ab des Bootes, strecke mein Gesicht in den Wind und lecke das Salz von meinen Lippen. Es ist noch nicht lange her, da stand Henning neben mir, als Knut mich zum Krimidinner nach Pellworm gebracht hat. Inzwischen ist so viel passiert. Wir haben ein Zuhause gefunden und fast wieder verloren. Wir haben uns in der Familie neu gefunden. Die Kinder haben sich eingelebt und neue Freunde gewonnen. Ich habe eine neue Aufgabe, die mir Spaß macht und mich erfüllt. Wir haben eine neue Cousine, ohne die wir uns das Leben gar nicht mehr vorstellen können. Wir haben einem Vogel das Leben gerettet, und er hat unser neues Leben gerettet. Eines fehlt noch. Oder besser gesagt: einer. Und hier auf dem Meer kann ich endlich mein Gefühl zulassen, das ich die ganze Zeit unterdrückt habe. Ich vermisse Henning von ganzem Herzen. Und vielleicht ist es das, was ich ihm sagen sollte.

Als wir den Pellwormer Hafen erreichen, lädt Vadder Hinning die jungen Segler auf eine Currywurst ein.

»Wir segeln in anderthalb Stunden zurück«, teilt er mir mit. »Wenn du da bist, nehmen wir dich mit. Wenn nicht ...du bist ja groß.«

»Wir haben alles geregelt. Merle kommt heute Abend zu uns«, informiert mich meine Tochter. »Du musst dir also keine Gedanken machen. Kein Verhungern und kein Verwahrlosen, solange du hier bist. Ihr könnt euch also Zeit lassen.«

Sie scheinen es wirklich sehr ernst zu meinen, meine Motten. Von wem haben sie denn eigentlich das Organisationsgen geerbt?

»Henning ist bei den Hörmanns«, unterbricht Johannes meine Gedanken. »Immer die Straße runter. Kannst du nicht verfehlen.«

»Ich hab dir die Adresse grad aufs Handy geschickt.« Nele nickt mir aufmunternd zu.

»Woher wisst ihr das eigentlich?«, frage ich.

»Wir haben nachgefragt, und er hat geantwortet«, sagt Johannes und winkt mir zu.

»Viel Glück, Mum«, sagt Nele.

Sie hat mich Mum genannt. Ist das jetzt ihre Anrede für mich, oder ist das der Überschwang oder Johannes' Gegenwart? Ich weiß es nicht.

Von Tammensiel starte ich in Richtung Leuchtturm. Dort in der Nähe liegt Hennings Einsatzort. Mein Handynavi gibt für den Fußweg eine Dauer von achtundvierzig Minuten an. Achtundvierzig Minuten, in denen mein Gehirn einfach nur leer ist. Ich habe keinen Sinn für die Aussicht, das Watt, die Nordsee, den Grasstrand … Wolken bauschen sich am Himmel auf. Darüber erleuchtet die Sonne dramatisch den Nachmittagshimmel. Das Meer liegt silbriggrau vor mir, und ich hoffe einfach nur, dass alles gut gehen wird.

Ein roter Klinkerbau, reetgedeckt, Rosen wuchern durch den Zaun hindurch an Spalieren hoch. Lupinen, Sonnenblumen, Gräser und auf einem gepflasterten Hof ein großes Boot. Henning dreht mir den Rücken zu, als ich in der Einfahrt stehen bleibe. Er sucht Werkzeug zusammen und packt es in eine seiner Kisten.

Ein paar Schritte noch, dann habe ich ihn erreicht.

»Hi«, sage ich und klinge dabei verzagt.

Henning dreht sich um und wischt sich eine Strähne aus dem Gesicht. Er lässt irgendein Werkzeugteil in den Kasten fallen und richtet sich auf. Endlich stiehlt sich ein Lächeln auf sein Gesicht. »Er hat was gefunden, oder?«

»Das hat er.« Obwohl ich es gar nicht will, muss ich breit grinsen. »Ich kann es kaum glauben, aber es scheint wirklich alles gut zu werden.« Ich sehe ihn an, wünsche mir eine Bestätigung meiner Hoffnung, und er scheint mich zu verstehen.

»Eine Firma aus der Asterboom-Gruppe hat einmal versucht, ein Projekt trotz einer geschützten Fledermausart durchzuziehen. Das gab einen Riesenshitstorm. Es ist nicht nur das Projekt gescheitert. Sie haben sich auch umbenannt, die Leitung ausgetauscht und so weiter. Du kannst also sicher sein, dass sie zurückziehen.«

Die Bestätigung lässt mich aufatmen. Der Wind streicht mir durch das Haar und über das Gesicht.

Henning wischt seine Hände an seiner Jeans ab. »Was hat Torsten denn gefunden?«

Mein verschmitztes Lächeln überträgt sich auch auf Henning. »Da kommst du nicht drauf. Unser Roti ist ein Rotkopfwürger und als solcher besonders gefährdet.«

Henning wirft den Kopf in den Nacken und lacht laut und befreit. »Ich fasse es nicht«, sagt er. Sein Blick wird ein wenig ernster. Er sieht mir in die Augen, und dann breitet er seine Arme aus.

In ein, zwei, drei Schritten bin ich bei ihm, schlinge meine Arme um ihn und spüre, wie er die seinen schützend um mich legt.

Er legt seinen Kopf an meinen, und ich kann es im ersten Moment gar nicht fassen, dass ich wieder so nahe bei ihm bin. Ich atme sein Eau de Toilette und seinen Henning-Geruch ein. Und mit einem Mal fällt alles von mir. Der Stress, die Anspannung. Die Angst, dass er mich nie wieder so in den Arm nehmen könnte, verabschiedet sich, und ich lasse mich in diese Umarmung fallen.

»Ich bin so froh, dass du da bist«, flüstert Henning.

»Da sind wir schon zwei«, sage ich. »Eigentlich fünf, denn die Kinder haben mir einen Vortrag gehalten, weshalb ich endlich dafür sorgen soll, dass du wieder zu uns kommst. Und bevor du dir Gedanken machst, ich will das auch. Unbedingt und ganz sicher.«

»Dann sind wir ja sechs, die das wollen«, sagt Henning. Er hebt seinen Kopf und sieht mir in die Augen. Mir wird schwindlig, und ich kann nicht sagen, ob es diese Liebe in seinem Blick ist oder das Gefühl, das nun in mir explodiert. Und dann küssen wir uns. Langsam und intensiv. Unendlich lang und erleichtert und glücklich. Es küssen nicht nur unsere Münder und Lippen, meine Seele küsst die seine. So fühlt sich Glück an.

Später sitzen wir in einem der Strandkörbe. Wir halten uns im Arm, und mein Kopf liegt an Hennings Schulter. Es ist okay, wenn er manchmal den Superhelden spielen will. Er will daran arbeiten, mich einzubeziehen. Und für ihn ist es okay, dass ich gewöhnt bin, alles allein zu machen, und ich werde ihn mitmachen lassen.

Du bist ein wunderschöner Mensch, hat Henning zu mir gesagt. Innen und außen. Und für mich bist du der wertvollste und wunderbarste Mensch, dem ich je begegnet bin. Und während wir fest aneinander gelehnt dasitzen, spüre ich, wie sich diese Wärme auch in mir ausbreitet. Denn Henning ist der Mensch ist, nach dem ich mich gesehnt habe. Mein Mensch.

# 25
## Henning

Wir brauchen ein anderes Auto. Für drei Kinder plus Hund ist mein Jeep einfach zu klein. Ich habe mich schon umgesehen, einen VW-Bus fände ich gar nicht schlecht. Mal sehen, was am besten für uns passt.

Maren sitzt neben mir und hat die Hand auf meinem Oberschenkel liegen. Nele hat ihre Kopfhörer auf und schaut aus dem Fenster. Noah liest ein Buch über zufällige Erfindungen, und Nico schläft mit offenem Mund. Sein Stickerheft hält er noch in der Hand. Kälbchen liegt im Kofferraum und döst. Er liebt die Kinder und sie ihn, aber anstrengend scheinen sie für ihn trotzdem zu sein.

Die Fähre nach Amrum geht in anderthalb Stunden, und laut Navi sind wir in dreißig Minuten am Hafen. Wir werden also pünktlich in Nordstrand sein, was gut ist, denn Knut ist im Urlaub und für Notfallaktionen nicht greifbar.

Die Bäume rechts und links der Straße leuchten gelb, orange und rot. Der Radiomoderator lädt kurz entschlossene Hörer zur Nacht der Sterne ein.

»Wir sind schon auf dem Weg«, murmelt Noah. Er freut sich unbändig auf die Sternwartenstation, mit der sich die Universität Kiel an dieser Nacht beteiligt.

Wir haben Räder gemietet, mit denen wir die unterschiedlichen Stationen erkunden wollen. Mal sehen, wie lange Nico durchhält. Obwohl er selbst mit dem Rad fahren will, haben wir ihn dazu überredet, sich im Fahrradanhänger kutschieren zu lassen. Maren hat tausend Decken dabei, in die sie ihn – und gegebenenfalls auch Noah – einwickeln kann, wenn sie zu müde sind, um weiterzufahren.

Auf Marens Handy geht eine Nachricht ein. »Abena wünscht uns viel Spaß«, sagt sie. »Die neuen Gäste sind gerade gekommen und finden die Zimmer wunderschön. Sie hat ihnen Tee auf der Terrasse serviert.«

»Läuft alles«, sage ich.

Abena fliegt übernächste Woche für ein paar Wochen nach Hause. Nach Weihnachten will sie wieder hier sein. In ihrem anderen Zuhause, wie sie es nennt. Ludger ist über seinen Schatten gesprungen und hat ihr den Möwenhof überschrieben. Ihr und Merle und Maren – das war Abenas Vorschlag, und er hat sich einverstanden erklärt.

Was er mit seinen Schulden macht, wissen wir nicht. Ich nehme an, er wird einfach nicht mehr nach Kenia zurückkehren und seine Gläubiger bleiben darauf sitzen. Wie er sich das genau vorstellt, darüber hat er uns nicht informiert. Aber die Welt ist groß, und Ludger scheint immer auf die Füße zu fallen.

Levke und Lina haben mir neulich die alte Werkstatt neben der Gesindestuv gezeigt. »Da könnte man was draus machen«, waren ihre Worte. Und das denke ich auch. Wenn wir die Wand durchbrechen, hätte jedes der Kinder ein eigenes Zimmer. Und wir könnten das Schlafzimmer vergrößern oder was auch immer. Uns fällt bestimmt etwas ein.

Im Radio läuft »Fearless« von Taylor Swift und Nele und Maren singen laut mit.

»Ich glaube, ich habe meine Zahnbürste vergessen«, sagt Nele plötzlich und schlägt sich die Hand vor den Mund.

»Wir werden auf Amrum eine kaufen«, sagt Maren. »Wenn wir früh genug in Nordstrand sind, können wir es auch da noch probieren.«

»Lieber auf Amrum«, wende ich ein. »Nicht dass wir noch die Fähre verpassen.«

»Ich habe keine schlechten Erfahrungen mit verpassten Fähren gemacht«, sagt Maren und lächelt.

»Dem kann ich nur zustimmen«, sage ich und küsse ihre Hand.

Vor uns bricht die Sonne durch die Wolken. Der Tag wird gut heute, da sind wir uns sicher.


ENDE